HEYNE <

LILI ANDERSEN

Krabben-CHANSON

Die Inselköchin ermittelt

Ein Nordsee-Krimi

WILHELM HEYNE VERLAG
MÜNCHEN

Sollte diese Publikation Links auf Webseiten Dritter enthalten,
so übernehmen wir für deren Inhalte keine Haftung,
da wir uns diese nicht zu eigen machen, sondern lediglich auf
deren Stand zum Zeitpunkt der Erstveröffentlichung verweisen.

MIX
Papier aus verantwortungsvollen Quellen
FSC® C014496

Penguin Random House Verlagsgruppe FSC® N001967

Originalausgabe 04/2021

Printed in Germany
Umschlaggestaltung: Eisele Grafik-Design, München,
unter Verwendung von © Bigstock (Hans_Chr, Alexander Baumann,
maystra); iStockphoto (Christian Horz); Shutterstock.com
(Bisli, Eric Isselee, gabriel12)
Satz: Uhl + Massopust, Aalen
Druck und Bindung: GGP Media GmbH, Pößneck
ISBN: 978-3-453-42500-2

www.heyne.de

Prolog

On the third day he took me to the river
He showed me the roses and we kissed
And the last thing I heard was a muttered word
As he stood smiling above me with a rock in his fist

Sie wusste nicht, wie lange sie schon im nasskalten Watt kniete. Ihr Blick ging zum Horizont. Die Schwärze der Nacht verschmolz mit dem Nichts. Sie war am Ende ihrer Reise angelangt, der winzige Rest Lebenswille verschwand mit jedem Atemzug. Seine Worte hatten sie getroffen wie Hiebe, hatten sie immer kleiner und unscheinbarer werden lassen. Sie war langsam in die Knie gegangen, im wahrsten Sinne des Wortes.

Er hatte sich einfach umgedreht und war gegangen. Hatte er gespürt, dass sie keine Kraft mehr hatte, aufzustehen und sich zu wehren?

Und so kniete sie noch immer im nassen Schlick. Die Hände um den Oberkörper geschlungen, wiegte sie sich hin und her, summte die Melodie.

On the last day I took her where the wild roses grow

Die warme bedrohliche Stimme Nick Caves machte sich in ihrem Kopf breit. Sein Schmeicheln, sein Werben, das Bild der Rose, die er knickte, tötete.

Das Wasser leckte bereits an ihren Füßen, die Flut kam. Das Wasser kam und ging, und es würde sie mitnehmen. Dieses Wasser war so ganz anders, voller Kraft, Urgewalt, gnadenlos. Sie würde sich ihm anvertrauen. So war es auch damals gewesen, als sie zwischen den Kieseln am Flussufer gelegen, und das leise murmelnde Rauschen des langsam dahingleitenden Gewässers vernommen hatte. Mehr tot als lebendig. Doch der Fluss hatte sie wieder ausgespuckt.

Das Wasser reichte jetzt bis zu ihren Hüften. Sie musste einfach geduldig sein. Die Flut wusste, was zu tun war.

Sie spürte seine Anwesenheit, noch ehe sie ihn sah. Zuerst nur ein dunkler Schatten, dessen Umriss mehr und mehr Kontur annahm. Kehrte er zurück?

Kapitel 1

Wie im Zeitraffer. So hatten sich die letzten zweiundsiebzig Stunden für Louise angefühlt. Eintausend Kilometer in drei Tagen hatte sie zurückgelegt, durch eine Landschaft, die unbemerkt an ihr vorüberflog, als hätte jemand auf die Vorspultaste gedrückt. Zurückgelassen hatte sie ein Leben, das in tausend Scherben zerbrochen war, ein Leben, das ebenso an ihr vorbeigeflogen war wie die Landschaft im Zeitraffer.

Erst jetzt, seit sie an Bord der Fähre war, das Wummern der Motoren und das Geschrei der Möwen in den Ohren, schien die Zeit wieder in ihren gewohnten Rhythmus zu verfallen. Die Wolken flogen bald in geschlossenen Formationen, bald zerfetzt wie ein zerrissenes Tuch über den bleigrauen Himmel. Sie legte den Kopf in den Nacken, fixierte eine der Wolken, beobachtete, wie sie auseinanderwirbelte, sich in einer neuen Form zusammenfügte, in Stücke gerissen wurde, um dann mit einer anderen Wolke zu kollidieren, sich mit ihr zu vereinen und weiterzuziehen. Und das alles in rasender Geschwindigkeit. Wolken im Zeitraffer. Die Fähre pflügte durch das Wasser, Schaumkronen bildeten sich, sprangen wie eine Herde wilder Pferde davon, die ihre langen weißen Mähnen schüttelten. Bald war sie am Ende ihrer Reise angelangt. *La mer m'a donné sa carte de visite pour me dire: Je t'invite à voyager.* Die Textzeilen aus dem Lied von Georges Moustaki kamen ihr in den Sinn. Das Meer hat mir seine Visitenkarte überreicht, um mir zu sagen: Ich lade dich ein zu reisen. Leise summte sie die Melodie vor sich hin. In Louises Leben gab es zwei Männer, die sie rückhaltlos für ihre Kunst verehrte – den Chansonnier Georges Moustaki und den Regisseur François Truffaut. Sie kannte jedes Lied, jede Textzeile, jeden Film, jeden Dialog.

Als sie fünfzehn war, hatte ihr Vater eine Kur in Lamalou-les-Bains machen müssen und die Gelegenheit für einen seltenen Urlaub mit seiner Frau und seiner Tochter genutzt. Kaum in dem kleinen Ort nördlich von Béziers angekommen, sah Louise Menschen zum Platz vor dem Casino pilgern. Irgendetwas Besonderes schien hier stattzufinden. Ihre Eltern, müde von der Fahrt, zogen es vor, sich gemütlich im Ferienhaus einzunisten, doch Louise folgte dem Menschenstrom. Bis zu diesem Tag hatte sie die üblichen Tralala-Popsongs gehört. Sie hatte keine Lieblingsband, auch keinen Sänger, den sie favorisiert hätte. Sie hörte Radio, meist den Sender RFM mit seiner Mischung aus Chansons und internationaler Musik, und das wars. Die Begegnung mit Georges Moustaki, der in diesem Kurort ein Gratiskonzert gab, eröffnete ihr eine Musik, die sie fesselte und sie seitdem nicht mehr verlassen hatte. Es waren die Texte, die Melodien, die Ausstrahlung des alternden Chansonniers und seine Stimme, die schmeichelte und forderte und immer eine Weichheit in sich trug, die Louise tief ins Herz drang.

Ihre Augen tränten, vom Wind, vor Erschöpfung oder wegen der Erinnerung wusste sie nicht genau, und rasch setzte sie sich die Sonnenbrille auf. In Nordstrand hatte sich die Sonne in bester Junilaune gezeigt, und Louise hatte in einem leichten Pullover am Fähranleger im Hafen Strucklahnungshörn auf die Fähre gewartet, die sie zur Insel bringen sollte. Als sie ihr Motorrad auf die *Pellworm 1* schob, hatte ihr die Frau, die die Fahrkarte kontrollierte, geraten, sich noch eine Jacke überzuziehen, die halbstündige Überfahrt würde eine frische Angelegenheit werden. Louise hatte auf ihre Lederjacke gezeigt, die über der Hecktasche, in der sie ihre wichtigsten Reiseutensilien aufbewahrte, lag, und sich für den Rat bedankt.

Louise sah sich an Deck um. Es waren nur wenige Reisende an Bord. Eine Handvoll Touristen, deren vollgeladene Autos an Deck standen, und Inselbewohner, die auf dem Festland arbeiteten. Oder die sich dort mit alledem eindeckt hatten, was es auf Pellworm nicht zu kaufen gab. Auch wenn Tante Fine ihr hundertmal versichert hatte, dass es die wichtigsten Dinge und mehr, viel mehr! auf der Insel gab. Die kleinen Geschäfte und der Supermarkt in Tammensiel seien mit allem bestückt, was das Herz begehrt, die Brötchen in der einzigen Bäckerei wären frisch und kross, an nichts würde es ihr fehlen.

Louise fröstelte. Leider würde es auf Pellworm keineswegs das geben, was ihr Herz begehrte … Wieder traten ihr Tränen in die Augen. Doch diesmal war ganz sicher nicht der starke Wind daran schuld. Sie zog den Reißverschluss ihrer Motorradjacke bis zum Hals und packte den länglichen schmalen Lederkoffer, den sie über der rechten Schulter trug, auf die linke.

»Machen Sie Urlaub auf Pellworm? Oder …«

Louise fuhr herum. Der Wind hatte die letzten Worte mitgenommen. Oder gab es einen Zeitraffer auch in der

Sprache? Einen Wortraffer? Der Mann, der wie aus dem Nichts neben ihr aufgetaucht war, hatte seine Arme fröstelnd vor dem Körper gekreuzt, die Hände in den Achselhöhlen vergraben. Kein Wunder, er trug ein Poloshirt, den wärmenden blau-weiß gestreiften Pullover hatte er um seine Hüften über dem deutlich sichtbaren Bauchansatz geknotet.

»Ziehen Sie den mal lieber an«, brummte Louise und machte eine Kopfbewegung in Richtung des molligen Kleidungsstücks. Dann wandte sie sich wieder ihren Wolkenbetrachtungen zu. Das Letzte, was sie jetzt gebrauchen konnte, war Small Talk mit einem Fremden. Doch der Mann ließ sich nicht beirren und stellte sich neben sie an die Reling. Langsam drehte sie sich wieder zu ihm um und musterte ihn.

Der Mann war in den späten Fünfzigern, das spärliche Haar war kurz geschnitten. Bis auf den kleinen Bauchansatz wirkte er sportlich, war groß gewachsen, und man hätte ihn attraktiv nennen können, wenn seine Ohren nicht wie zwei aufgeblähte Miniatursegel an seinem Kopf gesessen hätten. Louise konnte nicht anders, sie starrte auf die Ohren. Der Mann fing ihren Blick auf und lachte gutmütig. »Mein Markenzeichen. Ich kann damit wie eine Satellitenschüssel jedes noch so kleine Signal wahrnehmen.«

Louise musste lächeln.

»Das ist kein Scherz! Ich glaube, ich höre tatsächlich besser als andere Menschen. Eine Eigenschaft, die meine Kunden davon überzeugt, dass ich weiß was, ich tue. Na, haben Sie eine Idee, was ich beruflich mache?« Der Mann lächelte verschmitzt.

Louise unterdrückte ein Seufzen. Sie war hier offensichtlich an einen Witzbold geraten. »Hmmm …« Sie tat so, als denke sie angestrengt nach. »Ich glaube, Sie sind Direktor eines Flohzirkus. Wenn sich Ihre kleinen Akrobaten aus dem Staub machen, hören Sie sie niesen, *et hop*, haben Sie Ihren Trupp wieder eingefangen.«

Ihr Gegenüber brach in ein herzhaftes Lachen aus. »Na, Sie sind mir eine. Nein, Sie kommen ja doch nicht drauf. Ich werde es Ihnen verraten. Ob Sie es glauben oder nicht, ich bin Hörgeräteakustiker.«

Nun musste auch Louise lachen. »Da haben Sie ja wirklich den perfekten Beruf gefunden! Und um auf Ihre Frage zurückzukommen: Ich besuche meine Patentante auf Pellworm. Und ich werde höchstwahrscheinlich längere Zeit hierbleiben. Mal sehen. Also irgendwie ein Urlaub, aber doch nicht so richtig. Und Sie?«

»Wir machen Urlaub. Richtigen. Wir verbringen unsere Ferien schon seit zehn Jahren auf der Insel. Es gibt keinen schöneren Platz auf dieser Welt als Pellworm. Es ist ein Paradies. Aber wenn Ihre Tante hier wohnt, kennen Sie dieses herrliche Fleckchen Erde wahrscheinlich bestens.«

»Wie man es nimmt. Ich bin als Kind viel dort gewesen. Das letzte Mal ist, oh je, da muss ich nachrechnen, fünfzehn Jahre her.«

»Hubertus, willst du dir etwa den Tod holen?«

Eingepackt in eine Jacke, die vielleicht einem Aufenthalt auf der Zugspitze alle Ehre gemacht hätte, trat eine rundliche Frau auf sie zu. Sie kam nur langsam voran, da sie sich gegen eine aufkommende Windböe stemmte, dabei wedelte mit einer dunkelroten Daunenjacke.

»Zieh sofort deinen Pullover über! Und die Jacke! Meinst du, du schindest Eindruck bei der Dame, wenn deine Haut wie die einer gerupften Gans aussieht?« Sie schüttelte verständnislos den Kopf und reichte Louise die Hand.

»Simone Schulte. Puh, ist das ein Wind. Und so kalt. Man sollte nicht glauben, dass wir Mitte Juni haben. Aber das wird noch, nicht wahr, Knuffelchen? Wir sind für alle Eventualitäten gewappnet. Daunenjacken für Schietwetter, kurze Hosen für die Wattwanderung bei Sonnenschein. Zwei Wochen Pellworm. Wir können es kaum erwarten. Nicht wahr, Knuffelchen? Jetzt sag doch auch mal was. Männer sind so mundfaul. Manchmal denke ich, er hört trotz seiner großen Ohren nicht mehr richtig. Oder, er will mich nicht hören.«

Sie beschirmte ihre Augen mit der Hand und blickte gen Horizont. Dann trompetete sie, als habe sie das Eiland höchstselbst soeben entdeckt, »Land in Sicht!«. Geschäftig wandte sie sich an ihren Mann: »Hubertus, wir müssen zum Wagen. Wir stehen ganz vorne. War schön, Sie kennengelernt zu haben. Machen Sie auch Urlaub hier? Wird Ihnen guttun Kindchen, Sie sehen nämlich etwas blass um die Nase aus.« Mit diesen Worten und einer besorgten Miene, die sowohl Louise als auch Hubertus galt, drehte sich Simone Schulte um und ließ sich vom Wind zu ihrem Wagen geleiten.

Louise schmunzelte und Hubertus seufzte. Er machte keine Anstalten, seiner Frau zu folgen.

»Sie wird auch wieder ruhiger, glauben Sie mir. Das kenne ich schon. Sie betritt die Insel wie ein aufgescheuchtes Huhn, schnattert die ersten zwei Tage wie eine Gans.

Und dann, wie durch einen Zauber, beginnt die Entschleunigung. Auf Pellworm wird man einfach entspannt und gelassen. Ja, ein echter Zauber. Aber das kennen Sie ja, wenn Sie schön öfter hier waren, Frau … Ach herrje, Sie hatten ja noch nicht einmal die Möglichkeit, sich vorzustellen«, fügte Hubertus Schulte mit entschuldigendem Blick hinzu.

»Dumas, Louise Dumas.«

»Wie der Schriftsteller? Alexandre Dumas? *Der Graf von Monte Christo* und *Die Drei Musketiere* haben mich durch meine frühe Jugend begleitet.«

»Ja, wie Alexandre Dumas. Aber weder, wie sagt man im Deutschen, verwandt noch verschwägert.«

»Habe ich mir's doch gedacht! Sie sprechen hervorragend deutsch, aber da ist dieser entzückende kleine französische Akzent. Und eben dieses *et hop*. Einfach wunderbar.« Hubertus Schulte strahlte, als habe er soeben das letzte Exemplar einer ausgestorbenen Spezies entdeckt. »Und bitte sehen Sie über die etwas unverblümte Art meiner Gattin einfach hinweg.«

»Schon okay.«

Unschlüssig blieb Hubertus Schulte noch einen Moment stehen. Louise fing seinen Blick auf, der am schmalen Koffer, den sie geschultert hatte, hängen blieb.

»Ihre Fotoausrüstung? Wissen Sie, ich fotografiere auch sehr gerne. Am Tag und in der Dämmerung. Sogar in der Nacht. Und was es auf Pellworm nicht alles zu entdecken gibt! Ich habe eine Makroaufnahme im Watt gemacht von den Hinterlassenschaften eines Sandwurms. Unglaublich, aus der Nähe betrachtet und vergrößert sehen sie aus wie ein Kunstwerk.«

Louise schüttelte den Kopf. »Nein, da ist keine Fotoausrüstung drin. Fürs Knipsen habe ich kein Talent.«

»Na ja, ich knipse nicht. Das ist schon sehr viel ambitionierter, was ich mache«, meinte Hubertus Schulte freundlich und fuhr dann hartnäckig fort, »Also, was transportieren Sie denn nun? Doch nicht etwa eine Kalaschnikow?« Er lachte.

Louise starrte ihn entsetzt an. »Woher wussten Sie das?« Erschrocken trat Hubertus Schulte einen Schritt zurück.

»Sie machen Witze!«, rief er aus. Und fügte dann in einem leisen, verschwörerischen Ton hinzu: »Sind Sie etwa eine Berufskillerin?«

Louise lächelte milde und klopfte auf den Koffer. »*Pardon*, ein kleiner Scherz. Da ist selbstverständlich keine Knarre drin, nur meine Messer.«

Das Lächeln, zu dem Hubertus Schulte gerade ansetzen wollte, gefror ihm auf den Lippen. Fassungslos starrte er Louise an, die nicht mehr an sich halten konnte und in Lachen ausbrach. »Nein, keine Angst, ich kille nicht, ich koche!«

Als Hubertus sie immer noch verständnislos anstarrte, seufzte sie. »Ich bin Köchin. Das sind meine Messer. Es sind besonders wertvolle Messer, und ich habe keine Lust, dass sie mir geklaut werden. Denn ohne ein gutes Messer gibt es kein gutes Essen. Aber weil die Dinger so verdammt scharf sind, kann man sie nicht einfach lose transportieren. Deswegen sind sie hier drin, fest verschnallt und gesichert.«

»Und Sie dürfen das? Einfach so Messer mit sich herumtragen?«

»Ja, als Berufsköchin ist es mir erlaubt. Die Messer müssen allerdings in einem verschlossenen Behältnis transportiert werden. Andernfalls kann mich das nicht nur 10.000 Euro Bußgeld kosten, sondern womöglich auch meine Lizenz.«

»Ach, das hätte ich nun aber nicht gedacht, ist ja interessant.« Hubertus schien sich von seinem Schreck erholt zu haben. »In welchem Restaurant werden Sie arbeiten? Wir kommen gerne vorbei und lassen uns von Ihrer Kochkunst überraschen.«

Louise blieb es erspart, darauf antworten zu müssen. Die Fähre verlangsamte ihr Tempo, in wenigen Minuten würde sie anlegen, und Simone Schultes in den Wind geschriene herrische Aufforderung an ihren Gatten, doch jetzt endlich zu kommen, ließ Hubertus mit entschuldigendem Blick und eiligen Schritten in Richtung Auto verschwinden. »Hat mich gefreut!«, rief er ihr noch zu. Louise hob die Hand zum Gruß, wandte sich um und streckte den Kopf in den Wind.

Südlich des Anlegers ragte der rot-weiß gestreifte Leuchtturm in den Himmel, und gegenüber des Fähranlegers erahnte Louise im Westen der Insel die braun-rot aufragende Turmruine der Alten Kirche. Das Überbleibsel des romanischen Bauwerks, das im 13. Jahrhundert gebaut worden war, wachte als stattliche Ruine über die Insulaner und war eine der beliebtesten Sehenswürdigkeiten für Touristen. Der Wind frischte noch einmal auf, zerriss die Wolkendecke und rupfte sie in kleine Stücke. Ein fast unnatürlich blauer Himmel brach sich Bahn, und die Sonne schickte ihre Strahlen auf die Insel, versprach einen sommerlich milden Tag.

Mit einer instinktiven Bewegung, die sie tausende Male vollführt hatte, wollte sich Louise ihre widerspenstigen Locken aus dem Gesicht streichen. Doch mitten in der Bewegung hielt sie inne. Ihre ehemals langen dunklen Haare waren vor einer Woche der Schere zum Opfer gefallen. Die neue Frisur stehe ihr superb, hatte Adonis (ja, er hieß wirklich so), Coiffeur und Haarkünstler, ihr mit spitzen Schreien der Entzückung versichert. Doch noch hatte sie sich nicht daran gewöhnt. Ihr Gesicht wirkte nun runder. Rund und flach wie eine Crêpe, hatte sie gejammert, als sie später mit ihrer Mutter wie ein Häufchen Elend in der Küche saß.

Maman hatte ihr liebevoll über die Haare gestrichen. »Wie eine Crêpe zum Anbeißen«, hatte sie gesagt und nach kurzem Zögern gefragt: »Was willst du jetzt machen?«

»Keine Ahnung. Ich will nur noch weg. Weg vom Restaurant, weg von hier, und vor allem weg von diesem Miststück. Sie hat gesagt, sie findet mich in jedem Karnickelloch.« Louise heulte auf. »*Maman*, ich bin erledigt, ich bekomme im Elsass, ach was sag ich, in ganz Frankreich kein Bein mehr auf den Boden. *Je suis foutue.*«

Als Louise sah, wie ihre Mutter sie mit großen Augen ansah, schmunzelte sie.

»Du musst gar nicht so gucken. Deswegen habe ich es ja auf Französisch gesagt. Das hört sich doch erheblich netter an, als hätte ich gesagt, ich bin am A…, meinst du nicht auch?« Kathrin Dumas lächelte liebevoll. »Da hast du allerdings recht. Wir haben dich offensichtlich wirklich gut erzogen, *mon cœur.*«

Der kurze Moment der Heiterkeit verflog, und Louises Stimme war wieder voller Verzweiflung.

»Ich war so kurz vor meinem ersten Stern«, sie hob die Hand und drückte Daumen und Zeigefinger so fest zusammen, dass kein Blatt Papier dazwischen gepasst hätte. »Ich hatte ihn sicher. Und jetzt? Ich kann mich nirgendwo mehr blicken lassen! Und nicht nur das, das Ganze ist noch viel schlimmer! Zwar könnte ich nach Übersee gehen, nach Guayana, oder in den letzten Winkel der Bretagne, wo mich niemand kennt. Aber…«, nun liefen ihr Tränen des Kummers über die Wangen. »*Maman*, ich kann plötzlich nicht mehr kochen! Als hätte ich alles vergessen, was ich jemals gelernt habe. Gestern wollte ich eine *Mousseline de Rascasse* machen. Weißt du, was dabei rausgekommen ist? Statt einer luftig-leichten Mousse, ein pampiger pürierter Kabeljau, der wie von einem Hund geschissen auf dem Teller lag. Weder was für die Augen noch für den Gaumen.« Louise schniefte, und ihre Mutter reichte ihr ein Taschentuch und eine Schale mit dampfendem Kaffee.

»Hier, trink das. Dann sehen wir weiter.«

Louise nickte dankbar und nahm einen Schluck des heißen Gebräus. Das war typisch für ihre Mutter. Zuerst einmal ein starker Kaffee, der die Sinne schärfte, wie sie immer sagte, und durch den man alles klarer und meist auch gelassener sah. Was dem Engländer die Tasse Tee, war ihrer deutschen Mutter ein starker frisch aufgebrühter Kaffee. Sie zog sich den Brotkorb mit dem rot karierten Deckchen heran, nahm ein goldbuttriges Croissant heraus, legte es wieder zurück. Sie hatte überhaupt keinen Appetit. Und wenn Louise Dumas auf ein *Croissant au beurre* verzichtete, dann ging es ihr wirklich hundsmiserabel. Sie seufzte tief. Wie anheimelnd hier alles war. Der große Holztisch mit der altmodischen Eckbank. Hier hatte sie ihre Hausaufgaben immer gemacht mit Blick auf den riesigen Tellerschrank mit den geschnitzten Türen. Hier stand das Geschirr mit den

Elsässer Motiven – Frauen und Männer in Trachten, Fachwerkhäuser, ein Hirte mit seinen Schafen.

Es herrschte ein Moment der absoluten Stille in der Küche. Nur das Plätschern des Brunnens vor dem Rathaus drang durch das halb geöffnete Fenster.

Kathrin Dumas strich sich eine dunkelblonde Haarsträhne hinter das Ohr. Sie war eine attraktive Frau, die mit beiden Beinen fest auf dem Boden stand. Die Auberge *La Tulipe Noire*, benannt nach einem Roman von Alexandre Dumas, in dem schmucken Fachwerkhaus im Herzen von Riquewihr hatten sie und ihr Mann Michel vor mehr als dreißig Jahren gekauft, und die Gäste liebten das kleine familiäre Hotel und schätzten seine traditionelle elsässische Küche. Kathrin nahm die Hände ihrer Tochter zwischen ihre.

»Und nun hör mir zu. Du hast dir nichts zuschulden kommen lassen, du hast dich einfach nur verliebt. Er hat einen Fehler gemacht. Und diese Frau hat die Macht, dich für die nächste Zeit …«

Louise wollte widersprechen.

»… lass mich ausreden! Für die nächste Zeit, vielleicht für ein paar Monate, vielleicht auch länger, aus dem Verkehr zu ziehen. Aber diese Wogen werden sich glätten, glaub mir. Und bis dahin kannst du hier bei uns wohnen und in der Auberge helfen. Wir könnten Kochkurse für unsere Gäste anbieten. Dann kommst du nicht aus der Übung. Wäre das nicht eine wundervolle Lösung?«

»Ich habe dir doch eben gesagt, dass ich nicht mehr kochen kann. Es ist weg, einfach weg!«

Ihre Mutter musterte sie nun streng. »Das ist doch dummes Zeug. Man verlernt einen Beruf nicht einfach. Das ist wie Radfahren oder Schwimmen. Das ist höchstens eine Blockade, und die wird sich bald wieder lösen.«

Ein Satz, den ihre Mutter eben gesagt hatte, spukte durch Louises Kopf. »*Die Wogen werden sich glätten.*« Ein Hoffnungsschimmer ließ ihr eben noch düsteres Gesicht strahlen.

»Ich weiß, was ich machen werde! Ich fahre zu Tante Fine auf die Insel. Auf Pellworm kann ich in Ruhe über alles nachdenken. Und Madame wird mir dort gewiss nicht nachspüren und neue Knüppel zwischen die Beine werfen.«

Und da war sie nun. Louise war auf Pellworm angekommen.

Kapitel 2

Ein Jahr zuvor

Die große Verheißung. Der Durchbruch. Durchstarten in eine neue Dimension. Dieser Moment, wenn sie die Bühne betritt, das Mikro in die Hand nimmt, kurz die Augen schließt und sich konzentriert. Um sie herum ist zunächst alles still. Sie hört nichts, sie sieht nichts. Dann öffnet sie die Augen, gibt das Zeichen, und der Rhythmus nimmt sie gefangen. Die Unruhe und spannungsvolle Erwartung, die von ihren Zuhören Besitz ergriffen hat, weicht einer fast andachtsvollen Stille. Ihre Stimme erklingt, ruhig und kraftvoll und sie hofft, dass sie ihr Publikum in eine andere Welt trägt.

Meist steht sie ganz ruhig, klopft vielleicht mit ihrem rechten Fuß den Rhythmus mit. Mehr nicht. Sie singt von Liebe, vom Verlassenwerden, von Sehnsucht, von Treue – das ganze Repertoire. Sie möchte ihre Sehnsüchte, ihren Schmerz, ihr Verlangen mit ihren Zuhörern teilen. Ein Kritiker eines Kreisblattes hat ihre Musik und ihre Texte einmal authentisch genannt. Das ist es, was sie auf der Bühne rüberbringen möchte.

Ihr erster Auftritt bei einem Schulfest ihres Gymnasiums vor ein paar Jahren war allerdings eine bittere Erfahrung gewesen. Sie war so nervös gewesen, dass ihr die Stimme immer wieder wegbrach – sodass sie entweder gar nicht zu hören war oder kiekste. Das laute Klatschen und Johlen ihrer Mutter hatten es nicht besser gemacht, und sie wäre am liebsten im Erdboden versunken. Ein paar Wochen später jubelten ihr Freunde, Klassenkameraden und ein paar Gäste aus dem Nachbardorf nach einer Vorstellung im Jugendzentrum ihres Dorfes zu. Und jetzt – der Auftritt ihres Lebens, die Chance ihres Lebens. Wenn sie ihn überzeugen kann, dann hat sie nicht nur eine Tür aufgestoßen, dann ist sie bereits mittendrin in der Welt, die sie sich erträumt.

Als sie ihn an der Bar etwas abseits der kleinen Bühne entdeckt – er steht einfach da und trinkt mit irgendwelchen Leuten ein Bier – weiß sie, es gibt eine göttliche Fügung. Zuerst glaubte sie, sie habe sich getäuscht. Er hat eine Baseballkappe tief ins Gesicht gezogen, möchte wohl unerkannt bleiben. Was ihm auch gelingt, denn niemand schenkt ihm groß Aufmerksamkeit. Hier in der kleinen Musikkneipe verkehrt auch nicht das Publikum, das er zu seinen Fans hätte zählen können. Aber sie weiß, heute muss sie alles geben, und sie gibt alles. Und als sie zum Abschluss Alicia Keys *Fallin'* interpretiert, ist es stumm vor der Bühne. Es ist ihr Abend.

Unauffällig stellt sie sich nach ihrem Auftritt an die Theke, nimmt die eiskalte Cola, die ihr Marco, der Wirt, hingestellt hat. Sie trinkt einen großen Schluck. Wenn sie ihm auf der Bühne aufgefallen ist, wird er sie vielleicht ansprechen, hofft sie. Und ihr Wunsch geht in Erfüllung.

»Einen tollen Auftritt hast du da hingelegt. Kompliment. Ganz ehrlich, wenn man die Augen schließt, glaubt man,

Alicia stehe höchstpersönlich auf der Bühne. Du warst, du bist einfach umwerfend. Eine Klasse für sich. Hättest du nicht Lust, mit meinen Freunden und mir noch irgendwo auf deinen Erfolg anzustoßen?«

Er hat sie gesehen, er hat sie gehört, und er ist begeistert. Seine Worte gehen ihr runter wie Öl. Er weiß, dass sie ihn erkannt hat. Und dann sind sie plötzlich in diesem Szeneclub, in den sie noch nie einen Fuß gesetzt hat. Noch nie hat sie nach einem Auftritt in einem solchen Ambiente gefeiert. Meist trinkt sie noch eine Cola oder ein Glas Prosecco mit Freunden, die zu ihrem Gig gekommen sind. Und wo hat sie seit ihren ersten Gehversuchen in der Musikszene im dörflichen Jugendzentrum nicht schon überall gesungen? In Kaufhäusern, bei Schützenfesten, bei der Eröffnung eines Autohauses, im Jahrmarktsfestzelt. Das war die kleine Welt gewesen. Und das hier ist die große Welt.

Hier gibt es keinen Prosecco, nur Champagner, und der steigt ihr schnell zu Kopf. Die Lautstärke im Club, das sich steigernde Stimmengewirr lassen ihre anfängliche Euphorie in eine zunehmende Beklemmung umschlagen. Sie hat die wie zufällig wirkenden Berührungen ihrer Brust, das Tätscheln ihres Hinterns, wenn sie aufsteht, durchaus bemerkt. Sie rückt ein Stück weg, lächelt weiter freundlich. Das gehört eben zu diesem Spiel. Die Typen versuchen es, aber sie ist nicht so eine. Das fünfte – oder war es das sechste? – Glas Champagner lehnt sie ab. Sie ist müde, Übelkeit und Kopfschmerzen plagen sie. Suchend sieht sie sich um. Sie kann ihn in der Menschenmenge nicht ausmachen. Ist er vielleicht schon gegangen? Aber er hat ihr versprochen, sich bei ihr zu melden. »Ich bring dich ganz groß raus, Mädchen.«

Sie ist nicht so naiv, dass sie solche Versprechen für bare Münze nimmt, aber vielleicht hat er es ja ernst gemeint.

»Eine Cola bitte«, sie winkt dem Barkeeper zu, »mit viel Eis.«

Warmer Atem streicht ihr über den Nacken, ein Typ versucht, ihr seine Zunge ins Ohr zu stecken. Unwillig schüttelt sie den Kopf und schaut sich hilfesuchend um. Alle sind mit irgendetwas beschäftigt. Es wird zu viel getrunken, zu laut gelacht, zu wild getanzt, Schweiß steht auf den Gesichtern der Menschen um sie herum. Sie trinkt ihr Glas Cola mit einem Zug leer.

»Bestellen Sie mir bitte ein Taxi?«, bittet sie den Mann hinter der Theke.

»Ach was. Du bleibst noch ein bisschen.« Der Atem stinkt nach Alkohol.

Sie macht sich von dem Arm los, der sich von hinten um ihre Hüfte legt.

»Lass das, hör auf. Ich möchte jetzt nach Hause.«

Ihr Mund fühlt sich an, als wäre er mit einem Fell ausgekleidet, das die Worte in sich aufsaugt und nur widerwillig über die Lippen lässt. Wo ist der Ausgang? Orientierungslos irren ihre Augen in die Richtung, wo sie ihn vermutet. Unsicher gleitet sie vom Barhocker, knickt in den Beinen ein, fällt fast zu Boden. Ein Arm packt sie, zieht sie hoch, schleift sie aus dem Lokal. Die klare Luft draußen schlägt ihr ins Gesicht. Eine Autotür wird geöffnet, und jemand schiebt sie in den Wagen, setzt sich neben sie. Ein Motor brummt, übertönt die zahlreichen Geräusche, die aus dem Club dringen.

Kapitel 3

Louise verließ als Letzte die Fähre. Die Autos rollten langsam über den Anleger ihren Zielen entgegen.

Tante Fines reetgedecktes kleines Haus gehörte zu Tammensiel, Verwaltungssitz des Amtes Pellworm und zugleich größte Ansiedlung auf der Insel, die aber immer noch zu klein war, um als Dorf bezeichnet zu werden. Louise hatte sich vor ihrem Aufbruch vom Elsass in den Norden Deutschlands die kurze Strecke eingeprägt, die sie ab dem Anleger fahren musste. Aussprechen konnte sie die Namen nicht – zuerst über den Ostersiel, das ging noch gerade eben, es folgte der Üstermarkermitteldeich, von dort zum Nordermitteldeich. Auf diesem ging es etwa achthundert Meter geradeaus, bis sie auf der rechten Seite Fines Zuhause erreichen würde.

Sie hatte die Messertasche wieder im Tankrucksack verstaut, den sie passend für ihre Tasche ausgewählt hatte. Das wenige Gepäck, das sie ansonsten dabeihatte, lag sicher in einem abschließbaren Topcase, der fest auf dem Kofferträger montiert war. Kurz überlegte Louise, ob sie den Motorradhelm nicht einfach samt Helmschloss an ihrem Bike hängen lassen sollte, um auf der kurzen Fahrt den nordischen Wind in ihren Haaren zu spüren. Die Polizei würde ja wohl nicht gleich die ankommenden Fahrzeuge kontrollieren, und sie ohne Kopfschutz erwischen. Doch sie ließ es sein, stülpte den Helm über ihre kurzen Locken und fuhr vorbildlich hinein nach Tammensiel.

Pellworm hätte sie nicht freundlicher begrüßen können. Wie überall an der Nordsee lagen Schön- und Schietwetter dicht beieinander. Der Himmel war nun von einem durchdringenden Blau, über das die Wolken, eher zarten Nebelschwaden gleich, von einem leichten Wind getrieben wurden. Louise schob das getönte Visier hoch und reduzierte ihr Tempo auf fast Schrittgeschwindigkeit. Sie wollte die ersten Eindrücke gleich mit allen Sinnen genießen und in sich aufnehmen. Schließlich sollte Pellworm für die nächsten Wochen und Monate ihr Zuhause werden. Bildete sie es sich ein, oder war das Gras auf den Wiesen und Deichen grüner als im Elsass oder entlang der Straßen, über die sie geglitten war? Oder war es der Kontrast zu dem hellen Fell der Schafe, die vereinzelt oder in kleinen Gruppen auf der Wiese standen – oder zum blauen Himmel, auf dem nun kaum noch ein Wölkchen zu erkennen war? Ein Auto mit einer jungen Familie überholte sie. Aber keine Faust ballte sich aus dem Fahrerfenster, weil sie wie eine Schnecke über die Fahrbahn kroch, sondern sie sah in entspannte, fröhliche Gesichter.

Louise kreuzte den Hafen, in dem drei Kutter lagen und folgte der Straße, von der bald links und rechts der Rungholtweg abging. Schlagartig wurde ihr klar, dass sie die Insel kaum kannte. Sie war als Kind in den Ferien hier gewesen und dann vor Jahren noch einmal für wenige Tage, in denen sie vor allem gefaulenzt und gelesen und sich einer Wattwanderung angeschlossen hatte. Doch jetzt wollte sie die Insel und ihre Geschichte erkunden, sich mit ihr bekannt und vertraut machen. Zum Beispiel mit der sagenumwobenen Stadt Rungholt, über die sie im kleinen Pellwormreiseführer gelesen hatte, den ihre Eltern ihr zum Abschied geschenkt hatten. Sie hatte ihn allerdings nur flüchtig durchgeblättert – denn wenn ihr jemand etwas über Pellworm und seine Vergangenheit erzählen konnte, war es Tante Fine, deren Familie seit mehr als fünf Generationen auf der Insel lebte.

Nach dem Rungholtweg folgte der Deichgrafenweg. Noch so ein Begriff, der prägend für dieses Land war. Storms Schimmelreiter war so ein Deichgraf gewesen, auch das hatte ihr Tante Fine einmal erzählt. Louise hatte die Novelle nie gelesen, aber sich fest vorgenommen, das nun auf Pellworm nachzuholen.

Entspannt lenkte Louise ihr Motorrad weiter. Hatte die Ruhe, die einer der unbezahlbaren Schätze dieser Insel war, bereits von ihr Besitz ergriffen? Nur noch wenige Minuten trennten sie von Fines Haus, als ihr Blick auf ein schlichtes Holzkreuz fiel, das rechts am Wegesrand stand. Ein Strauß mit bunten Blumen war am rechten Kreuzarm befestigt. Louise fragte sich, was hier wohl passiert war. Weit und breit waren weder ein Baum, ein Findling noch ein Graben zu sehen, durch die es zu einem tödlichen Unfall hätte kommen können. Oder war an dieser Stelle vielleicht jemand überfahren worden? Fast nicht zu glauben, bei dem geringen Verkehrsaufkommen, das auf der gut überschaubaren Straße herrschte. Ihr Bike glitt weiter, und da kam es schon in Sicht, ihr neues Zuhause, Tante Fines reetgedeckte Kate, die in einem Meer von Rosen verschwand wie das verwunschene Schloss Dornröschens.

Louise parkte ihr Motorrad zunächst an der Straße. Sie nahm den Helm ab und schüttelte den Kopf wie ein Pferd, das eine lästige Fliege loswerden will. Früher hatte sie so ihre durch den Helm zusammengepressten Locken auseinandergeschüttelt. Früher. Noch vor einer Woche.

»Phantomlocken«, murmelte sie vor sich hin und dachte an ihren schon lange verstorbenen Onkel Fred, dem man nach einem Unfall den Unterschenkel amputiert hatte. Wie oft hatte er sich daran kratzen wollen, obwohl dieser Körperteil nicht mehr da war. Louise hatte als Kind große Angst, aber auch eine gewisse Faszination empfunden, wenn Fred fluchend mit seiner Hand in der Luft herumfuchtelte, weil es so furchtbar juckte, und er nichts dagegen tun konnte.

Sie hängte den Helm an das Motorrad, packte ihre Messertasche aus und ging zwischen prächtig wuchernden dunkelroten Stockrosen den säuberlich geharkten Weg auf Fines Haus zu. Der obere, von einem dunkelgrünen Holzrahmen gefasste Teil der Klöntür war offen, eine Einladung an die, die vorbeikamen und auf einen Schnack aus waren, anzuhalten und mit Fine die neusten Nachrichten auszutauschen. Die weißen Kreuzstockfenster saßen wie glänzende Augen in den Mauern aus dunkelrotem Klinker, und es schien, als würde sich die Kate duldsam unter dem breiten Dach aus Reet ducken.

»Tante Fine?«

Nichts regte sich. Louise spähte durch den oberen geöffneten Teil der Haustür direkt in die Küche. Niemand zu sehen. Wahrscheinlich war Fine hinten in ihrem Gemüsegarten. Louise ging rechts am Haus vorbei. Es summte und brummte um sie herum. Bienen steuerten die Rosenblüten an der Hauswand und in den Beeten an und verließen sie mit gelb bestäubten Beinchen und Gesichtern. Neugierig hielt Louise inne und begutachtete die Rosen, die von rosa bis violett, von weiß bis gelb ihre Pracht entfalteten. Es waren ursprüngliche Rosen, die nur eine oder auch zwei Reihen mit Blütenblättern besaßen, sodass die kleinen Wesen ungehindert in das Innere der Blume gelangen konnten. Louise hatte die Pellwormer Rosentage um eine Woche verpasst, wie Fine ihr bedauernd gesagt hatte, als sie vor ein paar Tagen zuletzt miteinander telefoniert hatten. Pellworms Gärten waren dann für Besucher zugänglich, und alles drehte sich um die Rose. Dreihundertfünfzig Rosenstöcke wurden verlost, Rosenlikör und Rosenmarmelade wurden den zahlreichen Gästen, die sich an den unterschiedlichsten Farben und Düften erfreuen durften, angeboten.

An der Hausecke stand immer noch der riesige Holzbottich, in dem das Regenwasser aufgefangen wurde, daneben wartete eine grüne Plastikgießkanne auf ihren Einsatz. Louise konnte sich noch gut an den Vorgänger aus Zink erinnern, den sie, mit Wasser gefüllt, als Kind kaum hochheben konnte.

»Wollt ihr wohl da runter, ihr Taugenichtse!« Eine große getigerte Katze und eine junge graue sprangen von einem runden Holztisch, auf dem Fine gerade zwei Gedecke ablud. Ihr geliebtes gutes Porzellan mit Strohblumenmuster, blau und weiß, die Farben, die auch in ihrer Küche dominierten. Für jeden Tag gab es ebenfalls blau-weißes Geschirr aus Steingut, das Fine, wie auch das gute, von ihrer Mutter geerbt hatte. Das Sonntagsgeschirr stammte noch von Fines Großmutter, die eine betuchte Patin in Hamburg gehabt hatte, die ihr das Service für zwölf Personen zur Hochzeit in einer großen Holzkiste vor mehr als hundert Jahren hatte zukommen lassen. Seitdem wurde immer, wenn ein Teil kaputtgegangen war, dieses nachgekauft, denn das Strohblumendekor war zeitlos. Eine Vase mit einer wild bunten Blumenmischung zog Louises Blick auf sich, ihre Augen wanderten weiter zu einer Plastikhaube, unter der sich ganz sicher ein Streuselkuchen verbarg, der mit viel Liebe und noch mehr Butter gebacken worden war.

Louise stand einfach nur stumm da, unterdrückte Tränen der Rührung, genoss die anheimelnde Atmosphäre, die sie willkommen hieß. Liebevoll beobachtete sie jede Bewegung Fines, die konzentriert und voller selbstverständlicher Anmut waren. Hier rückte sie eine Tasse zurecht, da zupfte sie ein welkes Blütenblättchen aus dem Strauß. Wie lange hatte Louise sie nicht mehr gesehen, und doch erschien es ihr jetzt, wo sie angekommen war, als sei es erst gestern gewesen. Der dunkelblaue Rock, der die festen Waden Fines umspielte, die bequemen, derben Schuhe, die dicke selbst gestrickte Jacke aus beiger Schafwolle, die die Jahre überdauert hatte und sie auch noch überdauern würde. Eine Woge des Glücks durchströmte Louise.

Fine drehte sich um. Auch Figur und Gesicht sind Louise noch so vertraut. Sie war schlank und groß mit einem aufrechten Gang. Ihre blauen Augen blitzten in dem breiten Gesicht, das immer zu lächeln schien. Nur in Fines dunkelblonde Haare, die zu einem Zopf geflochten waren, der am Hinterkopf festgesteckt war, hatte sich üppiges Grau geschlichen.

»Mien groote Deern«, mit ausgebreiteten Armen kam Fine auf Louise zu, drückte sie an sich, schob sie wieder ein Stück von sich weg und musterte sie von oben bis unten.

»Nix mehr lütte Deern«, erwiderte Louise lachend. Viel mehr gab ihr plattdeutscher Sprachschatz auch nicht her. Die Lütte, die Kleine, das war sie gewesen. Und irgendwie war sie es noch immer, lütt, denn seit ihrem sechzehnten Lebensjahr hatte sich an ihrer Größe von knapp einhundertsechzig Zentimetern nichts mehr getan.

Fine wechselte ins Hochdeutsche. Auch wenn Louise zweisprachig aufgewachsen war, so dominierte durch ihr Leben und ihre Arbeit in Frankreich letztendlich die französische Sprache. Den Besonderheiten des Plattdeutschen war sie jedenfalls nicht, noch nicht, gewachsen.

»Zieh erst mal die dicke Jacke aus. Ist das heute nicht ein herrlicher Tag?«

Die beiden Frauen schauten gleichzeitig zum Himmel, über den wenige Wolken glitten. Ein lautes Schnattern lenkte ihren Blick auf eine große Gruppe von Nonnengänsen mit ihren eleganten schwarzen Hälsen und weißen Gesichtern. Sie waren jetzt am späten Nachmittag auf dem Weg von ihren Fressplätzen auf den grünen Weiden hinter den Deichen ins Binnenland, um dort zu übernachten. Louise schloss die Augen. Außer dem Geschrei der Vögel und dem satten Brummen der Bienen, die auch den hinteren Teil des Gartens nach Blüten absuchten, war nichts zu hören. Sie atmete tief ein, die würzige Seeluft belebte ihre Sinne, und plötzlich hatte sie einen Bärenhunger.

»Ich habe Streuselkuchen gebacken. Du liebst ihn doch immer noch?«

Louise lief das Wasser im Mund zusammen. »Ach Fine, ist das schön, hier bei dir zu sein! Und ich kann es gar nicht erwarten, das erste Stück zu verputzen.«

»Dann leg mal Jacke und die Tasche ab. Dein Gepäck ist übrigens gestern in zwei Kartons eingetroffen. Sie stehen schon oben in deinem Zimmer. Aber zuerst mal ein starker Kaffee. Immer noch ohne Zucker und Milch? Brrr.« Fine schüttelte sich. »Bitter ist ja gar nicht mein Ding. Aber egal. Und jetzt ab mit dir. Du willst dich sicher frisch machen. Du weißt ja noch, wo das Badezimmer ist. Ich hol den Kaffee. Und wenn du irgendwann Lust hast, erzählst du mir, was eigentlich passiert ist«, fügte sie sanft hinzu.

Das war Tante Fine. Bodenständig, richtraus und überaus praktisch veranlagt. Noch einmal drückte sie Louise fest an sich. Dann verschwand sie über die hintere Stube in die Küche.

Eine einzelne Nonnengans glitt über den Himmel. Sie musste sich beeilen, wenn sie sich noch ihrem Schwarm anschließen wollte, um das gemeinsame Nachtlager zu erreichen.

Kapitel 4

Zwei Wochen zuvor

Sie liebt es, am See zu sitzen und die sich fein kräuselnden Wellen zu beobachten, die von der leichten Brise an Land getrieben werden, einen Kiesel umspülen und ihm für einen Moment das Aussehen eines edlen Steins verleihen, bis der Wind und die Sonne ihn wieder trocknen, ihn zu dem machen was er ist, einen über die Jahrtausende rund gespülten einfachen Stein. Ihre Eltern können nicht verstehen, dass es sie immer wieder zurück an diesen Ort zieht. Hier hat ein Spaziergänger, das heißt, sein Hund, sie gefunden, mehr tot als lebendig. Doch sie erinnert sich an nichts. Dieser Ort birgt für sie keinen Schrecken, keine Angst, kein Erinnern.

Bis gestern. Bis gestern war die Erinnerung auf eine einzige Tatsache beschränkt gewesen.

Sie war zu ihrem Auftritt in der *Buschtrommel* gefahren. Das war's. Mehr gab ihr Kopf nicht mehr her. Danach war alles wie ausradiert. Offenbar war sie hinterher in einem Club gewesen, in dem sie zu viel getrunken hatte. Als ihr übel geworden war, hatte sie um ein Taxi gebeten. Weder das Unternehmen noch der Fahrer hatten ausfindig gemacht werden können. Niemand hatte sie in ein Taxi einsteigen sehen. Die Polizei ging irgendwann davon aus, dass jemand sie in seinem Wagen mitgenommen hatte. Sie war vergewaltigt worden, und es gab keine Spuren. Weder von ihm oder ihnen, das ließ sich nicht genau sagen, noch Abwehrspuren von ihr. Tropfen, die sie willenlos gemacht haben könnten, waren nicht oder nicht mehr nachweisbar.

»Wenn es ein Zeug wie Liquid Ecstasy war, und man es Ihrer Tochter in einer nicht zu hohen Dosis verabreicht hat und das im Zusammenspiel mit sehr viel Alkohol, ist es nach ein paar Stunden weder im Blut noch im Urin, ja noch nicht einmal in den Haaren nachweisbar«, hatte ein Arzt bedauernd ihrer Mutter mitgeteilt, die sie überallhin begleitet hatte.

Kein Nachweis, kein Beweis. Die Polizei hatte ihr Fragen gestellt. Könnte sie mit einem Freund, einem Bekannten unterwegs gewesen sein? War es zu einvernehmlichem Verkehr gekommen? Waren leise Zweifel in den Stimmen zu hören gewesen? Irgendwann?

Sie konnte nur immer wieder wiederholen: ICH WEISS ES NICHT!

Wie lange ist es jetzt her, dass man sie wie ein Stück Müll am Ufer hatte liegen lassen? Wie durch ein Wunder war sie nicht ertrunken. Der Hundespaziergänger hatte zuerst gedacht, sie wäre betrunken und schliefe ihren Rausch aus. Sie lag einfach da, komplett angezogen. Doch der Hund hatte nicht aufgegeben, hatte gewinselt und gefiept, während er um sie herumsprang. Er hatte gespürt, dass hier etwas unsagbar Schreckliches geschehen war. Und irgendwann hatte er sein Herrchen davon überzeugt, der dann einen Rettungswagen gerufen hatte.

Seitdem war fast ein Jahr vergangen. Ein Jahr, das in den

ersten Wochen nur aus Schmerzen bestanden hatte, gefolgt aus Wochen voller Übelkeit, Grübeleien, Verzweiflung, neuem Kopfzerbrechen und schließlich Resignation. Ihr Gehirn wollte einfach nicht preisgeben, was in jener Nacht geschehen war.

Bis gestern.

Ihre Mutter hatte keine Ruhe gegeben, bis sie endlich ihr Zimmer verlassen hatte. Ihre Wohnhöhle.

»Chiara, du musst unter Leute. Du kannst dich nicht ewig einschließen, Schatz.«

Doch, sie konnte, und sie wollte. Ihr lag nichts mehr am Draußen, an anderen Menschen, am Bummeln, an Partys, an der Musik. Nur ihrer Mutter zuliebe hatte sie sich angezogen und mit ihr das Haus verlassen, war mit ihr in die Stadt gefahren, um sie, wie ihre Mutter vorgab, beim Kauf eines Sommerkleides zu beraten. Als ob sie das nicht vorher auch schon immer alleine gemacht hätte. Ein mehr als fadenscheiniger Vorwand. Doch sie war auf den Vorschlag eingegangen. Ihre Mutter hatte sie glücklich in die Arme genommen, voller Hoffnung, ihr Kind würde sich allmählich aus seinem dunklen Gedankengefängnis befreien.

Sie kamen gerade aus einer kleinen Boutique, die Chiara ihrer Mutter empfohlen hatte. Allerdings verließen sie das Geschäft mit leeren Händen, da sie keine Mode für ältere Herrschaften führten, wie die junge Verkäuferin ihnen kess mitteilte. Und da entdeckte sie ihn, einen Mann mit einer grünen Baseballkappe und Sonnenbrille, der vor einer Litfaßsäule stand, die über und über mit bunten Plakaten beklebt war. Sie hatte keine Ahnung, für welche Reklame oder welches Event sich der Mann interessierte. Es spielte auch keine Rolle. Genauso wenig, wer dieser Mann war. Ihr Blick blieb an dem größten Plakat hängen, das mittig an der Säule befestigt war. In riesigen Lettern wurde verkündet, dass er, Megastar, Liebling der Volksmusikfreunde im November in der zwölftausend Menschen fassenden Maximus-Arena mit seiner Show zu Gast sein würde. Das lachende Gesicht, die Zähne, die vom bunten Papier blitzten, als handele es sich um eine Werbung für Zahnpasta, das blonde Haar, das über der Stirn zu einer Tolle gedreht war und sich unter einer weißen Prinz-Heinrich-Mütze versteckte, die fröhlichen Sommersprossen, die jedem verrieten, was für ein bodenständiger und fröhlicher Kumpel er doch war. Das Foto dieser singenden Frohnatur, in Kombination mit einem ihr vollkommen Unbekannten, der eine Baseballkappe und eine Sonnenbrille trug, ließen in Chiaras Kopf Scherben vom Boden nach oben segeln, Bruchstücke, die sich wieder grob zueinanderfügten, als ob ein Film rückwärts abgespult wurde.

»Chiara, Schatz, was ist los? Warum schaust du so entgeistert?«

Ihre Mutter hatte sie vorsichtig am Arm gefasst, als sie nicht reagierte und wie paralysiert abwechselnd auf den Mann aus Fleisch und Blut und die zweidimensionale Ausgabe von Jeff Storm, Charmeur und Volksliedheld in Lederhosen und Ringelshirt, starrte. Eine Erinnerung war erwacht. Das Aufblitzen einer Ahnung, noch nicht wirklich greifbar. Doch eines war sicher, dieser Mann auf dem Plakat hatte irgendetwas mit der Nacht zu tun, in der Chiara Petermann aufgehört hatte zu existieren.

Kapitel 5

Louise erwachte von einem Geräusch, das ihr durch Mark und Bein ging. Ein klagender, blecherner Laut, der sich in schöner Regelmäßigkeit wiederholte, ein helles Ihhh, ein kehliges Ahhh. Das gab es doch nicht! War das der Schrei eines Esels? Und das in einer Lautstärke, als würde das Grautier direkt vor ihrer Schlafzimmertür stehen. Louise sprang aus dem Bett und riss die Tür auf. Wie albern, natürlich stand da kein Esel. Doch da war er wieder, der klagende Laut, diesmal in schneller Folge hintereinander. Und er kam direkt aus der Küche. Fine! Louise rannte die Treppe hinunter, schlitterte in die Küche und blieb abrupt stehen. Sie rieb sich die Augen. Keine Fine, aber ein kleiner Esel, der mitten in der Küche stand und sie aus vorwurfsvollen großen Augen anblickte. Auf dem Boden lag ein Körbchen, und Louise erinnerte sich daran, dass in diesem gestern noch ein paar Äpfel gelegen hatten. Der Esel musste sie wohl gefressen haben. Unglaublich. Und wie überhaupt war er in Fines Küche gelangt? Und wem gehörte das Langohr?

Louise schmunzelte. »Ein Esel, in Fines Küche, ein langohriger kleiner grauer Dieb. Aber süß bist du.«

Als habe er Louise verstanden, drehte er seine langen Ohren in ihre Richtung und machte auf seinen kleinen Hufen einen Schritt auf sie zu. Louise konnte nicht anders, sie kraulte seine Stirn und fuhr ihm über die weichen Nüstern.

»Sture, du kannst was erleben!«

Konnten Esel eine schuldbewusste Miene aufsetzen? Ja, sie konnten. Sture konnte es. Mit Gummistiefeln an den Füßen und einem rosa Halfter in der Hand polterte Fine in die Küche. »Das habe ich mir doch gedacht. Ausgebüxt von der Weide hinterm Haus. Der Kerl bekommt das Gatter auf, keine Ahnung wie, aber er kann's.«

Louise lachte, bis ihr die Tränen kamen. Das Bild war wirklich zu köstlich. Der leere Korb, die wütende Fine, das kleine rosa, rosa! Halfter und Sture, der seinem Namen offensichtlich alle Ehre machte. Denn als Fine ihm das Halfter über den Kopf ziehen wollte, drehte er einfach um und spazierte aus der Küche. Wenn er jetzt noch auf den Fliesenboden äppelte … Louise wischte sich die Tränen aus den Augen, und nun musste auch Fine lachen. »Bringen wir ihn auf die Weide, komm.«

Das ließ sich Louise nicht zweimal sagen. Sture stand mittlerweile draußen und scharte mit seinem linken Vorderhuf vor einem Rosmarinbusch in der Erde herum.

»Lässt du das wohl bleiben. Husch, weiter, auf der Wiese ist genügend Futter für dich.«

Sture musste es einsehen. Gegen zwei Frauen kam er nicht an. Mit einem ergebenen Schnauben marschierte er los und kaum auf seiner Weide angelangt, senkte er den Kopf und fing an zu grasen. Fine verschloss das Gatter, prüfte noch einmal den Riegel und zuckte mit den Schultern. »Alles heil. Dieser kleine Teufel. Keine Ahnung, wie er das macht.«

Louise bekam einen erneuten Lachanfall. »Seit wann hast du Sture?«, prustete sie. Sie konnte sich nicht erinnern, wann sie zuletzt so herzhaft gelacht hatte.

»Er stand bei Harms. Für die Kinder der Feriengäste. Nur, dass Sture keine Lust hatte, die Kleinen durch die Gegend zu tragen. Wenn es ihm zu viel wurde, ist er einfach in die Knie gegangen und hat sich hingelegt. Das war natürlich für die Kinder zu gefährlich, und Harms wollte ihn wieder loswerden. Ich hatte schon immer eine Schwäche für Esel, und die Wiese hinterm Haus ist groß genug. Sture und ich, wir haben uns auf Anhieb verstanden. Und ich bin auch schon auf der Suche nach einer Partnerin. So ein Eselchen sollte Gesellschaft auf vier Beinen haben.«

»*Il est si drôle.* Ich wollte schon immer mit einem Grautierchen wie einstmals Stevenson durch die Cevennen wandern. Jetzt werde ich, natürlich nur, wenn Sture Lust dazu hat, mit ihm über die Insel streifen.« Louise strahlte über das ganze Gesicht bei dieser Vorstellung.

»Apropos Lust. Ich hätte jetzt Lust auf ein ordentliches Frühstück. Du könntest bei Cornilsen Brötchen besorgen.«

Noch war es kühl, und eine leichte, frische Brise wehte über die Insel. Louise zog sich ein molliges Sweatshirt über und strampelte auf Fines Hollandrad los. Fahrradfahren war sie kaum noch gewohnt, und sie stellte schon nach wenigen Metern ein Ziehen in ihren Waden fest. Doch ihre Mutter hatte recht: Dinge wie Fahrradfahren verlernte man nicht. Den Himmel überzog in dieser Morgenstunde ein feiner Dunstschleier. Die Touristen schienen noch in ihren Unterkünften zu sein. Louise begegnete auf dem Radweg, der etwas tiefer lag als die Straße, lediglich einem alten Mann, der ihr entgegenradelte und dabei mit der Hand zum Gruß wedelte, was sein Rad gefährlich zum Schlingern brachte. Die frische Luft belebte ihre Sinne, und als sie in der Ferne den Leuchtturm entdeckte, der sich aus dem feinen Morgendunst, der aus den Weiden stieg, emporhob, machte ihr Herz einen Freudensprung. Sie fühlte sich mit einem Mal frei und stieß einen lauten Freudenschrei aus. Ein kleine Herde Schafe, von denen nur die wolligen Körper und die Köpfe zu sehen waren, die Beine waren im Morgennebel verschwunden, sahen erschrocken auf. Louise entschuldigte sich fröhlich bei ihnen und radelte weiter.

Bereits gestern war sie auf dem Weg zu Fine an dem Bäckerei-Café vorbeigekommen. Das große Gebäude aus rotem Klinker und mit einem breiten Krüppelwalmdach war nur dreihundert Meter vom Hafen in Tammensiel entfernt. Mit einem lauten Moin trat Louise in die Bäckerei und musste sogleich feststellen, dass den Inselbewohnern so leicht nichts entging.

»Moin, Sie sind das Patenkind von Fine, die Französin, stimmt's?«, konstatierte eine Stimme hinter ihr.

Louise sah zuerst an sich herunter – wodurch war sie identifiziert worden? – und drehte sich dann um. Ein Mann, nicht alt, nicht jung, schätzungsweise Anfang bis Mitte vierzig, stand mit den Händen in den Hosentaschen da und grinste sie frech an.

»Stimmt. Und wenn Sie mir jetzt noch sagen, was mich verraten hat?«

»Ihre Kleidung. So etwas sieht man hier nicht alle Tage. Diese Raffinesse, mit der Sie das Oberteil und die Hose kombiniert haben – sehr elegant. Das macht eben den Unterschied aus.«

Noch einmal schaute Louise an sich herunter. Der Kerl war wohl nicht ganz dicht im Kopf. Die Hose war eine uralte Jogginghose, im Hintern zu weit, und mit engen Bündchen um die Knöchel. Ihr weißes Sweatshirt war einfach nur ein Sweatshirt. Noch nicht einmal mit irgendeinem Aufdruck, der auf ihre Nationalität hätte schließen lassen. Der wollte sie wohl auf den Arm nehmen, oder er war wirklich ein armer Irrer, vielleicht der Inseldepp. Indigniert sah sie wieder hoch. Der Typ, der zwei Kopf größer war als sie, brach in ein lautes Lachen aus, und Verkäuferinnen und Kunden drehten sich nach ihnen um.

»Das war nur ein Scherz. Aber wenn Sie am Wochenende mit mir essen gehen, verrate ich Ihnen, woher ich weiß, wer Sie sind«, flüsterte er nun, um dann laut einer Verkäuferin mit kurzen fuchsroten Haaren zuzurufen, der Feriengast von Haus Möwenhütte käme doch erst nächste Woche, wegen des Brötchenservice.

Die Verkäuferin nickte, tippte sich an den Kopf. »Ist notiert«.

Dann winkte er zum Abschied in die Kundenrunde und verließ das Geschäft.

Was war das denn gewesen?

»Sie wünschen?«

»Äh, vier Brötchen bitte.«

Die junge Verkäuferin schmunzelte. Louise wurde rot. Hatte sie was Falsches gesagt? Fine hatte ihr doch aufgetragen, Brötchen zu kaufen. Brötchen, *petits pains*. Oder gab es hier einen besonderen Ausdruck für Brötchen? Aber nein.

Vier Brötchen wurden in eine Papiertüte gepackt und über die Theke gereicht. Louise zahlte. Gott sei Dank wurde in Deutschland und in Frankreich mit Euro gezahlt. Zumindest gab es damit keine Irritationen.

»Ihr Fahrrad hat Sie verraten. Jan wollte Sie ein wenig foppen, auf den Arm nehmen, verstehen Sie? Jeder hier kennt Fines Rad mit dem giftgrünen Rahmen und dem blauen Sattel mit den Punkten. Und Ihre Tante redet schon seit Tagen von dem Besuch ihres Patenkindes aus Frankreich. Jan hat einfach eins und eins zusammengezählt. Zählen kann er nämlich, der Jan. Er betreibt das Immobilienbüro und eine Ferienwohnungvermietung in Ostertilli. Wenn Sie also mal was Eigenes suchen …« Sie lachte fröhlich und kniff verschwörerisch ein Auge zu.

»Hilke, höör up to schnacken,« rief eine strenge Stimme durch die zur Backstube angrenzende Tür.

Hilke rollte mit den Augen, reichte Louise das Wechselgeld und wandte sich dem nächsten Kunden zu.

Zu Hause legte Louise die Brötchen in einen mit einer bunten Serviette ausgelegten kleinen Korb. Der Tisch war schon gedeckt, der aufgebrühte Kaffee verströmte sein Aroma in der gemütlichen Küche. Fine war nirgendwo zu sehen, und so suchte Louise aus dem Kühlschrank die restlichen Begleiter für ihr gemeinsames Frühstück zusammen. Butter, Käse und eine, wie das kleine Etikett auf dem Glas verriet, Quittenmarmelade aus dem Vorjahr.

Fine ließ weiterhin auf sich warten. Wo mochte sie denn stecken? Louise stromerte durch die Küche, öffnete neugierig die Schränke. Wenn man kochen wollte, die Betonung lag auf *wenn*, würde man hier schon das passende Equipment finden. Töpfe von guter Qualität in mehreren Größen, Schneidebretter, Siebe. Das Spülbecken aus Stein hatte sie schon als Kind fasziniert. Es war riesig mit einer gerillten Abtropffläche, wo so leicht nichts herunterrutschte. Daneben hing an der Wand ein altmodischer Handtuchhalter aus Kacheln, die wie ein Spiegel in einem Metallrahmen gefasst und an denen vier Haken angebracht waren. Ein ähnlicher Halter hing neben dem Herd, nur, dass sich an diesem oben eine kleine Stange befand, an der Schöpflöffel, eine Kelle und eine große Fleischgabel hingen. Auf dem schlichten Tellerschrank standen in drei Regalreihen übereinander die Tassen und Teller aus Steingut mit dem bekannten Strohblumendekor. Auf der Ablage des Schranks lag ein sorgfältig gebügeltes weißes Deckchen, in das jemand im Kreuzstich mit dunkelblauem Faden vor langer Zeit einen Spruch hineingestickt hatte.

Louise las laut vor: »Herr, hol dien Hand in See und Storm, Herr, schütz Pellworm.«

»Das habe ich zu meiner Konfirmation bekommen.«

Fine war in die Küche getreten, in der Hand zwei frische Eier, die sie aus dem Hühnergehege geholt hatte. »Das Schicksal liegt zwar nicht nur in Gottes Hand, sondern auch in den Händen der Deichbauer und zuletzt in unseren eigenen, aber es ist schon wichtig, dass wir uns jeden Tag bewusst machen, wie vergänglich doch alles ist. Unser Leben und letztendlich auch unsere Erde. Pellworm weiß ein Lied davon zu singen. Aber das ist ein anderes Thema, zu schwermütig für eine Tasse Kaffee am Morgen.«

Sie setzte Wasser für die Frühstückseier auf.

»Gestern warst du ja auf dem Sofa eingeschlafen und

hast keinen Ton mehr von dir gegeben. Aber jetzt will ich wissen, was dich in die Flucht getrieben hat. Deine Mutter hat ja nichts erzählt. Ist es so schlimm?«

»Vielleicht nicht so schwermütig wie deine Inselgeschichten, aber für mich schon sehr schlimm.«

Louise schenkte zwei Becher Kaffee voll und nahm einen ersten heißen Schluck.

»Um es kurz zu machen, ich hatte ein Verhältnis mit einem geschiedenen Mann, seiner Ex hat das nicht gefallen, er hat mich verlassen, und sie hat versucht, meine Karriere zu ruinieren.« Sie schwieg und wartete ab, was Fine dazu zu sagen hatte.

»Nun, das ist schon eine seltsame Geschichte. Er war ungebunden, sagst du. Also, ich muss schon sagen, ich verstehe nicht so ganz. Welches Recht hat seine Exfrau, sich da überhaupt einzumischen? Und was für ein schwacher Charakter muss dieser Mann gewesen sein? Verlässt dich, nur weil seine Ehemalige was dagegen hatte?«, fragte Fine nach einem Moment des Nachdenkens mit ärgerlich gerunzelter Stirn.«

Louise pustete auf ihren Kaffee. Beim ersten Schluck hatte sie sich prompt die Oberlippe verbrannt.

»Er ist wieder zu ihr zurück. Ohne mit der Wimper zu zucken. Ob ihm das aber gut bekommen wird, ist fraglich. Die Frau ist ein Biest. Sie wird es ihn ein Leben lang spüren lassen, dass er mit mir leben wollte. Allerdings ist er von ihr abhängig, finanziell, und auch beruflich. Auf diese Weise hat sie mir meine Beziehung zu ihrem Exmann schon heimgezahlt. Fine, ich bin beruflich am Ende.«

Louise traten Tränen in die Augen. Das musste endlich

aufhören, diese ewige Heulerei. Das war doch nicht sie, Louise, die alles mit einem Lächeln hinnehmen konnte. Aber was zu viel war, war zu viel. Stockend erzählte sie, was in den letzten Wochen geschehen war und ihr bisheriges Leben so gnadenlos umgekrempelt hatte.

»Erzähl doch mal der Reihe nach«, forderte Fine sie geduldig auf.

Acht Monate war es her, als Thierry Worms das Restaurant *La Grenouille d'Or* in Soufflenheim betreten hatte. Wie Louise später erfuhr, ließ er sich vom Oberkellner ein Menu zusammenstellen, und der Sommelier beriet ihn mit den passenden Weinen. Louise erinnerte sich noch wie gestern daran, wie Vincent in die Küche kam und meinte, draußen säße Worms, der Restaurantkritiker, der mit einer wöchentlichen Kolumne und Restaurantkritik in der Wochenzeitung *Bonjour Alsace* entweder ein mehr oder weniger vernichtendes Urteil abgab, sich freundlich, aber verhalten äußerte, die Existenz eines Restaurants zerstörte oder aber ein Essen so lobte, dass sich das Restaurant in der Folgezeit nicht mehr vor Anfragen und Reservierungen retten konnte. In diesem letzten Fall folgte nicht selten irgendwann ein Gast, der ähnlich spezielle Wünsche äußerte wie Thierry Worms, der jedoch ein Abgesandter einer der führenden Gourmetbibeln war, die ihre Sterne oder Gabeln verteilten.

»Bei unserer ersten Begegnung hat Thierry als Vorspeise *Quenelles de brochet*, Hechtklößchen an einem reduzierten Weißweinschaum mit Safran, gewählt. Als er fertig gespeist hatte, wollte er den begnadeten Koch, der diese Kreation gezaubert hatte, sprechen. Das war ich. Wir haben uns am nächsten Vormittag zum Frühstück getroffen, drei Tage später sind wir in einem Hotelzimmer gelandet. *Alors*, was war dabei? Nichts, wir waren zwei ungebundene Menschen, die sich ineinander verliebt hatten. Wir haben uns getroffen, wann immer es unsere Zeit erlaubte. Ich war einfach nur glücklich. Dieser Mann, der mir begegnet war, und die Hoffnung, dem *Grenouille d'Or* würde bald der erste Stern verliehen. Und als die Nachricht der Auszeichnung dann kam, waren die Aufregung und die Freude natürlich groß. Das ganze Team hat mit Champagner gefeiert. Am nächsten Vormittag wollten Thierry und ich bei mir zu Hause auf den Erfolg anstoßen. Wir saßen also gemütlich bei einem Glas *Veuve Macou*, als es an der Tür klingelte. Ich öffnete nichts ahnend, und da stand sie in ihrem Kostüm von Chanel und dreifacher Perlenkette um den Hals. Sie ist einfach an mir vorbeistolziert, als wäre ich Luft. Hat keinen Ton gesagt, doch Thierry hat sie auch so verstanden. Er ist aufgestanden und hat mich verlassen. Und mir hat sie seitdem das Leben zur Hölle gemacht. Natürlich habe ich versucht, ihn zurückzugewinnen, aber das ist mir nicht gut bekommen.«

Fine goss noch einmal die Kaffeebecher voll.

»Aber, warum dieser Hass auf dich? Warum hat sie ihren geschiedenen Mann nicht einfach ziehen lassen? Und wie hat sie es fertiggebracht, dass du das Restaurant verlässt? Kann dein Chef denn einfach so auf dich verzichten? Er hat ja nicht nur dich verloren, sondern wahrscheinlich auch mit dir seinen Stern, oder?«

Louise seufzte tief. »Nein, der Stern bleibt im Buch, in diesem Gastronomieführer. Er kann dann im nächsten Jahr verschwinden. Aber gedruckt ist gedruckt, da ändert sich nichts. Und Victorine Worms, die Ex, ist die Herausgeberin der *Bonjour Alsace*. Das Blatt ist über die Grenzen des Elsass verbreitet, wird von zig Tausenden gelesen. Und Thierry ist ihr Angestellter. Madame kommt aus herrschaftlichem Haus. Ihr Vater ist Abgeordneter im Europäischen Parlament, sie selbst eine äußerst ehrgeizige Kommunalpolitikerin, die nach Höherem strebt. Da muss nach außen auch das Familienleben stimmen. So ist sie, die französische Bourgeoisie. Auch wenn die beiden getrennt sind, soll alles nach heiler Familie aussehen. Dazu gehören auch die beiden fast erwachsenen Kinder, die natürlich an Eliteuniversitäten studieren. Ich glaube, die Wenigsten wissen überhaupt, dass die beiden getrennt sind. Aber das spielt nun keine Rolle mehr. Und das Restaurant? Was glaubst du denn? Madame Worms hat mir gedroht, dass sie in ihrem Blatt das *Grenouille d'Or* täglich mit schlechten Kritiken nur so überschüttet, Artikel platziert, man verwende dort minderwertiges Gemüse, die Küche sei nicht hygienisch. Sie könnte es, und sie würde es tun, wenn ich nicht freiwillig kündige. Und das Gleiche hat sie anderen Restaurants angedroht, falls sie mich anstellen sollten. Diese Frau ist unerbittlich, wenn es um das Ansehen der geheiligten Familie geht. Sie verzeiht mir nicht, dass Thierry sich in mich verliebt hat. Ihren Mann hat sie an der Leine, und mich will sie zerstören. Alle aus der Gastroszene sind vor mir gewarnt worden. Wehe, es wagt einer, mich einzustellen. Und es gibt schon einige Spitzenköche, die es schaffen können, den Stern im *Grenouille d'Or* zu halten. Kreative innovative Köpfe, die genauso gut kochen wie ich. Das heißt, genauso gut kochen, wie ich es konnte, bevor ich durch dieses Debakel alles vergessen habe. Alles *perdu*. Mir gelingt einfach nichts mehr. Als hätte ich noch nie ein

Küchenmesser in der Hand gehabt. Glaub mir, Fine, selbst wenn mir ein Restaurant noch eine Chance als Köchin geben würde, wüsste ich doch nicht, was ich tun sollte, es ist, als wäre mein Talent komplett verloren gegangen.«

»Und jetzt bist du hier, um deine Wunden zu lecken und dich zu verkriechen.«

Fine brachte es auf den Punkt.

Louise grinste schief.

»*Exactement.* Ich muss einfach Abstand gewinnen. Auch räumlich. Und mir Gedanken darüber machen, wie es weitergehen soll. Ich kann immer noch in die *Auberge* meiner Eltern einsteigen. Aber noch bin ich nicht so weit. Ich hoffe, ich bekomme hier bei dir auf Pellworm einen freien Kopf und kann meine Gedanken ordnen. Und mich ablenken – ich helfe dir im Haus und im Garten, füttere die Hühner, striegle Sture und finde einfach wieder zu mir selbst. Wenn das für dich in Ordnung ist.«

»Ach, mien Deern«, Fine hatte den Arm ausgestreckt und tätschelte Louises Hand. »Bleib solange du möchtest. Ich freu mich, dass du da bist. Und ich weiß, alles wird wieder gut. Mein Rat für heute: Mach' einen langen Spaziergang am Deich, die frische Seeluft vertreibt alle trüben Gedanken. Und heute Abend kochen wir zwei zusammen, das wird schon schiefgehen. Und es wäre doch gelacht, wenn wir die düsteren Gedanken nicht bald vertreiben!«

Kapitel 6

Zwei Wochen zuvor

Ein Bruchstück aus Glas. Mehr ist es nicht. Kein Puzzleteil, das einen bestimmten Platz im Gesamtbild hat – das zum glatten Rand gehört, ein Stück Himmel ist oder die Spitze eines Kirchturms. Nichts, das eine Ahnung davon vermittelt, welches Bild am Ende herauskommen könnte. Nur ein Glassplitter, eines von vielen Teilen, die keine Ordnung kennen.

Doch wenn Glas zersplittert, sieht es anders aus, Teile liegen überall herum. Man fegt sie zusammen, wirft sie in den Müll. Nach Tagen, Wochen oder gar Monaten, wenn der Staubsauger dann doch einmal unter einen Schrank fährt, macht es plötzlich *Kling*, und eine größere Scherbe kommt zum Vorschein, eingehüllt in Staub, eingebettet in eine Wollmaus. Doch oft ist dieses Stück groß genug, um zu erkennen, wozu es einmal gehört hat. Zu einem einfachen Senfglas, einer urigen Biertulpe, einem elegant geschwungenen Weinglas oder einer edlen Sektflöte aus Kristall. Ein solches Erinnerungsbruchstück hält sie nun in der Hand, immerhin ein Anfang.

Noch einmal lässt sie den Abend, soweit sie sich an ihn erinnern kann, Revue passieren.

Sie war mit dem Bus zur *Buschtrommel* gefahren. Für den Heimweg, wenn es nicht zu teuer wurde, nahm sie oft ein Taxi. Das war ihren Eltern lieber, als wenn sie spät noch mit den öffentlichen Verkehrsmitteln gefahren wäre. Manchmal holte ihr Vater sie ab. Aber nur, wenn es gar nicht anders ging, denn es war Chiara peinlich, wenn sie in Papas Opel einstieg. Nicht, weil es ein Opel war, sondern weil ihr Vater ihn fuhr. Zu näher gelegenen Events nahm sie auch mal das Fahrrad. Das Geld für den eigenen Führerschein hatte sie schon längst zusammen, hatte sich auch bereits für den theoretischen Unterricht angemeldet. Und sie hatte es kaum erwarten können, endlich einen fahrbaren Untersatz ihr eigen nennen zu dürfen. Wie egal ihr das jetzt alles war, wie unbedeutend, wie nichtig.

Der Wirt der *Buschtrommel* hatte ihr im Vorfeld bereits die ausgehandelte Gage gegeben. Das Geld steckte noch in ihrer Geldbörse, als man sie am Seeufer gefunden hatte. Sie hatte an der Theke eine Cola getrunken und dann losgelegt. Verabredet war ein Auftritt von einer Stunde mit einer kurzen Pause dazwischen. Jörg, ihr Keyboarder, und Paul, der Gitarrist waren schon da und hatten sich eingerichtet. Ein paar Minuten Soundcheck, mehr war nicht nötig gewesen, sie waren ein eingespieltes Team. Allerdings war es ihr vorletzter Auftritt zusammen gewesen, da Jörg sich einen Traum erfüllen und ein Jahr durch Australien touren wollte, während Paul zu seinem Masterstudium nach Leipzig gehen würde. Die beiden Musiker waren direkt nach dem Gig wieder gegangen.

Doch was war während des Auftritts gewesen? Und warum hatten der Typ mit der Baseballkappe vor der Litfaßsäule und das Plakat mit dem Konterfei von Jeff Storm eine Saite in ihr zum Klingen gebracht?

Chiara legt sich aufs Bett und schließt die Augen. Was hat mehr Gewicht, wer kann ihr eher helfen, ihre Gedächtnislücken zu füllen? Der Mann aus Fleisch und Blut oder der Mann auf dem Plakat? Die Scherbe, die sie in der Hand hält, zu welcher Sorte Glas gehört sie?

Und dann ist sie plötzlich da, die Erinnerung. Als sei ein Gewitter durch ihren Kopf gefegt, das einen weiteren Teil des Nebels lüftet und beseitigt. Die Erinnerung an jenen Abend in der *Buschtrommel* läuft wie ein Kurzfilm vor Chiaras Augen ab. Und das, was danach passiert war, würde sich auch noch aus der Dunkelheit erheben. Sie hatte ihn, Jeff Storm, an der Theke stehen sehen, den Sänger, der mit seiner Musik, dieser merkwürdigen Mischung aus Volksmusik und rockigen Rhythmen, seine Fans zum Toben brachte.

Diese Musik ist absolut nicht ihr Ding. Aber es gibt kaum eine Schlager- oder Volksmusiksendung, in der er nicht auftritt und mit seiner norddeutsch-bajuwarischen Art das Publikum begeistert, das ihm die Arme entgegenreckt und in frenetische Jubelstürme ausbricht. Ab und zu flimmert eine solche Sendung auch im elterlichen Wohnzimmer über die Mattscheibe. Dann ist für Chiara immer die Zeit gekommen zu verschwinden. Aber der Typ hatte es geschafft.

Und wenn seine Reaktion sie nicht getäuscht hatte, war er von ihrem Auftritt mehr als angetan gewesen. Sie hatte sich das Herz aus dem Leib gesungen, improvisiert, sodass es Paul und Jörg manchmal schwerfiel, ihre Instrumente auf sie abzustimmen. Zum Abschluss hatte sie *Fallin'* zum

Besten gegeben und das Letzte aus ihrer rauchigen Stimme herausgeholt.

Dann war Storm auf sie zugekommen, hatte sie beglückwünscht. Sie war auf die Toilette, um sich frisch zu machen, hatte Jörg und Paul verabschiedet und sich zu Storm an die Bar gesetzt. Und dann? Filmriss!

Chiara spürt es genau, Jeff Storm hatte etwas mit dem Zustand zu tun, in dem sie sich jetzt befindet. Sie muss weiter graben, so lange, bis sie alle noch so kleinen Glassplitter gefunden hat.

Sie quält sich durch unzählige YouTube-Filmchen. Es gibt tatsächlich keine Fernsehsendung, die das Genre Volksmusik und Schlager zelebriert, in der Storm nicht einen seiner fulminanten Auftritte hat, keine Musiksendung, ob auf einer Insel oder in einem Schlosspark aufgezeichnet, in der er nicht mit den Damen aus dem Publikum schunkelt, und kein Bier- oder Festzelt, in dem Storm nicht dafür sorgt, dass sein Publikum bierlaunig auf die Tische springt.

Charakteristisch für seine Auftritte ist sein plötzliches Auftauchen – ein *Deus ex machina.* So steht es in einem Zeitungsartikel über ihn. Und wirklich, Storm schreitet nicht eine Showbühne hinunter oder tanzt hinter einer Kulisse hervor, nein, urplötzlich erscheint er, oft von der Decke an einem Seil hängend oder mit Blitz und Donner aus dem Bühnenboden auffahrend wie der Teufel aus der Hölle. Und sein Outfit, sein Markenzeichen, ist nicht weniger prägnant. Zu seiner speckig-glänzenden krachledernen Hose mit den Hirschhornknöpfen trägt er ein geringeltes T-Shirt, das, wie seine weiße Prinz-Heinrich-Mütze maritimen Charakter besitzt, während Hose, Loferl und Haferlschuhe bayerischen Ursprungs sind. Ein merkwürdiger Mix, genau wie seine Sprache, ein Hochdeutsch, durchsetzt mit plattdeutschen Brocken der norddeutschen Küstenregion oder, je nach Publikum, aufgepeppt mit bayerischen Worten, oder eher dem, was Storm für Bayerisch hält. Hier ein *moin*, da ein *ja grüaß euch Gott.* Er bedient den Norden wie den Süden, schafft den perfekten Spagat zwischen einem schenkelklopfenden Bajuwaren und einem fröhlichen, aber eher etwas zurückhaltenden Bewohner Norddeutschlands. Er ist einfach der Liebling der ganzen Republik.

Chiara findet das alles albern bis peinlich. Doch den Leuten gefällt Jeff Storm, seine Auftritte, seine Musik und sie nehmen regen Anteil an seinem Privatleben, sofern er bereit ist, etwas darüber verlautbaren zu lassen. Eine Zeit lang war Storm mit einer Operndiva, Dunja Solonkina, liiert gewesen, und ihre gemeinsamen Auftritte ließen ihr Gefolge jubeln. Dann ist irgendwann Schluss gewesen, und das Privatleben des Jeff Storm, der eigentlich Klas Thams heißt, ist in der Öffentlichkeit nicht mehr ganz so präsent. Er lebt in einer Villa am Starnberger See, und hat dort vor zehn Jahren einigen ausgewählten Journalisten eine Audienz gewährt, bei der besagter Opernstar Tee und selbst gebackenen Apfelkuchen servierte. Die Fotos, die Chiara in der Yellow Press entdeckt, zeigen ein riesiges Haus, eine Art überdimensionierte wie extravagante Skihütte. Das Wohnzimmer, in das der Leser einen Blick werfen darf, ist erstaunlich schlicht. Doch ein Einrichtungsgegenstand springt Chiara sofort ins Auge: ein rot-grün-blau gestreifter Strandkorb vor einem riesigen Kamin.

Sie notiert sich jede Einzelheit, sie muss diesen Storm

ausfindig machen. Er hatte sie angesprochen, sie hatte etwas mit ihm getrunken. Er musste wissen, was dann passiert war, das, was sie als Riss in ihrem Gehirn bezeichnet.

Die letzte Sitzung mit ihrer Psychologin lag drei Wochen zurück. Und sie würde diese Frau, die glaubte, in ihre Seele blicken zu können, nicht mehr brauchen, wenn sie endlich Gewissheit hat, wenn sich dieser Riss endlich schließt. Ihre Eltern hatten auf dem Besuch in der Praxis von Dr. Ilsemarie Rathenau bestanden. Das war gewesen, nachdem sie die Tabletten, die man ihr zur Beruhigung verschrieben hatte, gesammelt und alle auf einmal geschluckt hatte. Dabei hatte sie gar nicht daran gedacht, dass diese Mischung aus bunten Kapseln und Tabletten überhaupt tödlich sein konnte. Sie wollte einfach nur, dass es nicht mehr wehtut. Ihr wurde der Magen ausgepumpt, und nach ein paar Tagen Klinikaufenthalt und mahnenden Worten des behandelnden Arztes war sie wieder zu Hause. Allein mit all dem Schmerz und der Leere.

Die Rathenau war es auch gewesen, die ihr empfohlen hatte, zu zeichnen. Bei einer Sitzung hatte Chiara auf einem Block herumgekritzelt, und die Ärztin hatte nicht schlecht gestaunt, als sie sah, was Chiara zu Papier gebracht hatte.

»Chiara, hat Ihnen schon einmal jemand gesagt, dass Sie wirklich gut zeichnen können? Das hier«, sie hatte den Block zu sich herangezogen und die Zeichnung genauer studiert, »ist wirklich ganz große Klasse.«

Ob sie auch etwas in die Zeichnung hineininterpretierte, darüber schwieg sich die Ärztin aus. Chiara konnte sich noch gut daran erinnern, was sie da gekritzelt hatte. Einen Baum, dessen eine Seite nur so von Leben strotzte, während die andere Seite kahl war, und die langen dürren Äste schwach und verkrüppelt bis zum Boden hingen. Ihre Mutter hatte dann umgehend Blöcke und Stifte besorgt und sie ermuntert, alles, was ihr auf dem Herzen lag und was sie nicht aussprechen konnte oder wollte, zu zeichnen. Die erste Zeit hatte ihre Mutter die Zeichnungen begutachtet, doch außer Seen und Bäumen, Flüssen und Bergen hatte sie nichts zu Papier gebracht. Schön zum Ansehen, zwei Bilder hatten ihre Eltern gerahmt und im Esszimmer aufgehängt, aber nichts, was irgendjemandem weitergeholfen hätte. Weder Chiara, die sich weiterhin den Kopf zermarterte, was in jener furchtbaren Nacht geschehen war, noch ihren Eltern, die gehofft hatten, durch das Zeichnen würde sich der finstere Gemütszustand ihrer Tochter ein wenig aufhellen.

Bis zu diesem Tag im Einkaufszentrum, als sie das Plakat von Jeff Storm gesehen hat.

Chiara beißt sich enttäuscht auf die Lippen. Storms Homepage gibt über ihn als Privatperson so gut wie keine Auskunft. Tourdaten sind gelistet, eine Diskografie, die allerdings seit zwei Jahren nicht aktualisiert worden war. Persönliches – Fehlanzeige. Kontaktmöglichkeit – Nein. Lediglich der Name einer Musikagentur ist angegeben, über die man den Künstler buchen kann. Die Agentur sitzt in Wiesbaden und vertritt ausschließlich Sängerinnen und Sänger jeden Genres.

Natürlich hätte sie Storm auch bei einem seiner Auftritte auflauern können, aber der Mann ist während seiner Konzerte geschützt wie ein Staatspräsident. Und dass sie ihn noch einmal so privat antreffen würde, wie damals ... Das war einfach ein Zufall gewesen. Wie soll sie ihn finden? Der

Starnberger See ist groß, und sie hat kein Auto. Sie muss die genaue Adresse in Erfahrung bringen. Autogrammwünsche gehen über die Agentur, wie auch alle anderen Anfragen. Vielleicht würde es ihr auf diesem Weg gelingen …

Chiara wählt die Wiesbadener Nummer, und eine Frau mit angenehm-freundlicher Stimme fragt nach ihrem Anliegen. Das Gespräch ist keine Minute später beendet. In die Freundlichkeit der Stimme hat sich Blasiertheit geschlichen, als sie kundtut, Privates über Herrn Storm werde nicht weitergegeben. Chiara beeilt sich zu sagen, sie sei Mitarbeiterin der Zeitschrift Gala, und es würde um ein Interviewtermin gehen.

»Frau …, entschuldigen Sie bitte, aber Sie haben mir noch nicht einmal Ihren Namen genannt, und die Masche mit dem Interview ist so alt wie die Arche Noah. Es tut mir leid, unsere Künstler haben ein Recht auf Intimsphäre und ein Privatleben, und Sie werden verstehen, dass sich auch ein Jeff Storm hin und wieder der Öffentlichkeit entzieht. Auf Wiederhören.«

Zack, das war's. Nur, was hat die Frau damit gemeint, Jeff Storm entziehe sich hin und wieder der Öffentlichkeit? Hat sie damit, ohne es zu wollen, angedeutet, der Sänger lebe im Moment gar nicht in seinem Hauptdomizil am Starnberger See? Machte er vielleicht Urlaub? War er abgetaucht, um an neuen Songs zu arbeiten, ähnlich wie vor Urzeiten die Rolling Stones oder Deep Purple, die sich nach Südfrankreich zurückgezogen hatten? Doch wo mochte dieser Rückzugsort sein? Vielleicht im Ausland? Es muss ein Ort sein, an dem er entspannen kann, an dem er sich wohl fühlt, spinnt Chiara ihre Überlegungen weiter. So schätzt sie

Storm jedenfalls ein. Und nicht nur einfach wohlfühlt, nein so heimatverbunden sich der Sänger auf der Bühne zeigt, ist sein Rückzugort seine Heimat, seine echte Heimat.

Chiara bemüht noch einmal *Wikipedia*. Über seinen genauen Geburtsort gibt es keinen Eintrag. Geboren in Norddeutschland. Das konnte Hamburg oder Bremen sein, Hannover oder Kiel. Oder irgendein winziger Ort zwischen den Metropolen. Der Namen Thams ist auch nicht eben selten, aber etwas stärker vertreten ist er an der norddeutschen Küste. Doch diese Küste ist fast tausendsechshundert Kilometer lang. Wo mochte er dort sein Zuhause sein? Das war wie die Suche nach der Nadel im Heuhaufen oder dem einen Sandkorn am Strand. Und wenn er seine Heimat vielleicht einmal besungen hatte? Möglicherweise nicht explizit genannt, aber mit einem indirekten Hinweis darauf? So wie Sven Regener den Ort Delmenhorst oder Johannes Strate, der in *»Es tut mir weh, dich so zu sehen«* seiner Heimatstadt Bremen eine Liebeserklärung machte. Chiara klickt sich zur Diskografie Storms. Der Mann ist schon seit Jahrzehnten im Geschäft. Er hat bisher dreizehn Studioalben veröffentlicht, Goldene Schallplatten und solche aus Platin und einige Musikpreise eingeheimst. Chiara fängt bei den neueren Alben an, doch die Titel geben keine Auskunft, ob darin eine Stadt, ein Dorf eine Rolle spielen, Chiara muss die Texte unter die Lupe nehmen. Nach einer gefühlten Ewigkeit stößt sie endlich auf das Lied HORIZONT. Darin besingt Storm das Verlassenwerden, neue Hoffnung und stille Momente des Glücks und der Besinnung, und zwar inmitten von Wiesen, Weiden, bei einem Leuchtturm und umgeben von zweieinhalbtausend Schafen. Chiara ruft sich wieder das Foto von Storms Wohnzimmer ins Gedächtnis. Dieser Strandkorb, der kommt doch auch nicht von ungefähr. Die Farbkombination der Streifen ist schon sehr speziell. Wenige Klicks später hält Chiara die Antwort in Händen: Der Rückzugsort von Jeff Storm oder Klas Thams ist die Insel Pellworm im Nationalpark Schleswig-Holsteinisches Wattenmeer.

Wie hatte der Typ das nur geschafft, seinen Herkunftsort aus all den Berichten und Reportagen über ihn herauszuhalten? Das wäre ihm, wenn er von Sylt stammen würde, wahrscheinlich nicht gelungen. Aber Pellworm, diese birnenförmige Insel, auf der doppelt so viele Schafe wie Menschen lebten, scheint ein Ort zu sein, der einem das bieten kann, was ein gestresster Künstler braucht. Ruhe und in Ruhe gelassen werden. Vielleicht konnte Pellworm auch wie die geheimnisvolle Insel Avalon im Nebel verschwinden. Insel, Mensch und Tier werden vom Nebel verschluckt und tauchen nie wieder auf.

Kapitel 7

Nach dem Frühstück war Louise in alte Jeans mit zerrissenen Knien geschlüpft. Kein neumodischer Schnickschnack, nein, durch echte Abnutzung zerschlissen. Fines Gummistiefel waren ihr etwas zu groß, aber zum Unkrautjäten, Abäppeln der Weide und Hühnerstallausmisten ging es. Sie hatte einen Beutel mit Körnern dabei, die sie im Gehege ausstreute. Mit flinken Schrittchen kamen die Hühner angeflitzt, um die unverhofften Leckerbissen aufzupicken. Aus runden Äuglein sahen sie Louise an und warteten auf Nachschub. Als der nicht kam, kratzten sie auf dem Boden herum oder nahmen ein Sandbad, um ihre Federn zu reinigen.

Glückliche Hühner, dachte Louise, als sie die zufriedene Schar beobachtete.

Viel war nicht zu tun, Fine hielt Haus und Hof in einem geradezu vorbildlichen Zustand, und so saßen die beiden Frauen nach getaner Arbeit entspannt im Garten. Fine palte Erbsen aus ihren Hülsen, und Louise lag im alten segeltuchbespannten Liegestuhl, die Sonnenbrille auf der Nase, Storms Schimmelreiter in Form eines gelben Reclamheftes in den Händen.

Was ich zu berichten beabsichtige, ist mir vor reichlich einem halben Jahrhundert im Hause meiner Urgroßmutter, der alten Frau Senator Feddersen, kund geworden …

So begann die Geschichte des Deichgrafen Hauke Haien. Eine sommerliche Brise streifte Louises nackte Arme und ließ die Halme sich auf den goldgelben Getreidefeldern im Winde wiegen.

Bis zum Mittag hatte sie die Stelle in der Novelle erreicht, an der Carsten und Iven zum ersten Mal den Schimmel sehen. Richtig unheimlich. Dort wo einst ein Pferdegerippe lag, stand nun ein echtes Tier, und die Knochen waren verschwunden. *Ouf*, diese Geschichte in einer stürmischen Nacht in der Dunkelheit zu lesen, sorgte beim Leser ganz sicher für ein ordentliches Gänsehautgefühl. Louise rieb sich die Arme, legte das Büchlein auf den Gartentisch und ging zu Sture. Das Eselchen hob den Kopf, drehte ihr dann den Hintern zu und wedelte mit seinem quastenartigen Schwanz die Fliegen weg. Was für eine himmlische Ruhe.

Fine hatte in der Zeit einen Mittagsimbiss mit Brot und Schinken vorbereitet, und nach einer gemeinsamen Tasse Tee machte sich Louise auf den Weg, die Insel zu erkunden. Ursprünglich hatte sie geplant, das Rad zu nehmen und Pellworm butendiek, also auf dem asphaltierten Außendeich am Wasser entlang, zu umrunden. Doch zu Fuß hatte sie noch mehr Muße, die Eigenheiten der Insel zu erleben. Als Erstes steuerte sie die Alte Kirche an, deren imposante Turmruine, ähnlich wie der Leuchtturm, eine weithin sichtbare Landmarke war. In einem kleinen Rucksack trug sie eine Flasche Wasser mit sich und ein dickes Prospekt der Tourismuszentrale mit den ersten wichtigen Informationen zu Land und Leuten, Sehenswürdigkeiten und Cafés, Museen und Töpfereien und all dem, was ein Urlauber so wissen sollte.

Es ging entlang am Nordermitteldeich, von wo sie auf die Schulstraße abbog, vorbei an einem Bauernhof mit Hofladen. Und schon erwachte Louises Neugierde. Hofläden waren eine wahre Fundgrube, wenn es darum ging, Produkte aus der Region zu kaufen. Frisches Gemüse, Obst der Saison, und, wenn man Glück hatte, war der Hofladenbetreiber auch Züchter von Rindern, Schweinen oder Schafen und damit für sie die erste Adresse, wenn es um Fleisch aus artgerechter Haltung ging. Eine mit Kreide beschriftete Tafel verkündete, der *Pellwormer Friesenlümmel* sei wieder frisch zu haben. Das hörte sich doch nach einer knackigen und gut gewürzten Wurst an. Sie wusste nicht genau, was Fine für den Abend geplant hatte, irgendwas mit Erbsen, aber morgen würde sie mit einem großen Einkaufskorb diesen Hofladen in dem schönen alten Bauernhaus, das auf einer grüngrasigen Anhöhe lag, besuchen.

Es war ein Tag wie aus dem Bilderbuch, und die Sonne schien mit solcher Kraft über der Insel, dass Louise schon nach wenigen hundert Metern ihre Jacke auszog. Sie marschierte mitten auf der Straße. Es herrschte kaum Verkehr, ab und zu klingelte sie ein Radfahrer zur Seite. Immer wieder blieb sie stehen und atmete die würzige Luft ein. Sie roch nach Meer, und als sich Louise über die Lippen leckte, schmeckte sie das Salz darauf. Einem inneren Impuls folgend, breitete sie die Arme weit aus und stieß ein ganz lautes und befreiendes »Ahhhh« aus.

Vier Schafe hoben die Köpfe, glotzten sie neugierig an. Eines der Tiere näherte sich dem Zaun und streckte Louise sein langes Gesicht entgegen. Sanft strich sie dem Schaf über Stirn und Nase. Ein Teil seines Fells war auf dem Rücken blau eingefärbt. Der Anblick versetzte Louise einen plötzlichen Stich. Oh nein, hoffentlich kein Zeichen, dass es bald geschlachtet werden sollte. Sie blickte sich um und stellte erleichtert fest, dass alle Tiere, so weit das Auge reichte und sie es erkennen konnte, solche Flecken im Fell hatten. Die blaue Farbe hatte ganz sicher eine andere Bedeutung. Sie verabschiedete sich von dem Schaf, das zu seinen Artgenossen zurückkehrte und näherte sich einem weiteren Gehöft, das schon von Weitem ihre Aufmerksamkeit erregt hatte.

Wie auch der erste Hof lag es leicht erhöht auf einer Warft. Mit den die Insel umgebenden Deichen boten sie einen zusätzlichen Schutz vor Hochwasser. Der große Hofkomplex war im rechten Winkel angeordnet und das Weiß seiner Mauern strahlte im Sonnenschein. Louise zog ihr Prospekt aus der Tasche. Das war also der Silberhof, ein Anwesen aus der Mitte des neunzehnten Jahrhunderts.

Ihr Weg führte sie weiter zu einer Brücke über den Bekstrom, den ältesten wasserführenden Kanal der Insel, der das Regenwasser, das sich zu einem großen Teil im Waldhusentief im Nordwesten des Großen Kooges sammelte, nach Tammensiel führte, wo es durch eine Schleuse in das Wattenmeer abgeleitet wurde. Das Wasser, das im Übermaß vorhanden war, musste die Insel loswerden, so viel hatte Louise schon begriffen. Und darüber wachte der Deichgraf, eine Institution, deren Vertreter auf der Insel eine hohe Verantwortung für das Heil der Menschen und Tiere trug. Ein Hauke Haien der Moderne.

Als Louise von der Schulstraße auf den Liliencronweg abbog, hatte sie die Hälfte des Weges geschafft. In Gedanken machte sie sich Notizen, was sie alles in Erfahrung bringen wollte. Was waren das für blaue Flecken im Fell der Schafe? Wer war dieser Liliencron? Irgendwie hörte sich der Name sehr vornehm an. Immerhin war die Lilie die Blume des französischen Königs gewesen. Vielleicht war er ein Adliger, der sich irgendwann auf der Insel niedergelassen hatte? Und was waren das für merkwürdige ovale oder auch runde Senken in den Wiesen und Weiden? Wasserlöcher, um die Tiere zu tränken?

Sie zog das Infoheft aus dem Rucksack und genehmigte sich einen Schluck Wasser. Da waren diese Löcher abgebildet. Kuhlen, Fehtinge. In ihnen sammelte sich das Süßwasser, Wasser zum Tränken der Tiere. Früher nutzten es auch die menschlichen Bewohner, bevor 1965 eine Wasserleitung vom Festland auf die Insel verlegt worden war.

Louise erreichte die Alte Kirchchaussee, die geradeaus zur Alten Kirche Sankt Salvator führte. Erneut zog sie ihre Informationsbroschüre zurate und erfuhr, dass die Kirche um 1200 errichtet worden war, die Apsis und der Chor aus Tuffstein, das Langhaus aus roten, gebrannten Ziegelsteinen. Der Kirchturm folgte im dreizehnten Jahrhundert, stürzte jedoch 1611 teilweise ein. Und dann kam es zu der großen Flutkatastrophe, der zweiten Groten Mandränke von 1634, bei der auch die Kirche stark in Mitleidenschaft gezogen worden war. Wie die Häuser und Höfe der Insel lag auch das schlichte, weiß gestrichene Gotteshaus auf einer Warft. Louise beeindruckte vor allem die Turmruine, an der der Zahn der Zeit sichtbar knabberte. Schon sah die Ruine nicht mehr so aus wie auf dem Foto in dem Heft. Im oberen Bereich fehlten ganz offensichtlich Steine. Von seinen ursprünglichen mehr als fünfzig Meter ragten heute gerade noch sechsundzwanzig Meter des dreigeschossigen Backsteinturms in die Höhe, in dem zahlreiche Wildvögel nisteten.

Und wie ein Leuchtturm diente der Kirchturm durch die Jahrhunderte den Schiffen als Anhaltspunkt zur Orientierung in den Heverstrom. Heverstrom, was war das denn nun wieder? Wenn sich Louise mit der Insel auseinandersetzen wollte, hatte sie noch viele Fragen, die beantwortet werden mussten. Nichts zu finden über diesen Strom in der Broschüre. Sie machte sich gedanklich eine weitere Notiz. Mit Hefe hatte es ja wohl nichts zu tun. Vielleicht so etwas wie der Malstrom? Der hatte doch auch irgendwas mit Wasser zu tun. Louise seufzte. Dafür, dass ihre Patentante hier wohnte, hatte sie wirklich keinen Schimmer von der norddeutschen Insellandschaft.

Sie betrat die Kirche und sah sich staunend um. So etwas hatte sie noch nie gesehen. Den dunkelroten Fußboden lösten blaue und weiße Fliesen im Altarraum ab, die Wände waren steinsichtig und mit wenigen großen Gemälden geschmückt. Am meisten faszinierten Louise die hellblauen Bänke, in die man sich nicht einfach so hineinsetzen konnte, sondern erst eine kleine Tür öffnen musste, die an jeweils am Ende der Bankreihe angebracht war. Sie öffnete ein Türchen, setzte sich hin und blätterte erneut im Reiseführer. 1907 wurde der Leuchtturm von Pellworm gebaut, und damit hatte der Kirchturm als Landmarke für die Schiffe ausgedient. Plötzlich fröstelte sie. Es war empfindlich kühl im Kirchenraum. Sie stand wieder auf und spazierte zwischen den kunstvoll gestalteten Bänken nach vorne. Hinter ihr wurde geräuschvoll die hölzerne Eingangstür geöffnet. Jemand hustete, und Louise drehte sich um. Ein junger Mann, vielleicht sechzehn, siebzehn Jahre alt, schob mit dem Fuß die Tür noch ein Stück weiter auf, seine Arme umfassten einen dicken Strauß mit für die Jahreszeit bereits erstaunlich üppigen Sonnenblumen.

»Warten Sie, ich helfe Ihnen.«

Louise eilte herbei und zog die Tür ganz auf.

»Danke. Vielleicht können Sie mir auch gerade dabei helfen, die Dinger in die Vasen zu bugsieren?« Er deutete mit dem Kinn zum Altar, wo rechts und links zwei große Gefäße standen, die eher an einen Eimer als an eine Vase erinnerten.

Louise nahm dem Jungen einen Teil der Blumen ab, stellte sie in ihren Behälter und ordnete sie ein wenig, während der Sonnenblumenbeauftragte sie wahllos hineinstopfte.

»Danke, nett von Ihnen. Ich bin übrigens Jasper.«

Jasper streckte Louise eine erdverkrustete Hand entgegen, die sie schüttelte. Ein netter, neugieriger Typ, dachte sie bei sich.

»Sind Sie hier auf Urlaub?«

»Ja, so in der Art. Heute schaue ich mir mal ein wenig die Sehenswürdigkeiten an. Und Sie sind von hier?«

»Du, so alt bin ich nun auch wieder nicht.« Jasper grinste. »Ja, hier geboren, alle Jaspersens leben seit Generationen hier, und mein Opa war Pastor auf Pellworm.«

»Heh, da hab ich aber Glück. Dann kennst du dich ja hier aus. Hast du nicht Lust mir ein wenig was über die Kirche zu erzählen?«

Jasper Jaspersen schaute auf seine Uhr. »Na ja, ein paar Minuten hätte ich schon.«

Er wedelte mit seinem Arm und wies auf den Altar vor ihnen.

»Das ist ein ganz kostbares Stück, ein Flügelaltar aus der Gotik. Das Ding kann man aufklappen, und dann siehst du Szenen aus der Bibel, Jesus und Maria und so.«

Ein plötzlicher lauter Akkord ließ die beiden zusammenfahren und sich umdrehen.

»Hab ich mich jetzt erschreckt. Was war das denn?«

Jasper grinste. »Cord haut immer so unvermutet in die Tasten. Er ist unser Kantor und spielt sich schon mal ein. Für die Hochzeit morgen Vormittag, schätze ich. Die Orgel ist übrigens auch so ein wertvolles Stück. Von Arp Schnittger. Die Leute kommen von überall her, um sie zu hören.«

Stolz hatte sich in die Stimme des jungen Mannes gemischt.

Die beiden lauschten einen Moment, immer noch erklang keine wirkliche Melodie, nur die satten hellen und tiefen Töne der vielen Pfeifen waren zu unterscheiden. Soweit Louise wusste, waren die Orgelpfeifen so abgestimmt, dass sie den Klang verschiedener Musikinstrumente wiedergaben, um im besten Fall wie ein ganzes Orchester zu klingen. Sie strengte sich an, irgendetwas herauszuhören. Doch ihr musikalisches Talent, wenn sie überhaupt eins besaß, war dermaßen verkümmert, dass sie, außer mit etwas Fantasie den Klang einer Geige, nichts heraushörte.

Jasper sah wieder auf seine Armbanduhr.

»Schon halb vier, ich muss los. Man sieht sich, die Insel ist ja nicht groß.« Er tippte sich zum Abschied mit zwei Fingern an die Schläfe und verschwand.

Halb vier. Zeit auch für Louise weiterzugehen. Sie wollte

noch den vor dem Turm angelegten Friedhof der Namenlosen besuchen. Für den Hinweg hatte sie bei gemächlichem Tempo knapp neunzig Minuten gebraucht. Sie würde den gleichen Weg zurückgehen, weniger Herumtrödeln und in einer Stunde wäre sie wieder am Haus. Dann bliebe genügend Zeit, um Fine bei den Vorbereitungen zum Abendessen zu helfen.

Draußen erwartete sie die Sonne, deren Strahlen wärmend auf ihrer Haut prickelten. Für einen Moment musste Louise ihre Augen beschirmen, so krass war der Unterschied zwischen dem in gedämpftem Licht liegenden Kirchenraum und der Sommersonne am fast unwirklich blauen Himmel. Der Friedhof war von einer stabilen Kette umgeben, die die Leute daran hindern sollte, den Friedhof zu betreten und sich damit dem maroden Turm zu nähern. Der Anblick der Rasenfläche stimmte Louise traurig. Niemand kannte die Namen derer, die hier begraben waren. Die Flut hatte sie angetrieben und liegen lassen, niemand wusste, wo ihre Heimat gewesen war. Irgendwo auf der Welt hatten Angehörige auf ihre Rückkehr gewartet. Und irgendwann die Hoffnung aufgegeben. Jeder, der am Meer lebte, wusste, wie gnadenlos die See sein konnte.

Ein in einen großen Stein gemeißeltes Wikingerschiff zog Louises Aufmerksamkeit auf sich. Die Inschrift besagte *Ormen Friske. Schweden. Gestrandet am 22.6.1950.* Mit Schaudern las Louise, dass fast auf den Tag vor siebzig Jahren fünfzehn junge Sportler im Meer den Tod gefunden hatten. Was war hier nur passiert? Waren die jungen Leute etwa mit diesem Schiff in Seenot geraten? Welch ein grausames Unglück.

»Een trorige Sak. Ick wör domols tein Jahr olt.«

Ein alter Mann kam auf Louise zu. Sie fragte sich, wie der Greis, der gut und gerne die achtzig schon weit überschritten hatte, über die Kette gelangt war. Er zog seine Mütze vom Kopf und betrachtete ehrfürchtig das steinerne Mal.

»Ik kunn di de Geschicht vertellen.«

Louise nickte. »Gerne. Ich bin allerdings nicht von hier.«

Der Alte schmunzelte und sagte daraufhin auf Hochdeutsch: »Das war eine ganz schlimme Geschichte. Mein Großvater war Fischer, er hat den Rest von der *Ormen Friske* gefunden, nachdem sie auseinandergebrochen war. Die jungen Leute waren in einen schweren Sturm geraten, und das Ding war ja nur ein Nachbau. Hat dem Sturm nicht standgehalten. Sie waren auf dem Weg nach England, zur Großen Weltausstellung. Fünfzehn Mann, alle dootbleven. Ja, een trorige Sak.« Er sah nachdenklich in die Ferne. »Das Wasser macht einfach, was es will. Heute sieht es aus wie blank geputztes Silber, morgen siehst du nur noch eine schwarze Wand. Du weißt nicht, wo es anfängt und wo es aufhört. Und es kann alles verschlingen«, tat er wie ein alter Philosoph kund. »Und du, was machst du auf Pellworm?«

»Ich bin gestern erst angekommen, und weiß es noch gar nicht so genau«, antwortete Louise ehrlich. »Ein wenig erholen, die Seele baumeln lassen. Ich wohne bei meiner Patentante Fine«, fügte sie noch hinzu, sicher, dass der Alte Fine kannte.

»Soso, die Seele baumeln lassen. So nennt man das ja heute. Na dann grüß die Fine mal schön von mir. Tschüs.«

Er zog seine Mütze wieder auf, nickte Louise zu und stapfte gemächlich davon. Und noch nicht einmal seinen

Namen kannte sie. Aber Fine würde wohl wissen, um wen es sich gehandelt hat, wenn sie ihn beschrieb. Suchend schaute sie sich um. Aha, in der hinteren linken Ecke war einer der Pfosten, der die Kette hielt, umgeknickt, und der alte Mann hatte keine Mühe gehabt, einfach darüberzusteigen.

Louise verließ diesen stillen Ort, ein Ort der Besinnung und des Trostes, hatten die Menschen, die die See verschlungen und wieder hergegeben hatte, hier wenigstens eine letzte Ruhestätte gefunden. Zum Deich waren es nur noch ein paar Meter. Louise öffnete ein Holzgatter und stieg die Stufen zur Deichkrone hinauf. Links und rechts grasten Schafe und sorgten mit ihren kleinen festen Hufen bei jedem Tritt dafür, dass die Grasnarbe und der Boden fest und stabil blieben. Vor und hinter dem Deich tummelten sich die Urlauber, joggten gemächlich auf dem asphaltierten Weg entlang des Deichs oder rollten auf ihren Fahrrädern am Wasser entlang. Kinder suchten nach Muscheln, Hunde an langen Leinen schnüffelten nach interessanten Düften, und ein junges Paar blickte versonnen bis zum Horizont, der, trotz der klaren Sicht, mit dem Meer verschmolz.

Louise ging über das kurz geknabberte Deichgras hinunter zum Wasser. Hier pfiff der Wind, den man auf der anderen Seite zum Landesinnern hin kaum gehört und gespürt hatte, sein Lied, und das Rauschen des Wassers erfüllte die Luft. Es näherte sich unaufhaltsam der Insel und würde in einer knappen halben Stunde seinen höchsten Stand erreichen. Louise drehte sich um und betrachtete voller Respekt den acht Meter hohen Deich. Würde die Gewalt einer Sturmflut ihn brechen, würde Pellworm volllaufen wie eine Badewanne. Fine hatte Louise einen Gezeitenkalender in die

Hand gedrückt, den sie im Rucksack mit sich trug. »Damit du weißt, wo du dran bist.« Niedrigwasser wäre um Viertel vor elf in der Nacht, und das nächste Hochwasser wurde gegen halb sechs am Morgen erwartet. Ein Kommen und Gehen, ein Steigen und Sich-Zurückziehen. Wer hier lebte, lebte mit dem Wasser, das seinen eigenen Rhythmus hatte, und es war überlebenswichtig, diesen Rhythmus zu kennen.

Louise stieg wieder auf den Deich, beschirmte die Augen und entdeckte eine freie Bank. Noch ein paar Minuten in der Sonne sitzen, und dann war es Zeit, sich auf den Heimweg zu machen. Unweit der Bank saß eine junge Frau im Gras, auf dem Schoß einen Zeichenblock, den Blick zum Himmel gerichtet. Louise nickte ihr zu und versuchte neugierig, einen Blick auf die Zeichnung zu erhaschen. Sie hatte nicht viel Ahnung von Kunst. Entweder ihr gefiel etwas, oder es gefiel ihr nicht. Doch was die junge Frau mit schwarzem Kohlestift zu Papier brachte, gefiel ihr sehr gut.

Mit ein paar kraftvollen Strichen hatte sie die Steine, über die die Wellen wie in einem Tanz schwappten, skizziert, obwohl das Wasser noch ein gutes Stück entfernt war. Die junge Künstlerin saß garantiert nicht zum ersten Mal hier. Sie ließ die Meeresoberfläche sich sanft kräuseln und am Horizont enden, den sie mit einem einzigen festen Kohlestrich markierte. Die obere Bildhälfte nahm ein Himmel ein, der, obwohl heute kaum mit einer Wolke bestückt, auf dem Zeichenpapier bedrohliche Formen angenommen hatte. Fast schwarz lag er über dem eher ruhig dargestellten Meer. Ein Riss ging durch ihn hindurch, ein weißer Blitz, der ihn zu zerreißen, zu spalten drohte. Unwillkürlich rann Louise ein kalter Schauer über den Rücken. Das Bild hatte etwas

Bedrohliches. Irgendwie fühlte sie sich an eine Stelle in der Bibel erinnert. Sie war nicht bibelfest, war es nie gewesen. Aber war es nicht die Apokalypse, bei der sich der Himmel öffnete und Leid und Tod über die Menschen kam? Verstohlen beobachtete sie die junge Frau, die trotz der sommerlichen Wärme in einem schwarzen Rollkragenpullover, einer dunklen Jeans und Halbstiefeln dasaß. Ihre Haare hatte sie unter einem im Nacken verknoteten Tuch versteckt. Neben ihr stand ein Rucksack auf dem Boden, in dem sie wahrscheinlich ihre Malutensilien transportierte.

Louise wurde neugierig, und auf der Insel kam man offensichtlich leicht ins Gespräch, wie sie schon am Morgen in der Bäckerei und gerade eben in und vor der Kirche erfahren hatte.

»Ich hoffe, ich störe nicht, aber es ist faszinierend, Sie bei der Arbeit zu beobachten. Unglaublich, wie mit wenigen Strichen nicht nur die Landschaft, der Himmel und das Meer eingefangen werden. Allerdings wirkt alles sehr düster, obwohl es ja eigentlich ein schöner Tag ist«, fügte sie leise hinzu.

War sie jetzt nicht ein wenig zu weit gegangen? Was wusste sie schon davon, wie Künstler tickten? Vielleicht würde das Mädchen gleich einen goldenen Stift nehmen, in diesen Wolkenriss Sonnenstrahlen hineinzeichnen und mit demselben Stift goldene Punkte auf dem Wasser tanzen lassen. Düsternis ade.

Das Mädchen zuckte mit den Achseln. Louise räusperte sich. Ihr war die Situation, die sie mit ihren unbedachten Worten quasi provoziert hatte, unangenehm. Hier auf Pellworm duzten sich die meisten Leute, also wählte auch sie das persönlichere ›Du‹.

»Entschuldige, ich wollte dir nicht zu nahetreten. Ich bin übrigens Louise. Es ist schon toll, wie du mit ein paar wenigen Strichen das hier alles …«, sie streckte einen Arm aus und vollführte einen weiten Bogen, der den Deich, den Weg zwischen Deich und Meer, die Steine, das Wasser, den Himmel einschloss, »… auf das Papier gezaubert hast. Ich habe großen Respekt vor einem solchen Können. Verkaufst du die Bilder hier in einer Galerie?«

»Nein, ich verkaufe meine Bilder nicht. Aber es ist schön, wenn sie dir gefallen.

Die junge Frau sah auf, und Louise erkannte, dass sie vielleicht siebzehn, achtzehn Jahre alt war. Ihre Augen blickten zugleich neugierig und ein wenig misstrauisch. Es war ein hübsches Gesicht, doch dunkle Schatten lagen unter den ausdrucksvollen großen Augen, die Wangenknochen traten hervor, die Lippen waren spröde und trocken.

»Und wenn man sieht, wie du diese, wie soll ich sagen, diese harmlose Szenerie, das ruhige Wasser und den blauen Himmel so verwandeln kannst. Es wirkt schon ein wenig unheilvoll auf mich. Nicht wegen der dunklen Kohle, die du benutzt, allein dieser Riss im Himmel, ja genau, diese Zerrissenheit. Ist es die Zerrissenheit der Natur? Wegen Klimawandel, und so? Oder die Zerrissenheit einer Seele?«

Die junge Frau überlegte einen Moment.

»Merkwürdig, dieses Bild einer zerrissenen Seele. Wen meinst du damit? Dich selbst? Sprichst du von deiner eigenen Seele?«

Mon dieu, in was für ein Gespräch hatte sie sich denn da hineinmanövriert? Tiefenpsychologie vom Feinsten. Seelengeplauder mit einer ihr vollkommen unbekannten Frau.

»Nein, nur so, ganz allgemein, wegen des Risses eben«, stotterte sie hilflos.

»Ist schon gut«, jetzt lächelte das Mädchen. »Ich bin Chiara und mache ein wenig auch Urlaub auf Pellworm. Ist die Insel nicht wunderschön? Vor einer Woche bin ich von der Fähre runter, und seitdem habe ich das Gefühl, wieder Luft zu bekommen. Pellworm ist der perfekte Ort, um die Seele baumeln zu lassen, mein persönliches Avalon, du weißt schon, diese magische Insel? Kennst du das? *Geh mit mir durch die Zeit, mein Holder, zu der Insel im Nebelmeer. Wo die mystischen Zauber wohnen, schon von jeher* … . Und so weiter. Ein wunderschöner Text, ist aus einem Lied von Oonagh. So ein wenig mystischer Zauber.«

Louise nickte. »Ich weiß, was du meinst. Mir erging es ähnlich, als ich hier ankam.«

Das Tuten der Nachmittagsfähre, die soeben den Anleger ansteuerte, erinnerte Louise daran, dass es an der Zeit war, sich zu verabschieden. Sie stand auf.

»Ich muss dann mal wieder los. Die Insel ist ja nicht so groß. Wir laufen uns bestimmt mal wieder über den Weg.«

Chiara nickte und klappte das Blatt auf ihrem Zeichenblock um. Ein blütenweißes Stück Papier war bereit, auf das sie wieder ihren schwarzen Kohlestift ansetzte.

»Beim nächsten Mal zeige ich dir gerne meine anderen Zeichnungen, wenn du magst.« Ihre Stimme klang schüchtern, und sie sah nicht auf.

»Gerne. Zeichnest du jetzt die Fähre?«

»Vielleicht.« Dann beugte sie sich über das Blatt und begann mit einem zügigen Strich eine Linie zu ziehen, über ihr der Himmel, unter ihr das Wasser.

Kapitel 8

Louise kehrte auf demselben Weg zurück, den sie gekommen war, vorbei an der Schule, den Gehöften, zwischen Weiden und Feldern. Das kurze Gespräch mit der jungen Frau wollte ihr nicht aus dem Kopf gehen. Sie selbst war ja nicht eben in der besten Gemütsverfassung, aber wenn ihr Eindruck nicht täuschte, ging es dieser Chiara auch nicht gerade prickelnd. Die dunklen Schatten unter den Augen waren ein deutliches Signal dafür, dass das Mädchen nicht genug schlief. Und vermutlich aß sie auch nicht ordentlich. Dieses hagere Gesicht, die trockenen Lippen, die geradezu wie ausgedörrt aussahen. Oder war sie vielleicht krank? Ob sie wohl alleine auf Pellworm war oder mit ihren Eltern, einem Freund oder einer Freundin? Sie schüttelte den Kopf. Erst gestern war sie hier angekommen, um, wie sagte Fine?, ihre Wunden zu lecken. Sich über andere Leute Gedanken oder gar Sorgen zu machen und sich in deren Angelegenheiten einzumischen, gehörte eigentlich nicht zur ihrem Plan.

Energisch schob Louise die trüben Gedanken beiseite. Es war ein herrlicher Tag, ihr erster Tag auf Pellworm, und sie wollte alles genießen, was die Insel zu bieten hatte.

Spontan entschloss sich Louise, dem Hofladen heute schon einen Besuch abzustatten. Bis nach Hause war es nicht mehr weit, und Tante Fine hatte bestimmt noch nicht mit dem Kochen begonnen.

Der Hofladen war so ganz ein Einkaufserlebnis nach Louises Geschmack. Märkte und Markthallen, Stände von regionalen Anbietern an der Straße, wie im *Midi*, oder eben die Verkaufsstellen der Höfe, die meist in einer ehemaligen Scheune eingerichtet worden waren. Louise betrat den roten Klinkerbau mit den sattgrünen Fensterläden. An der Tür hing ein aus Ähren geflochtener Kranz. Drin war niemand zu sehen, doch die hohen offenen Holzregale mit all den Köstlichkeiten nahmen Louises Blick sofort gefangen. Eingemachte Sülzen und Marmeladen, Säfte und Gewürze, Kaffee und Honig, Öle und Essig und natürlich Biogemüse, das knackig frisch in seinen Körben lag. Der köstliche Duft geräucherter Würste schlich sich in ihre Nase, und das Wasser lief ihr im Munde zusammen.

»*C'est vrai. Les deux secrets d'un succès: la qualité et la créativité*, Bocuse hat so recht«, murmelte sie. »Qualität ist da, jetzt muss ich nur noch meine Kreativität wiedergewinnen.«

»Moin, ich hab mir doch gleich gedacht, dass ich jemand in den Laden hab huschen sehen. Fines Gast, nehme ich an. Ich hab dich eben reden gehört. Schön, die Sprache. Aber außer *bonjour* und *amour* kann ich nichts. Ach, witzig, das reimt sich ja.«

Eine Frau in Jeans, kariertem Hemd und Gummistiefeln stemmte die Fäuste in die Hüften und strahlte Louise an. Sie war vielleicht Anfang fünfzig, schätzte Louise. Ihre Haare steckten unter einem bunten Kopftuch, das im Nacken geknotet war. Louise nickte und grinste. Die Inselbewohner waren gut informiert.

»Na denn, herzlich willkommen. Ich bin übrigens Wiebke. Nun was darf es sein …?« Die Frau machte eine kurz Pause.

»Louise, und ja, ich bin Fines Gast. Die Scheune ist ja das reinste Schlemmerparadies. Und es riecht so toll. *Alors*, dann fangen wir mal an.«

Frische Erdbeeren, Zucchini und Rote Bete wanderten in den Korb. Aus der Auswahl an Fleischprodukten wählte Louise Rindersalami, Lammhackfleisch und zwei merkwürdig anmutende Fleischscheiben, die gekennzeichnet als *Saure Rolle* in der Kühltheke lagen. Von Wiebke wurde sie darüber aufgeklärt, dies sei eine Brühwurst aus zerkleinertem Rindfleisch, das, ordentlich gewürzt, in einen Rinderpansen wanderte, der dann eine Zeit lang in Essig eingelegt wurde. In Scheiben geschnitten und gebraten ein Genuss, wie man ihr versicherte. Louise fühlte sich an den Elsässer Presskopf erinnert, eine säuerliche Schweinskopfsülze, die allerdings kalt verzehrt wurde. Lebhaft tauschten sich die beiden Frauen über die guten alten Rezepte der Großmütter aus, und wie schade es wäre, wenn diese verloren gingen.

Louises Schätze wanderten in eine kleine Holzkiste, die sie beim nächsten Einkauf wieder mitbringen würde. Wenig später schob sie mit dem Fuß das Gartentor zu Fines Kate auf. Auf der Stufe zur Haustür sonnte sich Piet, der alte getigerte Kater. Er war zu müde zum Mäusefangen. Das überließ er seinem jüngeren Kollegen Fiete, der mit großem Enthusiasmus die Felder und Wiesen durchstreifte und Fine fast jede Nacht ein kleines Geschenk vor die Tür legte.

»Bin wieder daaha. Habe was Leckeres mitgebracht«, posaunte Louise in die Küche. Keiner da. Wo steckte Fine?

Auf dem Tisch erspähte sie ein Blatt Zeitungspapier, auf

dem Krabbenschalen lagen. Fine war also schon fleißig gewesen, und es würde irgendetwas mit den Nordseekrabben geben, die man fangfrisch auf der Insel kaufen konnte.

»Fine?«

Louise öffnete dir rückwärtige Küchentür zum Garten. Und da kam auch schon ihre Patentante mit einem kleinen Korb, aus dem ein Büschel Petersilie, zwei krumme Salatgurken und ein Küchenmesser lugten.

»Ah, da bist du ja. Möchtest du schon mal die Salatgurken schälen, heute Abend gibt es Porrenpann? Eigentlich wollte ich die Erbsen verarbeiten, aber die habe ich eingefroren. An frischen Porren komme ich einfach nicht vorbei.«

Was war das jetzt schon wieder?, fragte sich Louise. Pann, das konnte man ja noch verstehen. Pann war Pfanne. Aber Porren? Vielleicht Porree, also Lauch?

»Dann flitz' ich mal schnell in den Garten und ernte eine Stange Lauch, ja?«

Fine lachte.

»Porren sind die Krabben, wir nennen sie hier so. Und schon wieder hast du eine Lektion gelernt.«

»Also eine Porre, zwei Porren, korrekt?«

»Korrekt. Die Porrenpann ist ein einfaches Gericht und ganz typisch für unsere Gegend. Man macht erst eine Mehlschwitze, dann ordentlich Milch dazu, bis man eine Weiße Soße hat. Und da kommen sie rein.«

»Also eine Béchamelsauce.«

»Béchamel für die Feinschmecker. Bei uns heißt das dann gestovt, Gemüse, Porren oder Fisch in weißer Soße. Mehr was für die einfachen Leute.« Fine lächelte verschmitzt. »Jedenfalls kommen dann die frischen Krabben und gehackte Petersilie in die Soße. Serviert wird das Ganze dann schön mit Pellkartoffeln und einem Gurkensalat mit Dill.«

»Das klingt sehr lecker, ich liebe die einfache Küche«, seufzte Louise, der schon das Wasser im Mund zusammenlief. Vor ihrem inneren Auge sah Louise bereits, wie sie das Rezept für die Haute Cuisine anpasste und aufpeppte. Ging es ihr etwa schon nach einem Tag so viel besser, dass sie schon wieder Lust aufs Kochen bekam? Wie hatte Herr Schulte auf der Fähre noch gesagt: Ein Zauber liegt über der Insel.

»Hmmm, sag mal, Fine, ich habe da eine Idee. Darf ich das Kochen übernehmen?«

Fine lächelte. Und ob Louise durfte. Während Fine die Weiße Soße zubereitete, mischte Louise das Lammhack mit einem Ei und ein wenig eingeweichtem Weißbrot. Sie würzte sparsam mit Salz, dafür ordentlich mit schwarzem Pfeffer und einem Teelöffel Kapern, die aus ihrem Dornröschenschlaf in Fines Kühlschrank geweckt wurden. Flink bereitete sie zwei flache Küchlein zu, die sie zur Seite legte. Die Pellkartoffeln, die Fine bereits geschält hatte, und die nun Bratkartoffeln werden sollten, teilte sie in zwei Portionen. Ein Teil wanderte ins heiße Öl, um langsam knusprig braun zu braten, die zweite Hälfte legte Louise für zwei Minuten ins heiße Wasser, damit sie sich wieder etwas aufwärmen konnten. Gleichzeitig wanderten die beiden Lammfrikadellen in die Pfanne und die Porren in ihr weißes cremiges Soßenbett. Die warmen Pellkartoffeln presste Louise in eine Schüssel zu Brei, vermischte sie mit einem ordentlichen Schuss Olivenöl, einem Spritzer Zitronensaft, Salz und

Pfeffer. Zuletzt mengte sie in dieses nach Mittelmeer und Sonne duftende Püree einen Teelöffel Kapern.

»*Voilà*, hier mein Pellwormer Surf and Turf. Porren in Weißer Sauce, Lammburger und zweierlei von der Kartoffel.«

Louise ordnete die krossen Bratkartoffeln im Halbkreis auf dem Teller an, den Kreis schloss sie mit dem Püree auf der anderen Seite. In die Mitte setzte sie die Lammfrikadelle, die eine Haube aus Porren in weißer Soße krönte. Eine gute Portion glatter Petersilie darübergestreut, und fertig war die Kreation à la Louise Dumas.

Nach dem Essen lehnte sich Fine mit einem zufriedenen Seufzer zurück.

»Du bist eine wirkliche Künstlerin, mein Schatz. Ich wäre nie auf die Idee gekommen, diese Zutaten in der Form zu kombinieren. Es war einfach köstlich. Und da siehst du mal, das Kochen verlernt man nicht einfach. Du musst nur den Kopf wieder freibekommen, und dann sprudeln die Ideen nur so. Hättest du nicht mal Lust, meine Freundinnen aus dem Landfrauenverein zu bekochen? Dann bleibst du in der Übung.«

»*Mais oui*, lade ein paar Frauen ein. Ich kann garantiert umgekehrt auch von ihren Erfahrungen und Kochideen profitieren.«

Louise strahlte über das ganze Gesicht. Dieses simple Abendessen hatte zwar nur ein Fünkchen ihrer ehemaligen Kochleidenschaft angefacht, aber sie war sich jetzt schon fast sicher, dass es bald wieder zu einer lodernden Flamme anwachsen würde. Zum Essen hatten sie ein kühles herbes Bier getrunken, das wunderbar sowohl zu den Krabben wie auch zu den Lammfrikadellen passte, die durch die Kapern eine säuerlich-salzige Note erhalten hatten. Die zweite Flasche bescherte Louise die notwendige Bettschwere, und zum ersten Mal seit Wochen verlor sie sich in einem traumlosen, erholsamen Schlaf.

Kapitel 9

Das Haus lag ziemlich genau in der Mitte des Schluthwegs. Sein Urgroßvater hatte es dort erbaut, wie fast alle Häuser auf Pellworm lag es erhöht auf einer Warft. Eine dichte Hecke undurchdringlicher Eibenbüsche ließ das reetgedeckte Gebäude fast unsichtbar werden. Lediglich der Blick auf den Deich war freigeblieben. Als sein Urgroßvater das Grundstück gekauft hatte, war dessen Frau mit dem fünften Kind schwanger und die Familie brauchte Platz. Die Apotheke seines Urahns, die einzige Apotheke auf der Insel, brachte so viel Geld ein, um ein großes Haus bauen zu können, in dem es Zimmer für alle gab.

Klas hatte sämtliche Räume modernisiert, drei davon etwas verkleinert und angrenzend zu den Schlafzimmern kleine Badezimmer einbauen lassen. Bald würde das Haus voller Leben sein. Alle Zimmer waren vergeben, die restlichen Geburtstagsgäste hatte er schon vor Monaten in mehreren Ferienwohnungen auf der Insel eingemietet. Mitte Juni war zwar schon einiges los auf Pellworm, aber der große Touristenansturm wurde erst im Juli und August erwartet. Dreißig Gäste würden mit ihm seinen Geburtstag feiern, nicht viele, wenn er sich die Partys anderer Leute vor Augen führte, die in der Öffentlichkeit standen. Aber er wollte nur die engsten Freunde um sich haben. Es waren die Menschen, auf die er zählen konnte. Keiner von ihnen würde an die Presse gehen und verraten, dass sich Jeff Storm zu seinem Geburtstag nach Pellworm, wo er geboren war, zurückgezogen hatte. Denn sie alle wussten: Wenn auch nur einer von ihnen das Versprechen brechen würde, niemals in der Öffentlichkeit über seine Privatsphäre zu reden, würde er diese Person gnadenlos aus dem Freundeskreis verstoßen. Sie mussten sich entscheiden – entweder seine Freundschaft, oder ein paar Euro aus dem Portemonnaie eines schmierigen Blättchenreporters. Seine Freunde waren ihm treu ergeben, und er freute sich eigentlich auf die Feier mit ihnen. Eigentlich, denn seine Freude war seit nunmehr fast einer Woche getrübt.

Klas hatte sich wie so oft am Nachmittag in das Dachgeschoss zurückgezogen, von wo er normalerweise einfach nur die Aussicht und seine Ruhe genoss. Vor Jahren hatte er die Fledermausgaube vergrößern lassen und sich diesen Lieblingsplatz mit Ausguck eingerichtet. Ein Biedermeiersofa und ein kleiner Tisch standen vor dem nun bodentiefen Fenster. Sein Fernglas lag immer auf dem Beistelltisch bereit, daneben stand das obligatorische Glas Whisky.

Sie war ihm sofort aufgefallen. Meist stand sie da mit dem Rücken zum Haus. Dann wanderte sie in Richtung Hooger Fähre und verschwand dann aus seinem Blickfeld. Die dünne Gestalt, ganz in Schwarz gekleidet, war ihm sofort aufgefallen. Entweder stand sie einfach nur da und glotzte in die Gegend, oder sie saß auf der Deichkrone und kritzelte irgendwas auf einen Zeichenblock. Wahrscheinlich irgendeine verschrobene Künstlerin, hatte er anfangs gedacht. Anfangs. Als er sah und spürte, wie ihr Blick sich unverwandt auf sein Haus richtete, beschlich ihn das Gefühl, dass etwas mit ihr nicht stimmte. War sie ein durchgeknallter Groupie? Hatte sie irgendwie herausgefunden, wohin er sich zurückgezogen hatte? War sie ihm dreist nachgereist?

Wenn Klas auf Tournee war, ein Konzert gab oder zu fürstlich entlohnten Autogrammstunden in Kaufhäusern eingeladen war, ging er höflich und freundlich bis kumpelhaft mit seinen Fans um. Das war er ihnen schuldig. Ohne sie war er nichts, das war ihm klar. Aber wenn er hier auf seiner Insel war, duldete er bestenfalls eine Handvoll der allerengsten Freunde um sich oder, wie jetzt für seine Geburtstagsfeier, auch ein paar Leute mehr. Aber hier auf seiner Insel war er keine Person der Öffentlichkeit. Das mussten seine Fans akzeptieren, und er würde keine Ausnahme machen.

Fast eine Woche hatte er sie so beobachtet. Was hatte sie nur dort zu suchen? Aber was hätte er machen sollen? Jeder hatte das Recht auf den Deich zu gehen, herumzustehen und irgendwohin zu starren. Seine Unruhe wuchs von Tag zu Tag, ohne dass er sich hätte erklären können, woher sie tatsächlich rührte. Bis vor zwei Tagen.

Sinja Wrede, seine Haushälterin, die auf dem Festland lebte und während seiner Abwesenheit alles in Schuss hielt, war bereits vor einer Woche gekommen, um sich während seines Aufenthaltes um ihn und sein Wohlergehen zu kümmern. Die patente Fünfzigjährige wusste, wie heilig ihm seine Ruhe war. Sie nahm die Telefonanrufe entgegen und würgte sie auch wieder ab. Wer ihn aus seinem engsten

Freundeskreis erreichen wollte, hatte die geheime Nummer seines Zweithandys. Für die Feier war alles geklärt, alle hatten ihre Einladung erhalten, wussten, wann sie zu kommen hatten und wo sie wohnten. Frau Wrede hatte das Catering organisiert, das Essen in mehreren Variationen herausgesucht und ihm präsentiert. Er hatte seine Wahl getroffen. Und mehr hatte er mit der Organisation nicht zu tun.

Er war wieder auf seinem Ausspähposten gewesen, als es an der Haustür geklingelt hatte. Eine große Erleichterung hatte sich in ihm ausgebreitet. Die dunkle Gestalt, dieses Mädchen war nicht da. Hoffentlich abgereist, endlich hatte dieses Herumlungern ein Ende, hatte er gedacht. Doch seine Freude war nur von kurzer Dauer gewesen. Frau Wrede war nach oben gekommen, hatte angeklopft.

»Herr Thams, bitte entschuldigen Sie, da unten war eine junge Dame, sie hat sich zunächst nicht abwimmeln lassen. Sie sagte, sie muss Sie sprechen, es gehe um Leben und Tod.«

Sinja Wrede hatte vor Aufregung einen roten Kopf bekommen. Klas Thams runzelte die Stirn. Was hatte das nun wieder zu bedeuten? Was brachte Frau Wrede, seine Haushälterin, die jedem Sturm trotzte, denn so aus der Ruhe?

»Schicken Sie sie weg, und zwar schleunigst, Frau Wrede.«

»Das habe ich, sie ist auch gegangen.«

Thams reckte den Kopf und sah aus dem Fenster. Tatsächlich, da stand sie schon wieder auf dem Deich und starrte in seine Richtung.

»Aber ich soll Ihnen das geben, und wenn Sie mit ihr sprechen wollen, erwartet sie Sie an der Bank gleich gegenüber dem Haus am Deich.«

Sinja Wrede hielt ihm einen Zettel hin, der sich nach genauerem Hinsehen als ein billig gemachter Flyer entpuppte, auf dem für ein Kneipenkonzert geworben wurde. Irgendeine Lady Chirp gab ihre Sangeskünste zum Besten. Ansonsten stand nichts auf dem Zettel. Doch dann stutzte er, als er das Datum sah. Bald ein Jahr her. Ganz langsam dämmerte es ihm. Er knüllte das Blatt zusammen und drückte es Frau Wrede in die Hand.

»Werfen Sie das weg. Und wenn die Frau noch einmal wagt, sich meinem Haus zu nähern, drohen Sie ihr mit der Polizei. Das ist eine Stalkerin. Haben Sie das verstanden, Frau Wrede?«

Seine Haushälterin nickte nur und machte auf dem Absatz kehrt.

Als sie am nächsten Tag vom Einkaufen zurückkehrte, saß Klas Thams am Esstisch, vor sich einen dieser Zettel.

»Frau Wrede, wo waren Sie? Haben Sie vergessen abzuschließen? Als ich nach unten kam, lag das hier auf dem Tisch. Oder haben Sie ihn hingelegt?«

Sinja Wrede wurde kreidebleich.

»Ach herrjeh, ich hatte vorne abgeschlossen. Aber die Tür von der Küche in den Garten habe ich wohl offen gelassen. Man hat ja hier auf der Insel eigentlich nichts zu befürchten. Es tut mir leid, ich hab einfach nicht nachgedacht.«

Thams winkte mit einer müden Geste ab. »Ist schon gut. Machen Sie sich keine Vorwürfe. Ich werde mich darum kümmern.«

»Werden Sie die Polizei benachrichtigen?«

Er schüttelte den Kopf. »Ich weiß es nicht. Vielleicht erledigt sich das Ganze von allein, und sie gibt es auf, hinter mir herzujagen. Machen Sie mir jetzt bitte einen starken Kaffee.«

Sinja Wrede zögerte kurz, dann ging sie in die Küche, um dem Wunsch ihres Arbeitgebers nachzukommen.

Thams drehte den Zettel um. In einer kindlichen Schrift stand da *»Ich erwarte Sie heute Abend um halb zwölf an der Bank.«*

Nein, die Polizei würde er ganz sicher nicht einschalten.

Thams hatte wie hypnotisiert auf die Zeiger seiner Uhr gestarrt. Er schlüpfte in die alte Wachsjacke, zog seine Gummistiefel an und machte sich mit einer Mischung aus Neugier und Anspannung auf dem Weg zu diesem merkwürdigen Treffen.

War der Tag noch sonnig gewesen, so hatten sich zum Abend hin immer dichter werdende Wolken zusammengeballt, der Wind hatte aufgefrischt, und für den nächsten Morgen war Regen angekündigt. Jetzt war es stockdunkel, nur das mit einer Lichtkanone erzeugte Leitfeuer des Leuchtturms markierte mit ruhiger Verlässlichkeit das Fahrwasser durch die Norderhever. Thams ging zur Bank, doch niemand war da. Sein Blick wanderte suchend umher, und dann entdeckte er sie unterhalb des Deichs. Regungslos stand sie zwischen den Steinen und starrte auf das Wasser. Mit ihrer dunklen Kleidung verschmolz sie geradezu mit der Nacht. Obwohl er glaubte, kein Geräusch gemacht zu haben, drehte sie sich um. Eine Gelassenheit heuchelnd, die er nicht verspürte, stand er auf der Deichkrone, verharrte einen Moment und ging auf sie zu, nun den hellen Strahl seiner Handytaschenlampe auf sie gerichtet. Er hatte das

Mädchen als ausgesprochen hübsch in Erinnerung, ein voller Mund, eine üppige Haarmähne, perfekt geschminkt, ein athletischer und doch weiblicher Körper in engen Jeans und einem knappen T-Shirt, das den gepiercten Bauchnabel freigab. Doch diese Person hier war dürr wie eine Bohnenstange, das ausgemergelte Gesicht ließ ihre Augen, die fiebrig glänzten, noch größer erscheinen. Vielleicht war sie krank und brauchte Geld für eine Behandlung. Oder nein, sie war abgestürzt, ein Junkie, und wollte von ihm Geld für einen Schuss. Für so jemand hatte er nicht viel übrig. Wenn er darüber nachdachte, hatte er schon damals geahnt, wo sie irgendwann enden würde, nämlich in der Gosse.

Er schwieg, starrte sie eindringlich an, um ihr zu signalisieren, dass sie bei ihm an der falschen Adresse sei. Zuerst musterte sie ihn nur mit müdem Blick, doch dann öffnete sie den Mund wie zu einem Schrei. Die Augen wurden noch größer und dunkler. Er zuckte zusammen. Was war denn jetzt los? Als hätte man in ihrem Kopf einen Schalter umgelegt. Sie fing an zu keuchen, umschlang mit den Armen ihren Oberkörper und begann leise zu wimmern. Thams trat einen Schritt auf sie zu, blieb dann unschlüssig stehen. Was sollte das Ganze?

Das Wimmern verstummte, und mit brüchiger Stimme begann sie zu sprechen. Schon nach den ersten Sätzen erstarrte Klas Thams. Nein, das hörte er sich nicht weiter an. Die Kleine war ja vollkommen verrückt. Und das sagte er ihr. Mit allem Nachdruck. Und sie schien zu verstehen. Ihre Worte verwandelten sich wieder in ein Wimmern. Thams fröstelte. Sein Blick glitt von der kauernden Gestalt zum Wasser. Der Sturm, vor dem der Wetterdienst am Nachmittag bereits gewarnt hatte, braute sich zusammen. In weniger als einer Stunde würden starke Böen und Regen auf Pellworm treffen. Frau Wrede hatte ihm erzählt, vor drei Wochen habe ein erster Sommersturm bereits großen Schaden im Wattenmeer angerichtet. Die niedrig gelegenen Salzwiesen und flachen Sandbänke seien überflutet worden, und zahlreiche Seevögel mit ihren Küken und Gelegen waren verloren gegangen.

»Schlimm, nicht wahr Herr Thams. Und wie schlimm muss es erst sein, wenn der Sturm die Menschen ins Verderben reißt.« Frau Wrede hatte sich geschüttelt und war wieder ihrer Arbeit nachgegangen.

In das Aufheulen des Windes mischte sich ein Flüstern. Fast wäre es mit dem immer stärker werdenden Wind davongetragen worden. Fast.

Er hatte sich bereits auf den Weg zu seinem Haus gemacht. Nun zwang er sich stehen zu bleiben, sich umzudrehen, erneut auf das Mädchen zuzugehen. Er kannte die Liedzeilen. Die Worte gingen ihm durch Mark und Bein.

Kapitel 10

So sonnig und sommerlich der Vortag gewesen war, so grau und trübe zeigte sich der neue Tag. Der Wind hatte in der Nacht zugelegt, sich in einen Sturm verwandelt, der ein Wolkenungetüm nach dem anderen über den Himmel trieb. Allerdings regnete es nicht, und Fine prophezeite für den Nachmittag bereits wieder eine leichte Wetterbesserung.

»Dat Weer is wiet is. Du leevst darmit. Du guckst raus, dann ziehst du entweder die Gummistiefel an oder du lässt es. So einfach ist das. Was die Leute immer nur zu lamentieren haben. Noch einen Kaffee?«

Louise und Fine saßen beim Frühstück. Louise köpfte soeben elegant ihr Frühstücksei, als Fine tief Luft holte.

»Hör mal Louise, ich habe da so eine Idee …«, begann sie vorsichtig, »… damit dir nicht langweilig wird«, fügte sie dann an.

»Wieso langweilig? Hier machen die Leute Urlaub, denen wird auch nicht langweilig. Ich werde jeden Winkel der Insel erkunden, und mich mal in den Museen und bei den Kunsthandwerkern umschauen. Heute Nachmittag wollte ich ins Inselmuseum, ich möchte so schnell wie möglich so viel wie möglich über Pellworm erfahren, wenn ich schon hier lebe. Ich kann die Touristen nicht verstehen, die ein aufregendes Land besuchen, um sich dann zwei Wochen von der Sonne braten zu lassen. Sie verschwinden dann wieder, ohne genau zu wissen, wo sie eigentlich waren. Da bin ich wie *Maman*, ich möchte das Land, den Ort, in dem ich lebe, mit allen Sinnen erfahren. Verstehst du?«

»Natürlich verstehe ich, ich habe ehrlich gesagt auch nichts anderes erwartet. Und deine Mutter hat Frankreich ja tatsächlich mit all ihren Sinnen erfahren, immerhin hat sie deinen Vater geheiratet«, schmunzelte Fine und zwinkerte Louise zu. »Aber meine Idee soll dir ja genau dabei helfen, schnell auf Pellworm heimisch zu werden.« Sie zeigte auf das letzte Brötchen, das in einem kleinen Korb lag. »Als ich zum Bäcker unterwegs war, habe ich das da an einem Pfosten entdeckt, ein Zettel von Frauke vom *Warft Café*. Sie sucht jemanden, der ihr ab und an in der Küche unter die Arme greift.«

Louise hob ihren Eierlöffel, wollte sich zu Wort melden, doch Fine ließ sie erst gar nicht dazu kommen. »Hör einfach zu, bevor du gleich Nein sagst. Wir haben auf der Insel zurzeit neun Cafés und acht Restaurants, die Imbissbuden nicht mitgezählt. Und im Jahr besuchen uns rund hundertsechzigtausend Gäste, die alle irgendetwas essen wollen. Und nicht jeder will selbst kochen. Die Besucher Pellworms suchen die Natur und die Ruhe, ein wenig Wellness, aber auch gutes Essen. Du kannst dir also vorstellen, was hier in den Sommermonaten los ist. Ich weiß nicht genau, was im *Warft Café* gesucht wird, aber du könntest doch einfach mal nachhören. Und du würdest da auch viel mit den Einheimischen in Kontakt kommen, könntest ein bisschen Plattdeutsch lernen und die Gäste mit deinen Kreationen verwöhnen. Es muss ja nicht gleich die Sterneküche sein, aber einfach gut gekocht und nett angerichtet, das ist doch das, was die Gäste wollen. Und du stehst nicht so unter Druck wie in einem feinen Restaurant. Was meinst du?«

Louise verzog gespielt empört das Gesicht. »Das habe ich doch garantiert den Porren auf Lammburger zu verdanken.«

Doch Fines Vorschlag gefiel ihr gar nicht mal so schlecht. Eine kleine Küche, gut gelaunte Urlaubsgäste, heimische Produkte vor der Tür und keinen Zwang, jeden Abend stundenlang in der Küche zu stehen, um neue Kreationen zu erfinden, die auch den verwöhntesten Gourmetgaumen befriedigten. Warum also nicht diesen Versuch wagen?

»Was gibt es denn da so?«

»Leckeren Kuchen. Ich weiß, backen ist nicht deine Passion. Aber im Sommer bieten sie Grillabende, und außerdem Kleinigkeiten. Krabben am Spieß, eine Suppe, so was eben.«

»Wo finde ich das Café?«

Fine erklärte ihr den Weg.

»Dann war ich gestern gar nicht so weit weg davon. Ich glaube, ich werde nachher mit dem Rad einfach mal vorbeifahren.«

Sie würde am Deich entlangradeln. Vielleicht war dieses merkwürdige Mädchen wieder da und zeichnete. Die junge Frau war Louise nicht aus dem Kopf gegangen. Diese Traurigkeit, die sie wie ein unsichtbares Gewebe umgab, hatte sie nachdenklich gemacht und auch über ihre eigene Situation reflektieren lassen. Was war denn groß passiert? Sie war ja schließlich nicht sterbenskrank! Gut, Kummer machte auch krank, Kummer um eine verlorene Liebe, verlassen von dem Mann, mit dem sie von einer gemeinsamen Zukunft geträumt hatte und vertrieben aus ihrem Beruf, dem sie mit größter Leidenschaft nachgegangen war. Dennoch, es gibt Schlimmeres! Natürlich saß der Schmerz noch tief. Doch die Idee, auf dieser herrlichen Insel neu anzufangen, gefiel Louise immer mehr. Ganz klein, *tout petit*, würde sie es angehen lassen. Und wer wusste schon, was die Zeit noch bringen würde.

Spontan sprang sie auf, umschlang Fine so fest sie konnte und drückte ihr drei dicke Küsschen auf die Wangen, rechts, links, rechts, *bisous* wie sie in Frankreich üblich waren.

»Liebste Fine, mit dem Zauber der Insel, da muss irgendwas Wahres dran sein. Ich bin gerade mal zwei Tage hier, und schon krempelt sich mein Leben um. Weißt du was? Ich schiete auf Monsieur Worms und seine Madame. Das war doch jetzt schon ein guter Satz, nicht wahr?«

Fine schüttelte lachend den Kopf. »Nein, was bist du nur für ein herrlich verrücktes Ding. Sie schietet auf Madame, so was!«

Louise fiel in das Lachen ein. So wohl und frei hatte sie sich schon seit ewigen Zeiten nicht mehr gefühlt. Frei und lebendig.

»Fine, bis du dor?«

Durch den oberen geöffneten Teil der Haustür schob sich der Kopf einer Frau mit einer grauen lockigen Haarpracht, die durch ein farbenfrohes Band gebändigt wurde.

»Renate, kumm rin. Louise, das ist meine Freundin Renate. Ihr gehört das *Lütte Töpferhus*.«

Renate war wie Fine Mitte sechzig, ihr kräftiger Körper wurde von einem bunten Gewand, das bis zu den Fußknöcheln reichte, umhüllt. War das Ton an der Hand, die sie Louise zur Begrüßung hinstreckte?

»Moin, Louise.« Sie sprach sofort Hochdeutsch, wohlwissend, dass Fines Gast kein Plattdeutsch verstand, geschweige denn sprach. »War das gestern Nacht ein Sturm! Ich hatte schon Angst, die neue Blumensäule überlebt es nicht. An der habe ich stundenlang gearbeitet, und ich Trottel stell sie noch gestern raus, obwohl die Sturmwarnung schon längst da war. Naja. Du bist also Louise«, fuhr sie überganglos fort. »Fine hat schon so viel von dir erzählt. Herzlich willkommen auf Pellworm! Besuch mich doch mal im *Lütten Töpferhus*. Das ist meine kleine Keramikwerkstatt. Da wohn ich auch, und unterm Dach vermiete ich zwei Zimmer.« Sie sprach gehetzt, schlug sich nach ihren letzten Worten die Hand vor den Mund und verfiel ins Plattdeutsche. »Anne diek hem se een Dode funn. Man secht, se hätt sich umbröcht.«

Erschöpft ließ sich Renate auf Louises Stuhl sinken und fächelte sich mit der Hand Luft zu.

»Tee?«

Das war Fine. Pragmatisch, bodenständig. Sie machte keine großen Worte, fragte noch nicht einmal, um wen es sich bei der Toten handelte. Das würde Renate sowieso berichten.

Renate nickte und wischte sich eine Träne aus dem Augenwinkel. Ein paar winzige Tonkrümel blieben an ihren Wimpern hängen. Fine setzte das Wasser auf und löffelte Teeblätter aus einem großen Einmachglas in eine Teekanne mit Blümchenmuster.

»Ich habe dich mir anders vorgestellt,« murmelte Renate unvermittelt und musterte Louise skeptisch.

»Wie denn?«, fragte Louise, doch ihre Gedanken waren ganz woanders. Diek? Dode? Umbröcht? Wenn sie richtig verstanden hatte, war am Deich eine Tote gefunden worden. Wohl eine Selbstmörderin.

»Wie eine jüngere Ausgabe von Fine. Aber das ist ja albern. Ihr seid ja noch nicht einmal miteinander verwandt. Fine, ist das dein berühmter Erdtee?«

Fine lächelte und nickte. Sie stellte die Teekanne auf den Tisch und schenkte Renate einen Becher ein.

»Der wird dir guttun.« Und zu Louise gewandt, erklärte sie: »Hier sind nur Sachen drin, die in der Erde meines Gartens wachsen. Deswegen nenne ich ihn Erdtee. Baldrianwurzel, Lavendelblüten, Melissenblätter und Ringelblumenblüten.«

Renate trank einen großen Schluck, und schon etwas ruhiger fuhr sie fort: »Mir ist ja noch nicht mal aufgefallen, dass sie gestern nicht in ihrem Zimmer geschlafen hat. Gewundert hat es mich erst, als sie das Frühstück verpasst hat. Sie hat zwar gegessen wie ein Spatz, aber sie war spätestens um halb neun unten, weil ich um neun alles wegräume. Kurz nach neun war dann der alte Marten Lucht bei mir. Er hat sie gefunden, er wusste, dass das Mädchen bei mir wohnt. Sie ist ins Wasser gegangen. Marten hat nach dem Sturm heute Nacht ganz früh nach seinen Schafen geschaut. Und dann das. Nee, nee, nee. Findet der eine Tote. Unfassbar. Er hat zuerst Momme angerufen, der hat ihn dann zu mir geschickt, um mich zu informieren. Im Moment sind Momme und Doktor Claussen bei ihr. Ob die jemand aus Husum kommen lassen müssen? Für eine Untersuchung? Oder sogar die Kripo aus Flensburg?«

»Jetzt mach mal langsam. Ich glaube, du guckst zu viel fern. Bei einem Selbstmord ermittelt doch nicht die Kripo. Höchstens, wenn man sich nicht sicher ist. Aber das wird Dirk Claussen ganz sicher feststellen, ob oder ob nicht. Und dann wird Momme alle weiteren Schritte einleiten. So läuft das.«

Erwartungsvoll sah sie zu Louise, als erwarte sie eine Bestätigung dessen, was sie soeben gesagt hatte. Doch Louise machte sich ihre eigenen Gedanken.

»Hieß das Mädchen zufällig Chiara«, fragte sie, einer dumpfen Ahnung folgend.

Renate bekam große Augen. »Ja! Chiara Petermann hieß sie!«

Fine schüttelte verwirrt den Kopf. »Woher weißt du denn, wie das tote Mädchen heißt?«

Louise blickte in zwei erwartungsvolle Gesichter und zuckte mit den Schultern. »Ich habe sie gestern am Deich kennengelernt und sie hat so unendlich traurig gewirkt. Ich glaube, sie ist eine Künstlerin, auf jeden Fall zeichnet sie sehr gut.«

Renate nickte. »Sie kam aus Bayern. Wollte ein paar friedliche und ruhige Tage hier verbringen und zeichnen. Ich meine, sie sagte, sie sei eine Kunststudentin. Ich darf im Moment nicht in ihr Zimmer, aber ich weiß, dass sie jede Menge Zeichnungen dort rumliegen hat. Manche hat sie sogar an die Wand genadelt. Ich hoffe nur, ich muss die Löcher nicht zuspachteln.« Wieder schlug Renate die Hand vor den Mund. »Gott, was sage ich denn da, das arme Kind ist tot, und ich mache mir Gedanken um irgendwelche kleinen Löcher in meinen Wänden.«

»Eigentlich hatte ich sie fragen wollen, ob sie mir eine Zeichnung verkauft. Ich fand sie wirklich gut. Zwar etwas düster, aber sie konnte mit wenigen Strichen so viel erfassen, das Meer, den Himmel. Aus ihren Zeichnungen sprach ein ganz besonderes Gefühl.« Louise verfiel in Schweigen. Sie kannte das Mädchen doch gar nicht. Interpretierte sie da nicht ein wenig zu viel in die Skizzen? »Kommt das eigentlich öfter vor, ich meine, ein Selbstmord auf der Insel? Es kann hier ja schon …«, Louise kam ins Stocken, »… etwas einsam werden. Ich meine, nur, weil man auf einer nicht sehr großen Insel hockt und Wind und Wetter und dieser Tide ausgeliefert ist, muss man natürlich nicht gleich zum suizidgefährdeten Melancholiker werden. Und schon gar nicht, wenn man extra hierher reist, um Urlaub zu machen«, fügte sie hastig hinzu.

Doch Fine und Renate nahmen es gelassen.

»Entweder du erträgst die Insel, oder du gehst. Und zwar lebendig. Warum sollte man sich umbringen, nur weil man mit all dem …«, Fine breitete die Arme aus, Pellworm und seine Bewohner umschließend, »… nicht zurechtkommt. Wir hatten hier noch nie einen Selbstmord eines Feriengastes, nein, das hatten wir noch nicht. Überhaupt noch keinen Selbstmord von Auswärtigen. Ganz früher, ja, da ist auch schon mal ein junges Ding ins Wasser, wenn es ungewollt schwanger wurde. So was ist vor hundert Jahren vorgekommen. Aber heutzutage …«

»Das stimmt nicht so ganz«, unterbrach Renate ihre Freundin. »Es hat sich zwar im Nachhinein anders dargestellt, aber denk dran, die Leichen von Therese Dopfer und Maria Fischer liegen in einem anonymen Grab auf unserer

Insel, ohne Namen, nur mit dem Datum, wann sie gestorben sind.«

»Stimmt, da hast du recht«, bestätigte Fine stirnrunzelnd. Und setzte erklärend hinzu: »Das war auch vor unserer Zeit, im Sommer 1931. Da trieben die Leichen von zwei Polizistinnen aus Hamburg bei uns an. Es hieß, sie wären wegen irgendwelcher Querelen auf ihrer Dienststelle zusammen in den Tod gegangen. Mehr fällt mir dazu aber im Moment auch nicht ein. Nur, dass es wohl dann doch nicht so war, also kein Selbstmord. Noch Tee, Renate?«

»Nee, lass mal lieber, aber hast du noch was von deinem Lebenselixier da?«

Fine lächelte verschmitzt, stand auf und kam mit einer Flasche und drei Gläsern aus der guten Stube zurück. Sie schenkte großzügig von dem goldgelben Eierlikör ein. Louise konnte sich gut an das süße Zeug erinnern. Eigelb, Zucker, Sahne, Doppelkorn. Mehr brauchte Fine nicht, um das cremige Lebenselixier zusammenzubrauen. Stumm prosteten die Frauen einander zu und tranken im Angedenken an das tote Mädchen ihre Gläser mit einem Zug leer.

»Ich muss dann mal wieder. Ob die immer noch zugange sind, Momme und der Doktor?«

»Wer ist denn eigentlich dieser Momme?«, fragte Louise.

»Momme Mommsen, unser Inselpolizist« erklärte Renate. »Und das, obwohl er eigentlich schon in Pension sein dürfte. Er muss noch ein wenig durchhalten und auf Pellworm für Recht und Ordnung sorgen, bis Anfang Juli die Neue kommt. Diese Tote wird ihm ganz schön zusetzen. Außer ein paar Knöllchen oder dem Schlichten eines Streits in der Kneipe oder bei einer häuslichen Auseinandersetzung, hatte er in vierzig Dienstjahren nicht viel zu tun.«

»Ihr habt hier wirklich nur einen Polizisten?«, Louise war erstaunt.

»Ja, einer genügt auch voll und ganz. Momme ist auf der Insel geboren, war dann Polizist in Flensburg, und kam, als sein Vorgänger in Rente ging, wieder zurück. Das ist jetzt über dreißig Jahre her. Seitdem sitzt er in seinem Büro im Amtshaus in Tammensiel. Und hätte jetzt, wie gesagt, eigentlich in Rente gehen sollen. Wir sind schon alle gespannt auf die Neue. Das hatten wir auf der Insel noch nicht, eine Frau in Polizeiuniform!«

Louise stand auf, während sich Renate und Fine noch einen letzten kleinen Schluck gönnten. Ging immerhin auch schon auf Mittag zu.

»Ihr habt ja auch eine Pastorin, wie ich auf einem Aushang an der Tür zur Alten Kirche gelesen habe. Dann verkraftet ihr bestimmt auch eine Polizistin. *Et bien*, dann will ich mal los. Fine, ich nehm dann mal dein Rad, wenn das in Ordnung ist, und fahre zum Café.«

Doch erst wollte sie noch einen anderen Ort besuchen …

Kapitel 11

Louise nahm denselben Weg wie am Tag zuvor. Der Wind wehte ihr entgegen. Nicht stark, aber stark genug, um ordentlich in die Pedale treten zu müssen, um gegen ihn anzukämpfen. Angeblich wehte der Wind auf Pellworm einem grundsätzlich immer entgegen. Doch wie er das schaffte, war Louise ein Rätsel. Schon bald glühte ihr Gesicht, und sie spürte ihre Waden, die sich über die ungewohnt anstrengende Bewegung beschwerten. Sie fuhr vorbei an der Schule, an der Alten Kirche, zum Deich. Ein einzelner PKW stand am Wegrand, und weiter oben sah sie einen Mann, der breitbeinig im Gras stand und auf das Wasser starrte. Louise stellte das Rad ab und ging mit großen Schritten auf ihn zu. Er war schon älter, Louise schätzte ihn auf über siebzig, und hatte ein wettergegerbtes Gesicht. Er trug eine dunkelblaue Strickmütze und eine gelbe dick gefütterte Regenjacke. Seine Cordhose steckte in grünen Stiefeln. Aufmerksam verfolgte der Mann, was sich hinter den steinernen Buhnen am Rand des Wassers tat. Dort unten stand ein Mann in Uniform und hielt den Blick konzentriert auf den Boden gerichtet. Das konnte nur der Inselpolizist sein.

»Moin«, grüßte Louise und versuchte dem Wort einen norddeutschen Klang zu verleihen.

»Moin. Se kümmt to lot, de Dode is all wech.« Der Alte schaute weiter verbissen aufs Wasser.

Louise wurde rot. Die Tote ist schon weg. Sie war zwar nicht gekommen, um eine Leiche zu sehen, aber die Tote interessierte sie natürlich. Und der Alte hatte es gemerkt. Sie wollte schon wieder umdrehen, als der Alte zu reden begann.

»Se sünd nich von hier.«

Louise nickte. »Ich bin Louise Dumas, die Patentochter von Fine Dierksen.« Der Mann hob die Hand zur Mütze und fuhr fort.

»Ich bin Marten Lucht. Habe sie gefunden. Lag da unten wie Strandgut. Hab nach meinen Schafen gesehen, nach dem Sturm in der Nacht«, er drehte den Kopf nach links und rechts, wo seine Vierbeiner friedlich grasten.

»Das ist ja furchtbar.«

Der Alte nickte. »Ist nicht meine erste Leiche, die angespült wurde. Hatte vor zwanzig Jahren schon mal eine. Ein Mann. Der ist in Hamburg ins Wasser und kam hier an. Sah schlimm aus. Das Mädchen sah aus, als würde sie schlafen. Ist wohl raus, um zu sterben. Sonst geht ja kein gesunder Mensch nachts raus. War ja stockfinster, und dann der Sturm.«

Der Alte verfiel in Schweigen.

»Und das da unten ist der Inselpolizist?«, versuchte Louise das Gespräch in Gang zu halten.

Der Alte nickte. »Jawoll. Mommsen. Der guckt sich die Augen aus dem Kopf, aber da sind keine Spuren zu finden. Das Wasser hat sie verwischt und mitgenommen.«

»Das arme Mädchen. Wie lange es wohl schon da lag?«

Louise bekam eine Gänsehaut, wenn sie daran dachte, wie Chiara die ganze Nach einsam und tot in den Wellen lag.

Der Alte wiegte sein Haupt nachdenklich hin und her. »Niedrigwasser war gegen halb zwölf in der Nacht. Vielleicht ist sie da ins Wasser gegangen und hat dann aufs Hochwasser gewartet…, na, das lief heute Morgen um halb sechs auf. Und dann noch der starke Wind, der hat dann dazu beigetragen, sie wieder auf die Insel zurückzubringen.«

Louise überlegte. Ob Chiara schon am gestrigen Nachmittag geplant hatte, sich umzubringen? Plötzlich verspürte Louise ein Bedürfnis, sich von Chiara zu verabschieden.

»Wo ist denn das tote Mädchen jetzt?«

»Die geht jetzt mit Enno Kampmann vom Beerdigungsinstitut in Husum zum Festland. Der kümmert sich meist um unsere Toten.«

»Und dann?«

»Wie, und dann? War ja ein Selbstmord, sagen Momme und der Doktor. Und auf die ist Verlass. Und dann wird sie irgendwann begraben. Na, dann will ich mal wieder.«

Er hielt Louise zum Abschied seine riesige Rechte entgegen und drückte so fest zu, dass Louise beinahe ein kleiner Schmerzenslaut entfahren wäre.

»Händchen so schlank wie die Beine meiner Schafe«, meinte der Alte, nickte noch einmal kurz und zog von dannen.

Louise schmunzelte über den Vergleich und überlegte dann kurz, ob sie nach unten zu dem Polizisten gehen sollte, aber wenn es doch noch Spuren gab, würde sie die dann vielleicht zerstören. Sie würde einfach später auf gut Glück bei der Polizeidienststelle vorbeifahren. Vielleicht war dieser Momme dann da, und sie würde ihm von der seltsamen Begegnung mit Chiara erzählen. Auch wenn sie es nicht genau erklären konnte – sie hatte das Gefühl, es könnte wichtig sein.

Louise warf einen letzten Blick zurück zur Bank, auf der sie am Tag zuvor gesessen und mit Chiara geplaudert hatte. Dann schüttelte sie sich, stieg aufs Rad und fuhr langsam den Deich entlang.

Das *Warft Café* lag auf einer Anhöhe, die den Blick in die Weite freigab. In bunten großen Buchstaben war der Name des Cafés in dem großen weiß verputzten Gebäude über der Tür angebracht. Noch hatte das Café geschlossen. Das hätte sie sich eigentlich denken können. Aber vielleicht traf ja schon jemand Vorbereitungen, um dem ersten Ansturm der Gäste begegnen zu können. Neugierig schaute Louise sich um. Die weiß getünchten Mauern duckten sich unter dem mächtigen Krüppelwalmdach. Überall standen liebevoll platziert Blumenkübel aus Ton und Zink mit weißen Margeriten und roten Geranien. Rot-weiß wie der Leuchtturm. Der Blick von hier war unbeschreiblich. Über weite Wiesen und Felder bis hin zum Horizont, der in ruhigem Blaugrau mit den grüngelben landwirtschaftlichen Flächen verschmolz. Auf einer kleinen Weide vor der Sonnenterrasse des Cafés grasten drei Schafe, die neugierig ihre langen Köpfe reckten. Tische und Stühle aus Holz und ein paar Strandkörbe mit gestreiften Polstern in den für die Insel typischen Farben standen auf der Terrasse. Wehte der Wind mal etwas rauer, konnte man sich kuschelig in sie zurückziehen und gemütlich einen Kaffee oder *Pharisäer* trinken und seinen Kuchen essen, ohne dass einem die Stückchen von der Gabel gerissen wurden.

Louise hatte den *Pharisäer*, diesen süßen Kaffee mit einer ordentlichen Portion Rum und einer Haube aus Schlagsahne, vor Jahren auf Pellworm kennengelernt. Sie spähte durch das große Fenster neben der Eingangstür. Eine Frau saß an einem der Tische, den Kopf über einen Block gebeugt, und schrieb eifrig irgendetwas auf. Louise klopfte.

»Nur herein, die Tür ist offen, aber es gibt leider noch nichts«, rief die Frau prompt, allerdings ohne den Kopf zu heben. Auf Pellworm war man tatsächlich sehr vertrauensselig.

Louise trat ein und erfasste mit einem Blick das anheimelnde Interieur des Cafés. Einfach und urgemütlich, ein Ambiente wie Louise es schätzte. Natürlich stand hier und da ein wenig Schnickschnack herum, doch alles harmonierte miteinander, kein Stück, das nicht zum Haus und zur Insel gepasst hätte. Besonders die Holzstühle mit ihren gedrechselten Lehnen gefielen Louise und erinnerten sie in ihrer gebogenen Form an die berühmten Kaffeehausstühle von Michael Thonet. Auf ihnen und den mit rotem Leder bezogenen Bänken saß man bequem und gemütlich, und man hatte das Gefühl, als bestünde das Café bereits seit Generationen. In den Regalen standen Bücher, und es fehlte auch nicht an Spielzeug für die kleinen Gäste.

Die Frau blickte nun auf und lächelte Louise freundlich und zugleich neugierig an. Sie war ein paar Jahre älter als Louise. Sie strich sich ihre braunen Haare aus dem Gesicht.

»Was kann ich für Sie tun? Wie gesagt, das Café ist noch nicht geöffnet. Aber machen Sie doch noch einen ausgiebigen Spaziergang. Und wenn Sie in einer halben Stunde wiederkommen, schmecken Kaffee und Kuchen noch mal so gut.«

Louise streckte die Hand zur Begrüßung aus. »Moin, ich bin zwar sehr neugierig auf Ihre Kuchen und Torten, aber nicht unbedingt deswegen hier. Ich bin die Patentochter von Fine Dierksen. Ich wohne seit Kurzem bei Fine und werde wohl längere Zeit auf Pellworm bleiben. Fine meinte, Sie suchen jemanden, der zweimal die Woche am Abend aushilft?«

»Na, das ging aber flott! Ich habe die Zettel erst vorgestern verteilt. Wie schön, Sie kennenzulernen, oder wollen wir gleich zum ›Du‹ übergehen? Ich bin Frauke, Frauke Winkler.«

»Gerne! Ich heiße Louise. Louise Dumas.«

»Stimmt, Fine hat es erzählt, du kommst aus Frankreich, genauer gesagt aus dem Elsass.«

Louise grinste. »Und wenn ich Ihnen, dir, hier behilflich sein kann, gerne, ich würde mich freuen. Was denkst du, wobei kann ich dich unterstützen?«

Frauke schob ihr den Block hin. »Hier. Du sprichst ja ganz hervorragend Deutsch. Und dein Akzent ist einfach herrlich. Lernt ihr die Sprache in der Schule?«

»Ja, das auch. Aber meine Mutter ist Deutsche, und ich bin mit beiden Sprachen groß geworden. Davon abgesehen, war das Elsass auch mal deutsch. Das merkt man immer noch, vor allem in der Sprache. So wie ihr euer Plattdeutsch habt, haben wir im Elsass auch einen Dialekt, einen deutschen wohlgemerkt.« Louise zog den Block zu sich heran. Auf dem Zettel waren ein paar unkomplizierte Speisen aufgelistet, die Louise der Bistroküche zuordnen würde. Schnell gemachte Snacks, Suppen, Kurzgebratenes.

»Wir wollen unseren Gästen eine kleine Abendkarte anbieten. Eine raffinierte Küche mit einfachen Zutaten aus der Region.« Frauke hielt inne und wurde ein wenig rot. »Entschuldige, wenn ich jetzt so einfach mit der Tür ins Haus falle, aber kannst du überhaupt kochen?«

Louise biss sich auf die Lippen, um nicht laut loszulachen. Aha, es gab also doch etwas, das Fine noch nicht erzählt hatte.

»Nun, ja, wie man es nimmt. Ich denke schon, dass ich kochen kann. Ich habe zumindest schon für viele Leute gekocht, das ist also schon gar kein Problem, und ich weiß, mit Lebensmitteln so umzugehen, dass am Ende etwas Schmackhaftes dabei herauskommt. Wenn dir das genügt, würde ich gerne deine Ideen …«, sie tippte mit dem Zeigefinger auf den Block, »… in der Küche umsetzen.«

»Wunderbar, dann sind wir im Geschäft. Frauke grinste zufrieden. »Und wegen der Bezahlung, sind fünfzehn Euro als Stundenlohn für dich in Ordnung?«

Louise nickte. »Ja, natürlich. Das ist ein faires Angebot. Und da habe ich schon gleich mal eine Frage. Was ist das denn?« Sie zeigte auf das erste Wort auf Fraukes Notizzettel, das dick unterstrichen war.

Frauke lachte. »Das wirst du bei Fine garantiert auch kennenlernen. Das ist Schnüsch. Ein Klassiker unter unseren Gemüseeintöpfen. Da kommt alles rein, was der Garten in der Saison hergibt. Und das ist in dieser Jahreszeit nicht gerade wenig. Erbsen, Wurzeln, Bohnen, Lauch, Kartoffeln und was im oder über dem Boden sonst noch so wächst.«

»Ein *Pot au feu de légumes d'autrefois* nennt man es bei uns, ein Gemüseeintopf wie früher. Bei meiner Mutter heißt er ›Quer durch den Garten‹. Hmm, ein leckeres Gericht. Und es schmeckt den nächsten Tag aufgewärmt noch besser. Woher kommt der Name Schnüsch?«

Frauke schüttelte den Kopf. »Ganz ehrlich? Ich habe keine Ahnung.« Dann schaute sie auf die Uhr an der Wand. »Oh je, schon so spät. Es tut mir leid, ich muss hier so langsam in die Puschen kommen. Und ich habe dir noch nicht einmal einen Kaffee oder ein Wasser angeboten. Wie unaufmerksam von mir. Wie wäre es noch schnell mit einer Tasse?«

Louise winkte ab. »Danke, aber ein Wasser wäre prima.«

»Sofort, dann mache ich dir auch noch eine Kopie von meinem Ideenzettel. Du kannst ihn ja Fine zeigen. Sie kocht auch gerne und gut, sie kann dir ganz sicher ein paar Tipps geben, wie man das Ganze hier und da noch etwas aufpeppen kann. Ach, wir haben ja noch gar nicht über die Tage gesprochen, an denen ich dich brauche! Donnerstag und Freitag wären prima. Samstag und Sonntag kommt meine Schwester und hilft mir, und Montag bis Mittwoch gibt es am Abend nur ein paar kalte Kleinigkeiten. Käse, Wurst, Brot und so. Dann sehen wir uns nächsten Donnerstag? Du machst dich mit den Rezepten vertraut, wie gesagt, frag Fine, ich kaufe die Zutaten frisch ein. Und wenn du eine Idee hast, wie das Ganze noch besser aussieht oder schmeckt, nur zu. Ich freu mich jedenfalls jetzt schon auf unsere Zusammenarbeit.«

Sie stand auf und kam mit einem Glas Wasser und der Kopie der Speisekarte zurück, die Louise faltete und in ihre Hosentasche steckte. Das Glas Wasser trank sie in einem Zug leer, das Radfahren hatte sie durstig gemacht. Dann verabschiedeten sich die beiden Frauen voneinander, und Frauke umarmte Louise spontan und herzlich. »Ich freu mich total«, betonte sie noch einmal zum Abschied.

Die fröhliche Melodie des Moustaki-Liedes *Les copains d'abord* vor sich hin pfeifend, radelte Louise zurück. Doch je näher sie dem Deich kam, umso ernster wurde sie, bis das Liedchen auf ihren Lippen erstarb.

Kapitel 12

In der knappen Stunde, die Louise im *Warft Café* verbracht hatte, war der Sommer wieder zurückgekehrt, das kurze Sturmtief, das in der Nacht über Pellworm in Richtung Festland gezogen war, gehörte der Vergangenheit an. Sie zog ihren dicken Pullover aus und legte ihn in den Fahrradkorb. An dem Deichabschnitt, hinter dem Chiaras Leiche gefunden worden war, verlangsamte sie ihr Tempo. Die Welt drehte sich einfach weiter. Die Schafe knabberten am Gras, ihr helles Fell hob sich vom satten Grün ab, als wären sie von Künstlerhand hineingetupft. Jedoch keine Künstlerhand wie die Chiaras. Dann wären die Tiere grau und düster, das Gras vielleicht schwarz. Louise rief sich die Begegnung mit der jungen Frau in Erinnerung. Sie hatte den Eindruck gehabt, dass sich Chiara über ihr Interesse an den Zeichnungen gefreut hatte. Warum sonst hätte sie Louise eingeladen, ihr ihre Zeichnungen zu zeigen? Und kurz darauf sollte sich Chiara dazu entschlossen haben, Suizid zu begehen? Nein, das passte nicht zusammen.

Das schöne Wetter hatte die Menschen wieder aus ihren Häusern gelockt, Radfahrer kamen Louise entgegen, überholten sie, fuhren ein Stück neben ihr her. Ein Schwarm Möwen flog kreischend auf, als ein Hund, der verbotenerweise nicht angeleint war, auf sie zustürmte. Louise genoss die leichte nach Salz schmeckende Brise. Allerdings war es ein tückischer Wind, der Louise anfangs nicht spüren ließ, mit welcher Kraft die Sonne vom blank geputzten Himmel schien. Ganz allmählich merkte sie, wie ihre Gesichtshaut spannte und leicht zu brennen begann. Heute Abend würde sie einen gepflegten Sonnenbrand ihr Eigen nennen können.

Vorbei ging es am rot-weiß gestreiften Leuchtturm, und nur zehn Minuten später stellte Louise ihr Fahrrad vor dem Amtshaus in Tammensiel ab. Hier residierte die Verwaltung, hier konnten Ehen geschlossen werden, sofern man nicht den Leuchtturm als außergewöhnliche Hochzeitslocation gewählt hatte, und hier hatte Momme Mommsen sein Büro.

Auch das Amtshaus lag, wie fast alle Häuser und Gehöfte auf der Insel, erhöht auf einer Warft. Auf dem Parkplatz entdeckte Louise denselben Wagen, der am Deich stand, als sie sich mit dem alten Schäfer unterhalten hatte. Das konnte ja dann nur das Auto von Mommsen sein. Hatte der noch nicht einmal ein Dienstfahrzeug? Von einem jungen Mann, der gerade den roten Klinkerbau verließ, erfuhr sie, dass das Dienstzimmer von Mommsen direkt neben dem Standesamt lag und Mommsen, soweit er wusste, auch da war.

Zögernd betrat Louise das Verwaltungsgebäude. In diesem Moment fragte sie sich, was sie denn eigentlich hier wollte. Warum war es ihr so wichtig, Mommsen von ihrem Gespräch mit Chiara zu erzählen? Er würde sie fragen, welchen Eindruck das Mädchen auf Louise gemacht habe. Und was sollte sie da antworten? Nicht den Eindruck einer potenziellen Selbstmörderin. Noch heute Vormittag, als Renate Fine und sie mit der Nachricht vom Tod des Mädchens schockiert hatte, hätte sie diese Einschätzung vielleicht abgegeben. Doch jetzt, nachdem sie sich die Kleinigkeiten während ihrer Begegnung ins Gedächtnis gerufen hatte, das freundliche Interesse an ihrer Person durch Chiara, das Angebot, ihr die Zeichnungen zu zeigen … Nein, bei all der Traurigkeit, die Louise in Chiara Petermanns Augen gesehen hatte – Louise hätte nicht wirklich mit einem Suizid gerechnet. Und genau deswegen war sie hier, genau das würde sie Mommsen mitteilen.

Die Tür zum Büro des Polizisten war nur angelehnt. Louise klopfte und schob sie ein Stück auf. Der Polizist saß am Schreibtisch, den Kopf über ein Formular gebeugt, seine Dienstmütze lag neben ihm auf dem Tisch. Aus der Entfernung hatte Mommsen jünger gewirkt, aufrecht und schlank wie er da am Wasser gestanden hatte. Nun sah Louise, dass seine Haare eisgrau und licht waren, und die braun gebrannte Hand, die den Stift führte, voller Runzeln war.

»Moin, ich bin Louise Dumas. Kann ich Sie einen Moment sprechen?« Als Mommsen keine Regung zeigte, trat sie ein und blieb unschlüssig stehen. War es hier auf der Insel Usus, noch nicht einmal den Kopf zu heben, wenn jemand mit einem freundlichen ›Moin‹ grüßte? Oder hatte sie da etwas falsch verstanden, als Fine ihr sagte, das wäre auf der Insel der tägliche Gruß? Vielleicht hieß es am Nachmittag ja anders? Aber nein, der Schäfer hatte genauso geantwortet.

Noch einmal schmetterte sie nun ein kräftigeres ›Moin‹ heraus, und siehe da, Mommsen hob den Kopf.

»Ich habe Sie schon gehört, ich bin ja nicht schwerhörig. Aber füllen Sie mal ein deutsches Amtsformular aus. Das geht nur mit vollster Konzentration.« Jetzt grinste er und setzte seine Unterschrift mit Schwung auf besagtes Blatt.

»Was kann ich also für Sie tun, Frau Dumas.« Einladend zeigte er auf einen Stuhl vor seinem Schreibtisch.

»Ich komme wegen Chiara Petermann, dem toten Mädchen.«

»Ja, eine schlimme Sache. Kannten Sie sie?«

»Nein, nicht wirklich. Eigentlich gar nicht. Sie ist mir gestern aufgefallen. Sie saß auf dem Deich und zeichnete. Wir haben uns ein wenig unterhalten. Sie machte Urlaub auf Pellworm.« Louise wusste plötzlich nicht mehr weiter.

»Ja, das ist mir bekannt. Ich fahre gleich noch raus zu Renate Vollertsen, dort hat die Tote gewohnt. Aber vorher musste ich den Bürokram noch erledigen. Aber warum wollen Sie mit mir über Frau Petermann sprechen?«

Louise wich aus. »Wo ist Chiara jetzt? Ich habe gehört, ein Bestatter hat sie aufs Festland gebracht. Eigentlich hätte ich mich noch gerne von ihr verabschiedet.«

Sie biss sich auf die Lippen. Was würde Mommsen von ihr halten? Eben sagte sie noch, sie habe die Tote eigentlich gar nicht gekannt.

»Sie ist jetzt bei Kampmann. Ihre Eltern werden entscheiden, wie es weitergeht. Bei Kampmann wird sie ein zweiter Arzt untersuchen, und, wenn alles seine Richtigkeit hat, die Leiche freigegeben. Es tut mir leid, dass Sie nicht Abschied nehmen konnten«, fügte der Polizist hinzu, als er sah, wie Louise bei seinen Worten zusammenzuckte. »Aber warum interessieren Sie sich so für die Tote?« In Mommsens Stimme schwang echtes Bedauern, aber auch eine ordentliche Portion Wachsamkeit mit.

»Warum muss ein zweiter Arzt die Selbstmordtheorie bestätigen? Glauben Sie, Chiara könnte ermordet worden sein?«, fragte Louise erschrocken, ohne auf Mommsens Frage einzugehen.

»Für den Doktor und mich sieht es bei Frau Petermanns Tod ziemlich eindeutig nach einer Selbsttötung aus. Nun, wie dem auch sei, ein zweiter Arzt muss das bestätigen. Das sind eben die Vorschriften. Aber zurück zu meiner Frage. Warum interessiert Sie der Tod von Chiara Petermann?«

Louise überlegte, wie sie dem Polizisten ihr Gefühl am besten erklären konnte.

»Wie ich schon sagte, ich habe Chiara Petermann gestern auf dem Deich beim Zeichnen gesehen«, begann sie, »und ich hatte den Eindruck, dass sie auf der Insel nicht viel Kontakt hatte. Sie kam mir vor wie eine Einzelgängerin. Wenn man das nach einer einzigen kurzen Begegnung überhaupt sagen kann«, fügte sie selbstkritisch hinzu. »Nun, das war eben mein Eindruck. Ihre Zeichnung hatte so etwas Düsteres an sich, und sie wirkte irgendwie, ja, wie soll ich sagen, melodramatisch, nein das ist falsch, eher tragisch und traurig auf mich. Und als ich dann hörte, dass man sie tot aufgefunden hat, und es Selbstmord gewesen sei, da habe ich so über alles nachgedacht. Zu ihrer Stimmung, also, der, die ich gespürt habe, könnte das auch passen, aber irgendwie …«, Louise unterbrach sich. Was plapperte sie denn da? Sie kannte Chiara nicht. Basta. Sie konnte überhaupt nicht einschätzen, ob das Mädchen Selbstmordgedanken gehegt hatte oder nicht. Wie musste sie nur auf Mommsen wirken? Wie eine Verrückte, die sich selbst zu wichtig nahm.

Mommsen wartete einen Moment ab, doch Louise schwieg.

»Frau Dumas, Sie haben das ganz richtig gemacht. Eine solche Einschätzung wird von uns sehr ernst genommen. Und natürlich hoffen wir, von den Angehörigen mehr zum Gemütszustand der jungen Frau zu erfahren. Die Beobachtungen, die Sie gemacht haben, helfen uns ebenfalls weiter. Hat Frau Petermann mit Ihnen über irgendwelche Absichten gesprochen? Oder über Probleme, die ihr zu schaffen machten? Eine Krankheit? Oder hatten Sie lediglich den Eindruck der Tragik und Traurigkeit, wie Sie es nannten?«

»Ja, das heißt nein. Sie verstehen mich vollkommen falsch, *Monsieur le Commissaire.*«

Mommsen hob die Brauen. »Was wollen Sie denn damit sagen?«

Louise war verwirrt. »Äh. Entschuldigen Sie, so würde ich in Frankreich einen Polizisten ansprechen, einen Kommissar.«

»Nein, das meinte ich nicht, hört sich übrigens sehr nett an, wenn Sie das so sagen, auch wenn ich, streng genommen, Oberkommissar bin«, ein Lächeln huschte über Mommsens Gesicht, doch er wurde sofort wieder ernst. »Aber was verstehe ich falsch?«

»Anfangs dachte ich, ja, Chiara Petermann hat sich wohl umgebracht. Aber als wir uns verabschiedeten, hat sie gesagt, sie wolle mir bei unserer nächsten Begegnung ihre Zeichnungen zeigen. Ich habe noch nie mit einer Person, die Selbstmordgedanken hegt, zu tun gehabt. Aber, verabredet man sich dann vorher noch, wenn man sowieso sein Leben beenden will?«, fragte Louise zweifelnd.

»Frau Dumas. Ich bin kein Psychologe. Aber es gibt Selbstmörder, die frühstücken wie an jedem anderen Tag, verabschieden sich von Frau und Kind, nehmen ihre Aktentasche und werfen sich zehn Minuten später vor den nächsten Zug. Viele Menschen, die ein psychisches Problem haben, und die meisten Selbstmörder haben eins, schleppen es Monate, Jahre mit sich herum, sind Meister des Verstellens. Am Abend noch mit den Kollegen auf ein Bier, in der Nacht schießen sie sich eine Kugel in den Kopf. Glauben Sie mir, ich weiß von was ich rede.«

Plötzlich kam sich Louise einfach nur dumm vor. Was hatte sie sich dabei gedacht? Sie selbst konnte Menschen, die sich in alles einmischten, auf den Tod nicht ausstehen. Und jetzt saß sie selbst hier und steckte ihre Nase in Angelegenheiten, die sie nichts angingen.

»Entschuldigen Sie bitte, Oberkommissar Mommsen. Ich dachte nur, ach, eigentlich weiß ich gar nicht, was ich dachte.« Sie stand auf, Mommsen tat es ihr nach. Er hielt ihr die Hand hin.

»Das ist schon in Ordnung. So ein Vorfall bringt einen ganz schön durcheinander.« Er zögerte einen Moment. »Ich werde Sie auf dem Laufenden halten. Ich melde mich, sobald ich weiß, was Claussens Kollege gesagt hat. Einverstanden?« Um seine Augen entdeckte Louise die vielen Lachfältchen. Der Mann war ihr sympathisch. Er hatte sie nicht ausgelacht. Das war schon einmal viel wert. »Wo oder wie kann ich Sie erreichen?«

»Ich wohne bei Fine Dierksen.«

Jetzt grinste Mommsen. »Ach, natürlich, jetzt weiß ich, wer Sie sind, Sie sind Fines Patenkind!«

Louise seufzte. Jeder auf dieser Insel schien von Fine über ihr Kommen informiert worden zu sein. Sie grinste zurück.

»Genau die.« Sie schüttelte herzlich die dargebotene Hand und verabschiedete sich.

Louise verließ das Amtsgebäude und trat ärgerlich in die Pedale. Wie eine dumme Gans hatte sie sich aufgeführt. Und dabei tat sie den Schnattervögeln auch noch unrecht, denn dumm waren sie beileibe nicht. Sie fuhr zurück zu Fines Kate. Erneut fiel ihr das Holzkreuz am Straßenrand auf, doch diesmal hielt sie an. Die Blumen waren durch den Regen der vergangenen Nacht niedergedrückt geworden. Auf einem kleinen Messingschild stand ein Name – Inken – und ein Datum mit einem kleinen Kreuz dahinter. Vor ziemlich genau drei Jahren war an dieser Stelle eine Frau zu Tode gekommen.

Kapitel 13

Zu Hause erwartete Fine Louise bereits.

»Fast wäre ich mit deinem Motorrad los. Die Frauen hätten nicht schlecht gestaunt, wenn ich da angebrummt wäre, und das ohne Führerschein.«

Louise sah Fine entschuldigend an. »Du brauchst das Fahrrad? Tut mir leid, ich wollte eigentlich schon längst zurück sein.«

»Ich habe um sechs ein Treffen mit meinem Landfrauenverein und muss gleich los. Wie ist es dir ergangen? Was sagte Frauke zu deiner Bewerbung?«

»Nächste Woche geht's los, zwei Abende, an denen ich mich kulinarisch austoben kann.« Louise grinste. »Ich hoffe, ich bin keine Enttäuschung für sie.«

»Ach was, Frauke freut sich über jede Hilfe, und sie wird Bauklötze staunen, was du ihren Gästen kredenzen wirst. Sag, hast du nicht Lust, heute Abend mitzukommen? Dann lernst du schon mal einige der Insulanerinnen kennen. Alles nette Frauen. Und sie sind schon sehr gespannt auf dich.«

»Das kann ich mir lebhaft vorstellen. *Je suis connue comme le loup blanc*. Ich bin hier bekannt wie der weiße Wolf. Oder wie ein bunter Hund, so heißt es doch auf Deutsch. Du hast ja die ganze Insel informiert!« Louise knuffte Fine liebevoll in die Seite. »Aber, wenn es in Ordnung ist, bleibe ich lieber hier, lese ein wenig was über die Insel und schau mir mal an, was Frauke so auf ihrem Speiseplan hat.«

»Natürlich ist das in Ordnung. Allerdings fehlen mindestens noch achthundert Leute, die ich informieren muss. Aber ich arbeite daran. So, mien Deern, jetzt muss ich los.« Fine zog ihre leichte Jacke über, die über dem Küchenstuhl hing.

»Moment Fine, einen Augenblick noch. Ich habe das Kreuz an der Straße gesehen. Was ist denn mit dieser Inken passiert?

Fine stütze sich auf der Stuhllehne ab. Ihr Gesicht wurde ernst.

»Das war eine echte Tragödie. Ja, das war im Juni vor drei Jahren. Merkwürdig, wie die Zeit vergeht. Inken ist, war die Tochter der Jensens, Sören und Martina. Sie war mit dem Rad unterwegs und ist in der Nacht wahrscheinlich von einem Auto angefahren worden. Das hat uns alle ganz schön mitgenommen. Allerdings gab es überhaupt keine Spuren, die Momme weitergeholfen hätten. Er geht davon aus, dass ein Auto sie entweder erschreckt hat, also das Scheinwerferlicht, oder, das Auto hat Inken vielleicht sogar touchiert. Auf jeden Fall ist sie mit dem Rad ganz unglücklich gestürzt und hat dabei schwere Kopfverletzungen davongetragen. Als man sie fand, war sie schon tot. Das arme Ding hat auch keinen Helm getragen. Es gab keinen einzigen Hinweis darauf, was passiert sein könnte. Momme musste irgendwann einsehen, dass man den Fahrer wohl nie würde ermitteln können. Sören hat es bis heute nicht verkraftet. Er trinkt seitdem. Und Martina ist darüber verrückt geworden.«

»*Mon dieu.* Was für ein Drama. Das tut mir unendlich leid.«

Fine nickte bestätigend und knöpfte ihre Jacke zu. »So, und jetzt muss ich wirklich los. Falls du Hunger bekommst, im Kühlschrank sind noch Eier, Gemüse, Wurst und Käse und ein paar Krabben von gestern. Du hast ja genügend Fantasie, um damit was zusammenzubrutzeln.«

»*Merci.* Vielleicht entsteht ja was in der Pfanne, was ich auf Fraukes Speisekarte bringen kann. Es sollen Snacks sein, die schnell zubereitet sind und der hiesigen Küche entstammen. Mal schauen, ich glaube, ich habe da schon ein paar ganz nette Ideen.«

Fine nahm ihren Büddel vom Tisch, aus dem der Kopf einer Flasche lugte.

»Eierlikör?«

»Eierlikör.«

»Na dann viel Spaß, und fall mir nicht vom Rad.«

Als Fine gegangen war, inspizierte Louise den Kühlschrank. Lauch, Wurzeln, in einer Frischhaltedose geschälte Erbsen, eine Tasse voll Krabben, Buttermilch. Und schon sah sie die sämige Suppe vor Augen. Fine hatte öfter Buttermilchsuppe gemacht, aber die war immer süß mit Milchreis und Rosinen. Dies würde die herzhafte Variante werden. Kurz überlegte Louise, ob sie zum Andicken der Suppe zwei Kartoffeln kochen und stampfen sollte. Doch wenn es schnell gehen sollte, brauchte sie eine Alternative. Und als Einlage würden sich die Krabben hervorragend eignen. Sie durchstöberte die Küchenschränke und entdeckte eine Tüte mit feinem Gries. *Voilà*, genau das Richtige für eine sämige Suppe.

Louise röstete den Gries in Butter an und goss den Becher Buttermilch dazu. Bevor die Milch zu kochen begann, drehte sie die Temperatur herunter und rührte, bis das Ganze etwas eindickte. Sie schmeckte mit Pfeffer und Salz ab, gab eine Handvoll Erbsen dazu. Mit dem Pürierstab schlug sie die Suppe schaumig auf und streute zuletzt die gehackte Petersilie darüber. In einer Pfanne röstete sie eine Scheibe Bauernbrot von beiden Seiten leicht an, legte sie in einen Suppenteller, bedeckte sie üppig mit den restlichen Krabben und goss warme Buttermilchsuppe darüber. Der erste Löffel war gar nicht mal so schlecht, noch keine kulinarische Offenbarung, aber dicht dran. So einfach, so schnell zubereitet und so köstlich. Fast hätte sie die restliche Suppe, die wie ein Film den Tellerboden überzog, mit der Zunge ausgeschleckt. Aber das verboten ihr dann doch ihre guten Manieren. Sie schnitt sich eine weitere Scheibe Brot ab und wischte damit den Teller aus.

Nach dem Essen setzte sich Louise an den Küchentisch und überflog Fraukes Notizen. Der Schwerpunkt des Cafés lag neben dem Kuchen ganz eindeutig bei Lamm und Krabben, was Louise nun wenig wunderte, hatte sie diese Kombination doch schon selbst auf den Teller gebracht. Vielleicht noch eine Art Pulled Lamb, das mit einem frischen Karottensalat in ein Brötchen gepackt wurde? Krabben im Rührei, da fehlte eigentlich nur noch ein wenig frischer Trüffel. Doch das wäre wieder zu viel des Guten.

Gegen Mitternacht hatte Louise die neue Speisekarte fertiggestellt. Hoffentlich trat sie damit Frauke nicht zu nahe. Vielleicht sollte sie zunächst nur zwei der von ihr abgewandelten Speisen präsentieren. Wenn sie Frauke gefielen, und sie bei den Gästen gut ankamen, würde sie die anderen Gerichte nachschieben.

Sie stieg die knarzende Holztreppe hoch ins Dachgeschoss, in dem zwei Gästezimmer und ein nachträglich eingebautes kleines Badezimmer lagen. Die Kartons mit ihren Sachen standen noch unausgepackt in der Ecke. Die Messertasche lag auf dem kleinen Schreibtisch, der unter der Gaube stand. Wenn man sich einen Stuhl herbeiholte, draufstieg und durch die Gaube sah, konnte man das Meer bei Sonnenschein glitzern sehen. Louise zog den ersten Karton heran und öffnete ihn. Klamotten. Sie zerrte die zusammengelegten Kleidungsstücke heraus und warf sie auf den geblümten Sessel neben dem Schreibtisch. *Zut*, wo war denn das Foto? Sie hatte es dann doch eingepackt und sich vorgenommen, es jeden Tag anzusehen und den Mann auf dem Foto zu verfluchen, ihre ganz persönliche Art Voodoo-Ritual. Dieser armselige Feigling. Sie hob den oberen Schwung Pullover hoch und schüttelte sie. Das Bild fiel auf den Boden, sie hatte es ohne Rahmen zwischen zwei Norweger gesteckt. Was hatte sie nur an Thierry, dieser Ratte, gefunden? Die Haare wurden licht und grau, sein Bauchansatz, auch dank ihrer Kochkunst, unübersehbar. Und er hatte krumme Zähne. Und er lachte über die blödesten Witze, meist über die eigenen. Und er war der Sklave seiner vom Ehrgeiz zerfressenen Ex-Frau. Trotz Scheidung. Armseliges Würstchen. Louise legte das Foto auf den Schreibtisch und schluckte die Tränen hinunter. Damit war jetzt endgültig Schluss. Das war dieser *conard* nicht wert. Und wenn sie ehrlich zu sich war, hatte sie es von Anfang an geahnt.

Sie hatte Thierry vielleicht zwei Wochen gekannt, als sie

sich dabei erwischte, wie sie vor dem Spiegel im Flur stand und ihre beiden Namen vor sich hinsagte. Louise Dumas, Louise Dumas, Thierry Worms, Thierry Worms. Wie in der Szene aus dem Film von Truffaut *Baisers volés* – Geraubte Küsse, als Antoine Doinel im Schlafanzug vor dem Badezimmerspiegel steht und mit ernsthaftem Gesicht und aufgerissenen Augen immer wieder seinen Namen und den seiner Angebeteten Christine Darbon im Wechsel ausspricht. Damals hatte Louise gedacht, bei Worms fehlte ganz einfach eine Silbe um diese Sprachmelodie zu erzeugen. Der Name war einfach zu kurz. Kein Klang, keine Melodie, keine Gemeinsamkeit.

Trotzig wischte sie sich die wirklich allerletzte Träne aus dem Auge, schlüpfte in ihr Schlafshirt, fiel ins Bett und schlief auf der Stelle ein. Sie hörte noch nicht einmal Fine nach Hause kommen, die lustig und beschwingt vor sich hin trällerte.

Kapitel 14

»Herr Thams, ist die Gästeliste jetzt komplett, oder wünschen Sie noch Änderungen?«

Frau Wrede hatte einen leicht ungeduldigen Unterton in der Stimme.

Klas Thams seufzte. Frau Wrede war zwar eine echte Perle, aber manchmal doch recht eigenwillig. Gestern hatte er lediglich zwei Namen von der Liste gestrichen, einen dazu gesetzt und diesen sofort wieder eliminiert. Sie hatte einen Blick über seine Schulter darauf geworfen, und seine Liste als ein wüstes Durcheinander befunden. Ziemlich dreist eigentlich.

»Nur keine Aufregung, Frau Wrede, es sind lediglich noch zwei Gäste dazugekommen. Lutz und Rita. Wenn Sie bitte für die beiden im Gartenhaus alles vorbereiten. So kurzfristig bekomme ich auf Pellworm wohl nichts mehr für die beiden.«

»Lutz und Rita?«

»Dr. Lutz Windisch. Mein Anwalt. Rita Windisch, seine Frau. Als ob Sie den Namen noch nie gehört hätten. Da ich sowieso noch einiges mit ihm zu besprechen habe, ist er hier ja gut aufgehoben. Also, wenn Sie bitte die Güte hätten …«

»Wird erledigt. Aber das nächste Mal schreiben Sie die Liste mit dem Computer, da gibt es so eine Taste namens

Entfernen, dann verschwinden Ihre Gäste, und ich habe einen Überblick, wer und wie viele denn nun tatsächlich kommen. Der Caterer muss ja endlich Bescheid wissen. Während der Saison haben die doch alle Hände voll zu tun. Und was ist nun mit dem Essen? Einmal hüh, einmal hott. Gestern noch asiatisch, und dann werfen Sie alles um. Das macht kein Caterer mit, das wird denkbar knapp werden, Herr Thams.« Frau Wrede hob mahnend den linken Zeigefinger und wackelte damit herum.

Thams seufzte. »Ich weiß, ich weiß, Sie haben ja recht. Wir machen jetzt kurzen Prozess. Rufen Sie an, Steaks vom Grill, Salate, irgendwelche, ist mir egal. Fischplatten. Da ist für jeden was dabei. Und schauen Sie, dass alle Zimmer und Bäder in Ordnung sind. Heute Mittag bin ich außer Haus, Sie brauchen also nichts für mich vorzubereiten. Und heute Abend versorge ich mich selbst. Oder gehe einen Happen essen. Sie können jetzt Ihre Arbeit machen, ich muss noch ein wenig kreativ sein.« Thams stand auf und ging zu dem weißen Konzertflügel, der den Raum dominierte.

»Wie schön, gibt es bald ein neues Album? Lassen Sie doch mal hören.«

Erwartungsvoll setzte sich Frau Wrede aufs Sofa, doch Thams machte keine Anstalten, sich vor das Instrument zu setzen. Den Deckel, den er eben aufgeklappt hatte, ließ er mit einem lauten Knall wieder fallen.

»Frau Wrede, so kann ich nicht arbeiten. Also bitte, wenn Sie nun endlich gehen würden.«

Die Haushälterin erhob sich, strich sich den Rock glatt und marschierte erhobenen Hauptes aus dem Zimmer. Thams setzte sich ans Klavier, hob den Deckel wieder an und klimperte drauf los. Zuerst improvisierte er ein wenig, dann fing er an, die Noten zu Papier zu bringen. Die Melodie zu seinem nächsten Song spukte bereits in seinem Kopf herum. Es sollte etwas mit Meeresrauschen sein, schwere See, Matrosen. Vielleicht irgendwas wie »Matrose trifft auf Undine«. Seemann und jungfräulicher Wassergeist. Sehr schön. Kein Shanty im klassischen Sinn, sondern eher etwas wie eine vertonte Ballade. Sowas kam schon immer gut bei den Leuten an. Nach und nach fielen ihm die passenden Liedzeilen ein. Er griff nach einem Stift und notierte sich die Worte Seemann, Jungfrau, Sturm, Elemente. Schlagartig wurde ihm übel. Er hatte die nächtliche Begegnung so gut es ging verdrängt. In dieser Hinsicht war er ein Könner – im Verdrängen. Und wenn sie nun außer ihm auf der Insel noch jemanden getroffen hatte? Raik? Wim? Jan? Die hätten sich doch gemeldet. Oder? Er legte seine Notenblätter und den Block mit den Liedzeilen zur Seite. Er musste schleunigst mit ihnen reden. In diesem Moment flog die Tür zum Wohnzimmer mit Schwung auf.

»Herr Thams, Herr Thams!«, rief Frau Wrede. »Sie werden es nicht für möglich halten! Das Mädchen, diese Stalkerin, die Ihnen permanent aufgelauert hat, ist tot. Sie ist ins Wasser gegangen. Der alte Marten Lucht hat sie heute Morgen entdeckt, als er nach dem Sturm bei seinen Schafen war. Unfassbar, gestern noch das blühende Leben, na ja, blühend hat sie ja nicht gerade ausgesehen, und heute tot. Wie in diesem Lied, heute hier, morgen dort, heut noch da, morgen tot …« Sie verstummte, als der Klavierdeckel erneut mit einem lauten Knall geschlossen wurde.

»Ist Ihnen übel, Herr Thams, Sie sehen richtig käsig aus?«

Geistesabwesend murmelte er: »Heute hier, morgen dort, bin kaum da, muss ich fort, so geht der Text, Frau Wrede.«

Die Wrede hatte recht. Wenn ihm vorhin schon schlecht war, so war ihm jetzt kotzübel. Seine Hände zitterten, als er sie auf dem Klavierdeckel ablegte. Das hagere Gesicht des Mädchens erschien vor seinen Augen, dieses Gesicht mit den anklagenden Augen.

Er riss sich zusammen und richtete sich auf. »Nein, gehen Sie nur. Ist alles in Ordnung.«

»Ob sie sich aus Liebeskummer umgebracht hat, weil Sie …?« Frau Wrede beendete den Satz nicht.

»Frau Wrede, ich kannte das Mädchen doch überhaupt nicht. Sie muss krank gewesen sein. So etwas gibt es häufiger. Wir können von Glück sagen, dass sie nicht mich umgebracht hat. Denken sie an John Lennon, den hat ein Stalker eiskalt erschossen, weil man ihm nicht genügend Aufmerksamkeit geschenkt hat.«

»Mein Gott, Sie haben recht, Herr Thams. Was da hätte passieren können. Und mich hätte sie dann gleich mit erschossen, weil ich versucht habe, sie abzuwimmeln.« Frau Wrede schlug sich die Hand vor den Mund.

»Am besten erwähnen wir das Thema gar nicht mehr.«

Thams stand auf und griff nach seiner Jacke, die über dem Sessel lag. Er beförderte aus der inneren Tasche einen Geldbeutel und zog ein paar Scheine heraus.

»Ich meine es ernst. Sie können sich vorstellen, was passiert, wenn irgendjemand erfährt, dass das Mädchen hier war. Wir können uns auf der Insel vor Reportern nicht mehr retten. Diese Tragödie geht mir jetzt schon an die Nieren.« Er zeigte auf sein Klavier. »Ich befürchte, ich bringe die nächste Zeit keine Note zu Papier. Wenn diese Journalistenbande Wind davon bekommt, dann wird sie sich auf mich stürzen wie ein Rudel Wölfe auf ein Schaf. Womöglich muss ich die nächste Tournee absagen. Das können wir doch nicht wollen, nicht wahr. Hier, nehmen Sie, der Schreck ist schließlich auch Ihnen in die Glieder gefahren, Sie müssen sich jetzt etwas Gutes tun.« Er hielt ihr fünf Einhunderteuroscheine hin.

»Zu gütig Herr Thams, und es stimmt, der Schreck sitzt ganz tief. Sie sind nach Pellworm gekommen, um in Ruhe mit Ihren Freunden Ihren Geburtstag zu feiern. Wenn wir etwas nicht gebrauchen können, sind es Horden von neugierigen und bissigen Reportern vor der Tür.« Sie nickte bekräftigend und steckte das Geld in ihre Rocktasche. »Na, dann will ich jetzt mal. Und wir werden schweigen wie ein Grab.« Die Haushälterin presste die Lippen aufeinander und schloss sie mit einem unsichtbaren Schlüssel ab. Verschwörerisch blinzelte sie ihrem Arbeitgeber zu.

Als Thams wenige Minuten später hörte, wie die Haustür geschlossen wurde, atmete er auf. Sinja Wrede arbeitete schon fünfzehn Jahre für ihn. Und er hatte nie einen Grund gehabt, ihr zu misstrauen. Hoffentlich änderte sich daran nichts. Die Wrede war keine Schwatzbase, das wusste er. Nie war über sein Privatleben auch nur eine Silbe an die Öffentlichkeit gedrungen. Die Reporter hätten ganz sicher wer weiß was dafür gegeben, mehr aus dem Privatleben des Jeff Storm zu erfahren. Und wer wäre dafür geeigneter, als eine treue Haushälterin. Doch nie wäre Sinja Wrede schwach geworden. Sie war loyal. Ja, er war sich ganz sicher, er konnte sich auf sie verlassen.

Noch einmal griff er in die Jackentasche. Diesmal zog er sein Zweithandy hervor über dessen Nummer nur wenige Personen verfügten. Dazu gehörten unter anderem seine Managerin und eine Handvoll Jugendfreunde, von denen drei noch auf Pellworm lebten. Jan, der Immobilienmakler, Raik, der in Husum eine Zahnarztpraxis betrieb und täglich pendelte und Wim, sein Mann für alles – Chauffeur, Handwerker und Gärtner in einer Person.

Er wählte Wims Nummer, und Sekunden später drang dessen Stimme, die immer klang, als hätte er gerade einen Dauerlauf absolviert, an sein Ohr.

»Moin, Chef …«

»Du sollst mich nicht immer Chef nennen«, blaffte Klas gereizt ins Telefon. »Sag Jan und Raik Bescheid, wir treffen uns heute Abend auf ein Bier. Um acht hier bei mir.«

»Das kann ich gerne machen. Du weißt aber, dass Raik wahrscheinlich nicht pünktlich ist. Wegen seiner Praxis. Treffen wir uns einfach nur so oder wegen deinem Geburtstag?«

Thams holte tief Luft. Wim würde die Grammatik wahrscheinlich nie korrekt beherrschen. »Nein, nicht wegen des Geburtstags.« Er betonte die letzten beide Worte, war sich aber sicher, dass Wim den Unterschied nicht bemerken würde. »Nur so, auf ein Bier, ein wenig schnacken. Seit ich angekommen bin, haben wir uns noch nicht getroffen. Und während der Party geht es hier rund, da finden wir nicht die Zeit. Ich wollte einfach mit meinen alten Freunden abhängen und trinken.«

»Klas, ist wirklich alles in Ordnung? Du hörst dich irgendwie komisch an.«

»Ja, Mann, alles okay. Bis heute Abend.«

Thams kannte seine Freunde. Wenn er nach ihnen schickte, waren sie da. Wahrscheinlich schon aus reinem Opportunismus. Wim wurde von ihm finanziell versorgt, an Jan hatte er schon den einen oder anderen Kunden mit dickem Geldbeutel vermittelt, und Raik hatte er ein Darlehen, bar über den Tisch, für den Kauf seiner Praxis in Husum gegeben. Raik war ein säumiger Rückzahler, aber das störte Klas nicht weiter. Auf die dreihunderttausend, die noch fehlten, kam es ihm nicht an. Und irgendwann würde Raik seine Schulden abgestottert haben.

Thams trottete in die Küche und stellte genügend Bier kalt. Im Gefrierschrank lagen einige Kartons mit Pizzen. Das würde reichen. Er legte eine Flasche Aquavit und einen Korn dazu. Dann ging er mit schweren Schritten in sein Schlafzimmer. Er würde ein wenig vorschlafen, die Nacht mit seinen Jungs würde lang werden.

Kapitel 15

Der Erste, der auftauchte war Wim.

»Heh, mach mal die Tür auf, ich habe die Hände voll«, schrie er durch die Haustür.

Thams öffnete, und da stand sein Kumpel Wim, schon wieder etwas dicker als letzte Woche noch. Aus dem ungepflegten Gewächs, das sonst sein Kinn zierte, war immerhin ein gepflegter Bart geworden, wie ihn die Barbershops kultivierten, die wie Pilze aus dem Boden sprossen. Wims Hose hing unterhalb des Bauches, und an seinem Jeanshemd fehlte der mittlere Knopf.

»Bring das mal in die Küche.« Wim hielt Klas einen großen Karton hin. »Pizza? Habe ich noch genügend im Gefrierschrank. Und überhaupt, wie siehst du denn aus? Willst du deiner schwangeren Frau Konkurrenz machen?«

Wim lachte gutmütig. »Nix Pizza. Ich habe mir schon gedacht, dass du uns damit kommst. Ich bin noch schnell beim Hafen Pub vorbei und hab uns eine Räucherfischplatte mitgebracht. Brot wirst du ja wohl dahaben.«

Aus dem Karton duftete es intensiv und verführerisch. Thams lief das Wasser im Mund zusammen. »Klasse Idee. Darauf habe ich jetzt echt Appetit.«

»Warum treffen wir uns nicht wie sonst im Pub in Tammensiel?«, wollte Wim wissen und folgte Klas in die Küche.

»Da ist mir heute zu viel Betrieb. Oder hat der Nebel die Leute abgeschreckt?«

Das Hafen Pub in Tammensiel war ein bei Urlaubern und Einheimischen beliebtes Lokal, wo man sich an den dunklen Holztischen auf bequemen Korbstühlen ein Bier und Köstlichkeiten aus dem Wasser und von den Weiden schmecken lassen konnte. Das große Gebäude aus rotem Backstein und mit einem weißen hohen Dachgeschoss lag am Hafen, von dem man an diesem Abend allerdings durch den aufkommenden Nebel kaum etwas sah.

»Nein, war alles voll. Hast du Angst, dich erkennt einer? Kann ich mir nicht vorstellen. Ganz ehrlich, wenn wir beide uns nicht so gut kennen würden, ich würde glatt behaupten, auf der Bühne steht ein anderer Mann als der, der jetzt hier in der Küche rumhantiert.«

»Der Rummel ist mir egal. Je mehr, desto ungestörter kann ich mich bewegen. Nein, ich wollte einfach mal in Ruhe mit euch reden. Bei der Feier werden wir ja wohl kaum in Ruhe schnacken können.«

Klas Thams erstaunte es nicht, dass ihm in der Öffentlichkeit kaum jemand Beachtung schenkte. Wenn er aus seiner Lederhose stieg, das Ringelhemd auszog und die weiße Prinz-Heinrich-Mütze ablegte, verwandelte sich Jeff Storm in Klas Thams. Dazu die Brille, die er je nach Wetter mit dunklen und klaren Gläsern trug, und die ihm die Kontaktlinsen, die er während seiner Auftritte auf den Augen hatte, ersetzten. Die Baseballkappe, die er auch im Lokal nicht absetzte, trug dann ein Übriges dazu bei, dass Thams meist unerkannt durch die Gegend schlendern konnte, ohne lästigen Autogrammjägern und Selfieknipsern ausgeliefert zu sein.

Es klingelte, und die Haustür wurde aufgestoßen.

»Räucherfisch, super. Steht das Bier schon kalt?«

Jan stapfte in die Küche und umarmte Wim und Klas. »Raik hat mich eben angerufen. Er ist schon zu Hause, kommt aber etwas später. Fritz ist gestürzt und hat einen Milchzahn verloren.«

Kaum hatte er den Satz beendet, wummerte es an der Tür, und einen Augenblick später stolzierte Raik herein.

»Leute, was bin ich froh, euch zu sehen. Zu Hause war es nicht zum Aushalten. Dieses Geplärre. Ich habe Janne tausendmal gesagt, es ist nur ein Milchzahn. Fritz trägt es auch mit Fassung. Aber Janne ist mal wieder völlig ausgeflippt. Ich wäre unmöglich, würde sie mit der ganzen Last alleine lassen. Last, als ob Fritz eine Last sei. Wir haben so lange auf ihn gewartet, und jetzt ist er eine Last. Manchmal könnte ich ihr glatt eine Ohrfeige verpassen. Ihre Mutter ist gekommen, und jetzt sitzen die zwei auf dem Sofa und jammern. Echt nicht zum Aushalten.«

Auch er begrüßte seine Freunde mit einer kurzen Umarmung und anschließendem Schulterklopfen und nahm dankbar das Bier an, das Wim ihm hinhielt. Es machte ›plopp‹, und vier Flaschen wurden gleichzeitig geöffnet und in einem Zug geleert.

»In den 0,33 ist echt nix drin«, tat Jan kund und teilte die nächste Runde aus.

Es war wie immer, wenn sie sich trafen. Ob sie sich ein ganzes Jahr oder ein paar Monate nicht gesehen hatten, es schien ihnen, als hätten sie sich erst gestern zu einem Bier getroffen. Alle waren gespannt auf die Geburtstagsfeier, und bis auf zwei Gäste erwartete Klas nur Leute, die sich sowieso kannten. Es würde eine entspannte Feier unter Freunden werden. Wim würde wie immer den Barkeeper machen, und die Cateringfrage war erledigt. Eigentlich freute sich Thams darauf, seine Freunde um sich zu scharen und mit ihnen zu feiern. Eigentlich.

»Wer wird denn hier schlafen?«, wollte Jan wissen. Er, wie auch Wim und Raik würden als Insulaner irgendwann am nächsten Tag in die heimischen Betten fallen.

»Katinka und Vera.«

Katinka war seine Managerin und Vera die Frau, die auf den Tourneen für all das sorgte, was ihm beim Auftritt strahlen ließ und sein Leben leichter machte. Von der Maske, über die Haare bis hin zum Schlummertrunk, bevor er zu Bett ging. »Ein paar von der Band schlafen oben. Lutz wird auch kommen. Er und seine Frau wollen noch ein paar Ferientage dranhängen. Das ist ganz praktisch, ich habe mit Lutz noch einiges zu besprechen.«

»Holla, dann ist die scharfe Rita also auch auf der Insel.« Raik machte ein vielsagendes Gesicht.

Klas rollte mit den Augen. »Hör mir bloß auf. Hoffentlich hat Lutz seine Frau im Griff. Sonst landet sie wieder nach ein paar Gläsern Wodka im falschen Bett.«

Die Freunde grinsten. Rita, die sich ihrer Wirkung auf die Männer mehr als bewusst war, flirtete gerne und ließ dabei nichts anbrennen. Trotz ihrer Eskapaden hielt ihre Ehe seit acht Jahren. Wie Lutz erklärte, funktionierte das, weil man sich gegenseitig nicht nur liebe, sondern auch respektiere. »Respekt, versteht ihr, daran mangelt es in den meisten Beziehungen.« Davon war er überzeugt. Und so nahm Lutz es Rita nur ein ganz klein bisschen übel, wenn sie auf ehelichen Abwegen unterwegs war, und Rita gönnte Lutz, nachdem dieser eingesehen hatte, dass seine Frau nicht mehr zu ändern war, großzügig ebenfalls das eine oder andere Amüsement.

Wim hatte in der Zwischenzeit Teller und Besteck auf den Tisch gebracht, und die geräucherten Fische samt Beilagen auf eine Tortenplatte geschoben.

»Habe ich einen Kohldampf!« Jan schob sich mit der Gabel jeweils ein großes Stück Lachs und geräucherten Heilbutt auf den Teller. Mit vier Bissen war alles weg, und er spülte die Reste zwischen seinen Zähnen mit Bier hinunter. Ein Rülpser vom Ausmaß eines Vulkanausbruchs ließ die anderen zusammenfahren.

»Heh, wo bleiben deine Manieren? Wenn du jetzt noch einen fahren lässt, fliegst du raus«, Raik schüttelte missbilligend den Kopf.

»Ach nee, der Herr Doktor wird ja von Tag zu Tag feiner und empfindlicher. Ist dir noch keiner rausgerutscht? Oder hat deine Frau dir verboten, mal Luft abzulassen?«, feixte Wim und boxte Raik in die Seite.

»Lass das, du schlägst zu wie ein verrückt gewordener Thaiboxer.«

»Hoho, auch noch ›Aua‹ schreien. Und das von einem, der Tag für Tag seine Patienten quält, du alter Sadist«, kam es von Jan.

»So Leute, jetzt ist mal Ruhe«, brummte Klas. Ich muss was mit euch besprechen. Hört mal einen Moment zu, und du Wim, setz dich wieder hin.«

Wim stellte vier beschlagene Flaschen Bier auf den Tisch und nahm gehorsam Platz.

»Ist euch in den letzten Tagen eine junge Frau auf der Insel aufgefallen?«

»Jawoll, mir«, röhrte Jan. »Aber wirklich jung war die nicht. Mitte dreißig, würde ich schätzen. Aber ein echter Hingucker. Kurze Locken, hübsches Gesicht. Sie wohnt bei Fine Dierksen.«

»Nee, die meine ich nicht. Jünger, noch keine zwanzig.«

»Da musst du schon ein wenig genauer werden, Mann. Frauen um die zwanzig gibt es zwar nicht wie Sand am Meer, aber jetzt in der Ferienzeit sind schon ein paar nette Häschen auf der Insel gesichtet worden.«

»Wim, darum geht es nicht. Ich meine, seid ihr von einer jungen Frau, sehr schlank, dünn, hageres Gesicht, schwarze Klamotten, angesprochen worden? Also, nicht nur mal eben so eine gesehen, sondern hat sie Kontakt zu euch gesucht?«

Thams Freunde sahen sich ratlos an.

»Was meinst du jetzt? Ob so eine auf der Insel ist und einen von uns angemacht hat?«, fragte Wim stirnrunzelnd.

»Ja, so in etwa.«

Thams wusste im Moment selbst nicht so genau, was er mit der Frage bezweckte. Sie war tot. Er sollte die ganze Geschichte ruhen lassen. Die Sache war ein für alle Mal erledigt.

Wim zuckte mit den Schultern. »Also bei mir: Fehlanzeige. Kommt mir nicht bekannt vor. Mich hat keine angequatscht, weder eine Hagere noch eine Dicke, weder dunkel gekleidet noch mit Sommerblümchen auf der Bluse.« Er lachte unsicher. »Noch mal, was soll die Frage?«

»Nichts, vergesst es.«

»Nix da, jetzt mal Butter bei die Fische. Apropos. Gib

mir mal die Platte rüber, da ist ja noch jede Menge drauf. Habt ihr denn gar keinen Hunger?«

Wim legte eine Schillerlocke und zwei Stück Makrele auf seinen Teller, zog aus einem Fisch eine stattliche Gräte und schob sich den Rest in den Mund.

»Wirklich, es ist nichts. Mich hat ein Mädchen angesprochen. Ich glaube, sie hat mich erkannt und wollte was von mir. Ich habe sie dann abgewimmelt. Sie kam irgendwo aus Bayern, hatte zumindest so einen Akzent. Und weil wir letztes Jahr meinen Geburtstag in Bayern zusammen gefeiert haben, könnte es ja sein, dass wir sie dort kennengelernt hatten. Und was ist näherliegend, als dass sie auch einen von euch auf Pellworm erkannt und angesprochen hat.«

Jan legte sich ebenfalls Fisch nach, nahm einen Bissen und verschluckte sich. Er hustete, zerkaute Fischkrümel flogen über den Tisch. Nach einem Schluck Bier beruhigte er sich wieder und schob mit der Hand die Fitzelchen zusammen.

»Also, ich habe niemand hier gesehen, geschweige denn mit jemandem gesprochen, auf den deine Beschreibung passt, weder eine von hier noch eine aus Bayern. So eine wäre mir sicher aufgefallen. Wie sieht's bei dir aus, Raik?«

Raik überlegte kurz, schüttelte dann den Kopf. »Ich bin sowieso fast den ganzen Tag auf dem Festland. Wann soll ich denn da angesprochen worden sein? Und ich verstehe immer noch nicht, warum dir das so wichtig ist, es ist doch nicht das erste Mal, dass dich ein Fan aufspürt und anspricht.«

Thams spürte, wie die Ungeduld in ihm wuchs. »Ich habe euch schon gesagt, nur so. Mir erschien sie auffällig, merkwürdig. Sonst nichts. Hätte ja sein können, dass wir sie kennen. Nicht mehr und nicht weniger. Und jetzt lassen wir das Thema. Jemand einen Schnaps?«

»Hör mal, du hast damit angefangen. Du brauchst also gar nicht so gereizt daherzukommen. Ich dachte, wir verbringen einen gemütlichen Abend hier«, schnauzte Raik zurück.

Wim versuchte zu vermitteln. »Kommt Männer, ist doch ein gemütlicher Abend. Aquavit oder einen Wodka?« Er stand auf, holte vier Gläser und die eisgekühlten Flaschen aus dem Gefrierschrank. Als er keine Antwort bekam, schenkte er die kleinen Gläser bis zum Rand mit Aquavit voll und stellte sie auf den Tisch.

»Auf uns. Es soll uns nie schlechter gehen als heute.«

Raik griff als Erster nach dem Schnaps und prostete den anderen zu. »Auf uns.« Dann kippte er die goldene Flüssigkeit in einem Zug herunter.

Die anderen taten es ihm gleich, Wim schenkte nach, vier Gläser wurden erneut geleert, und ein einträchtiges Schweigen breitete sich aus.

Als Erster ergriff Jan wieder das Wort. »Habt ihr gehört, dass sich ein Mädchen hier auf der Insel umgebracht hat? Ist ins Wasser gegangen.« Plötzlich stutzte er. »Sag mal, Klas, hat deine Fragerei irgendetwas damit zu tun? Ist es vielleicht dasselbe Mädchen, das dich angemacht hat?«

»Sie hat mich nicht angemacht, sie hat mich angesprochen. Das ist ein Unterschied«, fiel Thams ihm ins Wort.

»Angemacht, angequatscht, wo bitte ist da der Unterschied? Du hattest jedenfalls den Eindruck, als wollte sie was von dir. Das habe ich doch richtig verstanden?«, antwortet Jan gelassen. »Meinst du, es ist dieselbe Person? Machst du dir deswegen Gedanken? Weil du sie vergrault hast? Glaubst du, sie ist deinetwegen ins Wasser? Jetzt spinn mal hier nicht rum. Du hast sie garantiert nicht gekannt. Die muss einen an der Waffel gehabt haben. So eine Psychotante. Also, wenn es das ist, was dich beschäftigt, dann lass es sein. Prost.«

Jan schenkte wieder nach, und die Gläser wurden erneut auf Ex geleert. Wim und Raik hatten bisher geschwiegen. Dann setzte Wim nach.

»Jetzt sag schon, Klas. Hat Jan recht? Ist es dasselbe Mädchen?«

Thams biss sich auf die Lippen. So ein Mist. Hätte er doch bloß die Klappe gehalten. Aber er hatte einfach auf Nummer sicher gehen wollen. Und jetzt machten die ein Fass auf.

»So Leute, jetzt ist mal genug. Keiner von euch kannte sie, mir ist sie einmal kurz begegnet. Das war's. Was weiß ich, ob das dasselbe Mädchen war. Jeder kann mit seinem Leben anfangen, was er will. Das Thema ist für mich erledigt. Klar? Was ganz anderes: Wim, kannst du die Tage bitte noch ein paar Kleinigkeiten in Husum besorgen? Ich gebe dir nachher eine Liste mit. Damit wir auch alles beisammenhaben für die große Party.«

Endlich gaben seine Freunde klein bei. Keiner erwähnte mehr das Mädchen, dessen Selbstmord zurzeit die Gespräche auf der Insel beherrschte. Sie gehörte der Vergangenheit an.

Kapitel 16

Louise hatte wie ein Stein geschlafen. Geweckt wurde sie von der Sonne, die sich durch das Gaubenfenster stahl und von einem pelzigen Etwas, das auf ihrem Bauch lag und es sich dort gemütlich gemacht hatte. Piet, der alte Kater, war in der Nacht nach oben geschlichen und hatte sich ein kuscheliges Schlafplätzchen ausgesucht, während Fiete, sein junger Kumpel, im Nebel auf Mäusejagd war. Louise strich Piet mit dem breiten Kopf und dem halb zerfetzten Ohr – mit jungen Katern aus der Nachbarschaft legte man sich am besten nicht an – über das weiche Fell. Er streckte sich und maunzte.

»Du erwartest doch jetzt nicht etwa, dass ich dir dein Frühstück mache und ans Bett bringe, du Frechdachs.« Sie schob den Kater zur Seite und sprang aus dem Bett. Unten hörte sie Fine hantieren, und der Geruch des kräftigen, frisch aufgebrühten Kaffees drang bis in ihr Dachzimmer. Louise klaubte sich ihre Kleider vom Sessel, zischte ein »ich verfluche dich, *fils de pute*, du Bastard« in Richtung Thierry-Foto und verschwand im Bad. Es dauerte etwas, bis das Wasser in der Dusche warm wurde. Doch dann genoss sie die prickelnde Hitze auf ihrer Haut und fühlte sich angenehm ausgeruht und entspannt. Zufrieden betrachtete sie ihr Spiegelbild. Die dunklen Schatten unter den Augen waren verschwunden. Aus dem leichten Sonnenbrand hatte sich eine zartbraune Gesichtsfarbe entwickelt, ein Erbe ihres Vaters. Sie hatte ihm die Statur zu verdanken und eine Haut, die bei Sonne schnell einen dunkelolivfarbenen Teint bekam. Louises Ururgroßeltern stammten von der Insel Korsika, und ihr Vater war der felsenfesten Überzeugung, dass die Familie Bonaparte bei der Entwicklung seiner Gene die Finger im Spiel gehabt hatte. Vor allem die Augen waren die ihres Vaters Jérôme, ein mittleres Grau mit winzigen grünen Sprenkeln.

Sie bürstete sich die lockigen Haare aus dem Gesicht, das mit der neuen Frisur gar nicht so rund wirkte, wie sie befürchtet hatte. Allein schon die ausgeprägten Wangenknochen verhinderten, dass eine Crêpe daraus wurde.

Voller Energie stürmte sie die Treppe hinunter. Nach dem Frühstück würde sie ihre Rezepte bei Frauke vorbeibringen und Renate in ihrer Keramikwerkstatt einen Besuch abstatten. Und dabei vielleicht einen Blick in die Ferienwohnung erhaschen, in der Chiara Petermann die letzten Tage ihres Lebens verbracht hatte.

»Moin, liebe Fine. Ich habe geschlafen wie eine Tote und dich gar nicht nach Hause kommen hören. Ist ja noch ein ganz schön dicker Nebel aufgezogen, gestern Abend. Und heute wieder ein Himmel, als wäre nichts gewesen. Hast du denn bei der Suppe gut nach Hause gefunden? Und hattest du einen schönen Landfrauenabend?«

Louise umarmte ihre Patentante und drückte ihr einen dicken Kuss auf beide Wangen. »Hm, Croissants …«

Fine goss zwei Becher voll mit dampfendem Kaffee und setzte sich zu Louise an den Tisch. Louise zeigte fragend auf das Messer und die Brötchen. Fine nickte, nahm das von Louise halbierte Brötchen entgegen, belegte es mit einer Scheibe Schinken und biss herzhaft hinein. Louise pikste ebenfalls eine Scheibe auf ihre Gabel. Der rohe, geräucherte Landschinken war dicker geschnitten, als sie es gewohnt war. Doch er war zart und von einem unvergleichlichen Aroma. »Ein Hauch von Wacholder«, murmelte sie mit geschlossen Augen und vollem Mund. »Köstlich.«

Fine drehte den Deckel des Marmeladenglases auf und löffelte das Quittengelee auf die andere Hälfte ihres Brötchens. »Du bist ja ganz schön energiegeladen heute!«, lächelte sie. »Als ich mich gestern Abend auf den Nachhauseweg gemacht habe, hatte sich der Nebel schon wieder etwas gelichtet. Das geht oft ruckzuck. Und nett war es, wie immer. Wir klönen über dies und das, planen schon das nächste Rosenfest. Und natürlich war das tote Mädchen ein Gesprächsthema. Bis auf Renate hat sie wohl keiner gekannt. Gut, sie war ja noch nicht so lange auf Pellworm. Aber sie war wohl auch nicht sehr gesellig, meinte Renate. Zumindest hat sie beim Frühstück kaum ein Wort von sich gegeben. Renate hatte sie auf einen Kaffee in ihr Atelier eingeladen, so von Künstlerin zu Künstlerin, aber dazu war es nicht mehr gekommen. Und Renate hatte auch den Eindruck, dass sie dazu nicht viel Lust gehabt hatte. Nun, sie hat wohl die Einsamkeit gesucht. Und nicht nur das …« Fine vollendete den Satz nicht. »Und was hast du heute vor?«, fragte sie Louise betont munter. »Ich frage, weil ich das Rad brauche. Kannst du deine Erledigungen zu Fuß machen? Wir sollten vielleicht noch ein zweites Fahrrad anschaffen.«

»Lass mal Fine, ich gehe gerne zu Fuß, und wenn es schneller gehen muss, nehme ich das Motorrad. Das Schätzchen soll hier ja keinen Staub oder Rost ansetzen. Ich wollte später bei Frauke vorbei und danach ins *Lütte Töpferhus*, ich bin wirklich neugierig auf das Atelier. Was töpfert Renate denn so?«

Fine schmunzelte und zeigte auf eine Vase mit einer außergewöhnlichen Glasur, bei der von grün über gelb und blau changierende Farben am Vasenkörper heruntergelaufen waren, als sei jemand ein Farbtopf oder tropfender Pinsel aus der Hand gerutscht. »Soll das so sein, oder war das ein Versehen?«

»Das gehört so, das ist ihr Markenzeichen. Die Technik nennt sich Laufglasur, das hat mir Renate erklärt. Sie trägt die Farben in verschiedenen Schichten auf und lässt sie so laufen, wie sie wollen. Sie zieht keine Muster oder Ähnliches. Das gibt den Arbeiten ihren unvergleichlichen Charakter. Komm also bloß nicht auf die Idee, Renate zu fragen, ob sie da nicht aufgepasst hat. Es ist übrigens eine Technik, die es wohl schon lange gibt. Ich kann mich an ein Stück meiner Mutter erinnern, eine Vase oder ein Krug, das auch so eine Glasur hatte. Die Kunden mögen diesen altmodischen Charme. Aber, wie ich dich kenne, ist das nicht der einzige Grund, warum du Renate besuchst.«

Louise schenkte sich Kaffee nach und pustete, bevor sie einen Schluck trank.

»Stimmt«, bestätigte sie. »Mich lässt der Gedanke an Chiara einfach nicht los. Wenn ich tatsächlich eine der wenigen Personen war, mit denen sie überhaupt gesprochen hat… Irgendwie fühle ich mich ihr dadurch nahe. Ich will mehr über sie wissen, versuchen zu verstehen, warum sie diesen Schritt gegangen ist. Deswegen würde ich mir gerne ihr Zimmer anschauen. Ich habe gestern noch mit Momme Mommsen gesprochen. Eigentlich bin ich hin, um ihm zu sagen, dass Chiara einen merkwürdig tragischen Eindruck auf mich gemacht hat, wie man es von einer Selbstmörderin vielleicht auch erwarten würde. Aber während unseres Gesprächs, nein, eigentlich schon vorher, war ich mir plötzlich nicht mehr so sicher. Sie wollte mir ihre Zeichnungen zeigen. Macht man das, wenn man dann in der Nacht zum Sterben ins Wasser geht? Mommsen sagt, das gibt es. Trotzdem …«

Fine löffelte Zucker in ihren Becher und goss sich ebenfalls Kaffee nach. Das buttrig duftende Croissant, in das sie eben beißen wollte, legte sie auf ihrem Teller ab.

»Ich weiß es auch nicht. Wer sieht schon in die Köpfe der Menschen hinein? Wir haben doch über Inken gesprochen, das Mädchen, das vor drei Jahren angefahren wurde und gestorben ist. Damals habe ich ihre Mutter, Martina, nur ein paar Tage nach der Beerdigung auf der Straße getroffen, wir haben uns ganz normal unterhalten. Und noch am selben Abend hat sie versucht, sich mit Tabletten das Leben zu nehmen. Ihr Mann hat sie Gott sei Dank rechtzeitig gefunden. Doch sie ist seitdem nicht mehr dieselbe. Ihre Seele und ihr Geist haben Schaden genommen. Martina lebt jetzt in einer Einrichtung in Flensburg. Sie will niemanden mehr sehen. Beeke sagte, sie ist mittlerweile total verwirrt. Und an diesem Nachmittag hätte ich für kein Geld der Welt darauf gewettet, dass sie sich am Abend umbringen will. Sie hat ganz normal mit mir geredet, hat von ihrer Tochter erzählt und dabei sogar ein wenig gelächelt. Nun, was ich damit sagen will, ganz gleich welchen Eindruck diese Chiara auf dich gemacht hat, wenn sie da schon geplant hatte, in der Nacht ins Wasser zu gehen, hätte sie dich das wahrscheinlich weder wissen noch spüren lassen. Und was ist da näherliegend, als zu sagen, ja gerne, treffen wir uns doch, oder sonst was. Louise, du warst letztendlich doch eine Fremde für sie.« Fine seufzte und biss in ihr Croissant. »Aber ich verstehe, dass du Antworten brauchst. Renate wird sicher nichts dagegen haben, wenn du dich in der Wohnung umschaust. Nur: Solltest du eine solche Inspektion nicht der Polizei überlassen?«

»Ja, natürlich, aber das ist bestimmt schon passiert. Mommsen hat gestern gesagt, er wolle noch dort vorbeischauen. Ich will ja auch nicht inspizieren oder gar herumschnüffeln. Ach, Fine, ich weiß ja auch nicht …« Louise seufzte. »Aber es lässt mir einfach keine Ruhe. Ich möchte mir darüber klar werden, ob sie ihren Tod geplant hat.«

»Louise, du weißt aber, was es bedeuten würde, wenn sie sich nicht selbst das Leben genommen hat.«

»Naja, dann kann es immer noch ein tragisches Unglück gewesen sein. Sie ist in der Dunkelheit zu weit rausspaziert und von der Flut überrascht worden. Aber ganz ehrlich, wer geht in der Nacht in dieser Finsternis ins Watt?«

»Das meinte ich nicht.« Fine kaute nachdenklich. »Wenn es weder ein Suizid noch ein Unfall war, dann hätte jemand das Mädchen getötet. Nur, soweit ich gestern Abend gehört habe, gehen weder Momme noch Dirk von einem Verbrechen aus. Für sie ist es eindeutig ein Selbstmord gewesen. Überlassen wir das doch am besten den Leuten, die etwas davon verstehen, nicht wahr?«

Louise nickte zögerlich.

»Du hast wahrscheinlich recht.« Sie stand auf. »Ich mach mich mal fertig. Ich nehme doch das Motorrad, es ist schon ganz schön spät geworden. Wollen wir heute Abend vielleicht gemeinsam kochen? Ich möchte etwas Neues ausprobieren. Du brauchst dich um nichts zu kümmern.«

»Ein Rezept, das du dir für Fraukes Café überlegt hast?«

»Ja, aber mehr wird nicht verraten. Lass dich überraschen.«

Fünfzehn Minuten später startete Louise ihr Motorrad und fuhr in gemächlichem Tempo los. Sie querte die Siele, die die Böden entwässerten und näherte sich dem Kleinen Koog. Wie sie mittlerweile wusste, gliederte sich Pellworm in Köge – Land, das dem Wasser durch Deichbau und Entwässerung abgerungen worden war.

Ein Schrecken fuhr Louise durch die Glieder, als ein Mann plötzlich den Deich hinuntergerannt kam und mit fuchtelnden Armen direkt auf den Fahrweg zusteuerte. Was war das denn für ein Verrückter? Louise bremste ab hielt an und nahm den Helm ab. Zu ihrem großen Erstaunen erkannte sie Hubertus Schulte, ihre Bekanntschaft von der Fähre. Aufgeregt stürzte er auf sie zu, seine Kamera baumelte wild um seinen Hals.

»Schnell, schnell, es braucht Hilfe! Es liegt da oben und kommt nicht mehr hoch!« In seiner Aufregung hatte er sie überhaupt nicht erkannt.

Louise stieg ab und hängte den Helm an ihr Bike. Um Himmels willen, was war denn auf dieser Insel los? Noch jemand, der sich etwas antun wollte? »Was ist denn passiert?«

Nun breitete sich ein erleichtertes Lächeln auf Hubertus

Schultes Gesicht aus. »Ach, Sie sind es, Frau Dumas! Gut, dass Sie gerade vorbeikommen. Wir müssen uns beeilen. Es stirbt sonst.«

»Wir brauchen einen Rettungswagen«, schon zückte Louise ihr Handy.

»Nein, kein Rettungswagen. Es geht um ein Schaf. Schnell, auf den Deich! Es liegt auf dem Rücken und kommt von alleine nicht mehr hoch. Wir müssen es schubsen. Ich habe es versucht, aber wahrscheinlich liegt es schon lange, dann dreht sich im Tier alles, und es schafft es nicht mehr aufzustehen.«

Hubertus Schulte rang nach Luft und zog die vollkommen irritierte Louise mit sich auf den Deich. Und da lag das arme Wesen, streckte seine dünnen Beine in die Luft, mit dem schweren wollenen Körper auf dem Rücken liegend.

»Hopp, und los!« Hubertus stemmte sich gegen das Tier und gestikulierte zu Louise, es ihm gleichzutun. Sie drückten und schoben und dann gelang es ihnen endich, das Schaf so in Seitenlage zu bringen, dass es von alleine wieder auf seine vier Beinchen kam. Noch etwas benommen und mit einem lauten »Mäh« trottete es zu seinen grasenden Gefährten.

»Was war das denn?« Louise war fassungslos. »Das Unglückstierchen. Und Sie sagen, Schafe können sterben, wenn sie zu lange auf dem Rücken liegen?«

Schulte nickte. »Ich bin schon seit Stunden auf den Beinen, um zu fotografieren. Die Schäfer kontrollieren zwar ihre Herden regelmäßig, aber wenn sich ein Schaf auf den Rücken legt, um sich zu wälzen und zu schubbern, und er ist nicht da, kann es kritisch werden. So wie jetzt. Schafe sind ja, wie Kühe auch, Wiederkäuer, aber das wissen Sie als Köchin sicher selbst. Und diese ganzen Mägen sind dann wohl das Problem. So genau weiß ich es aber auch nicht. Ich weiß nur, dass man als Wanderer oder Spaziergänger die Augen aufhalten muss. Da es so drollig aussieht, wenn sie sich hin und her wälzen, verkennt man die Situation leicht. Aber bei sowas kann nur das beherzte Eingreifen eines Menschen helfen. Es ist eigentlich keine große Sache, dieses Schubsen, aber man braucht schon viel Kraft dazu. Danke für Ihre Hilfe, Frau Dumas.«

»Gerne. Und nennen Sie mich gerne Louise. Was bin ich froh, dass ich gerade an Ort und Stelle war, um Ihnen helfen zu können. Wollen wir uns einen Moment setzen? Das hat mich ganz schön mitgenommen. Das arme Tier, wie hilflos es dalag.« Sie wischte sich heimlich eine Träne der Erleichterung aus dem Auge.

Hubertus Schulte und Louise steuerten die nächste Bank an. Sie schwiegen einen Augenblick einträchtig und zufrieden, dann warf Louise einen neugierigen Blick auf die Fotoausrüstung, die Schulte neben sich auf die Bank legte.

»Ihre Kamera sieht professionell aus. Und Sie sagten auf der Fähre, dass Sie nicht einfach nur so knipsen. Was fotografieren Sie denn so?«

»Ja, das ist schon eine sehr hochwertige Ausrüstung. Digital, aber mit zusätzlichen Objektiven, wie dieses Weitwinkel hier, oder das, ein Teleobjektiv. Nun, ich fotografiere bevorzugt Situationen oder besonders spannende Lichtverhältnisse.«

»Situationen?«

»Ja, also nicht einfach nur die Kamera aufs Wasser halten,

sondern dann, wenn eine Möwe hineinsticht, um sich einen Fisch zu holen. Oder ein Blitz am Himmel.«

»Aha, ich verstehe. Dann würden Sie mich nicht fotografieren, wenn ich einfach nur so rumstehe und in die Kamera lächle, sondern ich muss dafür etwas tun.« Louise lachte, und Hubertus Schulte stimmte ein.

»Genau. Wenn Sie zum Beispiel Ihre Messer wetzen. Das ist eine Situation. Und je nachdem, wo Sie das tun, ich sage mal, draußen in der Sonne, hätte ich auch noch eine interessante Lichtspielerei, die ich festhalten kann, wenn das Sonnenlicht auf das glänzende Messer trifft. Oder ein Insekt fliegt eine Blüte an, auf der ein Tautropfen glänzt. Und so bin ich unentwegt auf Motivsuche. Auch wenn es dunkel wird. Das ist eine ganz besonders spannende Passion von mir, die Nachtfotografie.«

Louise glaubte nicht richtig gehört zu haben. Sie wurde rot. »Nacktfotografie, ehrlich, so hätte ich Sie nicht eingeschätzt.«

Jetzt lachte Schulte laut und herzlich. »Aber nicht doch. Sie haben sich verhört. Außerdem heißt es Aktfotografie, und da ist doch nun nichts dabei. Nein, ich sagte NACHTfotografie, ich liebe es in der Dunkelheit zu fotografieren. Deshalb benutze ich Objektive, die extrem lichtstark sind, also eine weit geöffnete Blende besitzen. Die regelt nämlich die Menge des Lichtes, die in das Objektiv gelangt. Das ist wie mit der menschlichen Pupille, die sich bei Dunkelheit weitet. Für das Fotografieren in der Nacht nehme ich dann noch ein Stativ und einen Fernauslöser mit, damit mir nichts verwackelt. Aber ich langweile Sie mit meiner Fachsimpelei, nicht wahr?«

Louise lachte. »Überhaupt nicht!«

»Wohin waren Sie eigentlich unterwegs, als ich Sie angehalten habe?«, fragte Hubertus neugierig.

»Ich war auf dem Weg zum *Warft Café*. Ab nächster Woche werde ich dort immer donnerstags und freitags in der Küche aushelfen. Falls Sie und Ihre Frau Lust haben – ich würde mich freuen, Sie dort zu sehen!«

»Sehr gerne! Ich bin schon gespannt, was Sie uns kredenzen werden. Ein Mix aus einheimischer und französischer Küche?«

»Eher Ideen aus der norddeutschen Küche etwas modernisiert. Aber ein Mix ist auch schon in meinem Kopf abgespeichert. Allerdings wird es im Café nur Kleinigkeiten zu essen geben. Das, was mir sonst noch so vorschwebt, ist eher etwas für die Restaurantküche.« Louise stand auf. »Apropos Küche: Ich muss mich dann mal wieder auf den Weg machen. Schön, dass wir uns getroffen haben, und noch schöner, dass wir dem Wollpaket helfen konnten.«

Beide blickten zu den Schafen hinüber, doch in seiner Wolluniform konnten sie ihren Schützling nicht mehr ausmachen. Louise hielt noch einen Moment inne.

»Herr Schulte …«

»Hubertus.«

»Hubertus, haben Sie von dem Suizid des jungen Mädchens vorletzte Nacht gehört? Sie ist nur einen Kilometer von hier entdeckt worden. Sie hat sich ertränkt.«

Schultes Gesicht wurde ernst. »Ja, es ist *das* Thema in unserer Pension. Furchtbar. Ich habe in der Nacht fotografiert. Stürme und die Bewegung, die sie mitbringen, können für einen Fotografen zu magischen Momenten werden. Und ich war noch nicht einmal so weit weg in dieser Nacht. An der Hooger Fähre habe ich Fotos vom Himmel zwischen der Hallig Hooge und Pellworm gemacht. Fantastische Aufnahmen sind es geworden. Zwischendurch rissen die Wolken immer wieder einen Spalt auf, und der Mond war für ein paar Sekunden zu sehen. Einfach unglaublich. Doch ich frage mich immer noch, ob ich etwas hätte sehen müssen. Und ob ich etwas hätte tun können, wenn ich sie gesehen hätte …«

Ein Riss in den Wolken. Louise dachte an Chiaras Zeichnungen. Ob das Mädchen auf eine Nacht wie diese gewartet hatte, um sich etwas anzutun?

Kurz darauf erreichte Louise ohne weitere Zwischenfälle das *Warft Café* im gleichen Moment, als Frauke Taschen und Kisten aus ihrem Auto lud.

»Du kommst gerade richtig. Magst du mir helfen, die Sachen in die Küche zu bringen?«

Schnell hatten die Frauen die Vorräte ins Haus getragen. Frauke warf die Espressomaschine an, die mit Zischen und Getöse einen unwiderstehlich starken Kaffee produzierte. Gemütlich saßen sie am Tisch, die Köpfe über Louises Ideenzettel gebeugt.

»Hm, hört sich alles wunderbar an. Lammburger, Krabben unter Blätterteighaube, nicht schlecht, vor allem das Pulled Lamb finde ich klasse. Kann man super vorbereiten und am Abend dann nur noch heiß in die Brötchen packen. Sehr schön.«

Louise war erleichtert. Sie hatte schon befürchtet, sie könnte mit ihren Rezeptabwandlungen und Neuschöpfungen Frauke vielleicht ein wenig auf die Füße getreten sein. Aber nichts dergleichen. Frauke hatte sich sofort die Zutaten notiert, die für die Zubereitung der Speisen noch zu besorgen waren. Sie legte den Stift zur Seite.

»Und wann hattest du mir es sagen wollen?«, fragte sie mit einem spitzbübischen Lächeln.

»Was dir sagen?«

»Nun, dass du eine Sterneköchin aus dem Elsass bist, bis vor Kurzem im *Grenouille d'Or* in Soufflenheim gearbeitet und einen Stern erkocht hast. Fine hat über deinen Beruf wirklich nichts erzählt. Sie hat nur gesagt, ihr Patenkind, die Tochter ihrer besten Freundin, käme nach Pellworm. Aber, dass du eine Vertreterin der Haute Cuisine bist, das hat sie uns allen verschwiegen. Das habe ich erst durch die Eingabe deines Namens im Internet erfahren, als ich dich gegoogelt habe. Entschuldige bitte. Aber Louise Dumas, das kam mir irgendwie bekannt vor. Ich habe deinen Namen wahrscheinlich in einer Gourmetzeitschrift gelesen. Tja, und da bist du nun bei mir gelandet. Total irre. Eine Sterneköchin in meinem Café! Wenn du irgendwann Zeit und Lust hast, kannst du mir ja erzählen, was dich nach Pellworm verschlagen hat.«

Louise war es abwechselnd heiß und kalt geworden. Natürlich, warum hatte sie Frauke nicht einfach gesagt, dass sie von Beruf Köchin war? Sie konnte es sich selbst nicht erklären. Aber jetzt war es raus, und sie war froh darüber.

»Das ist eine lange Geschichte. Die erzählt sich besser irgendwann bei einem Glas Wein. Entschuldige, aber ich hätte natürlich gleich damit herausrücken sollen. Ich weiß auch nicht so genau, warum ich nichts gesagt habe.« Louise lächelte versöhnlich.

»Aber es bleibt bei unserer finanziellen Abmachung? Ich meine bei deinem Renommée als Köchin …?«

Frauke streckte Louise mit einem leichten Zweifeln im Gesicht die Hand hin. Louise schlug ein. Sie freute sich auf die Aufgabe, und nach einem letzten Espresso machte sie sich auf den Weg zu Renates Atelier.

Kapitel 17

Louise erkannte das Atelier im Osterschütting auf den ersten Blick. Das reetgedeckte Haus mit der blauen Eingangstür stand zwischen vier weiteren Häusern wie auf einer Perlenschnur aufgereiht. Auf zwei Hausdächern war das Reet stark durchmoost, und es sah aus, als trügen die Häuser eine dichte grüne Kappe. Während die Nachbarschaft durch propere Vorgärten mit in allen Farben leuchtenden Stockrosen und blauem Rittersporn auffiel, war Renates Vorgarten vollgestopft mit Kunst, die unter ihren Händen entstanden war. Übertöpfe, Blumensäulen, Tiere. Ein einzelner Baum in der Mitte war über und über behängt mit Klangspielen. Ob Renate die immer wieder abhängte, wenn der Wind Orkanstärke erreichte? Oder waren die Klangkörper so stabil, dass sie nicht zerbrachen, wenn sie zu stark aneinanderschlugen?

Renates Haus ähnelte dem von Fine. Es waren die Häuser ehemaliger Arbeiter, die es sich nicht leisten konnten, sich ein Heim auf einer eigenen Warft zu bauen. Und so lagen ihre Häuser in langen Reihen auf den Mitteldeichen Pellworms. Die Fenster waren klein, die hölzernen Rahmen weiß oder grün gefasst, und immer vermittelten sie den Eindruck, sich geradezu unter der unberechenbaren Kraft des Windes zu ducken.

Ein regenbogenfarbenes Keramikschild in Renates Vorgarten wies darauf hin, dass der Atelierladen am Nachmittag von vierzehn bis achtzehn Uhr geöffnet war. Louise schaute auf ihre Armbanduhr. Noch nicht einmal Mittag. Sie klopfte an der Tür, klingelte. Nichts. Louise trat einen Schritt zurück und entdeckte ein weiteres Schild an der Hauswand neben der Tür mit einem Pfeil und dem Hinweis, der Weg zum Atelier führe rechts um das Haus. Hier war der Weg gesäumt von Blumensäulen und Übertöpfen, in denen üppig blühende Geranien wucherten. Das Atelier und der Verkaufsraum entpuppten sich als eine umgebaute Fachwerkscheune, die im rechten Winkel zum Wohnhaus stand. Hier bedurfte das Reetdach eindeutig einer Erneuerung, denn es war an der einen oder anderen Stelle dunkel verfärbt und teilweise nicht sonderlich professionell geflickt worden, wie es Louise schien. Das Dach erinnerte sie an eine zottelige Frisur. Ganz sicher war eine Eindeckung mit Reet sehr aufwendig und daher auch nicht gerade billig.

Der Zugang zum kleinen Verkaufsraum war abgesperrt. Louise zog an der Schnur einer Keramikglocke. Es bimmelte freundlich, aber leise, und niemand erschien, um zu öffnen. Vielleicht besaß die Scheune auch noch einen hinteren Eingang, der direkt in den Werkraum führte. Louise ging um das Fachwerkgebäude herum. In der Tat war dort eine weitere Tür, an die sie nun heftig klopfte. Kurz darauf öffnete Renate, in den Händen ein total verschmiertes Tuch, an dem sie sich ihre Finger, die offensichtlich eben noch den feuchten Ton in eine Form gebracht hatten, abwischte. Sie breitete die Arme aus, um Louise zu begrüßen.

»Louise, wie schön! Hast du den Weg in mein kleines

Atelier gefunden. Komm rein. Ist ja noch ein wenig Zeit, bis ich den Laden aufmache, wobei ich nicht glaube, dass die Touristen mir gleich die Bude einrennen.«

Louise folgte Renate in einen hellen Raum. Zwei Seiten nahmen Regale mit fertigen Fayencen ein und solche, die noch gebrannt werden mussten. An der dritten Wand stand ein großer rechteckiger Brennofen. Ein breiter, grob gezimmerter Arbeitstisch und die Töpferscheibe samt Hocker vervollständigten das Interieur von Renates Werkstatt. Staunend sah sich Louise um. Die irdenen Becher und die in kräftigem Rot und Grün glasierten Teller mit blassgelben Farbschlieren wirkten rustikal und fröhlich.

»Das ist also dein Arbeitsplatz.« Louise zeigte auf Hocker und Drehscheibe.

»Ja. Hier entsteht all das, was du in der Werkstatt und im Laden siehst. Ich würde dir ja gerne vorführen, wie es funktioniert, aber ich muss mich noch ein wenig sauber machen, bevor ich den Laden öffne. Aber einmal in der Woche arbeite ich auch vor Publikum, falls du es dir mal anschauen willst. Die Leute sehen gerne dabei zu, wie aus einem feuchten Tonklumpen eine Vase oder eine Obstschale zwischen meinen Händen entsteht. Ich habe schon überlegt, Kurse zu geben. Vielleicht werde ich ab Herbst welche anbieten, wenn es früh dunkel und ungemütlich wird, oder das Wetter den Urlaubern dann doch mal einen Strich durch die Rechnung macht.«

»Das ist eine tolle Idee. Sag Bescheid, ich würde sofort teilnehmen. Es geht nichts über ein schön geformtes Stück Geschirr. Und wenn ich einen solchen Teller«, Louise zeigte auf das Regal, »selbst formen könnte, würde mir das Essen darauf noch besser schmecken. Sag, wie funktioniert die Töpferscheibe eigentlich?«

Louise näherte sich dem Arbeitsgerät und musterte es neugierig. »Ich habe im Elsass mal in einer Werkstatt zugeschaut. Der Keramiker benutzte eine elektrisch betriebene Töpferscheibe. Die hier ist aber doch eine manuelle, oder?«

Renate nickte. »Ich habe tatsächlich zuerst mit einer elektrischen Scheibe gearbeitet. Sie hat den Vorteil, dass man ohne Anstrengung eine hohe, gleichmäßige Rotationsgeschwindigkeit hat. Natürlich auch eine gleichmäßige langsame, wenn man möchte. Bei hoher Geschwindigkeit lässt sich der Tonklumpen besonders gut zentrieren. Diese hier wird mit dem Fuß angetrieben, also weniger manuell, eher per pedes.« Sie lachte. »Siehst du, hier trete ich drauf, um die Fußdrehscheibe anzuschubsen. Und ganz gleich, was du machen möchtest, eine Kanne oder einen Teller, wichtig ist, dass der Ton zunächst zentriert hier drauf liegt.«

Renate zeigte auf einen großen runden Deckel aus Metall. »Das ist die eigentliche Arbeitsplatte, dieser Scheibenkopf, auf ihm entsteht alles. Und dies drumherum, was so ein wenig wie ein Waschbecken aussieht, ist die Spritzschutzwanne. Wir arbeiten bei Ausformung des Tons mit Wasser. Das habe ich hier im Eimer. Und du kannst dir vorstellen, bei einer drehenden Scheibe und wenn ich immer wieder meine Hände ins Wasser tauche und an den Ton gehe, spritzt es ganz schön. Und diese Spritzer geht in die Wanne. Das mit Ton vermengte Wasser würde sonst bis an die Wände und auf die Regale spritzen.«

»Und hier brennst du alles.« Louise zeigte auf den rechteckigen Ofen. »Da passt ganz schön was rein, schätze ich.«

»Allerdings. Das ist schon ein Profibrennofen. Er fasst zweihundert Liter und erreicht eine Hitze von 1400 Grad Celsius. Die hohen Temperaturen sind nicht nur wegen des Brennvorgangs wichtig, sondern auch für die Glasuren.«

»Da musst du aber viel töpfern, bis du den Ofen vollkriegst, oder?«

Renate lachte herzlich. »Allerdings. Am effizientesten ist es, wenn der Ofen voll bestückt ist. Aber es muss nicht nur eine Art von Keramik sein, man kann Vasen und Teller, die kommen auf diese Stützen hier, gleichzeitig brennen. Das ergibt auch Sinn, denn die Energiekosten sind nicht ohne. Und das ist der elektronische Regler, er steuert den gesamten Brennvorgang.«

Renate wollte eben die Feinheiten ihres Reglers erklären, als die Glocke am Eingang zum Ladengeschäft leise erklang.

»Ach herrje, da sind aber welche früh dran. Auch wenn noch geschlossen ist, lass ich Kundschaft nicht gerne vor verschlossenen Türen stehen. Das ist doch in Ordnung für dich. Ich hoffe, ich habe dich nicht gelangweilt?«

»Überhaupt nicht. Es war sehr spannend. Sag, Renate, hast du was dagegen, wenn ich mal einen Blick in das Ferienzimmer von Chiara Petermann werfe?«

»Nein, mach nur. Geh hinten über die Küche nach oben. Es ist das Zimmer auf der linken Seite. Momme war auch schon da. Und in den nächsten Tagen werden die Eltern des armen Mädchens vorbeikommen und ihre Sachen mitnehmen. Zieh einfach die Tür hinter dir zu, wenn du wieder gehst. Und grüß Fine von mir.« Renate verschwand durch die Zwischentür in den Verkaufsraum.

Louise hörte, wie sich ein Schlüssel im Schloss drehte,

und die Glocke läutete erneut. Sie ging durch die hintere Tür in den Garten, der wie bei Fine eindeutig eher ein Nutz- als ein Ziergarten war, und betrat über die Küche die Diele nach oben. Plötzlich war ihr ein wenig mulmig zumute. Was hatte sie hier überhaupt verloren? Musste sie jetzt auch noch in den Sachen der Verstorbenen wühlen? War es etwa doch nur die pure Neugierde? Nein, sagte sie sich selbst. Sie hatte die Hoffnung, dass das Zimmer ihr verraten, wenigstens ein Gefühl vermitteln würde, ob seine Bewohnerin sich tatsächlich umgebracht hatte.

Louises Handy klingelte, als sie auf der letzten Treppenstufe stand. Der schrille Ton ließ sie zusammenfahren. Gerade noch konnte sie sich am Geländer festhalten, um vor Schreck nicht über die Teppichkante im oberen Flur zu stolpern. Eigentlich sollte ihr Klingelton der Gesang einer Zikade sein, aber er hörte sich künstlich und metallisch an. Sie schaute aufs Display. Eine unbekannte Nummer. Zuerst wollte sie den Anruf wegdrücken, doch sie überlegte es sich anders. Vielleicht versuchte Frauke, sie zu erreichen.

»Ja, hier Dumas.«

»Mommsen. Wie sagt man bei Ihnen? Salut, Madame Dumas.«

»Salut, M*onsieur le Commissaire*. Salut ist immer gut, auch im Elsass. Ich nehme an, es gibt Neuigkeiten?«

»Ja. Und ich hatte Ihnen ja versprochen, Sie auf dem Laufenden zu halten. Also, auch Claussens Kollege hat keinen Zweifel daran, dass Chiara Petermann sich das Leben genommen hat. Es gibt keinen Hinweis auf Fremdeinwirkung. Und ein Unfall wird es wohl auch nicht gewesen sein. Um eine solche Uhrzeit geht niemand ins Watt.«

Louise schwieg für einen Moment. Dann hatte sie hier also wirklich nichts zu suchen.

»Frau Dumas, sind Sie noch da?«

»Ja, ich bin noch da. Wie würde ein solcher Hinweis auf Fremdeinwirkung denn aussehen?«

Eine kurze Stille entstand, und Louise konnte geradezu hören, wie Mommsen schmunzelte.

»Nun, beispielsweise, wenn sie vorher gewürgt worden wäre, oder, wenn man ihr die Arme zusammengepresst hätte, um sie irgendwo hinzuschleifen. Oder, wenn sie auf dem Boden gelegen hätte, und man hätte sie zum Wasser gezerrt. Da würde man blaue Flecken oder Hautabschürfungen finden. Aber nichts dergleichen. An dem Mädchen wurde nicht die kleinste Spur gefunden, die darauf hinweist, dass sie auch nur jemand berührt hat«, wiederholte der Polizist nachdrücklich.

Louise biss sich auf die Lippen und überlegte. »Und wenn ihr jemand eine Pistole vor die Brust gehalten hat, mit Abstand meine ich, oder ein Messer an die Kehle hält, natürlich ohne die Person anzuritzen, und ihr dann befiehlt, ins Wasser zu gehen? Da würde man keine Spur finden, und trotzdem läge ein Mord vor. Nicht wahr?«

Mommsen atmete tief ein und aus. Dann räusperte er sich lautstark. »Natürlich ist ein solches Szenario möglich. Aber würde die bedrohte Person nicht versuchen wegzurennen oder sich gegen ihren Angreifer zu verteidigen? Und dann gäbe es wiederum Spuren.«

»Ja, und was ist, wenn das Opfer geflüchtet ist, nur in die falsche Richtung, nämlich ins Wasser?«

»Frau Dumas, Sie sind ganz schön hartnäckig. Aber es

sieht nicht danach aus. Ich war gestern Abend noch in der Ferienwohnung von Frau Petermann. Und das, was ich dort gesehen habe, Unmengen an düsteren Zeichnungen, die meiner Meinung nach von einer gepeinigten Seele stammen, plus dem, was die Ärzte gesagt haben, bleibt nur der Schluss übrig, dass Chiara Petermann freiwillig ins Wasser gegangen ist. Sie hat sich umgebracht.«

Louise seufzte.

»Gut, *Monsieur le Commissaire.* Haben Sie vielen Dank, dass Sie mich benachrichtigt haben. *Au revoir.*«

»*Au revoir*, Frau Dumas. Und grüßen Sie Ihre Tante von mir.«

Das Gespräch war beendet. Ob Mommsen ihr Zögern bemerkt hatte?, überlegte Louise. »Ich lasse es mal so stehen«, murmelte sie vor sich hin. Und das bedeutet letztendlich gar nichts.

Mit einer gewissen Scheu öffnete Louise die Zimmertür zu Chiaras letzter Bleibe. Es war akkurat aufgeräumt, nichts lag herum. Ob das Renate gemacht hatte? Oder war Chiara so ordnungsliebend gewesen? Das Bett mit der geblümten Bettwäsche gab als Einziges einen Hinweis darauf, dass hier jemand gewohnt hatte. Das Kopfkissen war zerdrückt, die Bettdecke lag aufgeschlagen auf der Matratze. Wahrscheinlich blieb das Zimmer so, bis die Eltern da gewesen waren. Sie öffnete den Kleiderschrank. Nichts hing drin. Louise kannte das. Wenn sie für ein, zwei Nächte irgendwo unterwegs war, hatte sie meist überhaupt keine Lust, ihren Koffer überhaupt erst auszuräumen. Die Sachen blieben gefaltet und zusammengelegt einfach drin. So vergaß sie am Ende auch nichts. Die Reisetasche des jungen Mädchens stand neben dem Bett. Von ihr ließ Louise die Finger. In fremden Sachen zu wühlen, gehörte sich nicht. Sie wollte sich schließlich nur einen Eindruck verschaffen. Das angrenzende winzige Bad erzählte Louise nichts. Zahnbürste, Zahncreme. Das kleine, ehemals abgepackte Seifenstück lag im Waschbecken, war wohl hineingerutscht. Einen zögerlichen Blick warf sie dann aber doch in den Kulturbeutel mit den rosa Flamingos, dessen Reißverschluss geöffnet war. Eine einfache Tagescreme, Sonnencreme, ein Lippenstift und Zahnseide. Louise öffnete den altmodischen Spiegelschrank. Er war leer. Hatte jemand, der unter derart starken Stimmungsschwankungen litt, dass sie letztlich in einem Suizid endeten, nicht irgendwelche Stimmungsaufheller dabei, Pillen gegen Depressionen? Oder hatte Mommsen sie mitgenommen? Das musste sie ihn noch fragen. Solche Tabletten und eine nicht ausgeräumte Tasche wären ja dann vielleicht doch ernst zu nehmende Hinweise darauf, dass Chiara den Freitod gewählt hatte.

Louise ging zurück ins Zimmer. Der Raum war nett und gemütlich eingerichtet. An den Wänden hingen stimmungsvolle Fotos von Schafen, in einem Bücherregal standen, neben ein paar Krimis und Liebesromanen, vor allem Bücher über Pellworm, das Wattenmeer und Land und Leute Nordfrieslands. Dazwischen immer wieder Keramikarbeiten, ein kleiner Vogel, eine Vase mit ein paar Trockenblumen darin, eine glasierte Schale, in der Kieselsteine lagen. Die Möbel waren, bis auf eine altmodische Kommode mit drei Schubladen, schlicht und funktionell. Die Kommode, Louise schätzte, dass sie aus der Zeit um die Jahrhundertwende zum 20. Jahrhundert stammte, war aus dunklem Holz und mit einer Marmorplatte abgedeckt. Zögernd zog sie die oberste Schublade auf. Darin lag eine große Skizzenmappe. Vorsichtig legte Louise sie aufs Bett, zog die dunkelblaue Schleife auf, mit der die beiden Deckel zusammengebunden waren, und öffnete sie. Das oberste Bild war die Zeichnung, an der Chiara gearbeitet hatte, als Louise sie kennengelernt hatte. Die dunkle Landschaft, dunkle Wolken, dunkles Wasser, der Riss im Himmel. Louise legte es zur Seite. Die zweite Zeichnung war identisch, nur hatte Chiara den Riss mit roter Farbe intensiviert. Skizze drei, vier, fünf, alle ähnlich, das Vorherrschen der dunklen Töne, Landschaft, Wasser, Himmel. Und immer wieder dieser Riss. Mal grün, mal giftig gelb, mal violett. Die Farbe war der einzige Unterschied. Ob sie eine Art Stimmungsbarometer war? Und ob ein Psychologe aus diesen Zeichnungen herauslesen konnte, wie es um Chiara tatsächlich bestellt gewesen war? Wahrscheinlich war diese Frage sowieso nicht relevant, das Urteil der Ärzte war schließlich eindeutig. Louise fragte sich, was Chiaras Eltern wohl von den Zeichnungen halten würden. Würden sie ihnen ein Trost sein? Würden sie sie in Selbstvorwürfe stürzen, weil sie ihrer Tochter nicht hatten helfen können?

Louise legte drei weitere Blätter mit dem immer gleichen Motiv zur Seite. Plötzlich stutzte sie. Was war das? Dieses eine Blatt zeigte ein vollkommen anderes Motiv. Das stattliche reetgedeckte Haus war gekonnt mit ein paar Strichen skizziert. Der Schornstein, die Haustür mit einem aufgesetzten Profilrahmen, Kreuzstockfenster, ein Weg, der zum Haus führte. Ein Haus, wie so viele hier auf der Insel. Louise schaute genauer hin. Was könnte das für ein Detail sein, das Chiara an die Seite des Weges gezeichnet hatte? Ein Kunstwerk, das den Vorgarten schmückte? Der Rest eines abgesägten Baumes? Louise studierte das Detail genau, konnte sich letztendlich aber keinen Reim darauf machen. Doch außergewöhnlich war die Zeichnung allemal. Louise zog ihr Handy aus der Tasche und fotografierte sie. Dann legte sie die Blätter säuberlich in der richtigen Reihenfolge, in der sie sie entnommen hatte, in die Mappe, und verstaute diese wieder in der Kommodenschublade.

Als sie wenige Minuten später die Zimmertür hinter sich zuzog und die Treppen runterging, drehte sich die immer gleiche Frage in ihrem Kopf wie ein Karussell: Welche Bedeutung hatte dieses Haus für Chiara gehabt, und warum hatte sie es gezeichnet?

Kapitel 18

Louise verließ Renates Haus, schaute kurz in den Laden, in dem die Künstlerin einem älteren Paar eine Reihe von Tellern in verschiedenen Größen auf einem Tisch präsentierte. Sie rief ihr einen Abschiedsgruß zu und kehrte zu ihrem Motorrad zurück. Doch kurz entschlossen hängte sie ihren Helm, den sie gerade aufsetzen wollte, wieder an ihr Bike. Sie brauchte jetzt einen klaren, freien Kopf, und beim Fahren musste sie sich zu sehr konzentrieren. Ein Spaziergang wäre jetzt genau das Richtige. Und vielleicht würde sie ja ganz zufällig über das Haus, das Chiara gezeichnet hatte, stolpern.

Vom Osterschütting ging sie geradewegs wieder in Richtung Hooger Fähre, vorbei am Rungholt Museum, das als eines der nächsten Besuchsziele bereits auf ihrem Plan stand. Hier präsentiert der Pellwormer Hellmut Bahnsen seine Funde, die er in jahrelanger regelmäßiger Suche im Watt aufspürte. Es waren Zeugnisse der verschwundenen Stadt Rungholt, die, einst unermesslich reich, in den Fluten der Groten Mandränke 1362 versunken war. Bahnsen führte die Besucher persönlich durch seine Sammlung, die Knochenfunde, Holzreste, Bruchstücke von Fliesen und Scherben, die Bahnsen wieder zu Gefäßen zusammensetzte, zeigte.

An der nächsten Kreuzung ging Louise nach rechts über den Tammwarftweg wieder in Richtung Deich, sah sich links und rechts suchend nach dem Haus um. Sie schlenderte ein Stück am Deich entlang, um dann bei der nächsten Gelegenheit wieder nach links zu gehen in den Westerschütting. Sie hielt inne und zog ihre altmodische Pellwormlandkarte aus dem Rucksack. Der Westerschütting war vielleicht sechshundertfünfzig Meter lang und endete am Rungholtmuseum. Damit hätte sie ihre kleine Runde schon beendet.

Wie sollte sie nun weiter vorgehen? In zehn Minuten wäre sie wieder am Ausgangspunkt ihrer Suche. Louise drehte sich um und stieg die Stufen zum Deich hinauf. Mit dem durch Hubertus Schulte neu erworbenen Wissen hielt sie zunächst Ausschau nach Schafen, die auf dem Rücken lagen. Alle Wolltiere standen, soweit sie sehen konnte, auf ihren vier Beinen. Gut so. Sie setzte sich auf eine Bank, und ihr Blick glitt über das Wasser, das dabei war, sich wie jeden Tag zurückzuziehen. Ein stetes und verlässliches Kommen und Gehen. Die ersten Wattwanderer standen bereit, um dem Wasser zu folgen und dabei so weit wie möglich in Richtung Horizont zu gehen. Fine hatte Louise mehrfach davor gewarnt, sich nie zu weit hinauszuwagen. Die Flut kam meist schneller als erwartet, und so mancher unvorsichtiger Wattspaziergänger musste aus größter Not, sprich aus den Tiefen des Wassers, gerettet werden. Was man im Watt wohl alles entdecken konnte? Scherben, wie Hellmut Bahnsen? Louise erinnerte sich vage an eine Wanderung, an der sie vor ewigen Zeiten teilgenommen hatte. Sie hatten Muscheln gefunden, Krebse, Würmer. Und dem Wattführer war es ein Anliegen gewesen, ihnen deutlich zu machen, dass das, was sich auf und unter dem Schlick abspielte, mehr war, als man mit bloßem Auge sehen konnte.

Vor ein paar Jahren hatte Louise ihren Urlaub in der Bretagne verbracht. Auch an der Atlantikküste herrschte das Gezeitenspiel. Mit einer Freundin war sie bei Ebbe auf Muschelsuche gegangen. Im Sand waren winzige, wie ein in der Mitte gequetschtes Oval geformte Löcher zu entdecken gewesen, unter denen sich Schwertmuscheln, die *Couteaux*, versteckten. Die länglichen, schlanken Muscheln konnten hervorgelockt werden, indem man etwas Salz in die Löcher streute. Sie glaubten, das Wasser kehre zurück und wagten sich dann an die Oberfläche. Ein schneller Griff, und man hatte die schützende Schale in der Hand. Dann musste man nur ein wenig abwarten, bis die Muschel nachgab, und man konnte sie aus dem nassen Sand ziehen. In einem Sud aus Weißwein und mit frischer Petersilie waren die Schalentiere eine Delikatesse. Ob es sie auch hier gab?

Louise zückte ihr Handy, um dieser Frage nachzugehen, als das Ding seinen schrillen Zikadenlaut von sich gab. Jetzt war es tatsächlich Frauke.

»Louise?« Fraukes Stimme klang angespannt. Louise fragte sich augenblicklich, ob sie ihr mitteilen wollte, sie habe nun doch keinen Bedarf an ihrer Hilfe? Schlagartig breitete sich ein Gefühl der Enttäuschung in ihr aus. Da hatte sie sich nun entschlossen, doch wieder den Kochlöffel zu schwingen und diese neue Chance wahrzunehmen, und dann war schon wieder alles vorbei.

»Sag, mal Louise, hörst du mir überhaupt zu? Glaubst du, das wäre was für dich?«

Nein, sie hatte nicht zugehört. Was wollte Frauke von ihr?

»*Pardon*, aber ich habe tatsächlich nicht zugehört. Entschuldige vielmals. Also, was hast du auf dem Herzen?«

»Ich habe gefragt, ob du kurzfristig das Catering für eine private Geburtstagsfeier übernehmen kannst?«

Louise zögerte mit einer klaren Antwort. »Ich weiß nicht so recht. Eigentlich genügt es mir, bei dir tageweise auszuhelfen. Wie kommst du drauf?«

»Jeff Storm, sagt dir der Name was?«

Nein, Louise hatte den Namen noch nie gehört.

»Bei uns in Deutschland ist er einer *der* Volksmusiksänger. So wie Florian Silbereisen. Er heißt eigentlich Klas Thams, und stammt von der Insel. Von Zeit zu Zeit ist er für ein paar Tage hier in seinem Elternhaus, um zu entspannen. Die meisten Einheimischen kennen ihn seit Kindesbeinen und lassen ihm seine Ruhe, wofür er sehr dankbar ist. Jetzt will er auf Pellworm seinen Geburtstag feiern. Frau Wrede, Thams Haushälterin, hat mich vorhin angerufen. Thams hatte in Husum einen befreundeten Koch gebeten, das Catering für dreißig Personen zu übernehmen. Aber die haben jetzt ein Problem, die Küche ist wegen angeblicher Hygienemängel geschlossen worden. Frau Wrede hat versucht, auf die Schnelle einen anderen Partyservice zu organisieren, doch keiner hat, obwohl es ein Bombenauftrag ist, so kurzfristig Kapazitäten frei. Und für mich ist das nichts, da müsste ich mein Café für ein paar Tage dichtmachen. Ich habe gleich an dich gedacht. Das kriegst du doch bestimmt hin, Buffet mit kalten Platten und zwei, drei warmen Gerichten für dreißig Leutchen. Du hast drei Tage Zeit. Ich weiß selbst, es ist eine echte Herausforderung, aber wenn auf Pellworm jemand in puncto Kochen ein Profi ist, dann du, Louise. Na, was meinst du?«

Louise hatte dem Monolog Fraukes staunend gelauscht. Sie war kaum drei Tage auf Pellworm und sollte schon die Feier für den Volksmusiksänger Nummer eins ausrichten? Sie ging kurz in sich. Nein, das war definitiv nichts für sie. Sie war hier um auszuspannen, zu sich selbst zu finden, um Abstand zu gewinnen, von allem! Und sie kannte diese Schickeria. Nichts war ihr gut genug, genörgelt wurde an allem, was sie vorschlug oder präsentierte. Wenn sie nur an diese gruselige Madame Vuillemin dachte, Erbin der Kugelschreiberdynastie *Clixette*. Sie hatte das *Grenouille d'Or* für ihren sechzigsten, ha, wer's glaubte, Geburtstag gemietet. Am Ende hatte sie die Rechnung um glatte fünfzig Prozent drücken wollen. Der Champagner war zu warm, der Rote hatte nicht zum Hauptgang gepasst, der Weiße nicht zum Fisch, die Blätterteigcanapés waren durchweicht, der Zander zu trocken, die Entenbrust zu rot. Nein danke, davon hatte sie die Nase voll.

Louise überlegte, seufzte und teilte Frauke ihre Absage mit. »Tut mir leid, Frauke, aber das ist mir im Moment eine Nummer zu groß, und vor allem kommt das Angebot für mich einfach zu kurzfristig.«

Doch so leicht gab Frauke nicht auf.

»Louise, das ist nicht nur ein Auftrag. Jeff, das heißt Klas, ist super vernetzt. Wenn der Abend gut läuft, dann stehen dir sämtliche Türen in der Promiszene offen. Und du bist die Einzige auf der Insel, die das Niveau, das diese Leute erwarten, bieten kann. Herbert Grindel, der *Herbies Steaktemple* in Husum betreibt und eigentlich hätte kochen sollen, hatte bis vor zwei Jahren einen Stern. Er hat ihn dann zwar freiwillig abgegeben, weil er dem Druck nicht mehr standhielt, aber seine Küche hat den Standard trotzdem bewahrt. Genauso ein Niveau erwarten die Gäste von Klas, und du kannst das. Es erwartet niemand von dir, ein Siebengänge-Menü aus dem Hut zu zaubern. Frau Wrede ist total verzweifelt, sie sagte, ein anspruchsvolles Buffet würde schon ausreichen. Komm, gib deinem Herzen einen Stoß, schau mal bei ihr vorbei. Vielleicht kann dich die gute Seele ja überzeugen.«

Louise wägte ab. Ein Buffet für dreißig Personen. Dreiviertel davon kalte Speisen, ein Viertel warme. Und diese Frau Wrede würde ihr ganz sicher zur Hand gehen. Drei Tage Zeit. Wie sagte Fine? Auf der Insel gibt es alles. Und was es hier nicht gab, konnte man auf dem Festland besorgen. Fisch, Krabben, das gab es auf Pellworm in höchster Qualität und bester Frische. Lamm, das auf den Salzwiesen graste. Ja, da konnte man etwas draus machen. Ehrgeiz erwachte in ihr. Das alte Feuer der Kochleidenschaft war zumindest entfacht.

»Na gut, ich höre mir mal an, was Frau Wrede zu sagen hat. Wie ist die Adresse? Ich werde mich gleich auf den Weg machen. Kannst du Frau Wrede anrufen und mich ankündigen?«

»Wirklich? Oh, das ist einfach großartig!«

Louise lächelte. »Noch habe ich nicht zugesagt.«

»Ja, ja. Also, ich ruf gleich Frau Wrede an. Wo bist du im Moment?«

Louise erklärte, sie sei nur ein paar Minuten von Renates Keramikatelier entfernt und würde von dort mit dem Motorrad starten.

»Sehr schön, bis zum Schluthweg brauchst du höchstens zehn Minuten. Eine Hausnummer habe ich nicht parat, aber gegenüber ist eine baufällige Fachwerkscheune, du erkennst es sofort.«

Die beiden Frauen verabschiedeten sich voneinander, und Louise spurtete zum *Lütten Töpferhus*, wo ihre Maschine stand.

Der marode Fachwerkschuppen sprang ihr sofort ins Auge. Das Reet war komplett vergammelt und bedeckte nur noch notdürftig die Scheune, von der kaum mehr als der hölzerne Skelettbau und einige wenige Gefache, die hier und da noch mit lehmverputztem Geflecht gefüllt waren, übrig waren. Louise hielt an und stieg ab. Und noch bevor sie ihren Helm vom Kopf zog, fiel es ihr wie Schuppen von den Augen, welches Detail Chiara auf ihrer Zeichnung festgehalten hatte. Es war kein Kunstwerk, auch kein Gewächs, was da rechts vom Haus an der Einfahrt stand. Es war ein Briefkasten, wie man ihn in Amerika finden würde. Er hatte die Form eines Brotkastens, war vorne zum Öffnen und auf einem hölzernen Pfahl angebracht. Und alles andere passte auch. Sie zog ihr Handy aus der Tasche und suchte das Foto der Zeichnung. Das Haus des Sängers Jeff Storm war das Haus, das Chiara detailgetreu wiedergegeben hatte. Louise musste nicht mehr überlegen, diesen Auftrag würde sie ganz sicher annehmen.

Kapitel 19

Die Dunkelheit umschloss ihn wie ein viel zu weiter Mantel. Ein Mantel, der muffig, brackig roch. Als habe er zu lange im Salzwasser gelegen und sei nie richtig trocken geworden. Er schaute in den Himmel, der schwärzer war als schwarz. Vor seinen Füßen trieb ein Bündel. Die Flut trug es immer näher und legte es vor seinen Füßen ab. Er konnte keine Konturen ausmachen, wusste aber auch so, worum es sich handelte. Das Wasser leckte daran, und mit jeder Berührung wurde das Ding spröder, bis es zu Staub verfiel und sich im Wasser auflöste. Eine Hand legte sich auf seine Schulter. *Bedenke Mensch, dass du Staub bist und zum Staub zurückkehrst.* Erschrocken wandte er sich um. Da war nichts und niemand, doch der leichte Druck einer Hand auf seiner Schulter blieb. Er versuchte, dieses fremde Gefühl mit seiner Hand wegzuwischen, wie man Krümel von einer Jacke bürstet. Doch als seine Hand seine Schulter berührte, spürte er weder Stoff, noch Haut noch warmes Fleisch. Er spürte nichts als eiskalte Knochen. Das Wort Staub brannte sich in sein Hirn. Sie war Staub, und auch er würde zu Staub werden.

Ein lautes Rumsen an seiner Schlafzimmertür ließ ihn hochfahren. Klas Thams Schlafanzug war von Schweiß durchtränkt, und er stank gotterbärmlich. Seine Poren hatten den Alkohol offenbar wieder ausgeschieden, zumindest dessen Geruch. Normalerweise blieb es nach einer durchzechten Nacht bei quälenden Kopfschmerzen und einer pelzigen Zunge in einem Mund voller ekligem Geschmack. Seine Kehle war staubtrocken. Was hatte er bloß die ganze Zeit mit Staub? Es polterte erneut an seiner Tür. Klas setzte sich auf, um klarer denken zu können. Natürlich, Frau Wrede war mit dem Staubsauger unterwegs. Normalerweise ließ sie ihn ausschlafen, aber wenn es ihr zu lange dauerte, zerrte sie gnadenlos das Haushaltsgerät aus der Kammer und fuhr los. Wenn er nicht schon von dem Geräusch geweckt wurde, hatte sie es sich zur Angewohnheit gemacht, absichtlich an seine Schlafzimmertür zu donnern. Er schaute auf die Uhr. Schon halb zwei. Die Nacht war verdammt lang geworden. Wim und Jan waren gegen halb vier mit dem Sammeltaxi des Inselfahrdienstes verschwunden. Er hatte keine Lust gehabt, sie bei sich übernachten zu lassen, wovon Wims schwangere Angetraute sowieso nicht begeistert gewesen wäre. Raik war gegen eins mit seinem Fahrrad aufgebrochen, die Zahnarztpraxis in Husum duldete am nächsten Morgen keinen Ausfall ihres Chefs.

Was hatte er nur für einen Scheiß geträumt? Ihm wurde heiß und kalt, als ihm das Bild wieder vor Augen trat, das seinen Albtraum ausgefüllt hatte. Dieses Bündel, das sich in Staub aufgelöst hatte. Dieser Körper, der vor seinen Füßen im Wasser lag. Nur nicht daran denken, bloß nicht. Er wischte sich mit der Hand über die Stirn, als könne er so die Erinnerung einfach verscheuchen. Angewidert zog er seine Hand zurück. Alles an ihm war klatschnass.

Thams angelte nach der Flasche Mineralwasser, die er, so viel wusste er noch, auf den Boden neben das Bett gestellt hatte. Sie war noch voll. Er schraubte den Verschluss ab und trank die Hälfte des Wassers aus. Das pelzige Gefühl und der Ekelgeschmack des geräucherten Fischs verschwanden zwar nicht, wurden aber immerhin erträglicher. Er schwang die Beine aus dem Bett, um sich sofort wieder in sein Kissen fallenzulassen. Er wurde alt. Früher hatten ihm solche Saufgelage nichts ausgemacht. Aber jetzt …

Plötzlich wurde ihm bewusst, wie still es im Haus geworden war. Wahrscheinlich bereitete Frau Wrede sein Frühstück zu, denn der Staubsauger hatte in jeder Hinsicht seine Dienste geleistet. Noch einmal versuchte er, aus dem Bett zu steigen. Seine Beine gaben nun nicht mehr nach, und er wankte ins Bad. Als er die Badezimmertür hinter sich zuzog, glaubte er, die Stimme von Frau Wrede zu hören, die ihm aufgeregt und ein wenig schrill vorkam. Doch darüber konnte er sich nun wirklich nicht den Kopf, der gleich zu bersten drohte, zerbrechen.

Nach der Dusche und dem Einsatz seiner elektrischen Zahnbürste fühlte sich Klas Thams schon erheblich besser. Jetzt noch ein starker Kaffee, und er wäre fast schon wieder der Alte. Er schlüpfte in eine bequeme ausgeleierte Hose und ein Jeanshemd. Barfuß schlurfte er in die Küche. Keine Frau Wrede, kein Kaffeeduft, kein Frühstück. Was war denn hier los? Er schüttelte den Kopf und setzte selbst seine altmodische Kaffeemaschine mit Filtertüte in Gang. Als er den ersten Schluck des heißen schwarzen Gebräus zu sich nahm, gab Frau Wrede sich die Ehre und betrat mit ausdrucksloser Miene die Küche.

»Herr Thams, es ist eine Katastrophe.«

»Was ist eine Katastrophe? Dass ich mir meinen Kaffee selbst kochen musste? Oder meinen Sie das Chaos im Wohnzimmer? Tut mir leid, es ist gestern etwas spät geworden, und wir haben wohl überall eine ziemliche Sauerei hinterlassen.«

Frau Wrede machte eine wegwerfende Handbewegung. »Ach was. Das habe ich doch schon längst wieder in Ordnung gebracht. Nein, viel, viel schlimmer. Ich habe eben ewig telefoniert, aber da ist wohl nichts zu machen. Das heißt, eine Möglichkeit gäbe es vielleicht.« Sie schwieg und runzelte die Stirn, als wüsste sie selbst noch nicht so recht, was sie von der Alternative halten sollte.

»Sie sprechen in Rätseln. Was ist denn passiert?«

»Ihr Freund von dem Husumer Nobelrestaurant hat angerufen. Er kann das Catering an Ihrem Geburtstag nicht ausrichten. Man hat ihm die Küche einstweilig geschlossen. Er sagt, er steht vor dem Ruin. Salmonellen. Jawoll, Salmonellen.«

»Wie, Salmonellen? In Herbies Essen?«

Eigentlich hieß Herbie Herbert, doch Herbert hatte sich mit seinem Gourmetrestaurant den Steaks dieser Welt verschrieben, und die amerikanisierende Form *Herbies Steaktemple* hörte sich besser an als Herberts Schnitzelhaus. Er hatte die besten Steaks im ganzen Norden, daran gab es bei Herbie und seinen Gästen keinen Zweifel. Und die teuersten.

»Ja. Seine Frau hat schon ganz früh hier angerufen. Die sind total verzweifelt. Es hat einige Gäste erwischt, das ganze Programm, Erbrechen, Durchfall. Und daher können sie nichts vorbereiten und liefern. Es sind ja jetzt nur noch drei Tage. Ich habe in Husum und Umgebung und auf der

Insel alles angerufen, was kochen kann. Bis hin zum Imbiss an der Fähre. Es ist Saison, die können nicht einfach mal für eine große Geburtstagsfeier Kapazitäten freischaufeln, die haben selbst genug zu tun. Aber Frauke vom *Warft Café* hatte eine Idee. Es kommt gleich eine Frau und stellt sich vor. Sie ist unsere einzige Hoffnung.«

»Warum, wir kennen Frauke doch. Allerdings ist ihr Essen jetzt nicht gerade das, was ich mir für meine Party vorgestellt hatte«, brummte Thams.

Das hätte ihm noch gerade gefehlt, dreißig Geburtstaggäste mit Lebensmittelvergiftung. Aber sich deswegen mit einem lokalen Catering begnügen?

»Nein, nicht Frauke. Die kann nicht einspringen. Aber sie hat eine Bekannte, die seit Kurzem auf Pellworm lebt, und ab nächste Woche bei ihr im Café aushelfen wird. Und laut Frauke ist diese Frau eine begnadete Köchin. Sie sei es gewohnt, für viele Leute zu kochen, und könne großem Druck standhalten, was bei einem so kurzfristigen Einsatz ganz sicher eine wichtige Eigenschaft ist.«

»Und wer ist diese Frau?«

Misstrauisch beäugte Thams seine Haushälterin. Im Moment hatte er von fremden Weibern auf der Insel eigentlich die Nase voll. Nichts als Ärger hatte man mit ihnen. Und das war noch harmlos ausgedrückt! Unwillkürlich zuckte er zusammen, als er an seinen Albtraum dachte. Aber was blieb ihm anderes übrig? Frau Wrede war nicht in der Lage, die Gesellschaft zu bekochen und zu bewirten, dafür fehlte es ihr einfach an Fantasie.

»Gut, ich schau mir die Frau mal an. Wie heißt sie nochmal, sagten Sie?«

»Ich sagte gar nichts. Sie heißt Louise Dumas. Sie kommt aus Frankreich und lebt zurzeit bei Fine Dierksen. Sie ist die Tochter einer alten Freundin und Fines Patentochter, hat Fine erzählt. Ich denke, wen Frauke empfiehlt, und wer dazu noch eine Art Verwandte von Fine ist, dem kann man vertrauen. Meinen Sie nicht auch?«

Thams nickte. Ein sattes Motorenbrummen ließ die beiden aufhorchen. Sinja Wrede eilte in die Diele und spähte durch das Fenster in den Vorgarten.

»Ich glaube, das ist sie. Fährt ein Motorrad. Herr Thams, haben Sie gehört? Die Köchin ist da.«

Kapitel 20

Louise bohrte ihren Finger in den Klingelknopf. Weder am Briefkasten noch am Haus stand der Name des Bewohners, aber dies musste das Haus von Klas Thams sein. Nach nur wenigen Sekunden wurde die Haustür aufgerissen, und eine ältere Frau musterte Louise neugierig. Louise zog den Reisverschluss ihrer Lederjacke ein Stück herunter und begann, sich die Stiefel an der Fußmatte abzutreten. Sie streckte der Frau die Hand entgegen.

»Hallo, ich bin Louise Dumas. Frauke Winkler hat mich angerufen. Es geht um eine Geburtstagsparty bei Ihnen, und Sie bräuchten noch jemanden, der sich um alles kümmert?«

Sinja Wrede ergriff Louises Hand und schüttelte sie, als wäre es ein Pumpschwengel.

»Wunderbar. Dann kommen Sie mal rein. Genau, es geht um die Geburtstagsfeier von Herrn Thams.«

Sie betonte den Namen Thams und legte danach eine Kunstpause ein. Louise reagierte nicht.

»Thams, Klas Thams. Jeff Storm. Der Sänger«, ergänzte Frau Wrede erstaunt, nachdem Louise keinerlei Reaktion zeigte. Dann rief sie fassungslos: »Ach, herrje, Sie sind ja Französin! Jetzt sagen Sie nicht, man kennt Jeff Storm bei Ihnen nicht? Er ist doch weltbekannt. *Der Sturm ist mein Ge-*

fährte, der Wind ist meine Braut? Nein?« Sie begann eine Melodie zu summen, setzte dann mit der Textzeile *›Der Sturm ist mein Gefährte‹* ein. Sie verstummte, als sie in Louises Gesicht sah, das keinerlei Erkennen ausdrückte. »Na ja, Sie haben da wohl andere Sänger. Ich kenne allerdings nur diesen kleinen, Charles Aznavour. Und der ist auch schon tot. Na, dann kommen Sie mal mit. Herr Storm, also Herr Thams erwartet Sie.«

Frau Wrede schob Louise vor sich in die Küche.

»Herr Thams, unser Rettungsengel, Louise Dumas.« In diesem Augenblick klingelte es an der Haustür. »Das wird Nadja von der Heißmangel sein. Sie wollte heute Vormittag die Wäsche vorbeibringen. Ich bin gleich wieder da.« Frau Wrede eilte davon.

Klas Thams erhob sich, zog die ausgeleierte Hose hoch und reichte Louise die Hand. Seine müden Augen starrten sie unverhohlen an. Diese Köchin war ja wohl ein echter Hingucker. Die kurzen dunklen Locken, das zarte Gesicht mit den ausgeprägten Wangenknochen, ein voller Mund, die grauen Augen lediglich durch einen feinen Kajalstrich betont, eine knackige und dabei weibliche Figur in einer Lederkombi. Eine Schönheit, die schätzungsweise gerade mal knappe einhundertsechzig Zentimeter groß war. Aber was für einhundertsechzig Zentimeter! Was Klas Thams sah, gefiel ihm ausnehmend gut. Und wenn die Lady jetzt auch noch kochen konnte, konnte er glatt auf Herbie und seine versifften Steaks verzichten.

»Wusste gar nicht, dass Engel auf einem Motorrad daherkommen. Aber egal, wie Sie es anstellen, ich bin froh, wenn Sie meine Geburtstagparty retten können.«

Eine plötzliche Übelkeit überfiel ihn. Fetter geräucherter Heilbutt in Kombination mit zu viel Whisky machten sich rumorend in seinem Magen und Darm bemerkbar. »Wenn Sie mich bitte entschuldigen würden. Ich habe noch zu arbeiten. Frau Wrede wird Sie gleich mit allem vertraut machen. Sprechen Sie mit ihr auch die Ideen für ein Buffet ab. Es soll locker zugehen, für jeden etwas. Nur für mich keine Porren.« Sein Gesicht verzog sich schmerzhaft und, als wäre der Leibhaftige hinter ihm her, raste er aus der Küche.

Louise kannte diese Anzeichen. Als Nächstes würde Thams, oder Storm, das Klo stürmen. Die wenigen Minuten, in denen sie ihn kennengelernt hatte, genügten ihr, um sich ein Bild von dem in Deutschland als Volksmusikstar vergötterten Sänger zu machen. Der Typ war auf jeden Fall in die Jahre gekommen. Wenn er nicht aufpasste, würde er in kürzester Zeit auseinandergehen wie eine Elsässer Dampfnudel. Die Tränensäcke zeugten von einem ordentlichen Alkoholkonsum, zumindest in der letzten Zeit. Ansonsten war er immer noch recht attraktiv. Die blonden Haare mit der Stirntolle und vor allem seine stahlblauen Augen gaben Thams etwas Verwegenes.

Sinja Wrede kehrte mit eiligen Schritten in die Küche zurück. »Das kann ja heiter werden«, murmelte sie und verzog das Gesicht.

Louise tat als habe sie nichts gehört. »Was singt Herr Thams, oder soll ich ihn lieber Storm nennen, denn so?«

»Nennen Sie in ruhig Thams. Wahrscheinlich wird er sowieso darauf bestehen, dass Sie ihn mit Klas ansprechen. Hier auf der Insel ist er Klas Thams. Er ist auf Pellworm geboren und aufgewachsen, seine Vorfahren waren schon immer hier. Seinem Vater gehörte bis zu dessen Tod die Apotheke. Auf der Bühne und für seine Fans ist er Jeff Storm. Was er sonst so singt? Na alles. Er tritt überall auf, im Norden und im Süden, und er bedient jeden Geschmack. Ein bisschen Shanty, ein wenig Herzschmerz, sogar Jodeln kann der Herr Thams. Hat er sich selber beigebracht.« Frau Wrede seufzte. »Und erst sein Bühnenkostüm. Die Leute sind hingerissen. Mal springt er von einer Showtreppe, mal hängt er an einem Seil und schwebt auf die Bühne. Warten Sie, ich zeige es Ihnen.«

Sinja Wrede kramte ihr Handy aus einer riesigen Handtasche, die auf der Küchentheke stand. Flink gab sie ein paar Begriffe ein und zeigte dann mit leuchtenden Augen Louise das Ergebnis. Louise musste an sich halten, nicht laut loszulachen. Den Hintergrund der Bühne bildete ein großer Schiffsrumpf, aus Pappe wahrscheinlich, und von Deck flog wie Tarzan an einem Tau hängend Jeff Storm auf die Bühne. Eine weiße Mütze auf dem Kopf, Lederhosen, derbe Schuhe und diese merkwürdigen groben Strümpfe, die nur die Waden warmhielten, dazu ein blau-weiß geringeltes Shirt. Oben Nordsee, unten bayerische Alpen. »Moin, jodeldijoh«, schrie er und winkte in die für Louise unsichtbaren Menschenmassen. »Moin, jodeldijoh«, schallte es aus tausend Kehlen zurück. Nein, das war definitiv nicht ihr Geschmack.

»Toll«, sagte sie und enthielt sich eines weiteren Kommentars. Sie sollte hier kochen, und vor allem wollte sie sich ein wenig umschauen.

Frau Wrede wirkte enttäuscht ob des sehr zurückhaltenden Kommentars von Louise. Ein wenig mehr Enthusiasmus hätte sie schon erwartet.

»Gut, dann wollen wir mal loslegen. Einen Kaffee dazu?«

»Gerne.«

Sinja Wrede machte sich an der Kaffeemaschine zu schaffen, und Louise setzte sich an den Küchentisch. Neugierig sah sie sich um. Die Küche war hochmodern, glatte weiße Klarlackfronten im teuersten Design. Es herrschte eine penible Ordnung, nichts stand einfach nur herum. Dafür war ganz sicher die Haushälterin verantwortlich.

»Frau Wrede, bitte ein Glas Wasser, ein *Alka Seltzer*, irgendwas, mir geht's nicht gut.«

Kaum zu glauben, dass ein Mann mit einer solch jammervollen Stimme seine Zuhörer mit Gesang erfreuen konnte. Andererseits war die Stimme immer noch kräftig genug, um aus irgendeinem Zimmer im Obergeschoss über den Flur bis an Frau Wredes Ohren in der Küche zu dringen.

»Oje, das waren bestimmt der fette Räucherfisch und ein Glas zu viel. Da wundert es mich nicht, wenn es Herrn Thams jetzt schlecht geht. Ich bringe ihm nur schnell eine Brausetablette, das wird ihn bald wieder auf die Beine bringen. Hier ist die Gästeliste, bei einigen steht dabei, was sie nicht mögen. Ich finde es überflüssig, es dazuzuschreiben. Was diese Leute nicht essen, lassen sie liegen, und andere lieben es wahrscheinlich. Aber Herr Thams hat darauf bestanden. Er hat ja, was das Essen angeht, auch so seine Eigenheiten. Doch das wird er Ihnen ganz sicher persönlich sagen. Ansonsten bin ich gespannt, was Sie uns vorschlagen werden. Nur so viel vorab, Dreiviertel der Speisen sollen kalt sein, ein Viertel warm, alles soll auf das Buffet. Vielleicht dazu noch eine heiße Suppe oder so auf dem Herd in der Küche. Das hat einfach was Gemütliches, so in der

Küche herumzustehen, zu klönen und gemeinsam zu essen. Finden Sie nicht auch?«

»Frau Thams, wo bleiben Sie denn?«

Das war eindeutig ein Hilferuf. Kurz darauf hörten die beiden Frauen die Toilettenspülung. Mit einem Glas Wasser und einer Packung Tabletten verschwand Frau Wrede aus der Küche.

Louise stand auf. Viel Zeit würde sie nicht haben, um sich ein wenig im Haus umzusehen. Und tatsächlich kehrte die Haushälterin nach nicht mal einer Minute zurück. Mit säuerlicher Miene teilte sie Louise mit, sie müsse ein Malheur im Bad beseitigen. Herrn Thams sei übel geworden. Sie käme gleich wieder, brauche aber Feudel und Eimer. Bewaffnet mit ihren Reinigungsutensilien zog Sinja Wrede erneut von dannen. Gut, dann konnte Louise sich das Wohnzimmer vorknöpfen, die Küche hatte Zeit. Wenn man sie dort beim Schnüffeln erwischen würde, konnte sie behaupten, sich einen Überblick über Töpfe und Pfannen machen zu wollen.

Das Wohnzimmer gefiel ihr. Die Deckenbalken waren aus dunklem Holz, auf dem Boden ausgetretene Fliesen, sicherlich noch aus der Erbauungszeit des Hauses. Eine Sitzgarnitur aus Teakholz und dunkelgrauem Leder verlieh dem großzügigen Raum eine männliche Note, den zwei Ohrensessel, die vor dem Fenster zum Garten standen, wieder relativierten. Ihre cremefarbenen Polster mit einem Dekor aus blassrosa Teerosen wirkten hell und freundlich und sehr feminin. Ein gut gefülltes Bücherregal zog Louises Blick auf sich.

Thams hatte die Bücher entweder geerbt, oder er war

ein Sammler. Bücher mit alten Ledereinbänden nahmen die Hälfte der Regalbretter ein. Storm, Goethe, Lessing, Fontane, Liliencron. Den Namen hatte sie doch jüngst gelesen. Neugierig zog sie das Buch heraus. *Trutz, blanke Hans.* Was war das denn? Was bedeutete Trutz? Wer war der blanke Hans? Ihre Augen flogen über die ersten Zeilen, blieben hängen an dem Satz *Von der Nordsee, der Mordsee, vom Festland geschieden, liegen die friesischen Inseln im Frieden.*

Mordsee. War das ein Zeichen? Sie steckte das Buch zurück. Nach was suchte sie eigentlich? Was hoffte sie zu finden? Chiara hatte dieses Haus nicht einfach seiner Schönheit willen gezeichnet, da war sich Louise sicher. Doch war es wirklich das Haus, was die junge Frau fasziniert hatte? Oder war es sein Bewohner? Was hatte sie mit Klas Thams zu schaffen?

An der Wand neben dem Bücherregal hing eine Goldene Schallplatte neben und über der anderen. Louise schaute genau hin. Die vier oberen Platten waren sogar Platinplatten. Jeff Storm war sehr gut im Geschäft. Und immer hatten die Titel seiner Alben was mit den Bergen und dem Meer zu tun. *Gebirgswellen*, *Matrosen der Berge*, *Friesenjodler.* Naja, wem so etwas gefiel. Es schien auf jeden Fall tausende Fans zu geben.

Flink bewegte sich Louise zu einem alten englischen Schreibtisch mit einer Schreibfläche aus dunkelgrünem Leder. Links besaß er eine Tür, rechts drei Schubladen. In der Tür steckte kein Schlüssel, die beiden oberen Schubladen waren abgeschlossen und in der unteren, offen stehenden, nichts als ein Notizblock mit dem Aufdruck des Sparkassenlogos, Kuverts und einigen Kugelschreibern. Nein, diese

Sucherei hatte so keinen Sinn. Was hatte sie denn erwartet? Ein Foto von Thams und Chiara, das auf eine Beziehung hindeutete?

Chiara war mindesten zwanzig Jahre jünger als der Sänger gewesen, aber das hieß gar nichts. Nein, Louises kurze Inspektion hatte nichts gebracht, was ihr darüber Aufklärung verschaffte, warum zwischen den ganzen Skizzen mit nichts als Meer und Himmel und einem Riss, diese eine spezielle Zeichnung steckte. Sie hörte erneut die Toilettenspülung. Frau Wrede hatte das Malheur offensichtlich beseitigt. Schnell schlüpfte Louise zurück in die Küche und beugte sich interessiert über die Gästeliste. Keine Sekunde zu früh, denn Frau Wrede kam schnaufend mit Eimer und Feudel zurück, die sie wieder im Wandschrank verstaute.

»Er ruht sich jetzt aus. Ich glaube nicht, dass Sie ihn heute noch mal zu Gesicht bekommen.« Sinja Wrede griff beherzt nach der Liste. »Lassen Sie mal sehen. Schauen Sie, es sind vier Veganer unter den Gästen. Zwei andere mögen offenbar kein Schweinefleisch, ich glaube, die beiden sind zum Islam übergetreten.«

Die Haushälterin runzelte die Stirn und zeigte auf zwei weitere Namen auf der Liste. »Hier steht zwar nichts dabei, aber diese beiden trinken keinen Alkohol, genau wie die Muslime. Also, wenn Sie irgendetwas mit Wein oder so zubereiten, sollten Sie das kenntlich machen. Ich denke, es wäre vielleicht doch sinnvoll, zu allen Speisen ein Hinweiskärtchen zu stellen, was denn da nun auf dem Buffet ist, und was die Speisen enthalten. Du meine Güte, wenn wir das machen, sind die Leute ja verhungert, bis sie sich alles durchgelesen haben.« Sie seufzte. »Nun, das überlasse ich

Ihnen, Frau Dumas. Was allerdings wirklich sehr, sehr wichtig ist: Kennzeichnen Sie bitte alle Gerichte, in denen Sie Krabben verarbeiten. Und seien es noch so wenige, bitte unbedingt einen Hinweis geben.«

»Verträgt jemand keine Meerestiere?«

Das war für Louise nichts Neues. Es gab immer mehr Menschen, die auf bestimmte Nahrungsmittel allergisch reagierten. Und Krabben gehörten dazu. Hatte Klas Thams nicht selbst vorhin davon gesprochen, er habe Probleme mit den Porren?

Frau Wrede bestätigte Louises Erinnerung. »Ja, Herr Thams höchstpersönlich. Er ist allergisch gegen alle Schalen- und Krabbentiere. Das Eiweiß darin kann ihn umbringen. Und wenn er nicht sieht, was er auf dem Teller hat, kann es tödlich für ihn enden. Er hat zwar ein Notfallset, aber das sollte natürlich nicht zum Einsatz kommen. Also, Krabben im Salat oder so sieht er ja, ich meine eher, falls Sie sie pürieren, für eine Füllung zum Beispiel. Wenn er da herzhaft hineinbeißt, ist es um ihn geschehen.«

Sinja Wrede setzte eine tragische Miene auf und faltete, um ihre dramatischen Worte zu unterstreichen, die Hände wie zum Gebet.

»So schlimm?«

Louise hatte erst einmal den Fall im Restaurant gehabt, als ein Gast vor den Augen des Kellners, der eben Wein nachschenken wollte, fast gestorben war. Allerdings an einer Gräte in einer Forelle Müllerinnen Art. Doch es war alles gut gegangen.

»Ja, so schlimm. Ich war damals noch nicht in seinem Haushalt. Seine Eltern hatten noch gelebt. Er hatte noch nie etwas für Krabben übrig, aber ab und zu aß er schon mal ein Krabbenbrötchen. Anfangs war es noch nicht sichtbar, dass er allergisch auf das Eiweiß der Tiere reagierte. Sein Vater, er war der hiesige Apotheker, hatte dann allerdings den Verdacht, als Herr Thams davon ein Jucken im Mund bekam. Vielleicht hat man früher noch nicht so besonnen auf so etwas reagiert. Auf jeden Fall hat Herr Thams dann keine Krabben mehr gegessen, bis er Jahre später versehentlich welche zu sich genommen hat. In einer Blätterteigpastete. Und daran ist er fast erstickt. Ein ana … irgendein anabolischer Schock, oder so.«

»Anaphylaktischer Schock«, korrigierte Louise. »Das kann allerdings lebensbedrohlich werden. Wenn nichts unternommen wird, erstickt man, der Kreislauf bricht zusammen. Und dann Exitus. Ein furchtbarer Tod.«

Die beiden Frauen schwiegen einträchtig, bis Louise sich räusperte. »Frau Wrede, apropos Tod. Sie haben sicher von dem jungen Mädchen gehört, das man ertrunken aufgefunden hat. Auch ein schlimmer Tod, auch wenn sie ihn vielleicht freiwillig gewählt hat.«

Frau Wredes Reaktion ließ Louises Augenbrauen erstaunt emporschnellen. Die Haushälterin wirkte plötzlich verschlossen wie eine Auster, presste die Lippen aufeinander und wurde bleich.

»Ist Ihnen nicht gut, Frau Wrede?«

Es war offensichtlich, das tote Mädchen war ein Thema, über das die Haushälterin nicht sprechen wollte.

»Nein, alles in Ordnung. Aber das Thema Tod und Sterben regt mich einfach auf. Können wir vielleicht zu unserem eigentlichen Thema zurückkehren, der Geburtstagsparty? Also, wie gesagt, beachten Sie bitte die Dinge, über die wir eben gesprochen haben. Sorgen Sie für vegane Speisen, und machen Sie bei den Gerichten, bei denen Sie es für notwendig halten, den Inhalt kenntlich, vor allem bei den Krabben.«

Louise nickte gehorsam. Die Reaktion von Sinja Wrede hatte ihr einiges verraten. Diese Frau muss das Mädchen gekannt haben, dessen war sie sich sicher. Doch warum wollte sie nicht über sie sprechen? Hatte Klas Thams es ihr verboten? Wünschte er nicht, dass jemand erfuhr, dass Chiara in diesem Haus oder zumindest in seiner Nähe gewesen war? Doch die Haushälterin war offensichtlich eine echt loyale Angestellte, weder geschwätzig noch hinterhältig gegenüber ihrem Brötchengeber. Es machte also keinen Sinn, weiter nachzubohren, bei Sinja Wrede auf Granit zu stoßen und womöglich den Auftrag zu verlieren, der es ihr ermöglichte, im Hause Thams nach verwertbaren Indizien zu suchen, die Chiara mit Klas Thams verbanden.

Louise stand auf und nahm die Gästeliste an sich. »Gut, dann werde ich mich an die Arbeit machen und ein Buffet zusammenstellen, an das die Gäste von Herrn Thams noch lange denken werden. Kann ich Sie telefonisch erreichen, falls ich noch Fragen habe?«

Sinja Wrede hatte sich ebenfalls erhoben, nun wieder ein verbindliches und zufriedenes Lächeln auf dem Gesicht.

»Ich schreibe Ihnen meine Handynummer auf, unter der bin ich jederzeit zu erreichen. Wenn Sie mich auch bitte auf dem Laufenden halten, wie das Buffet aussehen wird? Ich werde mich um alles andere kümmern. Brauchen Sie besondere Töpfe oder Pfannen oder so?«

»Lassen Sie uns einfach kurz in Ihre Schränke schauen. Dann sage ich Ihnen, was eventuell fehlt.«

Die Haushälterin öffnete sämtliche Schränke und Schubladen. Louise nickte zufrieden.

»Alles, was das Herz einer Köchin begehrt. Zum Schneiden bringe ich dann meine eigenen Messer mit. Dann grüßen Sie Herrn Thams von mir. Er soll sich keine Sorgen machen, es wird ein Genuss für ihn und seine Gäste werden. Und gute Besserung. Hoffentlich hat sich sein Magen bis dahin wieder beruhigt.«

Frau Wrede begleitete Louise in den Vorgarten, und die beiden Frauen verabschiedeten sich voneinander. Als Louise in den Rückspiegel ihres Motorrads schaute, konnte sie sich des Eindrucks nicht erwehren, dass die Haushälterin ihr lange und nachdenklich hinterher sah.

Kapitel 21

»Du meine Güte, was wird das denn?«

Fine riss die Augen auf, als sie sah, was Louise alles auf ihrem Küchentisch, der Arbeitsplatte und der Anrichte ausgebreitet hatte.

»Das, meine liebe Fine, sind die Zutaten für unser Abendessen. Es ist ein kleiner Teil dessen, was ich bei Klas Thams Geburtstagsbuffet in drei Tagen zu kredenzen gedenke.«

»Und das sollen wir beide alles essen?«

»Nein. Ich brauche ein paar Probeesser. Daher habe ich mir überlegt, ob du ein paar deiner Freundinnen aus dem Landfrauenverein anrufst und sie für heute Abend einlädst. Viel Zeit habe ich nicht zum Vorbereiten, aber für ein paar Häppchen reicht es. Na, was sagst du?«

Louise war direkt nach dem Gespräch mit Frau Wrede in den Supermarkt in Tammensiel gefahren. Was aus dem Hofladen noch in Fines Kühlschrank lag, würde ausreichen, das Gemüse würde sie frisch im eigenen Garten ernten. Sie sah das Buffet für den Schlagerstar schon vor sich, und dank ihrer Erfahrung und ihres hervorragenden Gedächtnisses, hatte sie sofort einen Großteil der Zutaten im Kopf. Bereits auf dem Supermarktparkplatz rief sie Sinja Wrede an und bat um genügend Eiswürfel für den Abend. Dann zog sie mit dem Einkaufswagen ihre Bahnen durch die Gänge des Ladens. Fine hatte nicht zu viel versprochen. Die Auswahl war reichhaltig. Den Gemüsestand ließ sie aus. Louise hoffte, für die Geburtstagparty genügend Wurzeln, Gurken und Lauch und das Fleisch in den Hofläden zu bekommen. Lediglich einige Beutel mit fertig gekochten und geschälten Roten Beten legte sie für ihre veganen Variationen in den Wagen. Nur ein einziges Mal versagte die Auswahl im Geschäft – keine Hirse für einen klassischen Couscous, den sie ebenfalls für ein veganes Gericht eingeplant hatte. Unschlüssig stand sie vor dem Regal mit Reis und Nudeln, als ein aufmerksamer junger Mann im weißen Kittel neben ihr auftauchte.

»Kann ich Ihnen helfen? Suchen Sie etwas Bestimmtes?«

»Ja, ich möchte einen Gemüsecouscous machen, aber ich finde nicht die passenden …«, Louise überlegt kurz, »… die passenden Körner.«

Der Angestellte ließ seine Augen über das Regal schweifen, dann strahlte er und griff nach einer kleinen Pappschachtel.

»Graupen«, rief er triumphierend und reckte den Arm, als halte er einen Siegerpokal in der Hand. »Genauer, Perlgraupen. Die kommen zum Beispiel in den Eintopf oder die Suppe, aber Sie können sie auch wie Reis oder für Ihren Couscous verwenden. Hilft Ihnen das weiter?«

»Perfekt«, Louise war begeistert. Die Graupen, die *orge perlé*, sie hatte sie nicht gesehen. Natürlich waren sie ein passender Ersatz. Louise arbeitete gerne mit den kleinen runden Gerstenkörnen, die in vielen Küchen der Vergessenheit anheimgefallen waren.

Als sie ihren Wagen gefüllt hatte, schob sie ihn zur Kasse. Abrupt blieb sie stehen. *Zut*, wie sollte sie das ganze

Zeug denn transportieren? Mit dem Motorrad und dem kleinen Rucksack wohl kaum. Bevor sie die Waren auf das Kassenband legte, fragte sie vorsichtshalber nach, ob man ihr die Sachen zu Fines Haus bringen könne. Kein Problem, es war nicht weit, und Malte, der junge Mann, der sie so nett beraten hatte, würde ihr die Waren so schnell wie möglich bringen. Ginge es auch sofort? Louise setzte ihr charmantestes Lächeln auf. Ausnahmsweise, wie gesagt, es sei ja nicht weit. Und so lagen alle Schätze, die sie in Köstlichkeiten verwandeln wollte, zwanzig Minuten später auf Fines Küchentisch.

Fine lächelte zufrieden, als sie das aufmerksame und zugleich gespannte Gesicht Louises sah.

»Eine wunderbare Idee, Louise. Wir Landfrauen als deine Versuchskaninchen. Du glaubst nicht, wie froh ich bin, dich so entspannt und zufrieden zu sehen. Du verschwendest jetzt hoffentlich keinen Gedanken mehr an diesen Thierry.«

»Thierry? Wer ist Thierry?« Louise runzelte wie fragend die Stirn und hieb mit einem martialischen Schlag ihr größtes Messer quer in eine dicke Lauchstange, die auf dem Schneidebrett eigentlich darauf wartete, in feinste Juliennes geschnitten zu werden. Zu Fines Erleichterung drehte sich Louise dann um, brach in lautes Gelächter aus.

»So viel zum Thema. Er hat Glück, dass er nicht hier ist. Sonst würde er genauso traurig wie das Gemüse hier liegen. Nur wäre Thierry in diesem Zustand zu nichts mehr nütze. Fine, wenn du Zeit hast, kannst du mir gerne ein wenig helfen. Hier, diese wunderbaren Karotten habe ich aus deinem Garten, würdest du sie für mich schälen?«

Fine nickte und warf gleichzeitig einen Blick auf den Zettel, auf dem sich Louise ihre Ideen in einem wilden Mix aus Französisch und Deutsch für Thams Buffet notiert hatte.

Couscous de Perlgraupen aus *légumes rôtis*, geeiste Gurkensuppe, (1000 g Gurke, 3 Knoblauchzehen, frische Kräuter, eine Zitrone, 10 fette Naturjoghurts, Salz, Pfeffer). *Couronne*, das Wort war durchgestrichen, lange Backform! oder Tassen für Porren in Aspik (200 g Krabben, 1 Zitrone, 2 harte Eier, 1 Tomate, 1 Paprika, halbe Gurke, Tartar von roter Bete mit Erdnusspesto, Mousse vom Räucherfisch – *Saumon* oder *Maquereau.*

»Und was ist das?« Fine hatte auf dem Küchenschrank ein kleines Glas mit rotgrünem Deckel entdeckt. Sie schraubte ihn ab und schnupperte an dem Inhalt, einem rötlichen, scharf duftenden Puder. Dann studierte sie das Etikett, auf dem drei Chilischoten abgebildet waren.

»Das ist *Piment d'Espelette*, wenn du das zum Würzen nimmst, kannst du fast auf Pfeffer und Salz verzichten. Ich habe es eingepackt, weil ich süchtig danach bin. Eine Messerspitze davon reicht aus und alles schmeckt einen Hauch spannender. Und das Besondere ist, es ist ein geschütztes Produkt. Espelette ist ein Städtchen im Baskenland, und dort wird die französische Chilisorte Gorria angebaut, der Champagner unter den Chilis. Für die Schote gibt es im Herbst nach der Ernte sogar ein Volksfest, das *Fête du Piment.* Wie euer Rosenfest, nur dass die Straßen von Chilischoten an Juteseilen gesäumt sind.«

Auf einem weiteren Zettel notierte sich Louise die Artikel, die Frau Wrede noch zu besorgen hatte. Hoffentlich fand sie bei einem Partyservice in Husum das, was es auf der Insel wahrscheinlich nicht gab. Kleine Gläser zum Servieren der Räucherfischmousse, Metallringe zum Anrichten des Tartars. Die Porren in Aspik könnte sie in Gläsern oder zur Not in Tassen oder in einer länglichen schlanken Backform zubereiten. Und wenn sie das alles nicht bekäme? Dann müsste sie improvisieren. Mit einem Schlag wurde Louise bewusst, auf was sie sich da eingelassen hatte. Als Spitzenköchin unter widrigen Umständen dreißig hungrigen Geburtstagsgästen ein Buffet anzurichten, das selbst den anspruchsvollsten Gast zufriedenstellte. Aber es wäre nicht das erste Mal, mit einem Minimum an notwendigem Rüst- und Handwerkszeug auskommen zu müssen. Und sie wäre es nicht wert, eine Spitzenköchin genannt zu werden, wenn sie sich nicht dieser Herausforderung stellte. Doch auf die Porren in Aspik würde sie heute beim Probekochen besser verzichten, dazu fehlte einfach die Zeit. Stattdessen würde sie sich auf die kleinen Lothringer Pasteten aus Blätterteig und einer Füllung aus gewürfeltem Schweinefleisch konzentrieren.

Fine war mittlerweile fertig mit dem Schälen ihres Gemüses. »Wer wird denn alles zu der Party kommen?«

Die Karotten wurden der Länge nach halbiert, anschließend nahm sich Fine die hellen Petersilienwurzeln vor.

Als Louise Fine von ihrem Auftrag erzählte, hatte sie eigentlich erwartet, dass Fine ob des berühmten Auftraggebers in *›Ah und Oh‹*-Rufe ausbrechen würde. Doch weit gefehlt. Schließlich kenne sie den Klas Thams seit er in die Windeln geschissen habe. Er sei ein Junge von Pellworm, dem alle seine Karriere gönnten, aber warum solle man, nur weil der Junge sang und damit sein Geld verdiente, ihm einen roten Teppich ausrollen und ihn mit Fähnchen begrüßen, wie einen Staatsmann, wenn er mal wieder heimkam? Da hätten die Pellwormer aber wirklich Besseres zu tun.

Aber ein wenig neugierig war Fine nun doch. Louise kramte in ihrem Rucksack und legte die Gästeliste auf den Tisch.

»Hier, die Liste mit den Eingeladenen. Mach keine Dreckflecken drauf, sonst werden vielleicht die Hinweise von Frau Wrede abgedeckt, und ich weiß nicht mehr, wer was nicht verträgt.«

Fine spülte die Schalen des Wurzelgemüses mit Wasser ab und warf sie in einen Topf, in dem schon Zwiebelschalen, Petersilienstängel und das dicke Grün der Lauchstangen schwammen, aus denen Louise eine kräftige Gemüsebrühe kochen wollte.

»Wir werfen nichts weg, das kann alles noch wunderbar verwendet werden. Wir Franzosen gehen sehr schonend mit unseren Lebensmitteln um. Vom Hirn bis zum Schwanz kommt bei uns das ganze Tier in den Topf oder in den Ofen«, ließ sie Fine wissen, als diese die Schalen und Gemüseabschnitte zur Seite legte.

»Bei mir fressen die Hühner die Gemüsereste. Warum glaubst du, schmecken deine Frühstückseier so aromatisch? Und auch Sture ist ein dankbarer Abnehmer des ein oder anderen Restes.«

Fine wusch sich die Hände, setzte ihre Lesebrille auf und widmete sich der Gästeliste. »Klar, da dürfen Jan, Wim und Raik nicht fehlen«, brummte sie und las weiter. »Ach, ist das nicht diese Schauspielerin aus der Krimiserie?«

Louise spähte über Fines Schultern und zuckte die Achseln. Nie gehört. Sie kannte keine deutschen Krimiserien.

»Keine Ahnung, mir sagen alle Namen nichts. Auch Klas Thams war für mich ein unbeschriebenes Blatt, das heißt genau genommen natürlich Jeff Storm. Klingt irgendwie albern.«

»Na ja, er hat jedenfalls mit dem Namen Karriere gemacht, unser Klas. Was kann ich jetzt noch machen?«

»Du könntest die Rote Bete in winzige Würfelchen schneiden, nur so groß wie eine Erbse etwa, und dann in die Schüssel mit den gehackten Schalotten geben. Dann bitte das Ganze mit deinem Johannisbeergelee, Balsamico und einem Löffel Senf abschmecken. Und noch ein wenig Salz und Pfeffer, mehr nicht.«

»Das hört sich gut an, was gibt es dazu?«

»Ein halbes gekochtes Ei oben drauf, und für die Farbe ein wenig Schnittlauch. Ich könnte mir auch Krabben, pardon, Porren, vorstellen, aber ich will es mit den kleinen Tierchen nicht übertreiben. Ich habe noch einige Rezeptideen, in denen sie die Hauptrolle spielen. Hast du übrigens gewusst, dass Monsieur Storm gegen Krabben allergisch ist? Überhaupt, du kennst doch den Pellwormer Jungen. Kannst du mir noch etwas mehr über ihn erzählen?«

Fine, die konzentriert an der Feinstzerstückelung der Roten Bete arbeitete, hob den Kopf.

»Natürlich kenne ich ihn. Und seine Freunde auch. Er ist der einzige Sohn der Thams, Hinrich Thams war unser Apotheker. Beide Eltern sind schon tot. Bescheidene, feine Menschen waren sie. Doch Klas hielt nichts auf der Insel. Er hat schon immer Musik gemacht. Zusammen mit Christian. Der ist dann auch weg. Irgendwas war da noch zwischen den beiden.« Fine rieb sich mit dem Zeigefinger an der Nase, die sofort vom Saft des roten Gemüses etwas abbekam. »Aber ich komm nicht mehr drauf. Von Christian habe ich schon lange nichts mehr gehört. Das letzte Mal war er im Sommer vor drei Jahren zur Beerdigung seiner Oma auf Pellworm. Sie hat ihm ein kleines Haus vermacht, das er vermietet hat. Ja, und dann hat er eben Karriere gemacht, der Klas. Seine Freunde sind hiergeblieben. Das war vielleicht eine Bande. In den Sommermonaten am Strand den Mädchen nachgejagt, ab September im Schuppen von Wims Opa verschwunden und Musik gemacht, herumgelungert und auf den nächsten Sommer gewartet. Wim arbeitet jetzt für Klas, so als Mädchen für alles, Jan hat ein gut gehendes Immobilienbüro in Ostertilli, und Raik ist Zahnarzt in Husum. Er ist übrigens mit Klas' ehemaliger Verlobten verheiratet. Das war vielleicht eine Geschichte. Auf der Insel gab es kein anderes Thema mehr.«

Fine mischte die Rote Bete mit den Zutaten, die Louise ihr aufgezählt hatte und schmeckte die Masse ab.

»Diesen Jan habe ich schon kennengelernt. Beim Bäcker. Na, dann lass mal hören, was Pellworm damals so in Aufruhr versetzt hatte.«

Louise bereitete die Füllung für ihre *Petits Pâtés Lorrains* zu, die kleinen Lothringer Pastetchen. Dazu schnitt sie Schweinenacken in feine Würfel, mischte sie mit gewürfelten Schalotten und gehackter Petersilie, gab ein Glas Weißwein dazu und würzte mit Salz, Pfeffer, geriebener Muskatnuss und einer angerösteten und gemörserten Nelke. Die Masse wanderte in den Kühlschrank und würde, eingebettet in Blätterteig und goldgelb gebacken, den Probeessern hoffentlich munden.

Fine überlegte einen Moment. Ihre Stirn verwandelte sich in ein Meer von Falten. Dann hatte sie die alte Geschichte wieder beisammen. »Nun, Janne ist zwei, drei Jahre jünger als die Jungs. Die kennen sich alle seit frühster Kindheit. Sie ist hier geboren, hat dann aber eine Ausbildung zur Tierarzthelferin in Flensburg angefangen. Das muss jetzt wohl so, lass mich überlegen, fast zwanzig Jahre her sein. Sie kam dann zurück, die Eltern besuchen, ein wenig Urlaub machen. Klas war zur selben Zeit mal wieder auf der Insel. Ich weiß nicht, ob sie damals noch Kontakt hatten. Ich weiß aber, dass sie sich schon immer gerne mochten. Und Janne hatte sich ganz schön gemausert. Sie war als Kind ein wenig muckelig, watschelte wie eine kleine Ente. Gut, sie ist kein Schwan geworden, aber eine hübsche Deern. Lange Rede, kurzer Sinn, Klas wollte sie heiraten und hat im letzten Moment kalte Füße bekommen. Zwei Tage vor der Trauung ließ er alles platzen und verschwand aufs Festland. Es war furchtbar. Jannes Eltern lassen seitdem natürlich kein gutes Haar mehr an ihm. Sie hat sich bei Raik ausgeheult und in ihm einen neuen Mann gefunden. Siehst du, so geht das manchmal«, fügte sie tröstend, im Hinblick auf Louises gescheiterte Beziehung, hinzu.

»Ja, dann werde ich mich mal erkundigen, wer Thierrys bester Freund ist. Wenn er überhaupt welche hat, dieser *conard*.«

»Na, da möchte ich gar nicht wissen, was das heißt. Bestimmt kein Kosename.«

»Nein. Ganz sicher nicht. Aber sag mal, Klas und seine Freunde, sie waren also keine, wie soll ich sagen, bösen Jungs? Harmlose *coureurs des jupons*. Sie haben einfach nur

Spaß gehabt mit den Mädchen in den Sommerferien. Mehr nicht?«

Fine, die eben das Schneidebrett abspülte, drehte sich fragend um. »Also, wenn du meinst, ob sie hinter jedem Rock her waren, dann ja, wie Jungs in dem Alter eben sind. Aber da war nie irgendeine übergriffige Geschichte. Jedenfalls wüsste ich von keiner. Aber warum fragst du?«

»Nur so.«

»Nur so? Das kann ich mir bei dir nicht vorstellen.«

Louise überlegte kurz, ob sie Fine all das, was ihr durch den Kopf ging, erzählen sollte. Doch noch waren das vage Vermutungen. Sie schüttelte den Kopf.

»Nein, wirklich, nur so.«

Konzentriert arbeiteten die beiden Frauen zusammen am Küchentisch und Herd, und Fine gab Geschichten aus den Jugendjahren zum Besten, als sie und Louises Mutter viel gemeinsame Zeit miteinander verbracht hatten. Als um acht Uhr vier Freundinnen aus dem Landfrauenverein mit großem Hallo eintrudelten, war der Tisch gedeckt, und die Köstlichkeiten, die Louise und Fine gezaubert hatten, ließen die Damen voller Vorfreude in die Hände klatschen. Die Türmchen mit der Roten Bete und der Eierkrönung waren im Nu verputzt, und von den Lothringer Pastetchen blieben nur noch ein paar Krümel übrig. Die Generalprobe konnte als in jeder Hinsicht gelungen bezeichnet werden.

Nach dem Essen saßen die sechs Frauen noch gemütlich bei einem letzten Glas Wein an Fines Küchentisch und fachsimpelten über diverse Koch- und Küchenthemen.

»Meine Nichte, die Inken, die hat auch so gerne gekocht. Die Inken, die hätte dir gefallen, Louise.«

Während des Essens waren alle zum ›Du‹ übergegangen, und Louise fühlte sich inmitten dieser gestandenen älteren Frauen unglaublich wohl.

»Ach Beeke. Und der Sören, er tut mir so leid. Gestern habe ich ihn am Leuchtturm gesehen, hat da auf dem Deich gestanden, in die Ferne geguckt, als ob seine Inken gleich auftaucht.«

Fine stand ohne Worte auf, ging an den Schrank, brachte auf einem Tablett sechs kleine Gläser an den Tisch.

»Louise, im Kühlschrank, die Flasche ohne Etikett, bring die bitte.«

Louise tat wie ihr geheißen, zog den Korken aus der Flasche, und ein betörender Duft nach Äpfeln stieg ihr in die Nase.

»Apfellikör vom vorigen Jahr. Die letzte Flasche«, klärte Fine auf, und Louise goss das milde goldgelbe Getränk in die bauchigen Gläschen.

»Auf Inken.«

Bei diesen Worten traten Beeke die Tränen in die Augen.

»Auf Inken«, echoten die anderen und nippten am Likör. Jemand hustete.

»Was ist damals eigentlich genau passiert? Fine hat mir schon ein wenig davon erzählt … Oder möchtest du darüber lieber nicht reden?«, fragte Louise leise.

Beeke schüttelte den Kopf. »Das ist schon in Ordnung. Jeder auf der Insel kennt die Geschichte. Es ist jetzt ziemlich genau drei Jahre her. Inken und ein paar Freundinnen hatten sich in den Kopf gesetzt, ein Sonnenwendfeuer zu machen und ein wenig zu feiern. Die großen Ferien standen vor der Tür, und eins der Mädchen hatte auf Amrum so ein

Johannisfeuer erlebt. Die Mädchen wollten das aber nur für sich machen, nichts Großes. War alles mit dem Bürgermeister und Momme abgesprochen, sie hatten eine Erlaubnis dafür bekommen. Gegen halb eins war die Party beendet. Inken ist noch ein Stück zusammen mit Svea gefahren, dann haben sich die beiden getrennt. Wohl weil Inken Svea zu langsam gefahren ist. Und dann ist es passiert. Was genau, wissen wir nicht. Ein Autofahrer hat sie vielleicht gestreift, Inken ist gestürzt. Er hat sie einfach liegen lassen und ist nie gefunden worden.«

Die Frauen schwiegen betreten. Louise räusperte sich und fragte dann: »Und wie alt war deine Nichte damals?«

»Sechzehn. Abitur wollte sie machen, studieren wollte sie. Sie war so ein liebes und lebenslustiges Mädchen. Ich kann es manchmal immer noch nicht fassen. Und Sören ist dabei, ganz und gar vor die Hunde zu gehen. Inkens Mutter ist darüber verrückt geworden.« Beeke schwieg einen Moment nachdenklich. Dann seufzte sie und erhob sich. »Seid mir nicht böse, ich mache mich jetzt auf den Heimweg. Ich muss auch nach meinem Bruder sehen. Ich habe ja nie Kinder gehabt, Sören ist jetzt mein großes Kind, auf das ich achtgeben muss.«

Beeke stand auf, gab allen die Hand und bedankte sich für den schönen Abend und das wunderbare Essen. Fine begleitete ihre Freundin vor die Tür.

»Hoffentlich habe ich Beeke mit meinen Fragen nicht vertrieben?«, fragte Louise zerknirscht in die Runde.

»Nein, das hast du nicht. Sie und ihr Bruder leben mit dieser Tragödie, sie ist ihnen jeden Tag präsent. Manchmal tut es auch gut, wenn man darüber reden kann, und

Inken so nicht in Vergessenheit gerät. Mach dir da mal keinen Kopf, Louise«, tröstete sie Heike, eine stets gut gelaunte Landwirtin. »Ich glaube, die Geschichte mit Inken kocht sowieso im Moment wieder bei Beeke hoch. Wegen des toten Mädchens am Strand. Das arme Ding.«

Fine gesellte sich wieder dazu, die Frauen hoben die Gläser. Der restliche Apfellikör floss warm und lieblich durch die Kehlen. »Na, denn mal Prost. Auf die Lebenden und die Toten.«

Kapitel 22

Den nächsten Tag verbrachte Louise hauptsächlich damit, die notwendigen Zutaten für Klas Thams Geburtstagsbuffet auf der Insel zu besorgen. Oberstes Gebot waren Frische und allerbeste Qualität. Sinja Wrede hatte Wim mit einer Liste an Zutaten und Arbeitsgerät nach Husum geschickt. Louises Bestellungen würden rechtzeitig zu Thams' Haus geliefert, und sie konnte zufrieden das letzte Häkchen auf ihrer To-do-Liste machen. Für vier Uhr hatte sie sich mit Frau Wrede verabredetet, die Vorbereitungen konnten beginnen. Louise schaute auf ihre Uhr. Sie hatte noch ein wenig Zeit, um bei Frauke im Café vorbeizuschauen, das quasi an der Strecke zum Haus ihres Arbeitgebers lag.

In Gedanken versunken radelte Louise am Deich entlang, ab und zu aufgescheucht von einem Klingeln, das sie zur Seite weichen ließ. Man merkte zusehends, wie seit ihrer Ankunft nun von Tag zu Tage mehr Feriengäste nach Pellworm kamen. Überall zufriedene und strahlende Gesichter, die der Sonne, die von einem blank geputzten Himmel schien, entgegengehalten wurden, und auch das *Warft Café* hatte draußen nur noch selten einen freien Platz. Geschäftig eilten zwei junge Frauen hin und her, schleppten Tabletts mit Kaffee und Tee und Teller mit riesigen Kuchenstücken herbei, bei denen Louise schon aus der Entfernung das

Wasser im Mund zusammenlief. Ihr Magen grummelte, seit dem Frühstück hatte sie noch keinen Bissen zu sich genommen. Und das Fahrradfahren an der würzigen Seeluft trug das Seinige dazu bei, dass Louise sich zufrieden auf einen Stuhl fallen ließ und ein Stück der köstlichen Stachelbeertorte bestellte.

Als Frauke sie entdeckte, winkte sie Louise nur kurz zu, ganz offensichtlich hatte sie alle Hände voll zu tun. Louise ließ sich vom Stimmengewirr davontragen. Hauptsächlich waren es wohl deutsche Gäste auf der Insel, aber auch Holländisch und irgendeine skandinavische Sprache konnte sie ausmachen. Löffel klirrten in den Tassen und auf den Tellern, Arme wurden gehoben, um eine Bestellung abzugeben, Kinder zurechtgewiesen, die quietschend zwischen den Tischen herumtobten und mehr als einmal die Sahnehäubchen auf Kaffee und Kakao ins Schwanken brachten. Zufrieden lehnte sich Louise zurück und beglückwünschte sich mit ihrem letzten Schluck Kaffee für diese weise Entscheidung, nach Pellworm gekommen zu sein.

Die gelassene und fröhliche Ferienstimmung wurde jäh unterbrochen, als ein bärtiger Mann den Weg zum Café entlangtorkelte und unverständliche Worte ausstieß. Alle Blicke wandten sich ihm zu, die Kinder wurden herbeizitiert, und die beiden jungen Frauen, die eben mit weiteren Ladungen Kaffee und Kuchen aus dem Café traten, hielten inne. Die Größere von ihnen stellte ihr Tablett auf einem Tisch ab und lief ins Café.

»Frauke, kommst du mal?«

Schon war sie wieder draußen und servierte mit einem freundlichen Lächeln ihre süße Fracht. Die Gespräche wurden wieder aufgenommen, die Kinder ließen sich nicht länger an den Tischen halten. Wie ein Film, der plötzlich angehalten wurde und dann wieder weiterlief, fuhr es Louise durch den Kopf. Kurz darauf kam Frauke mit einem großen Becher, aus dem es dampfte, aus dem Café. Sie ging auf den Mann zu, sprach beruhigend auf ihn ein, fasste ihn am Arm und führte ihn langsam zu einer Bank, die direkt an der Hauswand stand. Frauke drückte den Mann auf die Sitzfläche und reichte ihm den Becher. Er war jetzt ruhig. Louise sah, wie er nickte, und Frauke verschwand wieder im Café. Louise ahnte, wer dieser Mann war. Die groß gewachsene Bedienung trat an ihren Tisch.

»War alles zu Ihrer Zufriedenheit?«, fragte sie freundlich. »Darf es noch etwas sein? Der Schokokäsekuchen ist auch besonders zu empfehlen.«

Louise lächelte zurück. Das Stück Stachelbeertorte war so üppig gewesen, dass sie es, trotz des nagenden Hungers, nur mühsam in ihrem Magen untergebracht hatte. »Danke, wenn Sie mir bitte noch einen Kaffee bringen? Den Käsekuchen probiere ich beim nächsten Mal.«

Zu gerne hätte sie gewusst, ob dieser Mann, der nun ruhig und friedlich mit ausgestreckten Beinen auf der Bank saß und seinen Kaffee schlürfte, tatsächlich Beekes Bruder Sören war. Doch sie hielt ihre Neugierde im Zaum. Es ging sie schließlich nichts an. Vielleicht war der Mann auch ein Freund oder Verwandter Fraukes. Auf jeden Fall hatte sie sich liebevoll um ihn gekümmert und nicht einfach weggeschickt. Louise blinzelte in die Sonne, schloss die Augen und wartete auf ihren Kaffee.

»Das ist Sören.«

Kaffeeduft stieg in Louises Nase. Sie schlug die Augen auf. Frauke stand vor ihr, stellte ihren Kaffeepott ab und sah gleichzeitig mit besorgter Miene zu dem Mann auf der Bank. Traurig schüttelte sie den Kopf.

»Er tut mir so leid. Es ist schon drei Jahre her, aber er kommt einfach nicht darüber hinweg. Wie auch.«

Louise nickte. »Habe ich mir gedacht. Ich hatte das Kreuz an der Straße gesehen, und Fine hat mir dann die ganze Geschichte erzählt.«

»Ach, das Kreuz. Er hat es aufgestellt. Sören ist Tischler. Aber seit dem furchtbaren Unfall arbeitet er nicht mehr. Seine Frau Martina ist komplett daran zerbrochen. Sie ist in einem Heim. Wenn Sören seine Schwester Beeke nicht hätte …«

Sie biss sich auf die Lippen und zog die Schultern hoch, als fröstele es sie urplötzlich, obwohl die Sonne das Quecksilber heute auf stolze vierundzwanzig Grad hatte klettern lassen.

»Ich habe Beeke gestern beim Probeessen für Thams' Geburtstagsbuffet kennengelernt. Sören hat Glück, dass er seine Schwester hat. Es gibt nichts Schlimmeres, als sein Kind zu verlieren. Wovon lebt Sören jetzt?« Louise pustete auf ihren Becher, nahm einen vorsichtigen Schluck des kräftigen Kaffees.

»Gelegenheitsarbeiten. Hier lässt ihn niemand hängen. Irgendwie sorgen alle gemeinsam für Sören. Wenn er nüchtern ist, fährt er Bestellungen für den Supermarkt aus. Er hilft bei den Schafen und auf dem Feld. Jeder hat was für ihn zu tun und behält ihn im Auge, auch wenn Beeke wie ein Adler über ihn wacht. Ein paar Wochen nach Inkens Tod hat er versucht, sich das Leben zu nehmen. Erst seine Frau, dann er. Er wollte sich in seiner Werkstatt aufhängen. Gott sei Dank hat ihn ein Kunde rechtzeitig gefunden. Man kann heute noch die Narbe an seinem Hals erkennen, die das Seil hinterlassen hat. Und diese Zeit um den zwanzigsten Juni herum ist besonders schwer für ihn. Ein paar Tage davor und danach betrinkt er sich sinnlos. Manchmal habe ich den Eindruck, er legt es geradezu darauf an, selbst von einem Auto überfahren zu werden.«

Louise nickte verständnisvoll. »Was glaubst du, wo wird er hingehen, wenn er seinen Kaffee getrunken hat?«

Frauke zuckte mit den Achseln und seufzte. »Er zieht immer die gleichen Bahnen. Von hier zum Leuchtturm, wo Inken mit ein paar Freundinnen gefeiert hatte, dann hoch auf den Deich. Da hält er Ausschau nach was weiß ich. Dann wieder zurück. Hin und her, wie ein Tiger im Käfig. Und wenn es dunkel wird, geht er an die Stelle, wo es passiert ist. Dort steht er dann und patrouilliert auf und ab.« Noch einmal seufzte Frauke tief. »Eigentlich wollte ich nur kurz fragen, wie es mit den Vorbereitungen zu Klas' Geburtstag läuft.«

»Alles in bester Ordnung. Die Generalprobe gestern war ein Volltreffer. Ich muss auch gleich weiter. Frau Wrede und ich bereiten schon einiges für morgen vor. Ich habe nur Gerichte ausgewählt, die einfach und schnell zu machen sind, und trotzdem auf dem Buffet ein bisschen nach was aussehen. Das Auge isst schließlich mit. Ich werde dir berichten, wie alles angekommen ist. Und ich kann mir vorstellen, dass das eine oder andere auch auf deiner Speisekarte einen Platz finden könnte.«

Louise zwinkerte Frauke zu.

»Aber jetzt halte ich dich auf. Sieh nur, deine Mitarbeiterin rudert wie wild mit den Armen, ich glaube, sie braucht dich. Und ich muss ebenfalls los.«

Die beiden Frauen verabschiedeten sich mit einer kurzen Umarmung, und Louise ging zu ihrem Fahrrad, das sie in einem Ständer nur wenige Meter von der Bank abgestellt hatte. Sören hatte die Augen geschlossen, der leere Becher stand neben ihm auf der Bank. Ob er schlief und von seiner Tochter träumte? Louise überkam der plötzliche Impuls, zu ihm zu gehen und ein paar tröstende Worte zu sagen. Aber was hätte sie sagen sollen? Gab es überhaupt einen Trost, wenn man sein einziges Kind verloren hatte? Und was hätte er wohl davon gehalten, wenn eine Wildfremde ihn einfach so ansprach?

Vorsichtig schob sie ihr Rad an ihm vorbei, um ihn nicht zu wecken. Eine Biene summte herbei, setzte sich auf seine Hand, krabbelte über den Handrücken zu seinem Unterarm. Sören erwachte von der Berührung. Er schlug die Augen auf, streckte den Arm angewinkelt in die Luft. Die Biene wechselte die Richtung, erklomm den Zeigefinger des Mannes. Er spitzte die Lippen, blies sie sanft an und die Biene flog in der milden Inselluft davon.

Als Louise ihr Fahrrad vor Thams' Haustür abstellte, hielt gerade ein weißer Sprinter an der Straße.

»Hallo, hier ist das bestellte Gemüse und das Lamm. Meine Frau hat das Schulterfleisch schon mal für Sie durchgedreht. Das spart Zeit. Wohin mit dem Ganzen?«

Der Inhaber des Hofladens hatte Wort gehalten. Er war

pünktlich, und das Fleisch war in einer großen Styroporkiste verwahrt. Das Gemüse lag in zwei Klappboxen. Louise ging ihm entgegen.

»Warten Sie, ich nehme eine der Kisten. Das sieht wunderbar aus, als käme es frisch vom Feld.«

»Das kommt frisch vom Feld«, brummte der Mann. »Was glauben Sie denn? Meine Frau hat noch ordentlich Bohnenkraut dazugepackt. Das sollen Sie zu dem Lamm geben.«

Louise lächelte. *Sarriette*, Bohnenkraut. Sie liebte diesen leicht scharf-pfeffrigen Geschmack. Auch auf Pellworm wusste man zu kochen und zu würzen.

»Danken Sie Ihrer Frau ganz herzlich. Das ist wirklich eine formidable Idee. Es wird den Lammburgern den letzten Pfiff verleihen.«

An der Haustür erwartete sie bereits Sinja Wrede. Sie nahm die Kiste mit dem Fleisch entgegen, wechselte ein paar Worte mit dem Hofbetreiber, der beiläufig die Rechnung auf den Tisch legte, das Geld in bar entgegennahm und sich verabschiedete. Die Frauen verstauten einen Teil der Lebensmittel in dem großen zweitürigen Kühlschrank, Louise händigte der Haushälterin den Marschzettel aus, und die beiden begannen mit den Vorbereitungen.

»Wim müsste gleich mit den Einkäufen aus Husum zurück sein. Er hat angerufen, hat alles bekommen.«

»Wunderbar. Das meiste brauchen wir erst morgen. Ich würde gerne zeitig loslegen. Ist sechs Uhr in Ordnung für Sie?«

»Kein Problem. Herr Thams muss dann eben damit leben, dass sein Schönheitsschlaf schon sehr früh endet«, antworte Sinja Wrede trocken.

»Wo steckt er denn? Ich hätte gedacht, er würde mal nachfragen oder einen Blick auf die Lebensmittel werfen.«

»Er lässt sich gerne überraschen. Und alles was mit Küche und Kochen zu tun hat, interessiert ihn eher nicht. Wenn er auf Tour ist, speist er nur in Restaurants. Das einzige Laster, das man ihm nachsagen kann, ist Fertigpizza. Aber ansonsten hat er einen verwöhnten Gaumen und verlässt sich, wenn er mal auf Pellworm ist, ganz auf mich.« Der Stolz in Frau Wredes Stimme war nicht zu überhören. »Ich habe ihm natürlich Ihre Vorschläge unterbreitet, und er war mit allem einverstanden. Außerdem ist es besser, er lässt uns in Ruhe arbeiten. Wenn ihn nämlich der große Hunger überkommt, kann es passieren, dass die Hälfte von dem, was wir vorbereitet haben, in seinem Magen verschwindet. Allerdings wird er sich heute wohl davor hüten.«

»Das wird ihm allerdings nicht bekommen. Wir beginnen nämlich mit dem Gemüse und den Krabben in Aspik. Er ist also zu Hause?«

»Ja, er hat sich hingelegt. Irgendwie ist sein Magen immer noch nicht so ganz in Ordnung. Ich habe ihm eine Hühnerbrühe gemacht, aber noch nicht mal die will er anrühren. Na ja, Hauptsache, er ist wieder munter, wenn die Gäste kommen. Da fällt mir ein, ich muss unbedingt daran denken, frische Handtücher rauszulegen.«

»Hat er Übernachtungsgäste?«

»Ja, ein paar Freunde werden hier übernachten. Andere hat er in Ferienwohnungen untergebracht. Die meisten kommen mit der Nachmittagsfähre, einen Teil lässt er aber einfliegen.«

Louise riss erstaunt die Augen auf und hätte sich fast in

den Finger geschnitten, als das Messer beim Schälen einer kugeligen Mairübe abglitt. Morgen würde sie ihre eigenen Messer mitbringen, sie waren nicht nur schärfer, sondern lagen vor allem sicher in ihrer Hand.

»Mit dem Flugzeug? Gibt es auf Pellworm einen Flughafen?«

Natürlich hatte sie schon ein Flugzeug am Himmel über die Insel schweben sehen, aber sie war noch nie auf den Gedanken gekommen, dass die Dinger auch hier landen konnten. Wie groß war noch mal Pellworm? Sechs mal neun Kilometer?

»Was heißt Flughafen. Der Flugplatz Pellworm ist ein Sonderlandeplatz ohne jegliche feste Bebauung und kann nur mit einer vorherigen Erlaubnisanfrage angeflogen werden. Und es kann auch nicht jedes Flugzeug landen, also keine großen Maschinen, meine ich. Nur die kleinen Dinger. Herr Thams hat selbst eine Piper. Die darf landen.«

»Und er fliegt das Ding selbst?«

»Er könnte, ja, Herr Thams hat einen Pilotenschein. Aber die Piper gehört ihm nicht alleine. Das Flugzeug teilen sich fünf oder sechs Leute. Und morgen kümmert sich ein Berufspilot um den Transport der Gäste.«

Louise pfiff durch dic Zähne. Das musste man sich erst mal leisten können. »Was ist Herrn Thams denn so auf den Magen geschlagen?«

Sinja Wrede lachte gutmütig. »Ein feuchtfröhlicher Abend mit seinen Freunden. Die werden morgen auch alle dabei sein.«

»*Je voudrais mes amis vous offrir à ma table, les meilleurs vins, les meilleures nourritures, du tabac parfumé des herbes délicates et des liqueurs aux couleurs enivrantes*«, zitierte Louise einige Zeilen aus dem Lied *Les amis d'abord* von Georges Moustaki. Dann summte sie die Melodie dazu und machte sich an den Pastetenteig.

Frau Wrede sah sie fragend an. »Das hört sich wunderbar an. Französisch ist so eine schöne Sprache, so klangvoll. Leider verstehe ich kein Wort.«

Louise erklärte, es gehe um Freunde, darum, einen schönen Wein zusammen zu trinken, etwas Gutes zu essen, gemeinsam zu rauchen und einen bunten Likör zu schlürfen. »Also alles, was eine gute Party mit Freunden ausmacht«, schloss sie nach der knappen, etwas unvollständigen Übersetzung. »Und schöne Frauen spielen in dem Lied auch eine Rolle. Apropos Frauen. Gibt es keine Animositäten zwischen Herrn Thams und der Frau von Raik?«

Die Haushälterin sah misstrauisch auf und zog verärgert die Mundwinkel herunter. »Also, das geht Sie ja wohl gar nichts an. Und überhaupt, wie kommen Sie darauf? Ach ja, Sie wohnen bei Fine. Hat da wer geplaudert?«

Da war Louise wohl in ein Fettnäpfchen getreten. Beschwichtigend breitete sie ihre bemehlten Hände aus. »Tut mir leid, ich wollte niemandem zu nahetreten. Und es ist doch wunderbar, wenn eine Freundschaft an einer solchen Geschichte nicht zerbricht. Das spricht für den starken und guten Charakter der betroffenen Personen.«

Sinja Wrede nahm die Quasientschuldigung an und ließ ein versöhnliches Schnauben hören. »Ich habe es auch nicht so gemeint. Aber es war damals schon für alle Beteiligten eine merkwürdige Situation. So kurz vor der Hochzeit geht er weg. Ich glaube, Raik hatte schon immer eine Schwäche für Janne. Und nun sind die beiden eine glückliche kleine Familie. Nur Herr Thams hat noch nicht die Passende gefunden. Aber der Freundschaft zwischen den dreien hat das Ganze tatsächlich keinen Abbruch getan.«

Wie im Film, dachte Louise. *L'amour en fuite* – Liebe auf der Flucht. Antoine Doinel betrügt seine Frau Christine mit deren Freundin Liliane, es kommt zur Scheidung, doch die Freundschaft zwischen Antoine und Christine bleibt bestehen. Nun, so konnten Trennungen im Besten aller Fälle auch funktionieren. Plötzlich hatte Louise eine Idee. Doch wie weit konnte sie gehen, ohne die Zornesgöttin in Frau Wrede wieder zu wecken? Sie ging zum Waschbecken und spülte die Teigkrümel von den Händen.

»Das ist wirklich schade, dass er so alleine ist. Ich meine, er ist doch ein attraktiver Mann. Und was er einer Frau alles bieten kann! Herr Thams hat doch ganz sicher jede Menge weibliche Fans?«

Sinja Wrede blies die Backen auf und stieß die Luft wieder aus. »Viele? Tausendeee.« Sie zog das e in die Länge. »Anfangs kam die Fanpost noch hierher. Doch die füllt mittlerweile täglich Waschkörbe. Das Beantworten der Fanpost wird jetzt von einem Team seines Managements erledigt.«

Louise wickelte den Mürbeteig in Frischhaltefolie und legte ihn in den Kühlschrank. Dann setzte sie eine große gusseiserne Pfanne auf den Herd, gab eine ordentliche Portion Olivenöl dazu und begann das Lammhack mit Knoblauch und fein geschnittener Zwiebel für die orientalischen Pastetchen anzubraten. Beiläufig, den Blick konzentriert auf das Hackfleisch gerichtet, schoss sie ihre entscheidende Frage ab. »Und wie ist es mit Stalkerinnen? Hat er Probleme mit so etwas? Was würde er tun, wenn er sich von einem weiblichen Fan verfolgt fühlt, wenn eine ihm sogar vor dem Haus auflauert, ihn beobachtet und nicht mehr aus den Augen lässt?«

Das Klirren des Messers, das Frau Wrede auf den Teller fallen ließ, war Antwort genug. Ihr Gesicht war puterrot geworden. »Wie kommen Sie denn auf die Idee?«, echauffierte sich die Haushälterin.

Ein Stich ins Wespennest, dachte Louise bei sich. Genau wie die Frage nach dem Selbstmord Chiaras. Da hatte sich Frau Wrede verschlossen wie eine Auster gezeigt und jetzt angriffslustig wie ein gereizter Hummer. Doch Louise hatte nun die Antworten auf ihre Fragen. Chiara hatte dieses Haus nur so exakt zeichnen können, weil sie davorgestanden hatte. Und Frau Wrede hatte sie gesehen. Hatte Chiara Thams aufgelauert? Warum? Was wusste Frau Wrede? Louise entschied, dass es jetzt klüger war, den Mund zu halten und keine weiteren Fragen zu stellen.

Schweigend arbeiteten die beiden Frauen weiter. Sinja Wrede schien sich wieder beruhigt zu haben, und Louise widmete sich als letztem Schritt den Vorbereitungen für das gekräuterte Rinderfilet, das über Nacht marinieren musste.

Ein plötzliches Poltern von schweren Schuhen oder Stiefeln in der Diele ließ die Frauen aufschrecken.

»Herr Thams scheint wieder munter zu sein, bringen wir besser unsere Häppchen in Sicherheit«, schmunzelte Louise.

Doch Sinja Wrede sprang wie von der Tarantel gestochen auf. »Herr Thams trägt im Haus keine schweren Schuhe. Ich schau nach, wer das sein könnte. Bleiben Sie nur hier, ich erledige das.«

Was erledigen? Wer war einfach so ins Haus gestiefelt? Die Haushälterin schien die Person zu kennen. Louise schlich sich zur Küchentür, die Frau Wrede hinter sich geschlossen hatte, und drückte ihr Ohr an das Holz. Sinja Wrede zischte irgendetwas, was Louise nicht verstehen konnte. Ob sie vielleicht vorsichtig die Tür einen Spalt öffnen sollte? Aber die Tür quietschte in den Angeln, fiel ihr gerade noch rechtzeitig ein. Wie konnte sie verstehen, was da draußen offenbar in hitziger Atmosphäre gesprochen wurde? Ein Glas, sie brauchte ein Glas. Mit dem Glas an der Tür und ein Ohr am Glasboden konnte sie bestimmt hören, was auf der anderen Seite gesprochen wurde. Louise flitzte zur Anrichte, auf der ihr Wasserglas stand. Sie sauste zurück an die Tür und hielt das Glas mit seiner Öffnung an das Holz. *Zut*, verdammt. Da war noch Wasser drin gewesen, das jetzt eine kleine Pfütze auf den Fliesen bildete. Sie presste das Ohr an den Glasboden. Wunderbar, etwas dumpf, aber klar und deutlich zu verstehen.

»Ich habe dir schon das letzte Mal gesagt, du bekommst nichts mehr. Keinen Cent.« Das war Frau Wrede.

»Die dreh'n mir den Hals um, ich komm aus der Nummer nicht mehr raus.« Der ungebetene Gast.

»Dann such dir eine anständige Arbeit. Und jetzt raus. Wenn Herr Thams dich sieht …«

»Der kann mich mal am Arsch lecken, dein Herr Thams.«

»Ein letztes Mal: raus!« Frau Wrede zischte wie eine Schlange. Dann fügte sie versöhnlich hinzu: »Ich bin ja schon froh, wenn du bei Karla während der Saison auf dem Hof beschäftigt bist. Bleib dabei, und mach keinen Ärger. Es ist eine Chance, ein Anfang, verstehst du?«

Der ungebetene Gast sagte nichts. Entweder, er verstand nicht, oder es war ihm egal, folgerte Louise. Seine Schritte entfernten sich. So ein Mist, das Gespräch war offenbar beendet, Frau Wrede würde gleich wieder in der Küche auftauchen. Mit einem Satz sprang sie weg von der Tür und rutschte prompt mit dem Absatz in der Wasserpfütze aus. Mit Mühe konnte sie sich an der Tischkante halten, und als Frau Wrede die Küche betrat, hing Louise, mehr als dass sie saß, auf der Kante eines Küchenstuhls, das leere Glas verkehrt herum an ihre Lippen führend.

»Ach, trinkt man in Frankreich so?« Frau Wredes Stimme klang resigniert.

»Alles in Ordnung?«, flötete Louise und stellte das Glas ab. Mit der Antwort, die nun kam, hatte sie dann aber nicht im Mindesten gerechnet.

»Nein, nichts ist in Ordnung. Mein missratener Sohn war mal wieder hier, um Geld zu schnorren. Dauernd ist Tim pleite. Ich habe ihm einen Job auf einem Hof hier auf der Insel besorgt. Aber er spielt, und das Geld rinnt nur so durch seine Finger. Und dann gerät er dauernd in Schwierigkeiten. Leiht sich hier was, schnorrt da was, und kann es in den meisten Fällen nicht zurückzahlen. Wenigstens ist er noch nicht gänzlich auf die schiefe Bahn geraten. Aber Herr Thams duldet ihn nicht in seinem Haus. Er hat ja Gott sei Dank nichts mitbekommen. Aber lassen wir das. Was ist noch zu tun?«

Louise schwieg betreten. Das hätte sie wahrscheinlich auch erfahren, ohne eine schändliche Lauscherin an einer Holztür zu sein. Doch eins war klar: So offen, wie sich Sinja Wrede jetzt zeigte, musste es doch einen Grund geben, warum sie beim Thema Selbstmörderin und Stalkerin so verschlossen, ja fast feindselig reagiert hatte. Irgendetwas verschwieg sie. Oder man hatte sie gebeten, zu schweigen. Und *man* war in diesem Falle ganz sicher Klas Thams.

Kapitel 23

Müde und zufrieden bestieg Louise ihr Rad und machte sich auf den Heimweg. Sinja Wrede hatte also einen missratenen Sohn und ging ganz offen damit um. Hätte sie doch bloß die Tür einen winzigen Spalt geöffnet, nur ein klitzekleines bisschen. Jetzt wusste sie noch nicht einmal, wie der Typ aussah. Sie zollte der geplagten Mutter insgeheim Respekt. Jetzt musste sie nur noch herausfinden, was Chiara bei Thams gewollt hatte. Nur noch! Louise seufzte. Sie hatte keine Ahnung, wie sie ihre Mission weiterführen sollte.

Die Wärme des Tages war einer angenehmen Kühle gewichen, die eine frische Brise unterstrich. Louise trat in die Pedale und sortierte einmal mehr ihre Gedanken, die immer wieder um dasselbe kreisten. Hatte Chiara wegen Thams Selbstmord begangen? Sein Haus auf dieser Zeichnung war die einzige Spur zu ihm, und Frau Wrede mauerte. Und was, wenn es kein Selbstmord und auch kein Unfall gewesen war? Dann musste es *Mord* gewesen sein. Oder Totschlag. War Chiara eine Stalkerin? Hatte sich Thams von ihr befreien wollen? Da gäbe es doch wohl andere Möglichkeiten. Oder hatte sie ihn mit irgendwas erpresst??

Louise schüttelte über sich selbst den Kopf. Vor ein paar Tagen hatte sie einfach nur eine normale, nein, nicht normale, Begegnung mit einer jungen Frau gehabt, die jetzt tot war, und heute ermittelte sie wie eine Detektivin in einer Krimiserie und sprach, zumindest in Gedanken, von Erpressung und Mord. Die einzigen Krimiserien, die sich Louise gerne aber nur selten im Fernsehen angeschaut hatte, waren *Candice Renoir* und *Profilage*. Die eine Serie fand sie wegen ihrer Hauptdarstellerin witzig, die andere, weil hier eine etwas durchgeknallte Kriminologin selbst die kuriosesten Verbrechen durchschaute. Genau wie sie.

Louise bremste scharf ab, als ihr Handy herrisch zirpte. Sie erschrak zu Tode, so tief war sie in ihre Gedanken abgetaucht gewesen. Sie kramte ihr Handy aus dem Rucksack.

»Ja, Louise Dumas.«

»Frau Dumas, hier Mommsen. Die Eltern von Chiara Petermann sind auf Pellworm. Sie haben auf dem Festland die Leiche ihrer Tochter identifiziert. Sie treffen sich heute Abend noch mit Renate, um Chiaras Gepäck abzuholen. Sie wollten wissen, ob ihre Tochter auf der Insel Bekanntschaften gemacht hat. Ich habe erwähnt, dass Sie sich kennengelernt hatten, und nun haben die beiden den Wunsch, Sie zu treffen. Darf ich Familie Petermann Ihre Handynummer geben? Dann können Sie sich verabreden. Ich werde die Petermanns zu Renate begleiten. Wir sind in zehn Minuten da. Sie könnten dazustoßen.«

Louise traf gleichzeitig mit Mommsens Wagen am Atelier ein. Es brach ihr fast das Herz, als sie Chiaras Eltern aus dem Auto steigen sah. Gramgebeugt, das war der Ausdruck, der die beiden am treffendsten beschrieb. Mit hängenden Schultern standen sie da. Mommsen zeigte auf Louise, die ihr Rad an die Hauswand lehnte und langsam auf die drei zuging. Spontan nahm sie Frau Petermann in die Arme. »Es tut mir so leid.«

Sie löste sich von Chiaras Mutter und schüttelte Herrn Petermann die Hand, sprach ihm ihr Beileid aus. Mommsen nickte ihr zu und ging zur Haustür. Renate hatte sie bereits erwartet. Mit betroffener Miene trat sie zur Seite.

»Frau Petermann, Herr Petermann, nochmals mein aufrichtiges Beileid. Bitte gehen Sie einfach nach oben. Momme, du weißt ja, in welchem Zimmer Chiara gewohnt hat. Soll ich uns vielleicht noch einen Tee machen?«

Frau Petermann schüttelte den Kopf. »Das ist sehr nett von Ihnen. Aber wir wollen nur Chiaras Sachen abholen und uns noch ein wenig mit Frau Dumas unterhalten. Dann wird uns Herr Mommsen in unsere Pension bringen. Wir reisen morgen wieder ab. Und danke, dass Sie uns am Telefon so nett getröstet haben. Chiara hat sich bei Ihnen sicherlich wohlgefühlt.« Ihre Stimme klang schleppend und brüchig.

In dem Zimmer, das zu Chiaras letzter Zuflucht geworden war, verharrten ihre Eltern einen Moment regungslos. Dann fassten sie sich an den Händen wie zu einem stummen Gebet. Louise und Mommsen hielten sich diskret im Hintergrund. Nach wenigen Minuten hatten Chiaras Eltern die Habseligkeiten ihrer Tochter zusammengepackt. Nur die vielen Zeichnungen lagen noch auf dem Bett.

»Das hat sie alles hier gezeichnet.« Es war mehr eine Feststellung von Herrn Petermann als eine Frage. »Nur Wolken, Himmel und Wasser. Und alles so düster. Was auch sonst«, fügte er leise hinzu. »Und ein Haus. Was es wohl zu bedeuten hat?«

Louise trat einen Schritt vor. »Das ist das Haus von Klas Thams.«

Die Eheleute sahen sich ratlos an.

»Thams ist Sänger. Er nennt sich auf der Bühne Jeff Storm«, erläuterte Mommsen.

»Ach, Jeff Storm. Aber warum hat Chiara wohl sein Haus gezeichnet?«, fragte Frau Petermann mit tonloser Stimme.

Sie erwartete nicht wirklich eine Antwort, denn sie rollte die Zeichnung mit dem Haus zusammen mit den Landschaftsbildern ein. Dann hielt sie inne. »Wollen Sie vielleicht eins davon?« Die Frage galt Louise.

»Gerne, ich würde mich sehr darüber freuen. Vielleicht das Bild mit dem Haus. Und wenn ich mir noch eins wünschen dürfte, das mit der riesigen Möwe am Himmel.«

Frau Petermann zog die beiden Blätter heraus und legte sie aufs Bett. Chiaras Vater hatte die ganze Zeit über geschwiegen. Er räusperte sich.

»Vielleicht hat sie sich das Haus angesehen, weil Storm ebenfalls Sänger ist. Er singt zwar nicht das, was Chiara so gesungen hat, aber er ist ja schon einer von den ganz Großen. Sie war wahrscheinlich einfach nur neugierig darauf, wie so ein Star lebt.« Seine Frau nickte zustimmend.

Louise hielt den Atem an. Chiara war Sängerin gewesen? Sollte sie tatsächlich nur aus reiner Neugierde vor Thams Haus gestanden haben? Warum dann die ablehnende Haltung von Sinja Wrede? Sie hätte doch einfach zugeben können, dass Chiara in der Nähe gewesen war. Nein, da steckte mehr dahinter.

»Und Sie, Frau Dumas, haben unsere Chiara hier kennengelernt?«

Louise wurde aus ihren Gedanken gerissen.

»Ja, bei einem Spaziergang. Das heißt, ich war spazieren und habe mich dann zu ihr gesetzt. Chiara hat gezeichnet. Wir haben uns ein wenig unterhalten. Also wirklich kennengelernt haben wir uns nicht. Es war eher eine flüchtige Begegnung. Aber eine sehr nette.«

»Das freut uns, nicht wahr Wolfgang? In den letzten Monaten hatte sich Chiara sehr von den Menschen zurückgezogen. Wissen Sie, es ging unserer Tochter nicht sehr gut. Als sie noch lebte …«, Frau Petermann liefen die Tränen über das Gesicht, und sie schluchzte.

Ihr Mann zog ein Taschentuch aus der Hosentasche und gab es seiner Frau. Sie wischte die Tränen weg und schnäuzte sich. »Was heißt, lebte …«, sagte sie dann. »Chiara hat vor einem Jahr aufgehört zu leben. Als sie dann sagte, sie würde ein wenig Urlaub auf Pellworm machen, was haben wir uns gefreut. Wir haben uns gesagt, endlich kehrt unser Mädchen zurück zu den Lebenden. Wir konnten doch nicht ahnen, dass sie auf diese Insel gekommen ist, um zu sterben.« Wieder rannen die Tränen über das bekümmerte Gesicht.

Louise fasste Chiaras Mutter sanft am Arm und zog sie zum Bett. »Setzen Sie sich doch. Erzählen Sie mir ein wenig von Chiara.« Sie nahm neben Frau Petermann Platz, ergriff ihre Hand und drückte sie, um ihr so ein ganz klein wenig Trost zu spenden.

»Ich bring' dann mal die Sachen runter. Herr Mommsen, ist Ihr Auto offen?«

Der Polizist schüttelte den Kopf. »Warten Sie, ich helfe Ihnen.«

Die beiden Männer nahmen die Zeichnungen, einen

Rucksack, Chiaras dunkelroten Rollkoffer und eine Handtasche und ließen Louise und Frau Petermann alleine.

Stockend begann Chiaras Mutter zu erzählen. »Chiara war unser einziges Kind. Fröhlich, ein echter Wildfang. Wir leben auf dem Land. Sie liebte die Natur, das Wasser, unsere Seen, die Bäche. Ich habe immer geglaubt, sie wird beruflich mal irgendwas mit Tieren oder Pflanzen machen. Vielleicht Forstwirtschaft studieren, oder so. Aber sie wollte nur eins: singen. Zu Anfang, sie war acht Jahre alt, sang sie im Kinderchor unserer Kirchengemeinde, es folgten Auftritte mit einem Freund bei Schulfesten. Aber das war Chiara alles nicht professionell genug. Sie wollte auf die Bühne. Nicht die Bühne in unserem Vereinshaus, nein die große Bühne. Und sie hätte es geschafft. Chiara konnte singen, das hat ihr jeder bescheinigt. Jeder. Schauen Sie mal, das ist ein Artikel über ihren letzten Auftritt. Das war in der *Buschtrommel*, eine angesagte Musikkneipe. Da war wohl einer von der Lokalabteilung der Zeitung da, der hat sie gehört.«

Frau Petermann kramte aus ihrer Handtasche einen säuberlich aus einer Zeitung herausgeschnittenen Artikel heraus, den sie gefaltet hatte. An den Faltspuren erkannte Louise, dass sie das Blatt schon zigmal auf und wieder zusammengefaltet hatte.

»Er ist wie ein Vermächtnis, dieser Artikel. Es war der letzte Auftritt unserer Tochter. Und sehen Sie, was der Mann schreibt? Sensationelle Stimme. Hat es verdient, über die Grenzen der Provinz hinaus bekannt zu werden … Und in derselben Nacht nach dem Auftritt ist es passiert. Chiara ist vergewaltigt und fast zu Tode gewürgt worden. Sie war mehr tot als lebendig, als man sie gefunden hat.« Sie lachte bitter. »Sie hat sich nie mehr von diesem grauenhaften Erlebnis erholt. Wir waren bei einer Psychologin. Nach zwei Sitzungen wollte Chiara nicht mehr hin. Wir lebten in der dauernden Furcht, sie könne sich etwas antun. Erst in den letzten Wochen hatte ich das Gefühl, sie kehre allmählich wieder ins Leben zurück. Aber es war nicht so. Sie kam hierher, um zu sterben. So weit weg wie möglich von zu Hause, so weit weg wie möglich von dem Ort, an dem man ihr Gewalt angetan hat.«

Louise schwieg zutiefst schockiert. Tränen traten ihr in die Augen, und sie umarmte Chiaras Mutter, die sich jetzt von Weinkrämpfen geschüttelt an Louise klammerte.

Zwei Stunden später lag Louise vollkommen erschöpft in ihrem Bett. Sie hätte Chiaras Mutter gerne mehr von ihrer Tochter erzählt, vielleicht von glücklichen Momenten auf Pellworm. Aber sie hatte das Mädchen nie wirklich kennengelernt. Was für eine Tragödie. Chiara, vergewaltigt, mehr tot als lebendig aufgefunden. Ohne die leiseste Idee, wer ihr das angetan hatte.

Und Mommsen hatte nur den Kopf über sie geschüttelt. Bevor der Polizist in seinen Wagen gestiegen war, hatte er Louise zur Seite gezogen. »Frau Dumas, woher wussten Sie, dass das Haus auf der Zeichnung von Frau Petermann das von Herrn Thams ist? Und warum haben Sie mir das nicht gesagt?«

Louise musste Mommsen wohl oder übel gestehen, dass sie Chiaras Zimmer aufgesucht hatte. Und dabei war ihr die Zeichnung des Hauses aufgefallen, die so ganz aus der Reihe der anderen Blätter tanzte.

Momme Mommsen sah sie streng an, sagte aber nichts weiter dazu. Und dann war es nur so aus ihr herausgesprudelt. Sie habe das Haus erst erkannt, als sie davorstand. Wegen des Jobs als Köchin sei sie da gewesen. Und Sinja Wrede habe so merkwürdig reagiert, als sie nach Chiara gefragt habe. Und sie, Louise, könne eins und eins zusammenzählen. Chiara Petermann habe das Haus von Klas Thams deshalb gezeichnet, weil Thams sie interessierte. Warum sonst hätte Frau Wrede wohl so abweisend reagiert? Wäre es nur um das Gebäude gegangen, sei eine solche Reaktion doch vollkommen überzogen. Oder?

Mommsen hatte sie mit einem skeptischen Blick bedacht, den Kopf geschüttelt und etwas wie »Was für eine Fantasie« gemurmelt. Dann war er davongefahren. Im Nachhinein musste Louise zugeben, dass sie wahrscheinlich noch wirrer auf den Mommsen gewirkt haben musste als beim letzten Mal.

Es fiel ihr schwer einzuschlafen. Chiaras Mutter hatte ihr zum Abschied noch einen der Flyer gegeben, die sich Chiara hatte drucken lassen, um sie als kleine Werbebotschaft unter die Leute zu bringen. Auf der Vorderseite war das Mädchen in einem rockigen Outfit in schwarzer Lederhose und einer Art Wams zu sehen. Die blonden Haare standen wild toupiert vom Kopf ab. Sie war ein wirklich schönes Mädchen gewesen, zart, fast elfenhaft. Louise verdrängte das Bild aus ihren Gedanken. Sie musste für den nächsten Tag ausgeschlafen und fit sein. Doch je mehr sie sich zwingen wollte, ins Reich der Träume zu gelangen, desto mehr Gedanken spukten ihr im Kopf herum. Chiara war also tatsächlich suizidgefährdet gewesen, sie hatte das Trauma ihrer Vergewaltigung nie überwunden, hatte auf Pellworm in einer stürmischen Nacht den Tod im Wasser gesucht und gefunden. Und trotzdem blieb die Frage ungeklärt, was sie mit Thams zu schaffen gehabt hatte. Der einzige offensichtliche Berührungspunkt zwischen den beiden war die Musik gewesen. Hatten sie sich darüber kennengelernt? War Chiara einfach nur ein Fan gewesen, der, wie ihr Vater glaubte, neugierig auf das Zuhause eines Stars war? Louise konnte es sich nicht vorstellen. Klas Thams, die Vergewaltigung. Lag hier der Schlüssel zu einer Verbindung? Mit dem Gedanken an den Zeitungsartikel zum kommenden Stern am Musikhimmel schlief sie dann doch ein. Ein Stern, der nach einem Clubkonzert in Regensburg erloschen war.

Kapitel 24

Louise hatte den Wecker auf halb sechs gestellt. Der längste Tag des Jahres brach an, ein Tag, für den der Wetterbericht auf Pellworm puren Sonnenschein bei bis zu siebenundzwanzig Grad verkündet hatte. Ein Tag, der für eine Geburtstagsfeier nicht schöner sein könnte.

Louise verstaute ihre Messertasche und fuhr los. Als sie kurz nach sechs am Haus von Klas Thams eintraf, war Frau Wrede bereits dabei, in der Küche zu hantieren. Louises Marschzettel lag auf dem Küchentisch, erste Punkte, wie das Auftauen von Blätterteig und das Schälen von zehn Salatgurken für die kalte Suppe, waren bereits erledigt.

»Guten Morgen Frau Wrede. Sind Sie schon lange auf den Beinen? Nur gut, dass wir gestern bereits so fleißig vorgearbeitet haben. Wenn ich mir jetzt unseren Arbeitsplan so anschaue, dürften wir am frühen Nachmittag mit allem fertig sein. Haben Sie daran gedacht, Eiswürfel zu bestellen? Wir brauchen sie für die Suppe. Und wie ist das mit Drinks und Cocktails?«

»Darum hat sich Herr Thams persönlich, das heißt Wim, gekümmert. Mit den Getränken haben wir nichts zu tun. Gegen elf kommt noch Valerie. Sie wird uns beim Anrichten unterstützen und ist ab heute Nachmittag auch mit zwei Freundinnen für den Service verantwortlich. Das Mädchen studiert in Flensburg und ist dankbar für jeden Cent, den sie verdienen kann. Herr Thams ist nicht knausrig, und die drei haben hier schon öfter gekellnert und geholfen.«

»Stammt Valerie von hier?«

»Ja, ihre Mutter arbeitet im Pfarramt.« Sinja Wrede schaute auf die Küchenuhr. »Gegen Viertel nach neun kommt der Partyservice aus Husum mit der Fähre. Er bringt die Tische und das restliche Zeug. Ich bin nur froh, dass das Wetter mitmacht und sich das meiste draußen abspielt. Der Garten von Herrn Thams ist ein Traum.«

Louise nickte zustimmend und packte ihre Messer aus. Zärtlich strich sie über die Damaszenerklingen. Jede einzelne zeigte ein unverwechselbares Muster.

»Was sind das für wunderschöne Messer. Darf ich?« Frau Wrede nahm, nachdem Louise stolz genickt hatte, das kleine Schneidemesser in die Hand, hielt es gegen das Licht und war voll Bewunderung für die Kunstfertigkeit, mit der das Teil geschmiedet worden war. »Echte Profimesser, die sind ja fast zu schade, um sie zu benutzen.«

Sie gab es Louise zurück, die sich an die Vorbereitungen für ihre Mousse aus saurer Sahne machte. Senf, Honig, Blattgelatine und jede Menge Krabben, die in einer Marinade aus Olivenöl, Zitronensaft und Petersilie auf ihren Einsatz warteten. Sie schlug einen halben Liter Rahm steif und wies Frau Wrede an, die saure Sahne mit Senf und Honig zu vermengen und mit Salz und Pfeffer abzuschmecken.

»Wenn Sie bitte schon einmal die Gelatine vorbereiten und in Wasser einweichen?«

In diesem Moment klopfte es an der Küchentür, und

eine Frau mit blonden langen verstrubbelten Haaren spähte hinein.

»Frau Wrede, ich will ja niemanden stören, ich kann mir den Kaffee auch selbst kochen. Nur, ein wenig Frühstückshunger hätte ich auch. Sie kennen mich ja, wenn ich morgens nicht frühstücke, bin ich den ganzen Tag nicht zu genießen.«

Frau Wrede lächelte nachsichtig. »Kein Problem, meine Liebe. Ich setze eine Kanne Kaffee auf, das ist doch in Ordnung? Oder lieber einen Espresso?«

»Nein, nein, eine Kanne ist okay. Und vielen Dank.« Erst jetzt schien die Blondine Louise zu entdecken. »Ach, hallo, Sie müssen Louise sein, Frau Wrede hat gestern schon damit angegeben, was für eine Megasuperköchin für unser leibliches Wohl sorgen wird. Ich bin übrigens einer der veganen Gäste, aber wie ich hörte, haben Sie es in Ihrem Speiseplan berücksichtigt. Was gibt es denn für uns Pflanzenfresser?« Sie kicherte mädchenhaft.

»Unter anderem eine kalte Gurkensuppe, mariniertes Backofengemüse an einem Couscous von Perlgraupen, Tarte tatin von der Tomate …«

»Halt, stopp, das reicht. Mir läuft jetzt schon das Wasser im Mund zusammen. Frau Wrede, Hilfe, ich bin am Verhungern.«

Die Haushälterin hatte bereits die Kaffeemaschine in Gang gesetzt und ein Tablett mit Kaffeebechern, Brot, Pflanzenmargarine, Marmelade und einem Schälchen mit Obst, das sie offensichtlich bereits vorbereitet hatte, bestückt. Die Blondine trat in die Küche.

»Ich bin Vera, ohne mein Zutun traut sich Jeff Storm

nicht auf die Bühne, ich bin seine Stylistin.« Sie nahm von Sinja Wrede das Tablett entgegen und warf einen interessierten Blick auf die Sauerrahmmousse, in die Louise eben die Gelatine rührte.

»Wie schade, das ist Gelatine, nicht wahr? Dann kommt diese Köstlichkeit für mich leider nicht infrage. Hätten Sie nicht Agar-Agar verwenden können?«

Louise zeigte auf die Krabben. »Die kommen auch noch rein. Und Sahne ist ja auch drin. Und Agar-Agar gab es leider nicht mehr im Laden.«

Vera rümpfte die Nase, als sie die Schale mit den Krabben sah. »Sie wissen, dass Klas allergisch auf die Dinger reagiert?«

»Natürlich, Frau Dumas hat alles berücksichtigt. Und damit jeder weiß, was auf dem Buffet angeboten wird, werden wir zu jedem Gericht kleine Kärtchen stellen, mit der Information, was auf den Platten und in den Schüsseln ist, nicht wahr, Frau Dumas?«

»Na denn, dann lass ich euch mal in Ruhe weiterarbeiten.« Vera verschwand mit dem Tablett aus der Küche.

Eine halbe Stunde später hupte ein Wagen vor dem Haus. Der Partyservice war da, und Sinja Wrede verschwand, um den Aufbau der Tische zu koordinieren.

»So, alles bestens. Sie haben nichts vergessen«, vermeldete sie etwas später zufrieden und langte nach dem Laufzettel, um die nächste Arbeit anzugehen.

»Ist Vera der einzige Gast, der gestern schon eingetroffen ist?«, erkundigte sich Louise.

Frau Wrede schüttelte den Kopf und wischte sich mit

einem Küchentuch über die Augen. »Oh Gott, wenn ich diesen Berg Zwiebeln geschält habe, sind meine Augen garantiert dick und geschwollen. Nein, Katinka Wülfers, die Managerin von Herrn Thams, ist auch schon da. Sie ist eine Langschläferin. Die beiden sind gestern mit dem Flugzeug gekommen.«

»Lassen Sie mal das Zwiebelschneiden. Ich übernehme das. Sie können die Gurken hobeln.«

Louise und Sinja Wrede arbeiteten ruhig Hand in Hand. Der Backofen brummte, die Küche wurde vom kräftigen Duft der Lothringer Pasteten erfüllt, im doppeltürigen Kühlschrank stapelten sich die Köstlichkeiten.

Punkt elf ertönte ein fröhliches Hallo, und Valerie, kugelrund und mit schwarz gefärbten Haaren, die wie die Stacheln eines Igels von ihrem Kopf abstanden, spazierte energiegeladen und voller Tatendrang in die Küche. Louise wies die junge Frau in den weiteren Ablaufplan ein, und um halb drei waren die letzten Handgriffe erledigt. Nur die Pappkärtchen waren noch zu beschriften. Mit ihrer schönsten Schrift vermerkte Valerie auf jedem kleinen Schild, wie die Speise hieß.

»Du hast ja echt Talent. Das sieht witzig und nett aus.« Louise schaute der jungen Frau über die Schulter. Sie hatte zudem auf jede Karte in die rechte obere Ecke ein kleines Symbol gemalt, das eine der Hauptzutaten des jeweiligen Gerichts darstellte. Ein winziges Schweinchen für die *Petits Pâtés Lorrains*, ein wolliges Schaf für die orientalischen Pasteten, eine Tomate für die *Tarte tatin*, eine Krabbe mit heruntergezogenen Mundwinkeln für die Mousse aus Sauerrahm.

»Falls jemand nicht lesen kann«, sagte Valerie grinsend. »Wann werden die Gäste erwartet?«

»Ab sechs. Wir haben also jede Menge Zeit noch einmal alles durchzugehen und draußen die Tische vorzubereiten. Du kannst, wenn du mit den Karten fertig bist, schon mal die Decken auflegen. Es weht zwar nicht stark, aber stell vorsichtshalber schon die Vasen und Gläser drauf.«

Sinja Wrede zog ihre Schürze aus und hängte sie in den Hauswirtschaftsraum, der von der Küche aus zugänglich war. Sie seufzte zufrieden. Klas Thams hatte nur einmal kurz den Kopf in die Küche gesteckt. »Das sieht ja schon alles super aus.«

Jetzt saß er mit Vera, der Stylistin, Katinka Wülfers, seiner Managerin, und einem Paar, das Louise noch nicht gesehen hatte, auf der Terrasse bei einem ersten Glas Champagner.

»Wer sind die beiden da? Der Große mit der Glatze und die Frau im grünen Overall?«

»Lutz und Rita, also Dr. Windisch, Herrn Thams' Anwalt, und dessen Frau.«

Die drei Frauen auf der Terrasse unterhielten sich angeregt und schenkten sich im Minutentakt Champagner nach. Klas Thams und Lutz Windisch waren aufgestanden und spazierten Seite an Seite zum Ende des Gartens, hinter dem direkt ein Getreidefeld begann. Nichts entging Louises Blick. Jetzt steckten die beiden auch noch die Köpfe zusammen. Was hatte Thams wohl mit seinem Anwalt zu besprechen?

»Louise, sind die Karten so okay?«

Valerie schob ihr den Pappstapel hin. Louise kontrollierte die Karten mit einem anerkennenden Lächeln und inspizierte dann ein letztes Mal all das, was bald auf dem Buffet geplündert werden würde. Die Pasteten gebacken, die Lammburger vorbereitet, das Filet badete noch in seiner Kräutermarinade, das Carpaccio vom Rind bedurfte nur noch der fein geraspelten Parmesanscheibchen. Besondere Aufmerksamkeit schenkte sie ein letztes Mal den Krabbengerichten. Die Mousse stand im Kühlschrank, kurz vor dem Servieren würde sie mit Krabben dekoriert, damit auch Klas Thams sah, was in der Mousse versteckt schlummerte. Ebenso wenig konnten sie sich im Salat mit geröstetem Pumpernickel, der in kleinen Gläsern serviert werden würde, verleugnen lassen. Allein die gefüllten Reisbällchen wirkten trügerisch. Louise hatte die Krabben püriert und mit Frischkäse, Gewürzen und Kräutern vermischt. Diese Füllung verschwand in gekochtem Reis, den sie zu Kugeln geformt hatte und in geschlagenem Ei und in Paniermehl wälzte. In Öl gebacken lagen sie nun verführerisch auf einem Bett aus frischer Kresse.

»Schau mal, das würde doch ganz lustig aussehen, wenn ich aus der kleinen Reiskugel noch eine winzige Krabbe gucken lasse. Es steht zwar Reisbällchen mit Krabbenfüllung auf der Karte drauf, aber für die Analphabeten unter Klas' Gästen ist der Hinweis jetzt eindeutig.«

Flink veränderte Valerie ihr kleines Kunstwerk und legte es zufrieden auf den Stapel.

Louise würde Klas Thams nichtsdestotrotz beim Auftragen der Speisen auf die krabbenhaltigen Genüsse aufmerksam machen. Sicher war sicher. Sie war zufrieden. Alles war ansprechend und appetitlich, ohne übertrieben zu wirken.

Laute Stimmen ließen die drei Frauen in der Küche die

Köpfe heben. Thams' Stimme war zu hören. Sie klang in Louises Ohren ungehalten.

Neugierig war Valerie an Frau Wredes Seite getreten, die ihren Hals in Richtung Garten reckte. »Was ist denn los? Ein ungebetener Gast?«

»Sei nicht so vorwitzig.«

»Frau Wrede, haben wir Ärger zu befürchten?« Auch Louise spähte in den Garten.

»Nein, natürlich nicht.«

Mehr war Frau Wrede nicht zu entlocken.

»Ach, das ist ja Chris. Chris ist ein alter Freund von Herrn Thams. Die beiden hatten sich beim letzten Geburtstag hier im Haus ordentlich gezofft. Aber jetzt vertragen sie sich wieder. Hoffe ich jedenfalls, denn der Chris ist echt ein netter Typ«, klärte Valerie Louise auf, und erhielt prompt einen Rüffel von Sinja Wrede.

»Alte Geschichten. Sei nicht so geschwätzig, Valerie, mach lieber deine Arbeit.«

Valerie verzog hinter dem Rücken der Haushälterin das Gesicht zu einer Grimasse, hielt aber den Mund.

Louises Neugierde war mehr als geweckt. »Was war denn damals los?«

»Frau Dumas, was da vorgefallen ist, weiß ich nicht, es geht mich auch nichts an. Und Sie auch nicht.«

»Also, ich kann mich noch gut daran erinnern, wie hier die Fetzen geflogen sind. Chris war ein echter Streithahn«, steuerte Valerie sehr zum Ärger von Frau Wrede bei. »Es war schon ganz schön spät, wir waren am Aufräumen, und die zwei hatten ordentlich gebechert …«

»Valerie, es reicht aber wirklich. Wir wollen doch hier

keine schmutzige Wäsche waschen. Kümmere dich um das, wofür du bezahlt wirst, sonst hat Herr Thams dich heute zum letzten Mal für gutes Geld beschäftigt. Ist das klar?«

»Sie haben mir überhaupt nichts zu sagen. Wenn, dann ist das die Sache von Klas.«

»Klas? Ich hör wohl nicht recht. Für dich immer noch Herr Thams!«

Das Gesicht der Haushälterin war mittlerweile knallrot. Doch Valerie ließ sich von der älteren Frau nicht den Mund verbieten.

»Herr Thams, Klas, hat mir schon vor ewigen Zeiten das ›Du‹ angeboten. Und das geht *Sie* ja wohl nun nichts an«, konterte sie schnippisch.

»Scht, er kommt.« Louise zeigte zum Garten.

Tatsächlich näherte sich der Sänger mit grimmiger Miene. Als er die Tür aufriss, standen die drei Frauen am Küchentisch und falteten die Hinweisschildchen in der Mitte, um sie besser aufstellen zu können.

»Frau Wrede, mir ist nicht entgangen, mit welch großem Interesse Sie und die beiden Damen neugierige Blicke in den Garten geworfen haben. Damit eins klar ist: Ich dulde in diesem Haus kein Gerede. Frau Wrede, ich kann mich auf Sie verlassen!«

Er verschwand wieder im Garten und ließ eine vollkommen konsternierte Haushälterin zurück. Nachdem Sie sich wieder gefasst hatte, erklärte sie streng: »Sie haben es gehört. Kein Gerede über die Gäste.«

Dann warf sie einen Blick auf die Uhr. »Die Gäste werden bald in Scharen eintreffen. Wo bleiben denn Sabine und Voltje? Die beiden sollten sich doch um den Champagner kümmern. Ich werde schon mal die Kühler mit Eis befüllen.« Sie marschierte in den Hauswirtschaftsraum, wo in einer großen Tiefkühltruhe das gelieferte Eis lagerte, und die runden Champagnerkühler standen.

»Na, die ist vielleicht sauer. Das war doch ein glatter Anschiss von Klas.«

Valerie kontrollierte ein letztes Mal das Besteck und legte es sorgsam in eine große Holzkiste mit mehreren Fächern, die sie mit blau-weißen Servietten ausgelegt hatte.

»Was war denn das für ein Streit gewesen?«, flüsterte Louise. Im Vorratsraum klirrte das Eis, als es in die Edelstahlschüsseln plumpste.

»Keine Ahnung. Klas hatte Chris auf jeden Fall vor die Tür gesetzt. Stockbesoffen waren beide, das weiß ich noch genau. Danach hat sich die Party ganz schön flott aufgelöst. Die Stimmung war absolut im Arsch.«

»Was war im Arsch? Wie redest du denn?« Frau Wrede tauchte mit einem Champagnerkübel in den Armen auf. »Du hast doch gehört, was Herr Thams gesagt hat! Bring den Eiskühler raus. Stell ihn auf den Tisch unter dem Apfelbaum, da ist es schattiger. Und bring' den kleinen Kübel rein, das Eis ist wahrscheinlich schon komplett geschmolzen.«

Um halb acht waren die letzten Gäste eingetrudelt. Sinja Wrede hielt sich wie ein Zeremonienmeister etwas im Hintergrund und verkündete Louise, wer so nach und nach eintraf. Ein befreundeter Journalist, eine Art Hofberichterstatter von Thams. Wim, das Mädchen für alles, zwei weitere Jugendfreunde, Jan und Raik. Janne, Raiks Frau, und wie

Louise wusste, die Ex von Klas Thams, Sven, ein Fotograf, eine Schauspielerin, Bandmitglieder und, und, und.

Die Servicekräfte arbeiteten professionell, und bald hielt jeder Gast ein Glas Champagner in der Hand, das flink und unauffällig immer wieder gefüllt wurde.

Louise arrangierte ein letztes Mal die Speisen auf dem Buffet und kontrollierte die Hinweiskarten. Alles war an seinem Platz.

»Ah, *la belle Alsacienne.* Wenn Ihre Häppchen so gut schmecken, wie Sie aussehen, dann sind sie einfach zum Anbeißen.« Jan, der sich herangeschlichen hatte, lächelte und fletschte dabei raubtierhaft die Zähne.

Hatte Louise Jan in der Bäckerei noch einigermaßen witzig und charmant gefunden, so kam er ihr jetzt nur noch albern und unverschämt vor. Der Typ hielt sich wohl für den Don Juan von Pellworm. Sie war sich sicher, dass er das ›wie sie aussehen‹, auf sie, Louise, und nicht auf das Essen bezogen hatte. Im Französischen wäre es klar gewesen, dann hieße es *elles sont à croquer*, bezogen auf die Häppchen, und *vous-êtes à croquer*, wenn er Louise mit seiner Charmeoffensive bedacht hätte. So blieb ihr nichts anderes übrig als höflich zu lächeln und insgeheim zu denken, *imbécile*, Blödmann.

Doch so schnell gab der Inselimmobilienhai nicht auf. Erneut ließ er seine riesigen Zähne blitzen. »Wie war das noch? Hatten Sie mir nicht ein gemeinsames Abendessen versprochen?«

Mit geschmeidigen Schritten pirschte sich Jan immer näher. Und wenn Louise etwas nicht mochte, dann waren es unsympathische Männer mit Riesenzähnen, die ihr auf den

Pelz rückten. Instinktiv streckte sie abwehrend die Arme aus und trat dabei heftig einen Schritt zurück.

»Hoppla, wen haben wir denn da?«

Louise drehte sich um. Sie hatte einen Gast angerempelt. Peinlich berührt blickte sie nach oben und schaute in dunkelblaue Augen, die frech blitzten. Sie hatte den Typ bereits aus der Distanz im Garten gesehen, es war Chris, der Streithahn. Ein Streithahn, vielleicht, aber mit Abstand der interessanteste Mann auf der Party, befand Louise. Mindestens einhundertfünfundachtzig Zentimeter, ein weißes Hemd über einem durchtrainierten Körper, Jeans und dunkelbraune Haare, die von ein wenig Grau durchzogen waren.

»Hat Jan Sie geärgert? Das kann er, unser lieber Jan. Nicht wahr?«

»Chris, Mann, alles klar?«

»Wenn du damit meinst, ob zwischen mir und Klas alles klar ist, kann ich dich beruhigen. Sonst hätte ich wahrscheinlich ein blaues Auge und eine geschwollene Nase, wie beim letzten Mal«, antwortete Chris trocken.

Jan gab ein zufriedenes Grunzen von sich. Er drehte Louise den Rücken zu, unhöflich war er also auch noch, konstatierte sie, und redete auf den alten Freund ein.

»Hör mal, das Haus deiner Oma. Wie sieht's aus? Endlich bereit, es zu verkaufen?«

Chris warf Louise einen entschuldigenden Blick zu und ließ sich von Jan fortziehen. Louise kehrte in die Küche zurück und warf einen Blick in den Kühlschrank und den Hauswirtschaftsraum. Noch genügend da, um das Buffet später mindestens ein zweites Mal zu bestücken. Hungrig würde niemand die Party verlassen. Sie setzte sich an den

Tisch und goss sich ein Glas kühlen Weißwein ein. Den hatte sie sich redlich verdient. Ihre Arbeit war getan, und sie war außerordentlich zufrieden mit sich und den Reaktionen der Gäste, die das Buffet bestaunt und sich heimlich die ersten Bissen in den Mund geschoben hatten. Jetzt musste Thams nur noch seine Begrüßungsrede halten, zu der er soeben alle Gäste um sich scharte, und das Buffet würde offiziell eröffnet.

Louise verfolgte das Spektakel von der Küche aus. Thams war auf einen Stuhl gestiegen, gestikulierte, ließ sich und seine Gäste hochleben und erklärte mit theatralischer Stimme, wie wichtig es ihm sei, an diesem Tag alle, die ihm etwas bedeuteten, dabeizuhaben – Beifall brandete auf –, und was gäbe es Schöneres, diesen Tag mit ihnen auf seinem geliebten Pellworm zu verbringen, was ja leider, »ihr wisst ja alle, welch ein gefragter Mann ich bin« – Gelächter und Bravorufe – nur allzu selten möglich sei. Doch er werde sich Mühe geben, dies für die nächsten hundert Jahre – frenetischer Applaus – zu einer Tradition werden zu lassen.

Während der launigen Rede flitzte ein Fotograf um die Schar herum, fing Klas Thams und seine Gäste für die Ewigkeit ein.

Kapitel 25

Sinja Wrede rauschte in die Küche.

»Frau Dumas, die Rote Bete-Dinger sind alle, ebenso der Tomatenkuchen und die Miniburger. Können Sie bitte auch noch die restlichen Pasteten in den Ofen schieben? Es sind zwar noch einige auf der Platte, aber die gehen auch noch weg. Es ist alles wunderbar. Es schmeckt den Gästen, appetitlicher hätte ein Buffet nicht präsentiert werden können. Haben Sie eine Ahnung, wo die Vorleglöffel abgeblieben sind? Ah, da sind sie ja.« Mit hochroten Wangen und dem frisch gespülten Besteck verschwand sie wieder.

Sehr schön. Louise freute sich über so viel Lob. Sie packte die letzten Pasteten in den Backofen, setzte die Rote Bete-Türmchen elegant auf eine Platte, und dekorierte sie mit Schnittlauchröllchen und etwas geriebenem Meerrettich. Auch die Torten, die Frau Wrede bei Frauke zum Nachtisch bestellt hatte, waren vor einer Stunde eingetroffen. Sie standen auf Kühlplatten im Vorratsraum. Nur mit dem Kaffee würde es etwas eng werden. Daran hatte niemand gedacht, dass der Kaffeeautomat in der Thams'schen Küche maximal sechs Tassen lieferte. Aber Thams hatte abgewinkt. Kein Problem. Dann würde man eben Champagner oder einen Cognac zum Kuchen trinken, und den Kaffee gab es nach und nach.

»Puh, jetzt eine Zigarette. Aber hier herrscht ja strengstens Rauchverbot.« Valerie kam in die Küche und ließ sich auf einen Stuhl fallen. »Was tun mir die Füße weh. Aber allmählich wird es etwas ruhiger. Klas hat Selbstbedienung angeordnet. Ich muss gleich wieder raus, das Eis für den Weißwein ist alle. Wahnsinn, schon fast halb zwölf. Wie die Zeit rast, wenn man so im Treiben ist. Oh, du hast dir ein Glas Wein gegönnt. Gute Idee. Für mich bitte auch einen kleinen Schluck, dann geht's weiter.«

Louise stellte der jungen Frau ein Glas auf den Tisch und goss zwei großzügige Schluck Wein ein. Sie schob einen kleinen Teller mit einer etwas missglückten Pastete daneben.

»Du hast doch garantiert noch nichts gegessen. Hier, damit du bei Kräften bleibst. Sonst merkst du den Wein auch sofort.«

»Danke.« Valerie biss herzhaft in das Blätterteiggebäck und spülte den Happen mit einen Schluck Wein hinunter.

»Du hast schon öfter für Thams gearbeitet, oder? Wie ist er so?«

»Der Klas? Klasse.« Sie kicherte. »Im Ernst, er ist in Ordnung. Lässt sich nicht lumpen, schikaniert einen nicht rum. So oft habe ich allerdings noch nicht für ihn gearbeitet. Er feiert ja nicht jedes Jahr hier auf der Insel. Die beiden letzten Jahre hat er es sonst wo krachen lassen. Ja, das muss dann also vor drei Jahren gewesen sein. Wir hatten einen Cateringservice vom Festland, war nicht schlecht, aber nicht so gut wie dein Essen. Waren auch nicht so viele Leute da. Frau Wrede und ich haben uns alleine gekümmert. Das war die Party, bei der sich Klas und Chris so in die Wolle bekommen hatten.«

Valerie schwieg plötzlich und hielt ihr Glas mit beiden Händen umfasst. »Gibst du mir bitte noch einen Schluck Wein?« Sie hielt Louise ihr Glas hin.

»Alles in Ordnung mit dir?« Louise goss nach. »Du wirkst plötzlich so traurig.«

»Vor drei Jahren ist eine Freundin von mir gestorben. Inken. Die anderen waren alle beim Leuchtturm, also meine Freundinnen. Sie wollten ein Sonnenwendfeuer veranstalten. Ich musste absagen, ich konnte das Geld gut gebrauchen, das ich hier bei der Party verdienen würde. Ich wollte hinterher noch dazustoßen, aber dann ist es doch zu spät geworden. Eigentlich haben wir auf Pellworm ja ein traditionelles Feuer, das Biikenbrennen. Aber das ist im Februar, und die Mädels wollten ein Johannisfeuer. Es sollte ein Fest nur für uns sein. Also, nichts Großes, mehr so eine Art Lagerfeuer. Inken ist in der Nacht überfahren worden. Man hat das Schwein nie gefasst.«

In Louises Kopf purzelten die Gedanken nur so durcheinander. Inken war also in der Nacht von Thams Geburtstagsfeier getötet worden? Sie goss sich ebenfalls einen Schluck Wein nach und trank ihn aus. Mademoiselle Dumas!, rief sie sich selbst zur Raison. Jetzt ging wohl die Fantasie mit ihr durch. Das war reiner Zufall. Es gab ganz sicher keinen Zusammenhang zwischen der Geburtstagsparty und Inkens Tod. Wie auch? Ein paar Mädchen tanzen in den Sommer hinein, ein berühmter Schlagersänger feiert seinen Geburtstag. Pellworm war zwar nicht groß, aber Thams' Haus und die Stelle, an der Inken gestorben war, lagen doch ein gutes Stück voneinander entfernt. Ihr kam eine Idee. Sie fischte nach ihrem Rucksack, der unter dem Tisch stand, kramte Chiaras Flyer heraus und legte ihn auf den Tisch.

»Kennst du das Mädchen?«

»Nein, wer ist das?«

»Eine Kollegin von Klas. Sie hat auch gesungen.«

»Was heißt, hat gesungen?«

»Sie ist tot. Das ist Chiara, das Mädchen, das sich vor ein paar Tagen auf Pellworm das Leben genommen hat.«

Valerie schluckte. »Sie war noch ganz schön jung. Wie kann man sein Leben nur einfach so wegwerfen? Wenn ich da an Inken denke, die viel zu früh sterben musste …«

Louise steckte den Flyer wieder ein. »Du hast gesagt, die Party war dann plötzlich vorbei, also die hier im Haus, vor drei Jahren. Wegen des Streits.«

»Ja, so gegen halb eins war alles vorbei. Ich hatte den Mädels dann Bescheid gesagt, dass ich zu kaputt sei, um noch zu kommen, aber die meinten, sie wären eh schon alle am Aufbrechen. So war das. Na, dann werde ich mich mal um das Eis kümmern.«

In diesem Moment wurde die Küchentür aufgerissen, und Klas Thams stürmte herein.

»Sag mal, hast du nichts Besseres zu tun, als hier herumzulungern? Frau Dumas, wären Sie vielleicht so liebenswürdig und würden ebenfalls Ihren Pflichten nachkommen? Ist der Schnaps im Kühlschrank? Hat Frau Wrede daran gedacht, die Gläser in den Gefrierschrank zu stellen und den Aquavit? Ja, muss ich mich denn hier um alles selbst kümmern?«

Er riss die Kühlschranktür auf, nahm zwei Flaschen heraus, trat die Kühlschranktür mit dem Fuß zu und knallte die

Flaschen auf den Küchentisch. Louise hatte den Eindruck, dass Thams dem Alkohol nicht gerade wenig zugesprochen hatte. Sein Gesicht war krebsrot, und die Ader an seiner Schläfe pochte, als würde ihn in den nächsten Minuten der Schlag treffen. Wieder wurde die Tür des Kühlschranks aufgerissen und die nächsten Flaschen mit ihrem hochprozentigen Inhalt landeten auf dem Tisch.

»Verdammt, wo sind die Gläser?«, brüllte der Sänger.

Valerie war mittlerweile im Vorratsraum verschwunden. In einem Korb brachte sie die gewünschten beschlagenen, eiskalten Gläser.

»Ich bring die Gläser dann mal zu den Gästen«, murmelte sie und schlüpfte aus der Küche.

Thams öffnete den Aquavit und nahm einen tiefen Schluck direkt aus der Flasche. »Allesamt Arschkrampen«, murmelte er, nahm einen zweiten Schluck, drehte die Flasche wieder zu. »Bringen Sie die Flaschen raus, und stellen Sie Kühler dazu.«

Leicht schwankend marschierte Thams aus der Küche. Kopfschüttelnd packte Louise die eiskalten Flaschen in eine Tasche. Der Herr des Hauses war offensichtlich nicht nur betrunken, sondern auch ganz schön wütend.

»Holla, die Waldfee, Klas hat ja ganz schön getankt. Und irgendwas hat ihn so richtig sauer gemacht. Dem geht man die nächste Zeit am besten aus dem Weg.« Valerie war wieder zurück, schnappte sich die Flaschen und einen Kühler. »Bleib nur hier, ich hol die anderen Kühler gleich ab und bring sie raus. Da wäre ich ja zu gerne Mäuschen gewesen, was da nun wieder los war. Irgendwie kann Klas einem aber auch leidtun. Dieser Anwalt, Lutz, drückt ihm permanent ein Ohr ab. Als ob Geschäftliches nicht bis nach der Feier Zeit hätte.«

Louise gönnte sich einen letzten Schluck Wein. Der Ofen brummte, die letzten Pasteten waren fertig, und die Torten mussten bald als süßer Abschluss zum Dessert serviert werden. Hatte Klas Thams eine solche Wut wegen irgendeiner juristischen Geschichte? Oder war ihm dieser Chris mal wieder auf die Füße getreten? Vielleicht sogar beides?

Kapitel 26

Klas Thams hatte Mühe, sich auf den Beinen zu halten. Den ganzen Tag war es außergewöhnlich heiß gewesen, und außer Alkohol hatte er all die Stunden keine Flüssigkeit zu sich genommen. Er wusste selbst, wie unvernünftig er war. Er brauchte einen Moment Ruhe. Und ein Glas Wasser, am besten gleich mit einer Kopfschmerztablette, auch wenn er nicht daran glaubte, damit einem ordentlichen Kater am nächsten Tag entgehen zu können. Am liebsten wäre es ihm, wenn die ganze Bagage endlich verschwinden würde. Jetzt einfach mit den Fingern schnipsen und sie aus dem Haus zaubern. Irgendwie gingen sie ihm heute alle auf den Keks.

Janne hatte eindeutig zu viel getrunken, und versuchte ihn anzubaggern, was Raik auf die Palme brachte, Katinka ging ihm damit auf die Nerven, er solle im Oktober das Engagement in Südtirol annehmen, obwohl sie genau wusste, dass es die einzige Zeit war, in der er sich einen kurzen Urlaub gönnte. Vera maulte herum, seine Haare seien nicht mehr kräftig genug für die Stirntolle. Lutz setzte ihn schon seit Stunden unter Druck. Dann war es eben so. Jeder wollte was, jeder Einzelne ging ihm gehörig auf den Wecker.

Und dann zu guter Letzt dieser Hammer. Klas konnte es immer noch nicht glauben. Wie konnte man nur so dämlich sein? Und er hatte noch nach ihr gefragt! Kackfrech war er angelogen worden. Und dann dastehen, protzen, welche Eier man in der Hose hatte und auch noch *damit* angeben! Unfassbar. Aber er würde sich etwas einfallen lassen. Zuerst hatte Klas es ganz ruhig versucht, hatte an die Vernunft und das Ehrgefühl appelliert.

»Pah, Ehrgefühl, komm mir doch nicht mit so einem großen Wort«, war die Reaktion gewesen.

Je länger Klas darüber nachdachte, umso ungeheuerlicher empfand er die ganze Sache. Und dann hatte er ihm, natürlich nur im übertragenen Sinne, die Pistole an die Brust gesetzt. »Ich erwarte, dass du die richtigen und notwendigen Konsequenzen ziehst, sonst …«

Sonst was?

»Sonst wird dieser Tag zu deinem schlimmsten Albtraum«, und Klas würde sein Wort halten.

Wie war er sie leid, diese ganze Bagage. Einer schlimmer als der andere. Hatte er wirklich gesagt, diese Feier wird zu einer Tradition für die nächsten hundert Jahre? Er lachte bitter. Wäre er auf Pellworm geblieben, hätte er die Apotheke seiner Eltern übernommen, hätte ein nettes Mädchen von der Insel geheiratet. Hätte, hätte, Fahrradkette.

Ein Gefühl ohnmächtiger Wut ergriff Besitz von ihm. Sie strömte durch seinen ganzen Körper und setzte sich in seinem Magen fest. Wie immer, wenn er aufgeregt oder wütend war, spielten Magen und Darm ihm übel mit. Schon begann ein verräterisches Reißen sich in seinem Unterleib bemerkbar zu machen. Er musste aufs Klo, und zwar verdammt schnell. Klas rannte die Treppe nach oben, riss seine Schlafzimmertür auf und stürzte ins angrenzende Bad. Er schaffte es gerade noch, die Hose herunterzuziehen, um sich dann mit einem Seufzer auf der Klobrille niederzulassen. Er stützte seine Arme auf die Oberschenkel und schloss die Augen, während er sich erleichterte. Thams hörte nicht, wie die Schlafzimmertür vorsichtig geöffnet wurde. Erst als ein Schatten auf ihn fiel, öffnete er die Augen.

»Hast du sie noch alle? Ich sitze auf dem Klo. Verschwinde gefälligst, unten ist die Gästetoilette. Raus!«

Das letzte Wort wollte er brüllend wiederholen, es blieb ihm im Munde stecken. Zusammen mit einer krümeligen Masse. Gnadenlos wurden ihm drei mit Krabben gefüllte Reisbällchen nacheinander in den Rachen geschoben. Wenn er nicht ersticken wollte, musste er schlucken. Der Reis war klebrig, füllte seine Mundhöhle aus, und er kam kaum noch mit dem Schlucken nach. Die frittierte Köstlichkeit schien seine Nase zu erobern, verstopfte sie, die Schleimhäute in seinem Rachen schwollen an. Luft, er bekam kaum noch Luft. Schwindel erfasste ihn. Thams versuchte aufzustehen, doch Hände drückten ihn auf dem Toilettensitz nieder. Histamin flutete seinen Körper, seine Blutgefäße weiteten sich. Die Gestalt, die vor ihm stand, nahm er nur noch schemenhaft wahr. Dann schwanden Klas Thams die Sinne.

Kapitel 27

Louise hatte bereits einen Teil der riesigen Platten und Schüsseln gespült. Sie warf einen Blick in den Garten. Alle Gäste waren, soweit sie es beurteilen konnte, noch da, saßen in Grüppchen zusammen oder standen am Buffet, um sich den Kuchen oder die Mitternachtshappen schmecken zu lassen. Unter der alten Birke standen, vom Schein der Fackeln erleuchtet, Christian und eine Rothaarige mit auffällig vielen Sommersprossen. Die Frau war Louise bereits bei ihrer Ankunft aufgefallen. Sie hatte einen wunderschönen Irischen Setter dabei, dessen Fell die gleiche Farbe hatte wie das Haar seines Frauchens. Jetzt lag der Hund auf der Terrasse, die Nase in eine Wolldecke gesteckt, und schlief tief und fest. Es war die Schauspielerin aus der Krimiserie, die sie nicht kannte. Louise musste sich eingestehen, dass dieser Chris sie interessierte. Er war genau das Gegenteil von Thierry, der so smart, kultiviert und elegant daherkam. Chris dagegen hatte etwas geradezu Verwegenes an sich. Ein Pirat. Aber nicht wie dieser weichgespülte Jack Sparrow im Film *Pirates des Caraïbes*, sondern erheblich männlicher.

»Frau Dumas, Louise.«

Erschrocken drehte sich Louise um. Wenn ein Sterbender seine letzten Worte hauchen würde, dann genau so. Und wie jemand, der gleich das Zeitliche segnet, stand Sinja

Wrede im Türrahmen, die Hand auf der Klinke, als wäre diese ihre letzte Stütze. Mit einem Satz war Louise bei ihr, konnte sie gerade noch auffangen. Frau Wrede war einer Ohnmacht nahe. Louise schleppte sie zu einem Küchenstuhl und drückte sie behutsam auf den Sitz.

»Frau Wrede, was ist passiert, ist Ihnen übel?«

Die Haushälterin schüttelte wie benommen den Kopf. »Oben im Badezimmer, Herr Thams, er liegt da, vor der Toilette. Ich habe gerufen, Herr Thams, Herr Thams, aber er regt sich nicht.« Mit weit aufgerissenen Augen und bleich wie eine Leinwand starrte Sinja Wrede Louise an. »Ich war oben, um ein letztes Mal die Zimmer zu kontrollieren, als ich ein merkwürdiges Geräusch hörte, so ein Plumpsen. Ich habe mir zuerst nichts dabei gedacht, bin dem dann aber doch nachgegangen und da fand ich ihn. Im Bad, vor der Toilette, da liegt er. Bitte kommen Sie mit, ich traue mich nicht alleine nach oben. Vielleicht ist ihm ja auch nur schlecht geworden.«

Sie stand auf und stützte sich am Tisch ab. Lautes Gelächter drang in die Küche. Louise folgte Frau Wrede, die sich mühsam am Treppengeländer hochzog. Mit jedem Schritt wurde sie langsamer, bis sie auf der obersten Treppenstufe stehen blieb.

»Das erste Zimmer rechts, direkt dahinter ist das Bad.«

Louise schlich durch die halbgeöffnete Tür ins Schlafzimmer. Die Tür zum Bad stand weit offen. Und da sah sie ihn. Mit heruntergelassener Hose lag Klas Thams auf dem Boden, die Beine angewinkelt. Um seinen Mund nahm sie weiße Krümel wahr, als habe er sich erbrochen. Louise näherte sich vorsichtig der Gestalt. Vielleicht war er ja wirklich nur ohnmächtig geworden.

»Herr Thams, hallo, geht es Ihnen nicht gut?«

Keine Reaktion. Louise fasste sich ein Herz, ging ins Bad und beugte sich zu dem Mann herunter. Seine Augen blickten starr und leblos. Louise erfasste Panik. Wo verdammt fühlte man denn den Puls? Am Hals? Am Handgelenk? Sie probierte es am Handgelenk. Nichts. Auch war keine Atmung zu erkennen. Erschrocken wich Louise zurück. Was aus der Entfernung wie Erbrochenes ausgesehen hatte, waren Reiskörner. Sie sprang auf. Das konnte doch nicht wahr sein! Klas Thams hatte von den Reiskugeln mit der Krabbenfüllung gegessen! Und nun war er tot.

»Frau Wrede. Rufen Sie den Arzt und die Polizei. Herr Thams ist tot. *Mon dieu*, er hat von den Reisbällchen mit den Krabben gegessen.«

Auf wackeligen Beinen und am ganzen Körper zitternd verließ Louise rückwärts das Bad, den Blick ungläubig auf den toten Sänger gerichtet. Ohne sich zu rühren stand Sinja Wrede vor dem Schlafzimmer.

»Jetzt machen Sie schon, rufen Sie Mommsen und den Inselarzt an. Ich habe keine Ahnung, wie das passieren konnte. Wir haben doch die kleinen Karten neben den Platten gehabt, ich habe ihn noch extra auf die Reisbällchen hingewiesen. Wieso hat er davon gegessen?«

Louise schob Sinja Wrede, die immer noch zu keiner Reaktion fähig war, an die Treppe.

»Ich schließe das Schlafzimmer ab. Hier darf niemand rein. Und jetzt holen Sie endlich Ihr Handy.«

Die Haushälterin taumelte die Treppe hinunter. Louise zog den Schlüssel ab, steckte ihn außen ins Schloss und versperrte die Tür. Den Schlüssel steckte sie in ihre Hosentasche. *Zut*, was machte denn Frau Wrede? Sie hatte immer noch kein Telefon in der Hand, stand nun unten im Flur, lehnte sich an die Wand und wimmerte. Louise lief hinunter, packte sie am Arm und zog sie in die Küche, platzierte sie wieder auf einen Stuhl, zerrte eine Flasche Schnaps aus dem Kühlschrank und goss ihr einen ordentlichen Schluck in ein Wasserglas.

»Trinken Sie, das beruhigt die Nerven. Ich rufe Mommsen an. Der soll dann sofort den Arzt informieren.«

Die Situation erschien Louise vollkommen surreal. Im Garten feierten die Gäste, lachten laut, ließen es sich gut gehen. Offenbar hatte noch niemand Klas Thams vermisst. Wie lange lag er schon da oben? Frau Wrede war wahrscheinlich keine Minute im Bad gewesen. Seit sie Thams gefunden hatte, waren wohl bis jetzt nicht mehr als sechs, sieben Minuten vergangen. Und vor vielleicht einer halben Stunde hatte er hier in der Küche seinen Wutauftritt gehabt.

Louise hatte zwar nicht Mommsens Privatnummer, aber da er der einzige Polizist auf der Insel war, gab es hoffentlich, wenn sie im Revier anrief, eine Rufumleitung. In Sekundenschnelle hatte sie die Nummer der Polizeiwache im Internet gefunden. Sie wählte. Das Freizeichen ertönte einige Male. Endlich. Louise hatte schon befürchtet, dass Mommsen vielleicht in der Nacht keinen Anruf entgegennahm.

»Mommsen.«

Der Mann hatte garantiert schon tief und fest geschlafen.

»Herr Mommsen, hier Louise Dumas. Sie müssen sofort zum Haus von Klas Thams kommen. Und bringen Sie den Doktor mit. So wie es aussieht, ist Herr Thams verstorben.«

Kapitel 28

Als Louise am nächsten Morgen erwachte, hatte sie höchstens fünf Stunden geschlafen. Wobei das Wort schlafen sowieso nicht zutraf. Eher ein unruhiges Hin- und Herwerfen, Phasen, in denen sie einnickte, um gefühlt wenige Minuten später wieder aufzuschrecken. Am liebsten hätte sie sich, als sie nach Hause gekommen war, mit Fine und einer Tasse Tee an den Küchentisch gesetzt, um ihr alles zu erzählen. Aber dann hätten zwei Personen keinen Schlaf gefunden. Und das musste ja nicht sein. Am Morgen war noch Zeit genug, ihr von den dramatischen Ereignissen der letzten Nacht zu berichten.

Sinja Wrede hatte es übernommen, die Gäste vom Hinscheiden ihres Gastgebers zu informieren. Ungläubiges Staunen, schockiertes Schweigen, aufgeregtes Geschrei, Fassungslosigkeit, ein jeder reagierte anders. Der Erste, der sich wieder gefangen hatte, war Raik gewesen. Er hatte Louise aufgefordert, ihm die Tür aufzuschließen, er sei schließlich Arzt. Wenn sie sich nun getäuscht habe, und Klas läge oben, völlig hilflos? Ob sie damit leben könne, wenn sein Freund womöglich wegen unterlassener Hilfeleistung in diesem Moment stürbe?

Louise hatte nachgegeben, hatte Raik begleitet und sich mit Schaudern abgewandt, als sie erneut den bizarr auf dem Boden liegenden Sänger sah. Doch auch der Zahnarzt konnte nichts anderes tun, als das Ableben seines Freundes zu bestätigen. Die beiden standen noch im Schlafzimmer, als zuerst Mommsen und keine zwei Minuten später Doktor Claussen eintrafen. Er hatte einfach einen Blouson über seine Schlafanzugjacke gezogen, die jetzt mit ihren blaugrauen Streifen unten hervorlugte. Seine Untersuchung war kurz und knapp. Klas Thams war mausetot. Was das wohl um seinen Mund herum wäre, und diese Krümel auf dem Boden? Auch an Thams rechter Hand hingen ein paar der weißlichen runden Körnchen.

»Reisbällchen mit Krabbenfüllung«, erklärte Louise mit fester Stimme und beschrieb Mommsen und dem Arzt alle von ihr zubereiteten Speisen. Und auch, dass einige davon Krabben enthielten.

Und ja, sie wusste, dass Thams sie nicht vertrug, hochgradig allergisch darauf reagierte. Er hatte es ihr selbst gesagt, und Frau Wrede habe sie mehrfach darauf hingewiesen. Sie habe Herrn Thams die Speisen persönlich gezeigt und ihm gesagt, bei welchen für ihn Vorsicht geboten sei. Und die kleinen Schildchen mit dem Hinweis, was sich auf den Platten und in den Schüsseln befand, waren nicht nur beschriftet, sondern auch mit einer kleinen Zeichnung versehen worden. Sie, Louise, könne es sich nicht erklären, wieso Klas Thams bei den Reisbällchen zugegriffen habe.

Doktor Claussen kam zu einer ersten Einschätzung. Thams habe versehentlich von den Bällchen gegessen, und ihm ging es danach nicht gut. Übelkeit und Darmprobleme könnten dabei durchaus eine erste Reaktion gewesen sein. Und hier oben im Bad muss es dann zu einem anaphylaktischen Schock gekommen sein, an dem Klas Thams letztlich verstarb. Kreislaufversagen, Herzstillstand. Eine ganz klare Sache. Louise brauche sich überhaupt keine Vorwürfe zu machen.

Louise war zusammengezuckt, und als Claussen Anstalten machte, sich zu verabschieden, war es um Louises Fassung geschehen.

»Wir können den armen Mann doch nicht einfach so da liegen lassen!«

Claussen wurde rot, Raik, als enger Freund, zog Klas die Hose hoch, und die drei Männer legten den Verstorbenen aufs Bett. Sie deckten ihn zu und falteten seine Hände auf der Brust. Mommsen hatte dann einen zweiten gewissenhaften Blick ins Bad geworfen und mit Grabesstimme gemurmelt, was für eine tragische Sache das doch sei. Thams verstorben an seinem Geburtstag.

Ob er zu tief ins Glas geschaut habe, fragte er.

Raik bestätigte dies.

Dann müsse er wohl im Rausch versehentlich nach den unschuldig aussehenden Reisbällchen gegriffen haben. Tja, so grausam konnte das Leben sein. Oder der Tod. Mommsen, der den Türschlüssel an sich genommen hatte, schloss ab und übergab ihn Frau Wrede, die im Flur gewartet hatte. Ja, sie würde natürlich hier sein, wenn man Herrn Thams abholte. Was denn jetzt mit den Gästen sei? Sie sei doch gar nicht auf so etwas vorbereitet.

Dann war Sinja Wrede in Tränen ausgebrochen, ihr Körper wurde von Krämpfen geschüttelt. Louise legte tröstend den Arm um sie, und Mommsen übernahm es, Thams' Gäste über das weitere Prozedere zu informieren. Ja, sie könnten nun nach Hause, in ihre Unterkünfte. Die Übernachtungsgäste hatten es dann ebenfalls vorgezogen, nicht vor Ort zu bleiben. Valerie hatte sich dankenswerterweise bereit erklärt, die Nacht mit Frau Wrede im Haus zu verbringen.

Als Louise Fine in der Küche rumoren hörte, sprang sie aus dem Bett. Besser sie ging sofort hinunter und erzählte von dem Drama, das sich gestern abgespielt hatte, bevor noch sonst jemand an der Klöntür auftauchte und ihr brühwarm berichtete.

Eine Sache ließ Louise einfach keine Ruhe. Als sie in der Nacht mit den drei Männern und Frau Wrede wieder nach unten gekommen war, erwartete sie bereits eine sichtlich verstörte Valerie. Sie zog Louise am Arm ein Stück zur Seite, legte kurz den Finger an die Lippen, bedeutete Louise nicht zu sprechen und flüsterte: »Stimmt es, was Frau Wrede gesagt hat? Klas ist wahrscheinlich wegen seiner Krabbenallergie gestorben? Stell dir vor, das Pappschildchen mit dem Reisbällchen und der Krabbe ist weg, steht nicht mehr neben der Platte. Dann hat Klas womöglich gar nicht gewusst oder vergessen, dass in den Bällchen Krabben sind!«

Louise war fassungslos. Das konnte doch alles nicht wahr sein! Das musste sie Mommsen sagen. Aber vorher wollte sie sich selbst vergewissern. Louise inspizierte das Buffet und stieß einen erleichterten Seufzer aus. Auf der Platte mit den gefüllten, für Klas Thams tödlichen Reisbällchen lagen noch vier einsame angetrocknete Kugeln, und die kleine Hinweiskarte stand daneben. Nicht direkt daneben, leicht nach hinten versetzt, aber sie war da, und sie war sichtbar. Valerie war ihr gefolgt und machte große Augen.

»Ich könnte schwören, die Karte war vorhin, als ihr nach

oben gegangen seid, nicht da. Merkwürdig. Da muss ich mich wohl getäuscht haben.«

Louise verließ im Schlafanzug ihr Zimmer und schritt nachdenklich die Treppe hinunter. Die Sache mit der kleinen Karte ging ihr einfach nicht aus dem Kopf. Und wenn jemand das Schild mit Absicht weggenommen und dann wieder hingestellt hatte? Aber Thams wusste doch auch ohne Schild um die Gefahr, die sich in den Reisbällchen für ihn verbarg. Nein, es war sicher so, wie Doktor Claussen gesagt hatte. Klas Thams hatte im Suff ein paar Kugeln verspeist, und dies mit dem Leben bezahlt. Trotzdem …

Aus der Küche duftete bereits der Kaffee. Fine hatte ein dunkles Roggenbrot aufgeschnitten, dazu Hausmacherleberwurst, ein ordentliches Stück Schafskäse und ihre selbst gekochte Marmelade auf den Tisch gestellt.

»Na, mien Deern. Wie war die Party? Alles gut gelaufen? Du bist spät nach Hause gekommen. Haben sich alle benommen?«

Louise ließ sich auf den Stuhl fallen, schenkte sich einen Pott Kaffee ein, nahm einen großen Schluck. Der Kaffee war zu heiß, doch Louise kümmerte das nicht.

»Fine, setz dich mal hin.«

Als Fine den Ton in Louises Stimme hörte, drehte sie sich erschrocken um. Ohne ein weiteres Wort setzte sie sich, goss sich ebenfalls einen Kaffee ein und wartete ab.

Louise holte tief Luft. »Klas Thams ist tot. Er ist an einem allergischen Schock gestorben. Durch meine Reisbällchen, die mit den Krabben drin.«

Louise nahm noch einen Schluck, stellte mit zitternder Hand den Becher auf den Tisch und schwieg.

»Kind, das ist ja furchtbar. Und wieso wegen deiner Reisbällchen? Ich meine, er wusste doch, dass er allergisch auf Porren reagiert. Dann isst man die Dinger doch nicht freiwillig.« Tröstend streckte sie die Hände aus, nahm Louises in ihre und knetete sie liebevoll. »Kind, da kannst du doch nix für.«

Langsam ließ Louises Zittern nach. Fine hatte ja recht. Claussen und Mommsen hatten es auch gesagt. Natürlich konnte sie nichts dafür. Aber was meinte Fine da eben? Man isst die Dinger doch nicht freiwillig. Ging jetzt schon wieder der kriminalistische Gaul mit ihr durch? Aber: Was, wenn Thams jemand den Reis mit seinem tödlichen Inhalt in den Rachen gestopft hatte? Blödsinn. Dann hätte man doch Kampfspuren im Bad sehen müssen. Oder? Und wenn Thams zu betrunken gewesen war, um sich zu wehren? Dann gäbe es natürlich auch keine Kampfspuren. Doch irgendwas hatte mit ihm vorher schon nicht gestimmt. Warum war er so wütend gewesen? Als er in die Küche gekommen war und nach dem Schnaps verlangt hatte, war er regelrecht ausgeflippt. Hatte es wieder einen Streit mit diesem Chris gegeben??

Schluss jetzt, ermahnte sie sich. Sie kam sich vor wie Alice im Wunderland. Zumindest was das Chaos anging. Türen öffneten sich, Türen schlossen sich, sie fiel in ein Ideenloch, kletterte hinaus und stolperte ins nächste. Zuerst einmal musste sie einen klaren Kopf bekommen. Und dazu gehörte ein ordentliches Frühstück. Louise schmierte dick die Leberwurst auf eine Scheibe Brot und biss hinein. So schnell verschlug es ihr nicht den Appetit. Und die Wurst war einfach göttlich, wunderbar abgeschmeckt mit einer ordentlichen Portion Pfeffer und Majoran.

»Mmh, ist die würzig. Lecker.« Das Essen schien ihre Sinne und ihren Geist wieder anzuregen. »Fine, hatte Klas Thams eigentlich Feinde? Ich meine, richtige Feinde, nicht einfach nur Leute, die ihm den Ruhm und das Geld neideten?«

Fine zog die Augenbrauen hoch. »Was ist das denn für eine Idee? Glaubst du etwa, jemand hat ihn umgebracht? Ich weiß ja, dass du schon immer eine blühende Fantasie hattest. Aber nein, wer sollte denn sein Feind gewesen sein? Und wer lädt seine Feinde auf die eigene Geburtstagsparty ein? Das schlag dir mal aus dem Kopf, so ein Unsinn.«

Louise spülte den letzten Bissen mit einem Schluck Kaffee hinunter. Fine hatte ja recht. Das war Unsinn. Doch was war mit dem Streit, den Klas mit Chris gehabt hatte? Und die Geschichte mit Janne? Auch wenn es schon einige Jahre her war, vielleicht saß der Stachel, den Thams bei seiner Ex-Verlobten hinterlassen hatte, ja doch tiefer als alle dachten. Verschmähte Liebe war ein starkes Motiv. Davon hätte sie ein Lied singen können. Und dann war da noch die Geschichte mit Chiara Petermann. Die junge Sängerin tot, angeblich! – Louise setzte für sich ein Ausrufezeichen dahinter – Selbstmord. Und jetzt der tote Megastar Klas Thams, angeblich!! – zwei Ausrufezeichen – tödlicher Schock, weil er versehentlich von ihren Reisbällchen gegessen hatte.

»Louise, ich rede mit dir. Ich sagte, das sei Unsinn.« Fines Stimme klang liebevoll streng. »Der arme Klas. So ein sinnloser Tod. Ich komm' einfach nicht drüber hinweg, isst Krabben und stirbt. Furchtbar. Vor ein paar Jahren ist ein Urlauber von einer Wespe gestochen worden, ich bin gerade am Deich entlanggegangen, als es passiert ist. In Sekundenschnelle war sein Gesicht angeschwollen wie ein Luftballon. Seine Frau hatte was zum Spritzen dabei. Wenn der alleine unterwegs gewesen wäre, er hätte das nicht überlebt.«

»Ja, Fine. Natürlich.«

Und nicht zu vergessen Inken, gestorben am Tag von Thams Geburtstagsparty vor drei Jahren. Angeblich – kein Ausrufezeichen – ein Unfall. Und wenn es kein Unfall gewesen war? Stopp, Louise. Nicht alles in einen Topf werfen, auch wenn dabei, wenn die Zutaten von guter Qualität waren, etwas Spannendes herauskommen konnte. Louise seufzte. Es hatte wahrscheinlich keinen Sinn, Mommsen von ihren Überlegungen zu erzählen. Doktor Claussen hatte sein Fachurteil abgegeben, wie auch beim Tod von Chiara, und ein zweiter Arzt würde auch dies bestätigen.

»Hallo, Mademoiselle Dumas, ich habe gefragt, was du heute vorhast?«

Louise schreckte aus ihren Überlegungen hoch. »Ich werde schnell duschen und dann bei Frau Wrede vorbeischauen. Die Ärmste. Valerie ist heute Nacht bei ihr geblieben. Aber es ist noch viel aufzuräumen. Mal schauen, ob ich noch was einfriere. Der Partyservice kommt um zwölf, um die Sachen abzuholen. Und Thams Leiche wird ebenfalls abgeholt und dann nach Husum transportiert. Ganz schön viel auf einmal.«

»Tja, dann mach das mal. Ich bin ab zwei im Inselmuseum. Gegen halb fünf bin ich wieder da. Jetzt kümmere ich mich erst mal um den Hühnerstall.«

Louise bekam ein schlechtes Gewissen. »Ich helfe dir erst und fahre dann zu Frau Wrede.«

»Nee, lass ruhig. Mit den Hühnern werde ich schon noch fertig. Frau Wrede ist wichtiger.«

Die beiden blieben noch ein Weilchen bei einem zweiten Becher Kaffee sitzen, und Louise berichtete ganz allgemein von der Party bis zu dem schrecklichen Ende von Klas Thams.

»Übrigens, ein Freund von Klas war da, Chris. Da scheint es wohl böses Blut zwischen den beiden gegeben zu haben. Weiß du was Genaues, Fine?«

»Fängst du schon wieder an? Nein. Davon weiß ich nichts. So, und nun lass Frau Wrede nicht länger warten.«

Resolut stand Fine auf, begann Brot und Wurst wegzupacken. Louise drückte ihre Patentante kurz an sich und verschwand im Badezimmer. Eine halbe Stunde später war sie mit ihrem Motorrad unterwegs. Ein schwarzer Kombi mit verdunkelten Fenstern kam ihr entgegen. Louise bremste ab und hielt einen Moment inne. Der Sänger trat seine letzte Reise auf das Festland an.

Die Haustür stand offen. Sinja Wrede und Valerie saßen in der Küche, Frau Wrede mit aufgedunsenem Gesicht und rot geränderten Augen, Valerie bleich und übernächtigt.

»Sie müssen was essen, Frau Wrede.« Valerie schob ein halbes belegtes Brötchen über den Tisch, doch sie erntete ein energisches Kopfschütteln.

»Ich kann nicht. Lieb gemeint, aber ich bringe wirklich nichts runter. Wie soll es nur weitergehen? Was ist mit dem Haus? Er hatte doch keine Verwandten. Ob Herr Thams ein Testament gemacht hat? Oh Gott, oh Gott, ich kann das alles immer noch nicht fassen.«

Erst jetzt bemerkten die beiden Louise, die leise in die Küche getreten war. Valerie stand auf. »Ich koch uns mal einen frischen Kaffee. Und dann sehen wir, was zu tun ist, nicht wahr, Louise?«

»Das machen wir. Und Sie, Frau Wrede, setzen sich in den Garten. Es ist wunderbar heute. Wir kümmern uns. Alles wird gut.«

Würde es das werden?

Nach zwei Stunden waren die letzten Spuren der Geburtstagsparty beseitigt. Der Partyservice hatte Tische und Stühle, Geschirr und Gläser, Platten und Schüsseln abgeholt, die restlichen Lebensmittel waren im Kühl- und Gefrierschrank gelagert. Valerie hatte sich ein Esspaket zurechtgemacht – das reichte locker für die nächsten Tage –, und was vertrocknet und unansehnlich geworden war, landete zusammen mit den unheilbringenden Reisbällchen im Biomüll. Frau Wrede lag im Garten auf einem Liegestuhl. Sie war eingeschlafen. Gott sei Dank.

Im Haus war es unnatürlich still. Louise und Valerie saßen am Küchentisch.

»Wollen wir ein Glas Wein trinken?« Die junge Frau zeigte auf den Kühlschrank.

»Gerne. Ich bin zwar mit dem Motorrad da, aber eins kann ich schon vertragen.«

Valerie goss zwei Gläser ein, und ein einträchtiges Schweigen erfüllte für eine Minute den Raum.

»Valerie, die Hinweiskarte war wirklich nicht da?«

»Ich bin nicht sicher. Ich habe mir wahrscheinlich eingebildet, sie wäre nicht mehr da. Aber dann stand sie ja neben der Platte, ich muss sie übersehen haben.«

Louise nickte. »Klas Thams war ganz schön wütend, als er nach dem Schnaps verlangte. Hast du eine Ahnung, was los war?«

»Nein, eigentlich nicht.« Valerie nippte an dem kalten Wein.

»Eigentlich?«

»Ich weiß es nicht genau, ich lausche ja nicht. Aber ich glaube, er hatte mit irgendjemand Streit. Vielleicht auch mit zwei Personen. Ich habe nur Klas' Stimme gehört, aber einer hat geantwortet, und dann war da noch eine weitere Stimme. Aber null Ahnung, um was es ging.«

»Nicht die allerkleinste Ahnung?«

»Nein, wirklich nicht. Sie standen in der Ecke zwischen Garage und Haus. Klas habe ich gesehen, aber wer um die Ecke bei ihm stand, weiß ich wirklich nicht. Janne war ziemlich sauer, weil ihr jemand Wein aufs Kleid gekippt hatte. Ich bin dann schnell rein, um einen feuchten Lappen und etwas Waschpulver aus der Waschküche zu holen. Als ich zurückkam, war Klas schon auf dem Weg in die Küche, um den Schnaps zu besorgen. Warum fragst du? Ist es wichtig?«

»Nein, ich habe mich nur gefragt, ob er sich, weil er so wütend war, in seiner Rage versehentlich ein Reisbällchen in den Mund gestopft hat. Mehr nicht.«

In Wahrheit aber glaubte Louise nicht wirklich an diese Theorie. Denn wenn es einen Streit gegeben hatte, der in Klas eine solche Wut erzeugte, war es dann nicht viel wahrscheinlicher, dass diese Auseinandersetzung der Auslöser für ein Verbrechen gewesen war? Für einen verschleierten Mord an Thams? Louise hörte Fines Stimme. *Unsinn.* Sie schwenkte den Wein ein wenig in ihrem Glas, während Valerie sich ein zweites gönnte.

»Valerie, die Nacht, in der Inken angefahren und getötet wurde, da fand hier doch auch eine Geburtstagsparty statt.« Eine Feststellung, keine Frage.

»Ja. Wie gesagt, ich habe hier gearbeitet, während die Mädels feierten. Eigentlich wollte Inken auch bei Thams kellnern, hat es sich aber anders überlegt. Mann, der war vielleicht sauer. Sie ist dann auf dem Nachhauseweg vom Sonnenwendfeuer totgefahren worden. Schon ein merkwürdiger Zufall, nicht wahr? Als ob dieser einundzwanzigste Juni ein Unglückstag wäre. Eigentlich ist es doch ein wundervoller Tag, oder eine tolle Nacht, so lange hell. Es ist auf keinen Fall eine Nacht, in der die Götter einen zu sich nehmen sollten«, philosophierte Valerie leicht beschwipst. »Ich finde, diese Nacht birgt irgendetwas Geheimnisvolles. In Stonehenge haben schon die Kelten die Sonnenwende gefeiert, hast du das gewusst? Auch alles sehr mysteriös. Ob sie dort Menschen geopfert haben? Inken hatte auch etwas Geheimnisvolles an sich.«

Valerie leerte ihr Glas und goss sich den letzten Tropfen nach.

»Weißt du, warum Inken nicht hier arbeiten wollte? War etwas vorgefallen? Und was meinst du mit ›etwas Geheimnisvolles‹?« Louise musste an Chiara denken. Auch dieses Mädchen hatte eine ganz spezielle Aura umgeben. Weniger geheimnisvoll als voller Tragik.

»Nein, nicht dass ich wüsste. Inken kam rein, band sich die Schürze um, ging raus, kam wieder rein, riss sich das Ding runter und verschwand. Das Ganze hat keine drei

Minuten gedauert. Sie hatte wohl plötzlich einfach keine Lust mehr. Ich weiß es auch nicht. Wir waren zwar Freundinnen, aber wenn du was Genaueres über Inken erfahren willst, musst du mit Svea reden. Sie war Inkens allerbeste Freundin.«

»Svea. Ein schöner Name. Wie Inken. Außergewöhnliche und klangvolle Namen.«

Valerie lachte. »Da kann ich mit meinem Namen kaum dagegen anstinken. Weißt du warum ich Valerie heiße? Valeria bedeutet die Starke. Ich war ein Frühchen. Und damit ich groß und stark werden sollte, bekam ich den Namen mit auf den Weg. Groß bin ich zwar nicht geworden, aber stark.« Sie deutete auf ihren pummeligen Oberkörper und grinste.

Louise lächelte. Was Eltern sich so einfallen ließen.

»Das war doch eine wunderbare Idee deiner Eltern. Und den Namen gibt es in Frankreich auch. Sag, lebt Svea noch auf Pellworm?«

»Nur ihre Eltern, sie kommt aber manchmal nach Hause. Svea studiert in Bremen, hat dort ein Zimmer in einer WG. Ich kann dir die Adresse geben. Was willst du denn von ihr?«

Bevor Louise noch eine ausweichende Antwort geben konnte, überfiel Valerie ein heftiger Schluckauf. Der kalte Weißwein auf nüchternen Magen war ihr nicht bekommen.

Kapitel 29

Der Mann torkelte über den Deich, kam ins Stolpern, fing sich wieder und schwankte weiter. Louise hatte ihn sofort erkannt. Inkens Vater drehte wieder seine verzweifelten Runden. Mit einem Mal erschien ihr die Insel gar nicht mehr so heimelig und unbeschwert wie noch am Tag ihrer Ankunft. Aber hatte nicht jeder sein Päckchen zu tragen? Wie viele Menschen trauerten heute wohl um einen geliebten Verstorbenen, der durch einen Unfall, Krankheit oder auch durch ein Gewaltverbrechen sein Leben hatte lassen müssen? Auf der ganzen Welt und auf Pellworm. Nur kannte auf der Insel jeder jeden, und ein jeder litt hier mit dem Schicksal des anderen mit.

Louise kurvte gemächlich zu Fines Kate. Das Fahrrad war weg, Fine ging ihrer ehrenamtlichen Tätigkeit im Inselmuseum nach. Die Museen musste sie in absehbarer Zeit unbedingt besuchen, um mehr über die Geschichte der Insel, ihrer Menschen und deren Eigenheiten zu erfahren. Doch zunächst galt es, etwas Struktur in ihre eigenen verworrenen Gedanken zu bringen.

Vor Jahren hatte sie im Spätprogramm im Fernsehen ein paar Folgen einer Krimiserie gesehen. Die Folgen begannen immer mit einem Mord, das Team kam zum Tatort – und dann kam die große gläserne Tafel zum Einsatz, auf der die

Ermittler ihre Erkenntnisse notierten, Fotos von Opfern und Verdächtigen anhefteten und Striche in alle Richtungen zogen, um die Verbindungen zwischen den einzelnen Menschen darzustellen. *Profilage.* Chloe Saint Laurent, eine Kriminologin, hatte mit ihren Ideen und Eingebungen dabei immer maßgeblich zur Aufklärung der Verbrechen beigetragen. Das wäre doch gelacht, wenn sie, Louise, die Fäden nicht genauso miteinander verknüpfen konnte. Offiziell galt Chiaras Ableben als Suizid, und Thams' Tod würde als tragisches Versehen des Sängers beim Griff nach einem für ihn tödlichen Reisbällchen ad acta gelegt werden. Mommsen mit ihren Theorien zu belästigen, kam nicht infrage Der Mann stand kurz vor dem Ruhestand und würde sie wahrscheinlich eher für verrückt erklären, als dass er die Ermittlungen aufnahm. Außerdem war er noch nicht einmal zuständig. Nein, das konnte sie vergessen. Sie war auf sich alleine gestellt. Auch Chloe war anfangs belächelt worden, und am Ende stand sie triumphierend da, dank ihr wanderten sämtliche Bösewichte in den Knast.

Louise machte sich auf die Suche nach einem passenden Ersatz für die gläserne Tafel. Ein Whiteboard musste her. In einer Art Rumpelkammer unter dem Dach, in der Fine Koffer, ein kaputtes Bügelbrett, alte Winterstiefel und einen noch älteren Nerzmantel aufbewahrte, entdeckte sie den Rest einer Tapetenrolle. Zwei Meter würden genügen. Mit dem Kornblumenmuster zur Wand befestigte sie die Tapete mit sechs Reißzwecken an der Wand links von ihrem Bett, trat einen Schritt zurück. Sehr gut, sehr professionell. Es war Platz genug für die ersten Bilder, Namen und Querverweise. Louise ging nach den Sterbedaten vor.

Ganz oben Inken. Darunter ein Kreuz und das Datum 21.6. vor drei Jahren und ein einziges Wort: UNFALL? Darunter Chiara mit Foto auf dem Flyer, ein Kreuz und 17.6. – SUIZID? Klas, Kreuz, 21.6. – SCHOCK! VERSEHEN? Dann zog sie eine gestrichelte Linie zwischen Chiara und Thams über die sie ›BEIDE SÄNGER‹ notierte. Und nun?

Sie setzte sich aufs Bett und betrachtete ihr Werk. Was wusste sie über die Personen? Nicht viel. Unter Chiara folgten die Begriffe: VERGEWALTIGUNG, DEPRESSION, SUIZIDVERSUCH – wann? Unter Klas: STREIT – Warum? Mit wem? Der Platz unter Inken blieb vorerst frei.

Lediglich Louises Bauchgefühl sagte ihr, dass der Tod der jungen Frau in irgendeiner Verbindung zu den beiden Toten der letzten Tage stand. Zu guter Letzt nahm sie Chiaras Flyer wieder ab und steckte ihn in ihre Tasche. Wenn sie jemanden zu der jungen Frau befragen wollte, sollte sie wenigstens ein Foto von ihr dabeihaben.

Doch zunächst würde sie mit dem ältesten »Fall« beginnen, mit Inken. Und um mehr über das Mädchen zu erfahren, musste sie zuerst mit Beeke sprechen, und morgen würde sie nach Bremen fahren. Valerie hatte ihr noch Adresse und Handynummer von Svea gegeben, bevor sie mit Magenschmerzen nach Hause abgerauscht war. Louise hatte sowieso geplant, in den nächsten Tagen aufs Festland zu fahren, um ihre Messer schärfen zu lassen. Nicht nur das Schmieden dieser Messer war eine Kunst, auch das Schärfen konnte man nicht jedem anvertrauen.

Louise hatte ihre Messer auf einer Messe der Deutschen Messermacher Gilde in Sindelfingen entdeckt. Sindelfingen lag nur etwas über einhundert Kilometer von Soufflenheim entfernt, und die Ausstellung galt als eine der besten, wenn man sich als Koch Topqualität leisten wollte. Die Messer, die Louise ausgewählt hatte, stammten aus einer Schmiede in der Nähe von Bremen, und Lothar, der kunstfertige Schmied, hatte ihr ans Herz gelegt, ihre Messer nach Möglichkeit von ihm bearbeiten zu lassen. Und wenn sie schon mal in Bremen war, konnte sie gleich höchstpersönlich ihre Messer abliefern und vielleicht noch ein viertes, kleines Teil mitnehmen.

Doch zuallererst musste sie mit ihrem Whiteboard weitermachen. Noch sah es sehr übersichtlich aus, nur ein einziger Querverweis zwischen Chiara und Klas. Aber wer gehörte sonst noch drauf? Es gab keine weiteren Opfer, und wer war überhaupt verdächtig? Hatte jemand von den Gästen auf der Party auch Chiara gekannt? Louise ging die Liste durch. Ein paar Namen kannte sie mittlerweile. Katinka, die Managerin, Vera, die Stylistin, der Anwalt, seine Frau, die Freunde. Der Rest sagte ihr nichts. Sie musste mit Sinja Wrede reden, um mehr zu erfahren. Mehr über die Gäste und mehr über die Party vor drei Jahren. Resigniert kritzelte Louise unter Klas' Namen in Großbuchtstaben: CHRIS. Sie klopfte mit dem Stift gegen ihre Zähne. Chris. Er war der Einzige, der sich bekanntermaßen mit Thams gezofft hatte, auch wenn dies einige Zeit zurücklag. Zuletzt malte sie noch ein großes Fragezeichen darunter, verband es mit dem Wort STREIT und schrieb eine fette 2 dahinter. Ein zweiter Streit am Partyabend? Sie trat zurück und betrachtete ihr Werk. Nein, viel war das immer noch nicht. Die Namen der drei Toten, zwei Striche, ein Pfeil, zwei Fragezeichen. Ein mehr als mickriges und wenig befriedigendes Ergebnis.

Im Erdgeschoss knarzten die Holzdielen. Fine war zurück. Es war halb fünf, noch Zeit genug, um Beeke einen Besuch abzustatten.

»Fine, kann ich das Rad haben? Und wo bitte wohnt Beeke?«, rief Louise und sprang die Treppe hinunter.

Misstrauisch beäugte Fine Louise von Kopf bis Fuß. »Du kannst Beeke natürlich gerne einen Besuch abstatten, aber wozu?«

»Nur so, ich habe ihr versprochen ein paar der Rezepte von neulich vorbeizubringen.«

Das war noch nicht einmal gelogen. Beeke hatte tatsächlich um das Rezept für den Graupencouscous gebeten.

»Aha. Fahr einfach die Straße weiter, irgendwann geht es nach rechts, Grüner Deich. Nach hundert Metern auf der linken Seite. Ein Haus mit grünen Fensterläden. Sag ihr schöne Grüße von mir.«

»Mach ich. Hör mal, der Tod von Thams ist bestimmt schon *das* Thema auf der Insel, oder?«

»Das kannst du laut sagen. Mit der letzten Fähre ist ein ganzer Schwung Reporter gekommen. Die werden wahrscheinlich schon Klas' Haus belagern. Ist Frau Wrede noch dort?«

»Ich weiß es nicht. Ich glaube aber schon. Die Ärmste, jetzt muss sie sich noch mit den Journalisten herumplagen. Und am Ende schreiben sie doch, was sie wollen. Eigentlich sind die nur auf Skandale aus. Da kann ich ein Lied von singen.«

»Tja, Klas war halt ein Mann des öffentlichen Interesses. Wahrscheinlich kommt das Fernsehen auch noch. Und was meinst du, wie viele Fans auf die Insel pilgern werden, um

Blumen und was weiß ich vor seiner Tür abzulegen! Pellworm kann sich in den nächsten Tagen auf einen wahren Ansturm gefasst machen.«

Zehn Minuten später klopfte Louise an Beekes Haustür. Erst im letzten Moment fiel ihr ein, dass auch Inkens Vater hier wohnte. Und wenn der nun die Tür öffnete? Mit ihm wollte Louise lieber nicht über Inken sprechen. Doch sie hatte Glück. Beeke öffnete und zeigte sich erfreut über den unangemeldeten Besuch.

»Na so was, das ist aber nett, komm rein Louise. Ich bin gerade dabei, das Essen vorzubereiten. Sören möchte immer sehr früh sein Abendessen haben, mir ist es egal. Dann liegt es nicht so schwer im Magen.«

Beeke führte Louise in eine kleine Küche, in der es nach geschmorten Zwiebeln duftete.

»Hast du was zu schreiben? Ich wollte dir ein paar Rezepte dalassen.«

»Gerne. Warte, hier sind Papier und ein Stift.«

Beeke kramte in der Schublade eines alten Holzschranks. Der obere Teil des Schranks stand auf gedrechselten Säulchen. In den Glastüren hingen altmodische Spitzengardinen, und auf dem unteren Teil des Schranks standen vier Porzellangefäße mit Deckel, auf denen in Jugendstillettern geschrieben war, was eigentlich hineinsollte – Kaffee und Gries auf den beiden größeren, Nelken und Kümmel auf den kleinen Töpfchen. Über den Worten zierten blaue Veilchen die cremefarbenen Vorratsbehälter.

»Hier. Bitte die Rezepte für den Couscous, die Mousse aus saurer Sahne und den Lammeintopf mit Mairübchen.«

Verblüfft registrierte Louise, dass Beeke sie nicht nach der Party bei Thams und vor allem nicht nach dessen Dahinscheiden fragte. Beeke fing ihre erstaunte Miene auf.

»Fine hat mir alles erzählt. Sie und ich arbeiten einmal die Woche ehrenamtlich im Inselmuseum«, tat sie schmunzelnd kund und rührte im Topf mit den Zwiebeln.

Aha. Daher also die Zurückhaltung.

»War es schlimm?«, fragte Beeke dann doch ohne sich umzudrehen.

»Für Klas Thams schlimmer als für mich oder Frau Wrede«, antwortete Louise trocken.

Beeke nickte. Damit war alles gesagt. Louise konzentrierte sich auf die Rezepte, legte dann den Stift beiseite und schnupperte.

»Fertig. Die Rezepte sind für vier Personen. Sag mal, was wird das eigentlich? Es riecht köstlich. Sind das nur geschmorte Zwiebeln? Ich rieche da noch einen Hauch von Kümmel.«

»Das werden Zwiebelkartoffeln. Ist ein uraltes Rezept. Nicht von hier, aber meine Mutter hat es schon gekocht. Ich schätze, es ist so ein Armeleuteessen. Du dünstest die grob gewürfelten Zwiebeln so lange, bis sie ordentlich Farbe annehmen, dann rohe Kartoffeln in Stücken dazu, und das Ganze gießt du mit Wasser an.«

»Ah, ich verstehe, die braunen Zwiebeln geben dem Wasser eine dunkle Farbe, und darin schmoren die Kartoffeln.«

»Genau, bis sie weich sind. Und nur so viel Wasser, wie sie aufnehmen können. Dann schmecken die Kartoffeln, als wären sie in einer deftigen Bratensoße gebadet. Dazu Rührei und grüner Salat.«

Louise nickte anerkennend. Einfache Hausfrauenrezepte waren durch nichts zu ersetzen.

»Beeke, darf ich dich was wegen Inken fragen?«

Beeke schüttete die Kartoffeln in den gusseisernen Topf, goss Wasser an und rührte mit einem breiten Holzlöffel alles durcheinander.

»Was willst du wissen?«

»Hat sie Klas Thams näher gekannt?«

»Näher? Nein. Ist ja auch eine ganz andere Generation. In der Nacht, in der sie starb, hatte sie eigentlich bei Klas kellnern wollen. Niemand weiß, warum sie es sich anders überlegt hat. Jedenfalls ist sie früher zu ihren Freundinnen als geplant. Ein paar Stunden später war sie tot. Warum fragst du?« Beeke legte den Kochlöffel auf den Rand des Topfes und musterte Louise stirnrunzelnd.

»Nur so. Nein, nicht nur so. Weil es dieselbe Nacht war, die Geburtstagsparty und ihr Tod.«

»Ach so. Du meinst, ob es vielleicht ein angetrunkener Gast gewesen ist, der sie angefahren hat. Das ist tatsächlich überprüft worden. Mommsen ist da sehr akribisch gewesen. Aber es gab keine Hinweise. Von Klas' engsten Freunden haben einige bei ihm übernachtet, ein paar, wie Raik und Wim, waren zu Fuß da, andere mit dem Fahrrad. Das muss eine recht überschaubare Gästeliste gewesen sein. Auf jeden Fall kam von denen niemand infrage. Am Ende seiner Untersuchung stand Mommsen mit leeren Händen da. Bis heute weiß keiner, was genau passiert ist und wer Inken auf dem Gewissen hat. Nur eins ist sicher, sie hat den Unfall nicht selbst verschuldet. Sie ist nicht einfach so betrunken vom Rad gefallen oder in ein Auto gefahren. Dann gäbe es Spuren am Rad, sagte Momme. Und dass ein Fahrzeug beteiligt war, ist unbestritten. Aber du musst doch einen Grund haben, danach zu fragen?«

Louise wusste nicht, was sie antworten sollte. Sie konnte Beeke unmöglich von ihren Hirngespinsten erzählen. Sie selbst wusste ja nicht einmal, wohin sie steuerte.

»Es ist eben dieser außergewöhnliche Zufall. Thams und Inken sterben am gleichen Tag, nur drei Jahre auseinander. Mehr ist es nicht. Es tut mir leid, wenn ich mit meiner Fragerei womöglich alte Wunden aufreiße.«

»Das tust du nicht, Louise. Diese Wunde kannst du nicht aufreißen, sie ist ja nie wirklich verheilt. Aber tu mir bitte einen Gefallen: Frag meinen Bruder nicht danach. Du hast ja sicher mitbekommen, in welchem Zustand er sich befindet. Ich weiß nicht, ob er jemals wieder zur Normalität zurückfinden wird, aber durch Fragen nach Inken wird er das nie schaffen. Ich hoffe, du verstehst das.«

Louise nickte betroffen. Nein, Inkens Vater würde sie mit ihren Fragen ganz sicher nicht belästigen.

Kapitel 30

Am nächsten Morgen stand Louise pünktlich mit ihrem Motorrad am Fähranleger, um die Fähre um Viertel vor sechs zum Festland zu nehmen. Leichter Nebel hatte sich wie ein feiner Schleier ausgebreitet, und auf den Weiden standen die Kühe bis zum Bauch in dem wabernden Dunst. Die Fahrt von Husum nach Kirchlinteln zum Schärfen ihrer Messer hatte sie mit knapp drei Stunden eingeplant. Die Arbeit in der Schmiede und ein kleiner Schwatz mit Lothar würden eine gewisse Zeit in Anspruch nehmen, sodass sie gegen eins bei Svea sein konnte.

Sie hatte sich telefonisch mit ihr verabredet. Die Studentin war erstaunt gewesen, von einer ihr vollkommen unbekannten Frau um ein Gespräch gebeten zu werden, doch ihre Neugier hatte offenbar gesiegt, und sie hatte Louise zugesagt, sich um eins vor der Cafeteria der GW-Fakultät 2 der Uni zu treffen. GW 2 stand für Geisteswissenschaften, wie Svea Louise erklärte, sie studiere Pädagogische Psychologie.

Als Louise ihr Motorrad von der Fähre schob, standen bereits zwei Fahrzeuge von Privatsendern am Anleger, um nach Pellworm überzusetzen. Heute Abend würden die diversen Magazine voll von Berichten über Jeff Storms Ableben sein, hatte ihr Fine prophezeit. Klatsch- und Tratschgeschichten waren noch nie Louises Ding gewesen, aber diese Sendungen würde sie sich garantiert anschauen. Sozusagen aus ermittlerischem Interesse. Diese Klatschreporter waren geschickt darin, in der Vergangenheit der Toten zu wühlen, und oft stießen sie auch auf etwas.

Louise traf Lothar in seiner Schmiede an, übergab ihm ihre Messer und suchte sich eine wunderbar gemusterte neue Klinge aus, die sie zum Schnippeln festen Gemüses benutzen wollte. Den Griff würde der Schmied ihr wieder handgerecht aus Olivenholz arbeiten. Nach dem Schärfen hatte Louise noch etwas Zeit und sah dem Schmied bei seiner Arbeit über die Schulter. Frau Wrede hatte die unterschiedlichen und feinen Muster auf der Klinge bewundert. Sie entstanden dadurch, dass neun oder mehr Lagen Stähle – immer waren es ungerade Zahlen – zu einem Lagepaket gestapelt wurden. Im Anschluss wurde dieses Paket bei 1200 Grad Celsius erhitzt und durch Hammerschläge auf einem Amboss zusammengefügt. Durch dieses sogenannte Feuerschweißen entstand ein Stähleblock, der auf die doppelte Länge ausgeschmiedet, mittig gefaltet und erneut im Feuer geschweißt wurde. So verdoppelte sich die anfängliche Lagenzahl, und durch Wiederholen dieses Arbeitsganges konnten bei einer Ausgangsmenge von neun Lagen dann achtzehn, sechsunddreißig und mehr geschmiedet werden. Und je höher die endgültige Lagenzahl, desto feiner zeigte sich das spätere Muster, das erst durch einen Ätzprozess sichtbar wurde. Das Schmieden eines Damaszenermessers folgte einer jahrtausendealten Tradition, und Louise war nicht weniger stolz auf ihre scharfen Klingen als Lothar, der sie geschmiedet hatte.

Louise reservierte sich auch das Stück, das gerade im

Entstehen war, verstaute ihre Messer wieder sicher in ihrer Transporttasche und stand eine halbe Stunde später, die Ledertasche über der Schulter, am Eingang zur Cafeteria des geisteswissenschaftlichen Instituts. Sie hatte Svea gesagt, sie solle nach einer Frau in einer Motorradkluft und mit einer länglichen Tasche Ausschau halten.

»Frau Dumas?«

Eine junge Frau starrte Louise misstrauisch durch eine Brille mit dicken Gläsern an, die ihre zierliche Stupsnase fast unsichtbar werden ließ.

»Hallo Svea, ja, Louise Dumas. Wollen wir ›Du‹ sagen? Dann redet es sich einfacher.«

Louise merkte Svea an, wie unwohl sie sich in ihrer Haut fühlte. Was wollte diese Frau von ihr? Diese Frage stand ihr ins Gesicht geschrieben.

»Sie haben sicher gehört, dass Klas Thams vorgestern gestorben ist.«

»Wollen wir vielleicht reingehen? Ich habe um zwei Vorlesung und würde gerne vorher eine Kleinigkeit essen.«

Die Cafeteria entpuppte sich als großer stylischer Raum, der farblich außergewöhnlich gestaltet war. Der orangefarbene Fußboden schien wie von der Sonne angestrahlt, und die roten Sitzecken luden zum Verweilen ein. Louise setzte sich, und Svea kam mit einem Tablett mit zwei Bechern Kaffee und einem üppig belegten Brötchen zurück. Sich von Louise einladen zu lassen, hatte sie rundweg abgelehnt, wie überhaupt ihr ganzes Verhalten weiterhin von einem gewissen Misstrauen geprägt war. Svea biss in ihr Brötchen, fegte sofort die Krümel zusammen und warf sie mit nervöser Hand auf den Teller.

»Natürlich habe ich davon gehört. Die Nachrichten sind ja voll davon. Und außerdem versorgt meine Mutter mich regelmäßig mit den Neuigkeiten von der Insel. Aber ich dachte, Sie, entschuldige, du wolltest mit mir über Inken sprechen? Sie war meine beste Freundin und ist seit drei Jahren tot. Also, woher und warum das Interesse?«

Louise hatte sich lange überlegt, wie sie vorgehen wollte. Doch eins war klar: Bei diesem Mädchen wäre absolute Offenheit der einzige Weg, um etwas – ja was eigentlich? – herauszubekommen.

»Was ich jetzt sage, wird dir vielleicht wie die reinste Spinnerei vorkommen. Aber Fakt ist, Inken und Klas Thams starben beide in der Nacht des einundzwanzigsten Juni. Gut, das ist Zufall, könnte man sagen. Thams hatte eine Geburtstagsparty gegeben, Inken, du und eure Freundinnen, ihr habt in derselben Nacht gefeiert. Ich weiß, dass Momme Mommsen durchaus in Erwägung gezogen hatte, ein betrunkener Partygast könne sie vielleicht angefahren haben. Aber dabei ist nichts herausgekommen. Und nun hat sich, ein paar Tage vor Thams Tod, eine junge Frau auf der Insel umgebracht, so scheint es. Sie hat in irgendeinem Kontakt zu Thams gestanden, ich weiß nur noch nicht, in welchem. *Et bien*, jetzt kommt mein Bauchgefühl ins Spiel ...«

Svea, die bis dahin aufmerksam zugehört hatte, nahm ihre Brille ab und rieb sich mit dem Zeigefinger über die Nasenwurzel. Ihre Miene wirkte nun hochkonzentriert und interessiert.

»Bauchgefühl?«

»Ja. Du hältst wohl nicht viel davon?«

»Im Gegenteil. Nur nenne ich es nicht Bauchgefühl, sondern Intuition. Es ist merkwürdig, dass du gerade jetzt mit so was hier ankommst. Eins meiner Seminare beschäftigt sich mit dem Thema *Bauch versus Kopf*, und mein Prof sagt, die Vernunft sei begrenzt, und Emotionen und die Intuition steuern letztendlich unser Handeln. Vernunft wägt ab, steuert womöglich gegen. Der Bauch jedoch hat das viel größere Gewicht. Also, ich bin ganz Ohr, was sagt dein Bauchgefühl noch?« Svea war nun ganz angehende Wissenschaftlerin, betrachtete Louise neugierig wie ein seltenes Insekt. Doch nicht nur Neugierde lag in ihrem Blick, wie Louise feststellte. Neugierde und Lauern.

»Es sagt sonst eigentlich nichts. Nur, dass alles irgendwie zusammenhängt. Chiara, das ist das Mädchen, das sich umgebracht hat, und Thams hatten auf jeden Fall eine Verbindung. Nur bei Inken weiß ich noch nicht so recht, welcher Faden die Verbindung ist. Ich möchte von dir wissen, ob Inken in irgendeiner Beziehung zu Klas Thams stand?«

Svea sah Louise ausdrucklos an. »Auf der Insel kennt jeder jeden. Insofern stehen auch alle untereinander in irgendeiner Beziehung. In der Nacht, in der Inken ums Leben kam, wollte sie ursprünglich zusammen mit Valerie auf Klas Party kellnern. Sie war auch dort, ist dann aber wieder weg. Wir waren alle erstaunt, als sie viel früher dazukam als geplant. Wir fragten natürlich, ob was passiert sei. Sie meinte nur, sie würde lieber mit uns feiern, als die Typen und ihre Tussis zu bedienen.«

Louise schielte in die Auslage mit den belegten Brötchen. Ein plötzlicher Hunger nagte in ihren Eingeweiden. Doch Svea war jetzt gesprächig, das Brötchen und ihr Magen mussten warten.

»Und was ist dann passiert an dem Abend, bevor Inken starb? Ihr habt gefeiert. Und dann? Sie ist nicht alleine losgefahren. Getrunken habt ihr alle, aber sie hat den Unfall offensichtlich nicht selbst verschuldet. Beeke sagte mir, es gebe dafür keinerlei Anhaltspunkte. Seid ihr alle gleichzeitig aufgebrochen? Beeke meinte, du und Inken seid gemeinsam gefahren. Inken sei dir aber zu langsam gewesen. Dann warst du, als der Unfall geschehen ist, also schon zu Hause? Mal ganz ehrlich, wenn ich mit meiner besten Freundin feiere, wir trinken, lachen, lästern, und was man sonst noch so bei einem Mädelsabend macht, dann hat man sich auch auf dem Nachhauseweg noch tausend Dinge zu erzählen. Da trennt man sich nicht, nur weil eine langsam fährt. Meine Intuition …«, Louise betonte das Wort, »… sagt mir, dass an der Geschichte etwas nicht stimmt. Habe ich recht?«

Svea lehnte sich in ihrem Sessel zurück und biss sich auf die Lippen. Louise ließ ihr Zeit. Sveas Mienenspiel wechselte von Neugierde über Erschrecken zu Nachdenklichkeit und Abwägen und zuletzt Entschlossenheit.

»Ich hatte Inken mein Wort gegeben, ich habe ihr geschworen, nichts zu sagen. Und das hat mit dem Unfall auch nichts zu tun.«

Also doch. Ihr Bauchgefühl, pardon, ihre Intuition, war eindeutig richtig gewesen.

»Das Wort, das man der besten Freundin gibt, ist wie das Bewahren eines Beichtgeheimnisses, das verstehe ich. Man behält es für sich.«

»Genau. Und wie ich schon sagte, das was Inken mir anvertraut hat, hat garantiert nichts mit dem Unfall zu tun.«

»Okay, daher hast du auch keine Veranlassung gehabt, darüber zu reden.«

Svea wand sich in dem roten Polster wie ein Aal. »Was du eben gesagt hast, stimmt. Es war so etwas wie bei einem Beichtgeheimnis. Was meinst du, gilt das noch, wenn jemand tot ist?«

»Ich weiß es nicht, ich bin kein Priester. Aber vielleicht schleppst du schon seit Jahren etwas mit dir herum, was dich ganz schön belastet, kann das sein?«

Svea blickte Louise ausdruckslos an, dann nickte sie. »Kann schon sein. Ich muss viel daran denken. Hätte ich es erzählt, es hätte doch keinem was genutzt.«

»Aber mir würdest du es sagen?«

»Du hast mit der ganzen Geschichte nichts zu tun, und du warst sehr offen und ehrlich zu mir. Wenn ich damals was gesagt hätte, wäre ein Stein ins Rollen gekommen und hätte womöglich Schlimmes angerichtet.« Sveas Stimme war nun die eines kleinen Mädchens, hell, unsicher, piepsig. Dann holte sie tief Luft. »Inken hatte etwas mit einem Mann.«

Louise stutzte. Na und?, wollte sie schon sagen. Inken war sechzehn Jahre alt gewesen, warum sollte man da nichts mit einem Mann haben. Es sei denn, man wollte Nonne werden.

»Mit einem Mann, der vielleicht verheiratet oder mit einer anderen zusammen war. Das war ihr großes Geheimnis. Mit ihm wollte sie sich noch treffen, nach unserer Feier. Deswegen haben wir uns getrennt. Ich bin nach Hause, und sie wollte weiter, ich weiß allerdings nicht wohin. Das wolltest du wahrscheinlich als Nächstes wissen. Und, wer der Typ war. Auf beides habe ich keine Antwort. Und auf dem Weg zu ihrem Date hat sie jemand totgefahren. Und ich wüsste nicht, wem es etwas nutzt, wenn das an die große Glocke gehängt wird. Inken ist tot, und der Typ lebt sein Leben. Er hat in dieser Nacht umsonst auf sie gewartet und am nächsten Tag erfahren, was passiert ist. Und dann hat er sein altes Leben wieder aufgenommen, nehme ich an.« Svea schaute auf ihr Handy. »Ich muss gleich zu meiner Vorlesung. Mehr kann ich dir nicht sagen. Aber ich bin froh, dass ich es los bin. Was glaubst du, wie sie über Inken geurteilt hätten auf der Insel, wenn das publik geworden wäre? Kein gutes Haar hätten sie an ihr gelassen. Ich glaube, er hat sehr um sie getrauert. Die beiden haben sich nämlich geliebt, wirklich geliebt.«

Svea schälte sich aus dem tiefen Polster und verabschiedete sich. »Wenn ich auf Pellworm bin, und du bist noch da, können wir vielleicht mal was zusammen trinken gehen. Ich würde mich freuen.«

Louise blieb grübelnd sitzen. Spontan rief sie Valerie an und fragte, ob sie sich nicht doch an irgendetwas erinnern könne, wegen Inken und der Party bei Thams vor drei Jahren. Warum war Inken so einfach von der Party verschwunden, wo es doch garantiert gutes Geld zu verdienen gab? Was hatte sie so aufgeregt? Oder gekränkt? War etwas vorgefallen? Ob ihr denn wirklich gar nichts aufgefallen war?

Valerie nahm sich Zeit, überlegte. Nein, überhaupt nichts. Sie habe sich allerdings, wenn sie zurücküberlegte, damals ganz schön über Inken geärgert. Weil sie einfach abgehauen sei, habe sie, ehrlich gesagt, auch keine Lust mehr gehabt, sich mit den Freundinnen zu treffen. Und dann wäre es sowieso zu spät gewesen. Aber das habe sie ja schon gesagt.

Louise musste einsehen, dass sie von Valerie kaum mehr erfahren würde. Ihr Magen grummelte unangenehm laut, sie brauchte jetzt dringend Nervennahrung. Sie orderte sich zwei belegte Brötchen, eins mit Lachs und eins mit Camembert, ließ sich wieder gemütlich in ihrer Sitzecke nieder und spann den Faden weiter. Und wenn der Mann, den Inken so geliebt hatte, Gast auf Thams Party gewesen war? Wenn er ihr an diesem Abend gesagt hatte, es wäre Schluss? War ihm die Liaison mit Inken, die zu dieser Zeit minderjährig gewesen war, zu viel, zu gefährlich geworden? War er gebunden, und der Spagat zwischen Partnerin und Geliebter war zu anstrengend geworden? Hatte Inken mehr gewollt, und er war nicht bereit gewesen, mehr zu geben? Fragen über Fragen und keine Antworten darauf. Louise hatte am eigenen Leib erfahren, wie schnell sich ein Mann von der Frau, die er angeblich so sehr liebte, trennen konnte. Und nicht jede Trennung verlief harmonisch, nicht jede Trennung verlief ohne Verletzungen.

Kapitel 31

»Fine, du kennst doch wirklich jeden auf Pellworm.«

Louises Patentante arbeitete seelenruhig weiter und befreite die grünen Bohnen von den lästigen Fäden, brach sie in Stücke und warf sie in ein Sieb, um sie später abzuspülen. Louise hatte die Mettwürstchen und den köstlich duftenden Räucherspeck schon im Kühlschrank entdeckt. Hausgemachte Bohnensuppe mit Kartoffeln zum Abendessen, ein Genuss. Für sie war die Krönung zu guter Letzt dann noch einen Schuss süße Sahne. Diese Suppe war das erste Gericht, das sie zusammen mit ihrer Mutter gekocht hatte. Da war sie höchstens fünf Jahre alt gewesen und durfte die grünen Bohnen in Stücke brechen. Bohnensauf, so hieß der Eintopf im Sprachgebrauch ihrer saarländischen Mutter. Wahrscheinlich, weil man die Suppe mit einem solchen Heißhunger verschlang, als ob man am Verhungern oder, beim Bild des Saufens zu bleiben, am Verdursten war. Dazu gab es seit jeher Kartoffelpuffer oder auch Grumbeerkichelcher genannt.

»Warum fragst du?«

»Fine, ich will das nicht Beeke fragen, aber hast du eine Ahnung, ob Inken einen Freund hatte, der erheblich älter war als sie, der vielleicht eine Frau oder feste Freundin hatte, die er mit Inken hintergangen hat?«

Fine drehte sich erstaunt um, eine Handvoll Bohnen in der Faust.

»Inken? Nein, das glaube ich nicht«, antwortete sie im Brustton tiefster Überzeugung. »Hier kann man nichts geheim halten. Es sei denn, der Mann war nicht von Pellworm. Vielleicht ein Feriengast? Einer vom Festland?«

Louise musste zugeben, diese Möglichkeit noch nicht in Betracht gezogen zu haben.

»Aber warum machte sie dann so ein Geheimnis draus? Treffen, von denen niemand etwas wissen durfte, ein Mann, dessen Namen sie noch nicht einmal ihrer besten Freundin anvertraute. Ob sie vielleicht sogar von ihm schwanger war?« Der Gedanke war Louise spontan gekommen.

»Also Louise, jetzt geht deine Fantasie aber mit dir durch. Das hätte man doch mitbekommen!«, empörte sich Fine.

»Wer hätte das mitbekommen? Höchstens die Familie, wenn man es bei einer Obduktion, die ja nie stattgefunden hat, festgestellt hätte. Das posaunt doch niemand in der Gegend herum. Und so viel Familiensinn hat hier jeder, eine solche Sache nicht noch an die große Glocke zu hängen. Da deckt man den Mantel des Schweigens drüber. Bei uns wäre das jedenfalls so.«

Fine musste Louise recht geben. Hier tickten die Uhren auch nicht anders als auf einem Dorf im Elsass. »Dass du mir damit aber bloß nicht Beeke belästigst, Louise. Das musst du mir versprechen. Sie hat genug Ärger mit ihrem Bruder.«

»Nein, keine Angst.«

Louise wusste schon, wen sie danach fragen würde. Auch wenn sie sich nicht wirklich eine Antwort erhoffte … Doch zunächst würde sie endlich mit Sinja Wrede reden. Wenn ihre Intuition sie nicht trog, und Inkens Tod tatsächlich mit den Geschehnissen der letzten Tage zusammenhing, dann musste jemand aus der Umgebung von Thams, wenn nicht sogar er selbst, etwas mit Inken gehabt haben. Und warum durfte es nicht öffentlich werden? Weil Inken vor drei Jahren erst sechzehn und weil der Typ aller Wahrscheinlichkeit nach gebunden gewesen war. Auf einer kleinen Insel hatte eine solche Kombination womöglich noch das Zeug zu einem Skandal. Vielleicht hatte die Haushälterin ja eine Ahnung, wer dieser mysteriöse Freund gewesen sein könnte.

Fine schlief schon den Schlaf der Gerechten, als Louise am späten Abend zweifelnd vor ihrem Whiteboard stand. Sie hatte neben Klas' Namen die seiner engsten Freunde geschrieben. CHRIS stand bereits in großen Lettern da. Es folgten WIM – JAN – RAIK – JANNE. Vielleicht würde morgen dank Frau Wredes Auskunftsbereitschaft noch der ein oder andere Name dazukommen. Unter jeden einzelnen neuen Namen kritzelte Louise MOTIV? Dann zog sie eine gepunktete Linie zwischen Chiara und Inken, darüber malte sie ein Fragezeichen. Gab es eine Verbindung zwischen den beiden jungen Frauen? Wohl eher nicht. Die eine war auf Pellworm großgeworden, die andere in Bayern. Chiara hatte vor ein paar Tagen zum ersten Mal ihren Fuß auf die Insel gesetzt.

»Ich verrenne mich da in etwas«, sagte Louise laut. Auf ihrer Ermittlungstapete tummelten sich Namen, Daten, Punkte, Pfeile und Fragezeichen. Nein, in den Filmen sahen die Tafeln aussagekräftiger aus. Ihr Whiteboard trug nicht die Bohne zu weiterreichenden Erkenntnissen bei. Niedergeschlagen fiel Louise ins Bett. Morgen früh würde sie von vorne anfangen, zunächst die Punkte berücksichtigen und verfolgen, die offensichtlich waren, zumindest für Louise.

Sie wurde von dem wie so oft plötzlich aufkommenden Wind geweckt, und irgendein Geräusch hatte sie auch noch erschreckt. Dachziegel? Nein, das Haus war reetgedeckt. Und Fensterläden, die klappern konnten, hatte es auch keine. Louise versuchte wieder, im Reich der Träume zu versinken, doch vergeblich. Sie stand auf, trank ein Glas Wasser und stellte sich vor das Bücherregal, das Fine mit Inselliteratur bestückt hatte, die Louise vielleicht interessierte. Ihre Blicke glitten über die Buchrücken. Das war doch was für heute Nacht. ›*Mandränken – Eine kleine Geschichte der Sturmflut*‹. Wieder ließ eine kräftige Windbö irgendwo etwas scheppern.

Wie hatte Fine gesagt? Das Schicksal liegt zwar nicht nur in Gottes Hand, sondern auch in den Händen der Deichbauer und zuletzt auch in unseren eigenen, aber es ist schon wichtig, uns jeden Tag bewusst zu machen, wie vergänglich doch alles ist. Oder so ähnlich. Die Sturmfluten hatten Pellworm geprägt.

Louise legte sich wieder ins Bett und blätterte in dem Büchlein. Karten zeigten das Festland, das Meer und alles was sich darin befand vor und nach den Sturmfluten. Wie die Landschaft doch ihr Gesicht verändert hatte. Die nächsten Kapitel widmeten sich den Chronisten der Sturmfluten. Am 1. November 1436 trennte die Allerheiligenflut Pellworm von Nordstrand ab. Eine weitere Sturmflut 1480 zerriss Pellworm in zwei Teile. Dieser Schaden wurde mit unendlichen Anstrengungen wiedergutgemacht, und 1550 waren Pellworm und Nordstrand wieder vereinigt. Dann kam das Jahr 1634. Die Burchardiflut, die zweite Grote Mandränke, am 11. und 12. Oktober wurde Pellworm endgültig von Nordstrand abgetrennt. Dabei ertranken allein auf Pellworm tausend Menschen. Ursache für die Katastrophe war unter anderem der massive Torfabbau in der Region, der zu einer Absenkung des allgemeinen Landpegels führte, las sie in der Einführung. Die Menschen wussten es wahrscheinlich nicht besser, dachte Louise.

Sie vertiefte sich in die nachfolgenden Schilderungen des Chronisten Anton Heimreich, Pfarrer auf Nordstrand in der Mitte des siebzehnten Jahrhunderts, und Sohn von Johannes Heimreich, Propst und Pastor der Alten Kirche auf Pellworm.

Am 11. Oktober 1634 war die Katastrophe über das Land hereingebrochen … *indem sich ein ungeheurer Sturmwind aus dem Süd Westen erhoben, so sich in folgender Nacht auf halber Springhflut nach dem Nordwesten gewendet und so gar übel gehauset, daß er nicht allein hin und wieder die Häuser auff- und abgedecket, auch unzehlig viel gar hinweg genommen,… sondern auch das Wasser und Meer in der West-See dermaßen bewogen und auffgetrieben, daß es … Deiche und Dämme zerrissen, und dahin gekommen, da man zuvor niemals solche Fluth vernommen, viele tausend Menschen und Vieh ersäuffet, Häuser und Güter weggeführet, und solchen Schaden gethan, daß es nicht zu beschreiben.*

Louise erschauderte, als sie die nächsten Zeilen las. Die Menschen wurden von den Wellen weggerissen, obwohl die Männer … *sich und ihre Weiber und Kinder haben aneinandergebunden, daß wie sie alle die Natur und die Liebe vereiniget, also auch sie die grausamen Wellen nicht möchten trennen.*

Und doch hatten sie keine Chance. Sie hielt den Atem an und spürte einen Stich im Herzen … *Und also diese elende Leute elendiglich voneinander getrennet, daß auf dem einen Stück der Vater, auff einem andern die Mutter hingetrieben, auf einem andern die zarten Kinderlein …*

Menschen und Tiere, das Land, alles hinweggespült. Und die, die noch lebten standen vor den Trümmern ihrer Existenz. Der *Blanke Hans* habe ganze Arbeit geleistet, war zu lesen.

Louise kam der Name *Blanke Hans* bekannt vor. Ja, er stand in einem Buch, das sie bei Thams in der Bibliothek aufgeblättert hatte, geschrieben. *Trutz, Blanke Hans*, es war ein Gedicht Liliencrons gewesen.

Die Erklärung, was dieser Hans nun bedeutete, fand sie wenige Zeilen weiter. Der *Blanke Hans* war das personifizierte Meer und *Trutz*, Trotzen, der Wille der Küsten- und Inselbewohner, sich ihm und seinen Gewalten zu widersetzen.

Diesen Naturgewalten mit Hochmut zu begegnen, sei ein großer Fehler, las Louise weiter. Und nicht nur das. Die Sturmflutkatastrophen seien das Ergebnis des verderbten Lebens der Einheimischen, eine göttliche Strafe, so Chronisten und Pastoren der Jahrhunderte nach den verheerenden Fluten.

Louise schüttelte den Kopf. Das Bild der aneinandergebundenen armen Menschen, die sich nicht durch den Tod voneinander trennen lassen wollten, Mütter mit ihren Säuglingen an der Brust, auf den Hausdächern hockend, die gleich von den Fluten verschlungen werden würden. Was sollten sie wohl Gott angetan haben, um ein solches Schicksal zu verdienen? Verdienen! Louise wurde wütend. Was war damals für ein Schwachsinn von der Kanzel gepredigt worden. Empört las sie weiter. Erst 1798 nannte der Pellwormer Pastor Ernst Christian Kruse dann das Kind beim Namen, nicht die Verderbtheit der Menschen hatte der Sturmflut geholfen, ihr vernichtendes Werk zu vollenden, sondern der elende Zustand der Deiche.

Sie klappte das Büchlein zu. War das nicht ein wütender Orkan, der draußen an den Bäumen rüttelte? Ach was! Und eins war doch hoffentlich sicher: Der Zustand der Deiche war perfekt und nicht elendig. Endlich schlief Louise ein, geplagt von Albträumen, in denen eine junge Frau mit einem Fahrrad auf einer Art Surfbrett, das sich als aneinandergebundene Bretter entpuppte, auf den Wellen tanzte, die sich bedrohlich den Deichen näherten, um darüberzuschwappen, sich einzugraben, sie zu brechen – und Pellworm wie in einem Strudel im Höllenschlund verschwinden zu lassen.

Kapitel 32

Das Haus von Klas Thams war bis in die letzte Ecke gefeudelt. Kein Staubkörnchen wagte es, in der Sonne zu tanzen. Die Küche war aufgeräumt, das Bad geputzt. Die Spiegel blank gewienert, die Wäsche gewaschen und zusammengelegt. Sinja Wrede hatte seit Klas' Tod jede Minute damit verbracht, alles auf Vordermann zu bringen. Der Garten war ebenfalls in einem Zustand, der einer jeden anspruchsvollen Gartenzeitschrift genügt hätte. Und Sinja Wrede war standhaft geblieben. Sie hatte, trotz der wartenden Meute von Reportern aus ganz Deutschland, jedes Interview verweigert. Eine Zeitung hatte ihr sogar fünftausend Euro geboten, damit sie die letzten Stunden ihres Arbeitgebers schildere. Nach vierundzwanzig Stunden der Belagerung hatten sie es dann aufgegeben, sich stattdessen auf der Insel verteilt und bei den Einheimischen und Urlaubern ihr Glück versucht. Mancher Tourist stellte erst jetzt erstaunt fest, welche Berühmtheit auf Pellworm geboren worden und gestorben war. Dies hatte natürlich zur Folge, dass ein kleiner Pilgerstrom zu seinem Haus einsetzte, der allerdings weniger neugierig als ergriffen vom Umstand des Dahinscheidens des allseits beliebten und verehrten Sängers war.

Seit gestern lagen kleine Blumensträuße vor dem Gartentor, sogar ein Teddybär in einem Trachtenanzug war dabei. Sinja Wrede fragte sich, wer so etwas mit in den Urlaub nahm.

Sie hauchte ein letztes Mal die neueste Platinplatte an und wischte vorsichtig mit einem Staublappen darüber. Sie hatte den Eindruck, dass Platin stärker den Staub anzog als Gold. Wahrscheinlich ein physikalisches Gesetz, vermutete sie. Der Kaffee war mittlerweile durch den Filter gelaufen, sie roch den aromatischen frischen Duft bis ins Wohnzimmer. Eigentlich wartete sie seit Thams' Tod darauf, dass ihr irgendjemand sagte, wie es nun weiterging. Da weder sie noch Herrn Thams Freunde eine Person benennen konnten, die zum Verstorbenen in einer verwandtschaftlichen Beziehung stand, hatten sich Mommsen, als Vertreter des Staates, und Lutz Windisch, als Thams' Anwalt, den Inhalt der Schubladen und Schränke vorgenommen. Ein verschlossenes Kuvert war wohl wichtig gewesen. Es trug die Anschrift eines Notars in Husum. Nun wartete Sinja Wrede gespannt darauf, was wohl in dem Schriftstück drinstand.

Natürlich erhoffte sie sich zumindest eine kleinere Summe. Ganz sicher waren auch seine Freunde bedacht worden. Der treue Wim, der demnächst Vater werden würde, Raik, der bereits finanziell von Klas profitiert hatte und dem Klas, so schätzte sie ihn ein, wahrscheinlich die Schulden erlassen hatte, und Jan. Sinja Wrede würde es nicht wundern, wenn Klas ihm das Haus hinterließ. Das passte doch zu einem Makler, eine so schöne und gepflegte Immobilie. Und was war mit Chris, Klas Thams engstem Jugendfreund? Eng bis zum Streit vor ein paar Jahren. Sie hatte nie in Erfahrung bringen können, worum es dabei gegangen war. Und jetzt war Chris wiederaufgetaucht. Sie konnte sich nicht vorstellen, dass er in Thams Testament bedacht worden war.

Was wohl mit den Millionen passierte, die Klas Thams als Sänger verdient hatte? Oder gab es doch einen echten Erben, einen Cousin, eine Verwandte zigsten Grades, die irgendwo in Kanada lebte? Oder, diese Möglichkeit trieb Sinja Wrede im Moment besonders um, vielleicht gab es ja sogar ein Kind, ein Kind mit Mutter, ein Kind, das Klas Thams irgendwann gezeugt hatte, das aber versteckt aufwuchs. In der Villa am Starnberger See? Stimmt, diese Villa gab es ja auch noch. Sinja Wrede hatte von der letzten Verlobten von Thams nicht viel gehalten. Eine Opernsängerin. Sinja Wrede interessierte sich auch nicht für Opern. Man verstand überhaupt nichts. Da waren ihr ja die ollen Dinger des Ohnsorg-Theaters lieber. Und nur ein einziges Mal hatte Herr Thams die Frau mit nach Pellworm gebracht. Sinja Wrede hatte sie kaum zu Gesicht bekommen. Wie ein Geist war diese Frau durchs Haus gewandert. Man hatte was gehört, aber nichts gesehen. Und dann hatte sie den wunderbaren Herrn Thams wegen eines Tänzers sitzen lassen. Nein, von der hatte sie gar nichts gehalten.

Während sie mit Staublappen, Glasreiniger und Küchenrolle in die Küche ging, überlegte Sinja Wrede laut, wie die Dame geheißen hatte. Es war ein außergewöhnlicher Vorname gewesen, an einen Nachnamen konnte sie sich gar nicht erinnern. Daphne, Dulcinea, Deirdre, irgendwas mit ›D‹ auf jeden Fall. Und nach der Frau mit ›D‹ waren es nur noch sehr, sehr kurze Verbindungen gewesen, nie mehr etwas Festeres. Soweit sie wusste.

Sie goss sich einen Becher Kaffee ein, rührte drei Löffel

Zucker hinein und gab schließlich noch einen Schuss Rum dazu. Kurz zögerte sie, als sie den Becher an die Lippen führte. Hoffentlich war der Alkohol im Kaffee kein Fehler, sie sollte jetzt all ihre Sinne beisammenhalten. Aber was war schon ein winziger Schluck Rum in dem großen Kaffeebecher. Sie stellte sich mit ihrem Getränk an die Küchentür, die zum Garten führte. Klas Thams hatte die alte Holztür letztes Jahr durch eine moderne Glastür ersetzen lassen, und jetzt hatte man freie Sicht auf den Garten, der eigentlich mehr ein Park war. Noch vor ein paar Tagen vergnügten sich hier die Geburtstagsgäste, und jetzt – alles Vergangenheit.

Die Haustür wurde geöffnet, die Schritte, die in die Küche führten, erschienen Sinja Wrede langsam, achtsam, vorsichtig gesetzt. Die Dielen im Flur knarzten trotzdem. Ihr Gesicht glühte, der Kaffee war heiß, und der Rum tat das Seinige dazu. Vielleicht war es auch die Aufregung. Sie drehte sich nicht um, ihre innere Anspannung musste ja nicht gleich sichtbar werden. Das Linoleum in der Küche, eigentlich hatte Herr Thams geplant es rauszureißen, damit die alten Fliesen wieder zum Vorschein kämen, quietschte ein wenig unter den Schritten. Warum kam keine Begrüßung? Kein Moin oder einfach ein Hallo?

Der Schlag auf den Hinterkopf traf Sinja Wrede mit voller Wucht. Die brutalen Hiebe, die folgten, nahm sie nicht mehr war. Eine gnädige Macht hatte sie bereits beim ersten Hieb das Bewusstsein verlieren lassen. Langsam sickerte das Blut aus der klaffenden Kopfwunde, und Sinja Wrede tat ihren letzten Atemzug.

Kapitel 33

Louise hatte sich mit Sinja Wrede für halb vier verabredet. Vorher musste sie noch die Rechnung fertig machen, die ihr in der Aufregung der letzten Tage tatsächlich durchgerutscht war. Frau Wrede hatte sie daran erinnert und würde sie am Nachmittag für die geleisteten Dienste entlohnen. Ein guter Zeitpunkt, um von der Haushälterin etwas über Thams' Gäste und die Party vor drei Jahren zu erfahren. Allerdings war Feingefühl gefragt, und Louise würde ihre Fragen vorsichtig formulieren müssen. Frau Wrede hatte ein misstrauisches Wesen, und wenn nur der leistete Verdacht in ihr aufkeimte, der Ruf von Klas Thams könnte posthum beschädigt werden, würde sie garantiert dichtmachen wie eine Auster. Sie musste ihr schmeicheln, ihre Menschenkenntnis loben und sich beeindruckt zeigen, welch genaue Beobachterin Frau Wrede doch war.

Louise stieg vom Rad und lehnte es an die Hecke. Das Gartentor stand weit offen, und auch die Haustür war nicht geschlossen. Die schmale Grasfläche vor dem Grundstück wirkte zertrampelt, und einige der Äste der schützenden Hecke, waren geknickt oder gebrochen. Louise war erstaunt, wie schnell sich die Journaille wieder verzogen hatte. Die Haushälterin hatte ihr von der aufdringlichen Meute berichtet. Doch sie habe es nicht zugelassen, dass auch nur einer seinen Fuß auf das Grundstück des Herrn Thams setzte. Louise hielt eine Sekunde inne. Wie wollte sie die Haushälterin jetzt genau umgarnen? Vielleicht zuerst … Weiter spann Louise ihre Idee nicht, denn das, was sie im Flur hinter der offenen Haustür entdeckte, ließ ihre Gedanken wie ein Lufthauch verschwinden.

Vor der Wandkonsole auf der linken Seite lag eine Vase zertrümmert auf dem Boden. Im Haus war es totenstill. Ein merkwürdiges Gefühl beschlich Louise. Langsam ging sie in Richtung Küche, vorbei am Wohnzimmer, dessen Tür sperrangelweit aufstand. Sie warf einen Blick hinein und stieß einen kleinen Schrei aus.

Was war denn hier passiert? Stühle waren umgeworfen, die Schreibtischschubladen lagen auf dem Teppich, Papiere waren überall verstreut. Der Kerzenleuchter, der auf dem Couchtisch gestanden hatte, lag davor. Noch schlimmer sah es vor den Bücherregalen aus. Die Bücher waren herausgerissen, Seiten türmten sich zerfetzt daneben, Buchrücken waren gebrochen. Louise schlug die Hand vor den Mund. Hier hatte jemand wie ein Berserker gewütet. Und offensichtlich nach etwas gesucht. Ihr Blick wanderte nach rechts zur Wand, an der die Goldenen und Platin-Schallplatten hingen. Bis auf drei Platten war alles geplündert worden.

»Frau Wrede?«, flüsterte Louise. Auf leisen Sohlen schlich sie zur Couch und griff nach dem schweren Kerzenleuchter. Was, wenn der Dieb noch im Haus war? Was hatte er mit Frau Wrede gemacht? Womöglich saß sie hilflos geknebelt und gefesselt in der Küche.

»Frau Wrede?« Nun tönte ihre Stimme lauter und fester.

Falls der Dieb sich noch irgendwo befand, würde er hoffentlich spätestens jetzt fliehen. Nichts rührte sich, keine Antwort drang an Louises Ohren. Im Zeitlupentempo ging sie zur Küche, schob die Tür mit dem rechten Fuß auf, in den Händen einsatzbereit der Kerzenleuchter aus Messing.

»*Mon dieu*!« Louise ließ den Leuchter sinken und eilte zu der Gestalt, deren Kopf in einer Blutlache lag.

Sie beugte sich über Sinja Wrede. Nichts. Kein Atemzug, kein Puls. Die Frau war tot. Erschrocken zuckte sie zusammen. War das eben ein Geräusch gewesen? Louise riss die Küchentür zum Garten auf und rannte hinaus, um das Haus herum auf die Straße. Fünfzig Meter von ihr entfernt spazierte eine ältere Frau mit einem großen braun gefleckten Hund. Sie warf einen Ball, und der Hund hechelte mit großen Sätzen hinterher. Am Himmel zogen Vögel ihre Kreise, und ihre heiseren Schreie waren, neben den Rufen der Frau nach ihrem Hund und dessen lautem Hecheln, die einzigen Geräusche weit und breit.

»Hallo, Sie da. Hilfe.«

Louises Stimme war ein einziges Piepsen. Die Frau hatte sich mit ihrem Hund entfernt, Louises Stimmchen nicht gehört. Mit zitternden Fingern suchte sie Mommsens Nummer, die sie nach Thams Tod wohlweißlich in ihrem Handy gespeichert hatte. Das hier war ein Fall für die echten Kriminalisten.

Kapitel 34

Keine zehn Minuten nachdem Louise Momme Mommsen mit brüchiger Stimme angerufen hatte, war der Polizist am Tatort. Louise wartete auf der Bank im Vorgarten auf ihn.

»Das ist ein Fall für die Kripo.« Mommsen war kreidebleich. »Flensburg ist bereits informiert. Sie werden mit einem Schnellboot der Hafenpolizei kommen und einen Rechtsmediziner mitbringen. Meine Güte, wer kann das Sinja nur angetan haben? Sie sind sicher, dass niemand mehr im Haus war, als Sie reingekommen sind?«

Louise hatte Mommsen bis ins kleinste Detail geschildert, was sie vorgefunden und wie sie die Leiche von Sinja Wrede entdeckt hatte. Sie ließ das ganze Szenario Revue passieren und kam zu dem Schluss: »Nein, es war alles mucksmäuschenstill im Haus. Die alten Dielen knarzen bei jedem Schritt. Ich hätte etwas gehört. Es sei denn, der Mörder hat sich ruhig verhalten und ist über die Haustür geflüchtet, als ich in den Garten und von dort zur Straße gelaufen bin. Aber dann hätte ich ihn doch sehen müssen. Und es würde bedeuten, dass ich ihm selbst nur ganz knapp entkommen bin.« Ein kalter Schauer durchströmte Louise. Sie riss sich zusammen und sinnierte weiter. »Hätte der Täter über die Felder entkommen können, ohne dass ich etwas davon bemerkt habe? Was glauben Sie, war das ein missglückter Einbruch? Immerhin fehlen die wertvollen Schallplatten, und der Schreibtisch ist komplett durchwühlt worden. Ich vermute, der Täter hat auch nach einem Tresor gesucht. Wegen der Bücher, die er aus dem Regal geworfen hat. Ein Tresor liegt erfahrungsgemäß hinter einem Bild oder hinter Büchern.«

Mommsen unterdrückte ein Schmunzeln. Erfahrungsgemäß.

»Auf den ersten Blick sieht es danach aus. Ich frage mich allerdings, wie der Täter die Schallplatten transportiert hat? Er muss eine Tasche dabeigehabt haben, oder etwas in der Art aus dem Haus mitgenommen haben. Vielleicht auch einen Rucksack, oder eine Sporttasche.«

Louise schüttelte den Kopf. »Warum er wohl nicht alle mitgenommen hat?«

»Entweder war seine Transporttasche nicht groß genug, die Dinger waren zu schwer, oder Sie haben ihn gestört. Das wäre nahe liegend. Als er hörte, wie jemand das Haus betreten hat, ist er vielleicht über die Terrasse vor dem Wohnzimmer geflüchtet. Zumindest ist dort die Schiebetür ein Stück geöffnet. Allerdings ist es reine Spekulation. Wenn die Spurensicherung da ist, werden die ganz sicher herausfinden, wie sich alles zugetragen hat. Louise, Sie sehen gar nicht gut aus. Nicht, dass Sie mir noch umkippen. Das Beste ist, Sie fahren jetzt nach Hause. Wenn es Ihnen morgen besser geht, kommen Sie doch bitte in mein Büro, damit ich Ihre Aussage für die Kollegen aus Flensburg zu Protokoll geben kann.«

Louise erhob sich. Ihre Beine zitterten immer noch, und ihr war flau im Magen. Sie wollte sich schon verabschieden, als ihr die Auseinandersetzung zwischen Sinja Wrede und ihrem Sohn wieder in den Sinn kam. Es war um Geld gegangen, Sinja hatte ihr erzählt, wie sich die Schulden ihres Sohnes allmählich anhäuften, und dass er sie immer wieder um Geld gebeten hatte. Was, wenn er seine Mutter erneut um Geld angegangen war, und sie hatte es ihm verweigert? Er würde in Teufels Küche geraten, wenn er seine Schulden nicht zurückzahlen konnte. Er hatte Spielschulden, und er hatte sich Geld geliehen. Und das waren Leute, mit denen nicht zu spaßen war. In seiner Panik und um an Geld zu kommen, hatte er seine eigene Mutter getötet und das aus Thams' Haus mitgenommen, was ihm wertvoll erschien. Platin und Gold, das musste doch ein Vermögen wert sein. Wenn man es einschmolz, denn so konnte man das Zeug doch garantiert nicht verkaufen.

Atemlos ließ Louise Momme Mommsen an ihrem Wissen und ihren Folgerungen teilnehmen. Der Polizist war nicht wenig erstaunt und musste gestehen, von den finanziellen Problemen des jungen Herrn Wrede keine Ahnung gehabt zu haben.

»Soweit ich weiß, lebt er in Husum, der feine Herr Sohn. Wir müssen ihn zur Fahndung ausschreiben.«

»Aber nein, das ist es ja gerade. Er lebt zurzeit hier auf Pellworm. Seine Mutter hat ihm eine Arbeit vermittelt bei einer Karla auf einem Hof. Wir müssen sofort da hin, bevor er verschwindet.«

»*Wir* müssen gar nichts. Sie fahren jetzt zu Fine, und ich werde mich zu Karla auf den Ponyhof begeben. Sie sollten sich wirklich ein wenig hinlegen. Das ist alles ein bisschen viel für Sie.« Mommsen schaute auf seine Uhr. »Wo bleibt denn nur der Doktor? Bis der Rechtsmediziner eintrifft, möchte ich schon eine erste Einschätzung haben.«

Kaum hatte Mommsen ausgeredet, hielt der Wagen des Arztes an der Straße. Mit seinem Köfferchen rannte er auf den Polizisten und Louise zu.

»Das kann doch wohl nicht wahr sein! Das ist jetzt schon die dritte Leiche innerhalb einer Woche, die nicht einfach nur friedlich in ihrem Bettchen eingeschlafen ist.« Vorwurfsvoll sah er Louise an, als ob sie schuld an dem ganzen Unglück wäre, das Pellworm zurzeit heimsuchte.

Louise war der Blick nicht entgangen. »Wenn jetzt noch die Kühe verenden, weil das Wasser vergiftet ist, und die Ernte schlecht ausfällt, wissen Sie ja, an wen Sie sich wenden können«, sagte sie mit einem süßen Lächeln.

Der Arzt grinste breit. »Touché, Mademoiselle Dumas. Aber es ist doch schon ein merkwürdiger Zufall, nicht wahr? So, nun aber an die Arbeit. Wo finde ich die Bedauernswerte?«

Für Louise wurde es Zeit, sich zu verabschieden. Die beiden Männer mussten ihre Arbeit machen. Sie setzte sich auf ihr Rad und fuhr los. Drei Minuten später wurde sie von Mommsen überholt, der auf dem Weg zu Sinja Wredes Sohn war. Ob er wohl noch dort war oder schon längst mit seiner Beute über alle Berge, pardon, über alle Deiche davon? War in der letzten Zeit überhaupt eine Fähre losgefahren? Wenn nicht, dann saß der junge Wrede auf Pellworm fest wie ein Fuchs in der Falle. Es sei denn, er hätte jemanden, der ihn mit einem Boot von der Insel schipperte. Aber auch das würde Momme Mommsen ganz sicher bedacht haben.

In Fines gemütlichem Haus war es still. Louises Patentante saß im Garten und las im Schatten des Birnbaumes, Sture hielt einen Nachmittagsschlaf, nur ab und zu zuckte eines seiner langen Ohren. Eine idyllische, friedliche Szenerie, das genaue Gegenteil von dem, was sie im Haus von Klas Thams vorgefunden hatte. Louise fühlte sich ausgelaugt und müde, und wieder wurde ihr jäh bewusst, wie knapp sie womöglich dem Mörder Sinja Wredes entgangen war. Besser, sie dachte nicht darüber nach. Louise stellte den Wasserkocher an. Tee zubereiten war eine gute Ablenkung. Sie ließ die Teekrümel in das Sieb fallen, roch daran. Ein intensiver erdiger gesunder Geruch. Mit dem aufgebrühten Tee marschierte sie aufrechter als sie sich fühlte nach draußen. Fine war über ihrem Buch eingenickt.

»Fine?« Vorsichtig stupste sie ihre Patentante an.

»Ja, wie, was, ach, du Louise. Oh wie schön, ein Tee. Wunderbar. Aber Kind, wie siehst du denn aus? Bleich wie der Tod.«

Louise setzte sich. »Das ist genau das Stichwort.«

Kapitel 35

Fine und Louise hatten noch lange unter dem Birnbaum zusammengesessen. Es war ein milder Abend, erfüllt von den würzigen Gerüchen aus Fines Kräutergarten und dem Gesumme und Gebrumme nimmermüder Insekten. Louise hatte geredet, Fine geschwiegen. Ein einfaches Abendessen mit Brot, Wurst und Käse und einer frischen Gurke aus dem Garten hatte ihnen genügt. Die Flasche Wein hatte Louise zu drei Vierteln getrunken, Fine war Tee lieber gewesen. Gegen elf fielen Louise fast die Augen zu.

»Louise schau. Glühwürmchen. Um diese Zeit schwirren sie aus, um einen Partner zu finden. Eigentlich heißen sie Johanniskäfer. Ist das nicht ein wunderschönes kleines Theaterstück über die Liebe, das sie für uns aufführen?«

Andächtig verfolgten die beiden Frauen den Tanz der kleinen Leuchtwesen, den *luciols*, wie Louise sie auf Französisch nannte, obwohl der Name Glühwürmchen ihr sehr viel besser gefiel.

Ungeduldig hatte sie im Laufe des Abends immer wieder auf ihr Handy geschaut, hatte es auf dem Tisch hin und her bewegt, als ob sie es dadurch zum Klingeln animieren könnte. Doch vergeblich, Mommsen meldete sich nicht. Zu gerne hätte Louise erfahren, ob sie den Sohn von Sinja Wrede geschnappt hatten. Und wenn ja, ob er den Mord an seiner Mutter gestanden hatte. Aber nichts. Mommsen ließ Louise nicht an den Ergebnissen seiner Ermittlungen teilhaben. Obwohl in Louises Kopf ein Gedanke den nächsten jagte, schlief sie erstaunlich schnell ein und erwachte am nächsten Morgen munter und ausgeschlafen. Ein Blick auf ihr Handy zeigte, dass jemand vergeblich versucht hatte, sie um zwanzig nach zwölf zu erreichen. Mommsen. Das konnte doch nicht wahr sein. Hatte sie um diese Zeit so fest geschlafen? Der Polizist hatte ihr eine Sprachnachricht hinterlassen.

»Bitte kommen Sie morgen um zehn in mein Büro wegen des Protokolls Ihrer Aussage.« Dann eine kleine Pause. Louise sah Mommsen vor sich, wie er sein verschmitztes Lächeln lächelte. »Und wir haben Tim Wrede. Er war auf dem Hof, hat keinen Widerstand geleistet. Hat allerdings alles geleugnet. Er ist bereits in Husum in U-Haft. Wir haben die Schallplatten in der Scheune unter dem Stroh entdeckt. Tja. Vielen Dank, Frau Dumas und bis morgen früh.«

Fine war entsetzt, als Louise ihr von Mommsens Anruf berichtete.

»Sinja und ihr Sohn lebten in Husum, daher kenne ich den jungen Wrede natürlich nicht so gut. Seine Mutter hatte es nie leicht mit ihm. Er ist kein echter Krimineller, aber was hat der schon für Prügeleien angezettelt! Ein schlimmer Tunichtgut. Und jetzt so was. Gut, Prügeleien, ein kleiner Diebstahl, das ist die eine Sache, aber seine eigene Mutter wegen ein paar lumpiger Euro zu ermorden, das hat doch eine ganz andere Qualität. Vielleicht war er ja betrunken. Oder, er hatte Drogen genommen und wusste nicht, was er tat.« Fine seufzte. »Und seine Mutter hat ihn sogar noch auf dem Hof von Karla untergebracht, damit er endlich den richtigen Weg findet! Unfassbar. Und wie undankbar. Was hatte er denn mit den Schallplatten vor? Wollte er sie verkaufen? Oder einschmelzen lassen? Irgendwie musste er sie doch zu Geld machen wollen.«

Louise nahm sich eine kleine süße Tomate aus einer Schale und schob sie in den Mund. »Das frage ich mich auch«, nuschelte sie. »Ich habe mal im Internet nach dem Wert dieser Platten gesucht. So hätte er zwar auch einen Käufer gefunden, es ist gibt einen Fanmarkt dafür, und nach Jeff Storms Ableben schießen die Preise vielleicht in die Höhe. Wie bei einem Maler, wenn er tot ist. Aber dann hätte man seine Spur ruckzuck zurückverfolgen können. Und mit dem Einschmelzen ist das so eine Sache, denn die Dinger bestehen nicht aus purem Gold oder Platin. Dann wären sie ein Vermögen wert. Das ist eine hauchdünne Schicht, sonst nichts. Also der ganzen Mühe eigentlich nicht wert. Ich frage mich, ob er denn nicht Bargeld mitgenommen hat. Es muss Geld im Haus gewesen sein. Frau Wrede wollte mich gestern bezahlen. Tja. Und soweit ich weiß, hat Frau Wrede immer bar bezahlt. Valerie hat ihr Geld auf die Hand bekommen, die Leute vom Partyservice und vom Hofladen ebenfalls. Schon merkwürdig, wo doch heute alles per Rechnung gemacht wird.« Louise schaute auf die Uhr. »Ich muss los, Mommsen erwartet mich wegen meiner Aussage. Und heute Abend machen wir beide es uns so richtig gemütlich. Es wird ja wohl nicht noch eine Leiche geben. Habe ich dir eigentlich erzählt, wie merkwürdig mich euer Inselarzt angeschaut hat? Nein? Ich glaube, er hält mich für eine Hexe, mit der das Unheil auf die Insel gekommen ist. Wie abergläubisch seid ihr denn?«

Fine schüttelte nur den Kopf. »Das ist typisch für Claussen. Er ist auch Vorsitzender unseres Geschichtsvereins. Und das Forschen zum Thema Hexenprozesse ist sein Hobby. Frag ihn bloß nicht danach, dann hört er nicht mehr auf zu dozieren. Ich glaube, er bedauert nichts mehr, als dass die armen Frauen, denen man Hexerei nachsagte, in Flensburg auf dem Scheiterhaufen gelandet sind und nicht auf Pellworm.«

Momme Mommsen erwartete Louise bereits mit frisch aufgebrühtem Kaffee und einem Körbchen mit duftenden Hörnchen aus Hefeteig. Das Protokoll war schnell erledigt, und Mommsen nahm sich die Zeit, bei einem zweiten Frühstück Louise über die letzten Geschehnisse des Vortages aufzuklären. Die Leiche von Sinja Wrede war bereits auf dem Festland, und die Spurensicherung hatte ihre Arbeit erledigt. Was genau die Kriminaltechniker herausgefunden hatten, darüber schwieg der Polizist allerdings. Tim Wrede sei vollkommen überrascht gewesen. Bei dem Wort überrascht, setzte Mommsen mit den Zeigefingern Lufthäkchen, um zu verdeutlichen, was er von dieser Überraschung hielt.

»Wrede war dabei, Sattelzeug zu putzen und tat ganz unschuldig. Ein hervorragender Schauspieler ist an ihm verloren gegangen. Fast hätte ich es ihm abgenommen, dass der Tod seiner Mutter für ihn eine Neuigkeit war. Kreidebleich ist der junge Mann geworden und hat nach Luft geschnappt. Ich habe ihn in der Sattelkammer eingesperrt, bis die Kollegen von der Kripo da waren. Die Platten hatte er hundsmiserabel versteckt. Es musste ja alles ganz schnell gehen. Und geleugnet hat er bis zum Schluss. Doch dank Ihrer Aussage, er habe bei seiner Mutter Geld schnorren wollen und mit dem Diebesgut keine zwanzig Meter von seinem Zimmer entfernt, ist die Sache jetzt schon quasi erledigt.«

Louise biss in ein Hörnchen, das einem französischen Brioche in Geschmack und Konsistenz in nichts nachstand. Sie wischte sich ein paar Krümel von der Oberlippe und trank einen Schluck Kaffee hinterher.

»Das stimmt, er hat sie um Geld gebeten, aber er hat sie nicht bedroht. Allerdings lassen die Schallplatten kaum noch einen Zweifel daran, dass er der Täter ist. Was jedoch, wenn seine Mutter schon tot war, als er in Thams Haus kam, und er die Gunst der Stunde genutzt und die Platten gestohlen hat? Dann müssten Sie nach einem anderen Täter suchen.« Diese Idee war Louise ganz spontan in den Sinn gekommen.

»Sie bezweifeln aber auch wirklich alles, Frau Dumas. Tim Wrede hatte Geldsorgen, und das Diebesgut fand sich auf dem Hof, wo er arbeitet. Punkt. Und ganz ehrlich, wenn er nicht der Täter war, wie viel Kaltblütigkeit gehört dazu, seine tote Mutter einfach liegen zu lassen, das Wohnzimmer auf den Kopf zu stellen und mit den Platten zu verschwinden. Manchmal ist die nahe liegende Lösung auch einfach die richtige. Das gilt im Übrigen auch für Chiara Petermanns Tod. Und für den von Klas Thams. Denn wenn Sie mir jetzt noch erklären wollen, Klas sei ermordet worden, dann muss ich …«, Mommsen sah aus, als wolle er sagen: »… an Ihrem Verstand zweifeln«, schluckte die Worte aber offenbar herunter und beendete den Satz mit »… Ihnen eine enorme kriminelle Fantasie unterstellen. Thams ist an einem anaphylaktischen Schock gestorben, weil er versehentlich Krabben gegessen hat. Es gibt keine Anzeichen für Fremdeinwirkung. Punkt.«

Louise überlegt ganz kurz, ob sie Mommsen beichten sollte, dass sie tatsächlich an ein solches Szenario glaubte, ließ es aber sein. Wie hätte sie es beweisen sollen? Es gab keine Zeugen, die man hätte befragen können. Und da war er wieder, der Gedanke, der Louise bereits in der letzten Nacht durch den Kopf geschossen war.

Sinja Wrede war eine gute Beobachterin gewesen. Sie hatte oben die Zimmer kontrolliert, sie hatte Thams gefunden. Und wenn sie den Mörder von Klas Thams gesehen hatte? Wenn sie gewusst hatte, wer ihm die Krabben in den Rachen gestopft hatte? Hatte sie versucht, diese Person zu erpressen? Musste sie deswegen sterben? Louise wurde heiß und kalt. Wenn sie Mommsen jetzt damit kam, würde er sie wahrscheinlich in die nächste Nervenheilanstalt einweisen lassen. Wegen übersteigerter krimineller Fantasie. Aber was, wenn es tatsächlich so gewesen war? Dann würde Tim Wrede unschuldig ins Gefängnis wandern, weil einfach alles gegen ihn sprach. Und sie, Louise Dumas, wäre schuld daran, weil sie geschwiegen hatte.

»Tim Wrede hat also kein Alibi?«, fragte sie vorsichtig.

»Er sagt, er habe die Zäune auf der Weide kontrolliert. Klara hat bestätigt, dass sie ihm den Auftrag dazu gegeben hat. Über die Weiden ist man in einer Viertelstunde an Thams Haus. Wenn ihn niemand bei der Arbeit gesehen hat, und zwar in der Zeit, in der seine Mutter ermordet worden ist, dann ist das Alibi nichts wert. Nun gut, Mademoiselle

Dumas. So gerne ich mich mit Ihnen unterhalte und austausche, die Pflicht ruft. Ich hoffe, wir können uns irgendwann unter netteren Umständen auf einen Kaffee zusammensetzen. Es muss ja dazu nicht immer einen Toten auf Pellworm geben.«

Louise verabschiedete sich zögernd. Nein, im Augenblick hatte sie hier auch weiter nichts verloren. Sie trat aus dem Amtshaus in einen frischen blauhimmeligen Vormittag und atmete tief ein und aus. Vom Festland näherte sich die Fähre, die in wenigen Minuten gut gelaunte Touristen ausspucken würde, die sich auf Sonne, Wind und Meer und vor allem jede Menge Entspannung freuten. Ein Mann schlenderte in Richtung Amtshaus, der ihr, aus der Entfernung betrachtet, irgendwie bekannt vorkam. Sie kniff die Augen zusammen. Es war Chris, und er steuerte direkt auf Louise zu.

»Moin. Du auch bei unserem wackeren Inselpolizisten?«

Du auch? Louise verstand nicht ganz und zog fragend die Augenbrauen hoch. Sie ging langsam die Treppe hinunter. Auf der vorletzten Stufe blieb sie stehen. Jetzt waren sie auf Augenhöhe. Das gebräunte Gesicht mit den vielen Lachfältchen um die Augen blickte sie ernst an. Aus dem gepflegten Dreitagebart war ein etwas ungepflegterer Mehrtagesbart geworden, was der Attraktivität des Mannes allerdings keinen Abbruch tat. Doch sein Gesicht wirkte müde, Schatten lagen unter den Augen. Chris streckte zur Begrüßung die Hand aus.

»Hast du Lust auf einen Kaffee?« Er zeigte auf den Hafen Pub jenseits des Ostersiels.

Louise hatte zwar ihren Koffeinhaushalt für diesen Tag

bereits mehr als gesättigt, doch sie nickte. »Gerne. Wie geht's dir? Klas' Tod hat dich bestimmt ganz schön mitgenommen. Wie ich hörte, warst du einer seiner ältesten und besten Freunde.«

Chris zuckte mit den Schultern. »Natürlich, geht uns allen so. Du hast es ja auch hautnah miterlebt. Ich kann's immer noch nicht fassen.« Er schwieg einen Augenblick und wechselte abrupt das Thema. »Du hast wirklich einen tollen Job gemacht. Das Essen war spitzenmäßig. Sogar die Reisbällchen.«

Louise wurde rot und wollte etwas erwidern. Doch Chris ließ sie nicht zu Wort kommen. »Entschuldige, nicht, dass du es in den falschen Hals kriegst. Scheiße, das wollte ich auch nicht sagen, das mit dem Hals. Eigentlich wollte ich nur sagen, dass ich mich frage, wie Klas an die Reisbällchen geraten ist. Er muss doch gewusst haben, was vom Buffet ihm nicht bekommt. Und auf den Hinweiskarten stand auch alles drauf.« Noch ehe Louise darauf antworten konnte, wechselte er erneut das Thema. »Du bist aus Frankreich, hat Klas uns erzählt. Dein Akzent ist wirklich kaum zu hören, und das, was man hört ist…«, er rang um das passende Wort, »… ist niedlich«, schloss er und grinste von einem Ohr zum anderen.

Louise atmete tief ein. Bekam sie jetzt etwa weiche Knie, nur weil ein Mann ihren Akzent niedlich fand? Chris hakte Louise spontan unter und zog sie einfach mit sich. »Komm.«

Einfach nur ›Komm‹, und Louise spazierte willig mit. Sie setzten sich auf die Terrasse des Pubs, etwas abseits von den übrigen Tischen. »Zwei *Pharisäer*«, bestellte Chris bei der adretten Bedienung, ohne Louise zu fragen. Der starke

Kaffee mit Sahnehäubchen und einer ordentlichen Portion Schnaps wurde in hohen Bechern serviert. Die beiden prosteten sich zu, als würden sie ein Glas Wein trinken. Schweigen breitete sich zwischen ihnen aus, aus dem Louise sie mit einer Frage erlöste, die sie vorhin schon stellen wollte.

»Wieso *auch*?«

Chris sah sie verständnislos an.

»Du hast eben gefragt, ob ich auch bei Mommsen war. Das impliziert, dass du ebenfalls bei ihm gewesen bist, nicht wahr?«

»Ach so, ja. Wegen Tim Wrede. Er wollte mich wegen Tim sprechen.«

Jetzt war es an Louise, eine verständnislose Miene aufzusetzen.

»Ich wohne zurzeit auf dem Hof von Klara.«

Louises Herz machte einen schmerzhaften Satz. Klara. War das seine Freundin?

»Ich habe hier ein Haus von meiner Oma geerbt. Aber das ist vermietet. Und wenn ich auf Pellworm bin, wohne ich bei Klara auf dem Ponyhof. Klara ist so eine Art Cousine von mir. Eine sehr alte Cousine«, fügte er schmunzelnd hinzu. »Die Polizei wollte wissen, ob ich Tim auf der Weide gesehen habe. Hatte ich, aber nicht die ganze Zeit. Und sie wollten wissen, ob ich beobachtet habe, wie er diese Schallplatten im Heu versteckt hat. War aber nicht der Fall. Ich konnte eigentlich gar nichts dazu sagen. Und warum warst du bei Momme? Auch wegen des Mordes an Tims Mutter? Ist ja das Inselgespräch heute. Da war Klas keine lange Aufmerksamkeit beschieden. Tut mir leid, ich wollte nicht so zynisch klingen.«

»Ich habe Sinja Wrede gefunden.« Louise lief es bei der Erinnerung kalt den Rücken hinunter.

»Ach du heiliger Strohsack. Du warst das? Zuerst die Leiche von Klas, und jetzt das.« Chris schwieg betreten.

Louise löffelte den letzten Schaum aus ihrem Becher. »Ja, so war das. Kein schöner Anblick. Beide nicht.« Sie zögerte einen Moment, dann fasste sie sich ein Herz. Jetzt oder nie. »Chris, darf ich dich was fragen?«

Louise spürte, wie Chris wachsam wurde. Er nickte unmerklich.

»Was war das für ein Streit, der dich und Klas damals entzweit hat? Und habt ihr euch wieder versöhnt?«

Chris entspannte sich. »Das ist eine kurze Geschichte. Klas, Wim, Jan, Raik und ich, wir waren so etwas, was man wohl dicke Freunde nennt. Wir kennen uns, seitdem wir auf der Welt sind. Waren zusammen im Kindergarten, in der Grundschule. Haben zusammen Musik gemacht, vor allem das. Wir waren die Rolling Stones von Pellworm. Nur besser.« Er zwinkerte vergnügt. »Ich habe die Texte geschrieben, Klas die Musik komponiert, und dann haben wir losgelegt. Irgendwann trennten sich unsere Wege. Klas beschloss, nur noch Musik zu machen. Wie man sieht, ein guter Plan. Raik und Jan hatten ihr Abitur in der Tasche, Wim die mittlere Reife, dann Bundeswehr und eine Ausbildung. Und ich verschwand von der Insel. Sie war mir zu klein geworden.«

Louise wartete ab, als Chris auf einen weit entfernten Punkt auf dem Wasser blickte und seinen Gedanken nachhing. Dann fuhr er fort.

»Du wirst lachen, ich bin dann auf eine Bohrinsel in der

Nordsee gegangen. Noch kleiner als Pellworm, aber man verdient gutes Geld. Ich habe als Bohrhelfer gearbeitet, Rost abschaben, streichen, scheuern, verfrachten. Was man als ungelernte Kraft eben so macht. Zwei Jahre war ich da. Wir hatten jede Menge Urlaubstage, die habe ich mit Klettern in den Bergen und mit Segeln lernen verbracht. Das war der nächste Job. Segellehrer. Dabei bin ich geblieben. Bis vor drei Jahren hatte ich meine eigene Segelschule auf Sylt, also nicht weit von hier. Ich habe alles für gutes Geld verkauft. Tja, so war das.«

»Und der Streit?«, hakte Louise nach.

»Wie ich eben sagte, ich habe die Texte geschrieben. Kennst du *Die Legende vom Inselkaiser*?«

»Ein Gedicht?«

Chris lachte. »Nein, ein Lied. Eine Ballade. Es war *der* Hit von Klas. Ich weiß nicht, wie oft er das Ding verkauft hat. Es war mein Lied, mein Text. Er hat ihn vor ein paar Jahren rausgekramt, neu arrangiert und als sein Werk ausgegeben. Er muss sich seitdem dumm und dämlich dran verdient haben.«

»Und du wolltest etwas davon abhaben?«

»Noch nicht mal das. Ich wollte einfach, dass er es zugibt. Und in Zukunft mich als denjenigen nennen, der den Text geschrieben hat. Aber da bin ich bei Klas auf Granit gestoßen. Nie hätte er es eingestanden. An dem Abend hat es zwischen uns so richtig gekracht. Klas hat mich aus dem Haus geschmissen. Ganz ehrlich, irgendwann war es mir egal, wer nun als Liedtexter genannt wird. Wir sind dann eine Zeit lang auf Abstand geblieben. Und haben uns dann irgendwann wieder versöhnt. Wir haben uns nicht mehr so oft gesehen, aber wegen so einer Lappalie gibt man keine alte Freundschaft auf. Das wars. Wollen wir noch was trinken?«

»Nein, danke, ich muss jetzt leider los. Ich freue mich für dich, dass ihr euch versöhnt habt. Versöhnungen darf man nicht zu lange aufschieben.«

Louise stand auf, und Chris erhob sich ebenfalls. Unschlüssig standen sich beide gegenüber, bis Louise die Initiative ergriff und sich mit zwei Wangenküsschen von Chris verabschiedete.

»So machen wir es in Frankreich«, sagte sie und wurde ein wenig rot. Schnell drehte sie sich um und ging mit federnden Schritten zum Amtshaus, wo sie ihr Fahrrad abgestellt hatte. Als sie sich umdrehte, stand Chris mit dem Rücken zu ihr und blickte auf das Wasser hinaus.

Kapitel 36

»Es braut sich was zusammen.«

Louise hatte nicht richtig hingehört. »Was?«

»Morgen wird es regnen. Der Wind hat aufgefrischt. Von den schottischen Inseln kommt ein Tiefdruckgebiet. Es wird regnen. Sagt der Wetterdienst. Und er hat recht. Du wirst sehen, wie dann die Temperaturen purzeln. Fünfzehn, sechzehn Grad. Und dann gibt es Urlauber, die trotzdem in kurzen Hosen und dünnen Hemdchen am Wasser liegen. Das werde ich nie begreifen.« Fine schüttelte den Kopf. »Also nicht wundern, es wird heute Nacht schon ordentlich stürmen. Schlaf trotzdem gut. Ich geh dann schon mal zu Bett.«

»Ja, geh nur, ich räume noch ein wenig auf.«

Fine küsste Louise auf die Stirn, nahm ihre Lesebrille vom Tisch und verschwand im Bad. Zehn Minuten später war die Küche wieder blitzblank, und der Rest des Lammeintopfes stand im Kühlschrank. Morgen würde er noch besser schmecken. Im Hofladen hatte man Louise die Lammschulter wärmstens empfohlen.

»Frischer bekommen Sie sie nirgendwo.«

Und das Lamm im Frühlingskleid, ein *Navarin d'agneau*, sanft geschmort mit Karotten, Erbsen und weißen Rübchen, abgeschmeckt mit Weißwein und Sahne, war tatsächlich ein unvergleichlicher Genuss gewesen.

Es war halb zehn, und Louise nahm sich in ihrem Zimmer erneut ihr Whiteboard vor. Keine neuen Erkenntnisse, die sie Sinja Wrede verdankte, kamen dazu, dafür der Name SINJA, ein Kreuz, ein Datum. Sie zog einen Pfeil nach unten, fügte dort TIM ein und setzte ein winziges Fragezeichen dahinter. Dann strich sie entschlossen den Namen CHRIS durch. Nein, einen Mord traute sie einem Mann wie Chris nicht zu. Doch wer war für den Tod von Klas verantwortlich? Es war auf jeden Fall eine spontane Tat gewesen, jemand hatte die Gunst der Stunde, sprich ein Krabbengericht, genutzt, ihn zu töten. Doch lag dieser Grund im Hier und Jetzt oder in der Vergangenheit? Oder auch beides – eine Geschichte aus der Vergangenheit, die plötzlich in der Gegenwart wieder hochgekocht war? Doch welche Vergangenheit? Eine, die Klas und Chiara betraf? Noch einmal setzte Louise die kleinen Bruchstücke zusammen. Chiara tot, kurz danach Klas Thams, dessen Haus sie gezeichnet hat. Nein, mehr brauchte sie nicht, um davon überzeugt zu sein, dass es eine Verbindung zwischen ihnen gab, die für beide tödlich geendet hatte. Jetzt war Recherchearbeit gefragt. Louise musste in die Vergangenheit der beiden eintauchen.

Sie machte es sich mit ihrem Laptop auf dem Bett bequem. Natürlich hatte Klas Thams eine eigene Homepage mit einer Biografie, die nicht viel hergab: eine Diskografie, die ellenlang war, Tournee- und Konzertdaten, die er nie wahrnehmen würde. Auch Pressetexte und ein Archiv waren dabei. Louise klickte die Seite mit Thams zurückliegenden Auftritten an. Bereits zwölf in diesem Jahr. Im letzten, Louise zählte nach, waren es einundvierzig gewesen. Und er reiste überall hin, seine Fans saßen in ganz Deutschland und in Österreich. Dazu Fernsehaufzeichnungen in einem Fernsehgarten und bei Kollegen der Volksmusik. Hamburg, Hannover, Bremen, Münster, Köln, Rostock, Berlin, Regensburg, München, Konstanz, und, und, und. Leise hatte Louise die Orte vor sich hingemurmelt. Sie stutzte, ihr Blick glitt wieder nach oben.

Regensburg. Dort hatte auch Chiara einen Auftritt gehabt. Ein intimes Clubkonzert, hatte ihre Mutter gesagt. Der eine auf der großen Bühne, die andere in einer Kneipe. Das Konzert in Regensburg war am achtzehnten Juni, das nächste Konzert am zweiundzwanzigsten Juni, also einen Tag nach seinem Geburtstag, in Kempten gewesen, ebenfalls in Süddeutschland. Und wann war Chiaras Auftritt gewesen? Fieberhaft durchstöberte Louise das Netz. Wenn die Presse über sie berichtet hatte, musste das doch immer noch zu finden sein. Und da hatte sie ihn, den Artikel, den Chiaras Mutter zigmal gefaltet in ihrer Handtasche mit sich trug, eine Erinnerung an ihre Tochter, an ihr Talent, an ihre Liebe zur Musik. Am zwanzigsten Juni, zwei Tage nach Thams Konzert hatte Chiara ihren Auftritt in der *Buschtrommel*, der kleinen, ambitionierten Musikkneipe in Regensburg gehabt. War Thams nach seinem Konzert in Regensburg geblieben? Hatte er womöglich seinen Geburtstag dort verbracht? Und wenn ja, wer aus seinem Gefolge war noch in Regensburg gewesen?

Sie griff sich ihren dicken Filzstift. Endlich gab es Fortschritte auf dem Whiteboard zu verzeichnen. In großen Buchstaben schrieb sie unter KLAS das Wort REGENSBURG. Doch wie konnte sie herausbekommen, ob er am zwanzigsten Juni in der Stadt gewesen war? Nachdenklich knabberte sie am Ende ihres Stiftes. Die Managerin! Die musste es doch wissen. Andererseits: Diese Katinka Wülfers würde Fragen stellen. Wieso? Warum? Weshalb? Nein, Louise musste es ohne fremde Hilfe herausbekommen. Sie legte den Kopf in den Nacken und starrte an die Decke. Natürlich! Ein Mann wie Thams stieg nicht in einer billigen Pension ab, einem Mann wie Thams stand das erste Haus am Platz zu. In einem Hotelportal wurde sie fündig. Das mit Abstand teuerste Hotel war der *Weiße Hirsch* in der Altstadt von Regensburg. Vielleicht ein wenig zu altmodisch, dieser gepflegte orangefarbene Renaissancebau? Vielleicht doch etwas Moderneres? Das *City Castle* war in einer vergleichbaren Preislage. Sie würde es dort zuerst versuchen.

Nach einmaligem Läuten war Louise auch schon mit der Rezeption des Hotels verbunden. Eine höfliche, nasale Stimme die zu einer Frau namens Yvonne Bayer gehörte, fragte nach ihrem Wunsch. Louise hatte sich jedes Wort zurechtgelegt. Mit einer aggressiven Stimme, von der sie glaubte, so würde die Reporterin eines Boulevardblattes sprechen, legte sie mit ihrer Geschichte los.

»Einen schönen guten Abend. Mein Name ist Sandra Meineke vom *Goldenen Herzblatt*. Es geht um Jeff Storm, den verstorbenen Schlagerkönig. Herr Storm hat im letzten Jahr am zwanzigsten Juni in Ihrem Hotel gewohnt, und unsere Zeitschrift würde gerne wissen, wie sich Herr Storm …«

Weiter kam Louise nicht.

»Wir geben zu unseren Gästen prinzipiell keine Auskunft.« Wenn die Frau jetzt auflegte, wäre Louise keinen Schritt weiter. Doch die Hotelangestellte echauffierte sich so über diesen neugierigen Anruf einer vermeintlichen

Klatschreporterin, dass sie ihrem Ärger umgehend Luft machte. »Es ist skandalös und beschämend, wie Sie versuchen, Ihre Klatschspalten mit an den Haaren herbeigezogenen Geschichten zu füllen. Jeff Storm und seine Begleiter sind, das heißt waren, Gäste, die wir, im Gegensatz zu Ihnen, in unserem Haus jederzeit willkommen heißen.«

Jetzt war die Verbindung wirklich weg. Nicht schlecht, die Reaktion der Mitarbeiterin. Sie hatte Louise die Meinung gegeigt, die auch sie selbst vertrat. Doch eins war nun sicher: Klas Thams war an seinem Geburtstag in Regensburg gewesen. Mit Begleitung. Nur, wer konnten diese Leute gewesen sein?

Sie wählte erneut die Nummer des Hotels, legte ein Taschentuch über ihr Telefon und senkte die Stimme. Die nasale Stimme fragte erneut nach dem Wunsch des Anrufers, jedoch nannte sie jetzt nur ihren Nachnamen, Bayer. Ein Vorteil für Louise.

»Ach, Frau Bayer, Sie sind es doch, Yvonne? Hier Katinka Wülfers, die Managerin von Jeff Storm.«

»Frau Wülfers, wie schön, von Ihnen zu hören. Wir stehen hier noch alle unter Schock. Darf ich Ihnen unser Beileid aussprechen? Es ist unfassbar, ich kann es immer noch nicht glauben, nie mehr werden wir neue Lieder von Jeff Storm hören.«

»Danke, danke, liebe Frau Bayer. Wir alle sind fassungslos.« Louise räusperte sich. »Wir, seine Freunde, wir alle haben noch seinen Geburtstag gefeiert. Und nun weilt er nicht mehr unter uns.«

Geburtstag, das Stichwort. Entweder Yvonne reagierte, oder nicht.

»Jo mei, ist das schon ein Jahr her, wo der Herr Storm bei uns war. Unglaublich wie die Zeit rast. Das war so eine nette, fesche Runde, der Jeff und seine Freunde.«

»Ja, eine wirklich nette Runde war das. Der Wim, der Raik, der Jan«, zählte Louise Thams engste Freunde auf.

»Ja, und der Chris. Der hat unseren Damen wirklich den Kopf verdreht. Aber, warum rufen's denn eigentlich an, Frau Wülfers?«

Louise holte Luft. Was jetzt kam, war so an den Haaren herbeigezogen …

»Ich wollte alle, die für Jeff etwas Besonderes waren, ganz persönlich informieren. Ihr Haus war ihm eins der liebsten und teuersten, wenn er im Süden war. Das wollte ich Sie einfach wissen lassen.«

Die nasale Stimme schnurrte geschmeichelt.

»Ja, das ist aber nett. Wir werden dem Jeff ein ehrendes Andenken bewahren. Und wenn Sie mal wieder in Regensburg oder in der Nähe sind, lassen Sie es uns rechtzeitig wissen.«

Nach ein paar Abschiedsfloskeln legte Louise auf. Unglaublich, wie die Leute reagierten, wenn man ihnen nur genügend Honig ums Maul schmierte. So misstrauisch diese Frau Bayer eigentlich war, so schnell hatte sie nach ein paar netten Worten Vertrauen gefasst.

Natürlich hatte Louise vorsichtshalber Ihre Handynummer unterdrückt. Doch dass Frau Bayer ihr auf die Schliche kommen könnte, bereitete ihr weniger Ungemach, als die Tatsache, dass ganz offensichtlich auch Chris im Juni des letzten Jahres zur Entourage von Klas Thams gehört hatte.

Kapitel 37

Louise grübelte die ganze Nacht darüber nach, ob Chris in letzter Zeit doch in einem engeren Kontakt zu Thams gestanden hatte, als er behauptete. Zumindest hatte er den Sänger nach Regensburg begleitet. Oder war ›begleitet‹ zu viel gesagt? Tatsache war, er war da gewesen. Und diese Tatsache lag Louise schwer im Magen.

Schlecht gelaunt stiefelte sie am nächsten Morgen die Treppe hinunter, da half auch der Duft nach frischem Kaffee und der würzige Geruch nach etwas, was sie nicht auf Anhieb identifizieren konnte, nichts. Das strahlende Lächeln Fines und die Köstlichkeit, die auf dem Herd brutzelte, vertrieben Louises trübe Gedanken zwar nicht ganz, aber ihre Laune besserte sich immerhin ein wenig.

»Setz dich. Ist vielleicht ein etwas ungewöhnliches Frühstück, aber ich konnte nicht nein sagen. Büddelwurst.«

Louise schnupperte und warf einen Blick in die Pfanne, in der vier große Scheiben Blutwurst brieten.

»Die kommen aufs Vollkornbrot«, Fine zeigte auf das dunkle Brot im Körbchen, »einfach nur lecker.«

»Ich habe es noch nie zum Frühstück gegessen, aber ich liebe es jetzt schon. Das ist ganz ähnlich wie unsere *Boudin*, nur sind die zu Würsten geformt. Ich bin echt gespannt.«

Wenig später lehnte sich Louise zufrieden und satt im Stuhl zurück. Kalorienreich und ausgiebig war das Frühstück gewesen, ein Mittagessen würde heute überflüssig sein, und auch für das Abendessen würde nur ganz wenig Platz im Magen sein.

»Fine, das darfst du aber nicht zur Gewohnheit werden lassen, so einen üppigen Schmaus am Morgen. Aber es war einfach nur köstlich. Wenn du mich jetzt bitte noch in den Garten auf die Liege rollst, kann ich zufriedener nicht sein.«

»Geh lieber selbst, dann wirst du schon gleich ein paar der Kalorien wieder los. Den Rest der Wurst brate ich uns heute Abend mit knusprigen Kartoffeln und Apfelkompott. Einverstanden?«

Louise nickte. Wenn sie irgendwann wieder Pellworm verlassen sollte, hätte sie sich, wäre sie eine Nudel, von Spaghetti in Cannelloni verwandelt. Sie stand auf, deckte den Tisch ab und ließ das Geschirr in den Geschirrspüler wandern.

»Sag mal Fine, dieser Streit zwischen Klas und Chris, das soll wegen eines Liedtextes gewesen sein, sagte Chris.«

»Davon weiß ich nichts. Aber wieso kann man sich wegen so etwas streiten?«

»Weil Klas den Text von Chris gestohlen und einen Riesenhit draus gemacht hat. *Die Legende vom Inselkaiser.*«

»Ach nee. Das ist von Chris? Hätte ich ihm gar nicht zugetraut. Das ist doch eine richtig schöne romantische Ballade«, Fine summte eine Melodie und setzt dann mit leiser Stimme fort, »*und wenn mich dereinst die Wellen forttragen, dann will ich hören die Schreie der Möwen, die mich erinnern an rieselnden Sand, an weiten Strand, an Sonne und Meer, die ich für Krone und Macht vergaß und die mir die Treue hiiiihielten*«, schloss Fine mit einem leichten Zittern in der Stimme. »Ergreifend, nicht wahr? Als ob es von Theodor Storm höchstpersönlich geschrieben worden wäre.«

»Ja, wirklich schön«, gab Louise Fine recht. »Und von Chris geschrieben«, setzte sie hinzu.

»Die Geschichte vom Inselkaiser sollte sogar ein Musical werden. Bis zum Broadway und weiter sollte der Inselkaiser kommen. Hat man im letzten Jahr von gesprochen. Ist aber wohl nichts draus geworden.«

Davon hatte Chris gar nichts erzählt. Letztes Jahr war das Musikprojekt im Gespräch? Und wenn sich die beiden Männer deswegen in Regensburg getroffen hatten? Chris hatte von der Broadwaynummer Wind bekommen, und von den Tantiemen profitieren wollen? Doch das hatte nichts mit Chiara zu tun. Fakt blieb, dass Klas Thams und Chiara zur gleichen Zeit in Regensburg waren. Zur gleichen Zeit am selben Ort. Urplötzlich baute sich vor Louises Augen eine Szene auf. Thams ist zufällig in der *Buschtrommel*, er hört Chiara singen, ist begeistert. Hat er vielleicht sogar daran gedacht, ihr eine Rolle in dem Musical zu geben? Doch warum sollte er sie später vergewaltigen? Waren an diesem Abend zu viel Alkohol oder gar Drogen im Spiel gewesen? War dem Ganzen ein Streit mit Chris vorangegangen? Hatte er sich deswegen betrunken, war zufällig in den Club gekommen, hatte noch mehr getrunken, die Kontrolle verloren? Oder war es Chris, den Thams wieder hatte auflaufen lassen, der in Chiaras Club gelandet war, sich volllaufen ließ und Chiara Gewalt angetan hatte? *Mon dieu*, Herr im Himmel, jetzt ging ihre Fantasie aber vollends mit ihr durch. Was einen guten Ermittler ausmachte, war ganz sicher nicht eine zu blühende Fantasie. Recherchieren, ein Puzzle zusammensetzen, Fakten sammeln, vergleichen, nicht mit dem Bauch, sondern mit dem Köpfchen arbeiten, das alles war gefragt. Doch es blieb eine Tatsache, Thams und seine Freunde, einschließlich Chris, waren zur selben Zeit in Regensburg wie Chiara. Ganz sicher kein Zufall. Gut, da war es wieder, ihr Bauchgefühl. Aber für irgendwas musste diese Intuition, wie Svea es genannt hatte, ja gut sein. Schließlich war es wissenschaftlich bewiesen.

Ein plötzliches Knarzen der Holzdielen schreckte Louise aus ihren Gedanken. Heike trat in die Küche und ließ sich schnaufend auf einen Stuhl fallen. »Das ist ein dickes Ding. Moin, ihr zwei«, fügte sie hinzu.

Fine schien offenbar die erste Anlaufstelle auf der Insel zu sein, wenn es um Neuigkeiten ging. Louise konnte das nachvollziehen. Fine war gelassen und bodenständig, ihr konnte man einfach alles anvertrauen. Für den Notfall hielt sie ihren Erdtee parat oder auch etwas Stärkeres.

»Was ist ein dickes Ding?« Fragend sah Fine zu ihrer Freundin.

Als diese nur mit zusammengepressten Lippen nickte, griff Fine im Schrank nach drei kleinen Gläschen, die mit dem Motiv des Schimmelreiters dekoriert waren. »Ich schätze, zu dick für einen Eierlikör? Einen Schimmelreiter?«

Heike nickte.

»Köm oder *Tante Ella*?«

»*Tante Ella*.«

Nur gut, dass wir dank des üppigen Frühstücks eine ordentliche Grundlage haben, dachte Louise, als Fine den nach Pomeranzen und Kräutern duftenden Schnaps einschenkte.

»Doch nicht schon wieder eine Leiche?«, fragte Fine.

»Nein, keine Leiche, aber Neuigkeiten.« Heike hob das kleine elegante Glas und prostete Fine und Louise zu. »Na denn.«

In einem Zug waren die Gläschen geleert. Heike setzte eine gewichtige Miene auf, und dann platze es aus ihr heraus. »Tim ist unschuldig, er hat seine Mutter nicht ermordet.«

»Was? Aber man hat doch die geklauten Schallplatten bei ihm gefunden. Und er hat kein echtes Alibi.« Fine konnte es kaum glauben.

Louise nickte unmerklich. Sie hatte es geahnt, nein sie hatte es gewusst. Die Intuition, ihr Bauchgefühl. »Was ist passiert? Hat man etwa den wahren Täter geschnappt?«

Heike goss sich noch einen winzigen Schluck *Tante Ella* ein, schraubte die Flasche wieder zu, als Louise und Fine den Kopf schüttelten.

»Es hat sich jemand bei Momme gemeldet, der Tim zur Tatzeit auf der Weide gesehen hat. Ein Urlauber, der auf Motivjagd war. Er wollte die Ponys fotografieren und war wohl fast zwei Stunden in der Nähe unterwegs. Und dabei ist ihm Tim aufgefallen, der die Zäune kontrolliert und geflickt hat. Der Mann hat natürlich auch davon gehört, was passiert ist. Als man ihm in seiner Pension erzählte, die Polizei habe den Täter quasi direkt vom Hof weg festgenommen hat, hat er dem noch keine große Bedeutung beigemessen. Erst als gestern beim Abendessen das Wort Ponyhof gefallen ist, hat er nachgehakt, dann eins und eins zusammengezählt und sich bei Momme gemeldet. Er hat Fotos, auf denen Tim drauf ist. Mit Zeitangabe und Datum und sogar, an welcher Stelle er genau gearbeitet hat. Unglaublich, was die Technik heute alles so hergibt. Tim kann von Glück sagen, dass sich einer aus Hannover für alte Ponys interessiert.«

Heike hatte ohne Punkt und Komma geschnattert. Dieser urlaubende Fotograf, das konnte nur Herr Schulte gewesen sein, davon war Louise überzeugt. Doch wenn es nicht Tim Wrede gewesen war, der Frau Wrede getötet und Thams' Haus ausgeräumt hatte, wer dann? Lief der Mörder noch auf der Insel herum, oder ist er mit der Fähre bereits auf das Festland gelangt und untergetaucht? Wer hatte ein Interesse, Sinja Wrede zu töten? Louise war sich nun sicher, die Haushälterin hatte etwas gesehen, was mit dem Tod von Klas Thams zu tun hatte. Möglicherweise hatte sie den Mörder gesehen, vielleicht sogar versucht ihn zu erpressen und es mit dem Leben bezahlt. Nur so konnte es sich abgespielt haben. Und damit war der Tod des Sängers kein unglücklicher Unfall, sondern ein kaltblütiger Mord.

Heike stand auf. »Tja, dann will ich mal weiter. Ich glaube, heute Abend sperre ich zum ersten Mal meine Türen ab. Wenn Tim nicht der Mörder war, dann muss es ja jemand anderes gewesen sein. Und wer garantiert mir, dass der nicht immer noch auf unserer Insel herumläuft? Keiner!« Sie seufzte und verabschiedete sich. In Kürze würde es die ganze Insel wissen: Auf Pellworm lief höchstwahrscheinlich ein eiskalter Killer frei herum.

Kapitel 38

Nach den neusten Neuigkeiten von Heike musste Louise ihr Whiteboard ergänzen. Allmählich blickte sie selbst kaum noch durch, bunte Striche und Punkte verliefen von oben nach unten, kreuz und quer, Pfeile, die wieder durchgestrichen waren, ließen das Bild auch nicht wirklich klarer erscheinen. TIM war komplett durchgestrichen, dafür prangte CHRIS wieder in Großbuchstaben auf der Tapete. Tim spielte keine Rolle mehr, der Mann war unschuldig. Wenn also jemand anderes der Täter war, und Louises Erpresserszenario stimmte, dann musste einer der Geburtstagsgäste Sinjas Mörder sein. Und wenn sie in der Mengenlehre richtig aufgepasst hatte, es waren ja schon einige Jährchen her, gab es so etwas wie Schnittmengen. Schnittmengen, die sich auf die Personen bezogen, die vor drei Jahren auf der Insel Thams Geburtstag gefeiert, die, die ihn nach Regensburg begleitet, und die, die in diesem Jahr zu seinen Gästen gezählt hatten. Louise rief sich wieder das Gespräch mit Svea ins Gedächtnis. Inken hatte einen Liebhaber gehabt. Er musste nicht aus dem Freundeskreis von Thams stammen, aber er konnte. Inken war kurz auf der Party aufgetaucht und hatte sie, sehr zum Ärger von Thams, verlassen. Was war vorgefallen? Louise setzte die Namen KLAS, RAIK, WIM, JAN, CHRIS untereinander und umrahmte sie mit einem roten Stift. Diese fünf waren in Regensburg und bei der letzten Geburtstagsparty gewesen. Kurz setzte sie den Stift bei KLAS an, um ihn durchzustreichen. Doch Louise zögerte und setzte ihn wieder ab. Nein, auch wenn der Sänger jetzt tot war, konnte er trotzdem etwas mit Inkens Unfall und Chiaras Tod zu tun gehabt haben. Nun noch ein Pfeil von INKEN aus nach rechts, an dessen Ende LIEBHABER. Wer? stand. Von LIEBHABER folgten Punkte zu den fünf Freunden.

Louise biss sich auf die Lippen und setzte sich ratlos aufs Bett. Wie würde ein erfahrener Ermittler jetzt weiter vorgehen? Er würde die Leute ins Polizeipräsidium bestellen und ihnen Fragen stellen. Welche Fragen? Louise schnitt ein weiteres großes Stück Tapete ab und klebte es an die Wand.

Als Erstes schrieb sie darauf FRAGEN ZU FALL 1 – INKEN. Bis auf Klas, Gott hab ihn selig, würde sie jedem der vier Männer die Frage stellen, ob er etwas mit dem Mädchen gehabt hatte. Welche Antwort würde sie wohl erhalten? »Nein, wie kommen Sie auf diese absurde Idee? Frechheit!« Kein zufriedenstellendes Ergebnis.

Louise kritzelte weiter. FRAGEN ZU FALL 2 – CHIARA. *Wer von ihnen hat Chiara gekannt? Aus Regensburg?* Jeder der Männer könnte einfach mit NEIN antworten. Nur, wie konnte sie dann herausfinden, wer von ihnen die junge Sängerin kennengelernt hatte? Sie musste an Hubertus Schulte denken. Einem plötzlichen Einfall folgend, schrieb sie FOTOS VON CHIARAS AUFTRITT MIT PUBLIKUM an die Wand und unterstrich den Satz fett. Vielleicht war einer der Männer unter den Zuhörern gewesen.

Bei FRAGEN ZU FALL 3 – KLAS notierte Louise *Wer von*

den Freunden hatte einen Grund Klas zu töten? Motiv? Eifersucht auf Erfolg? Geld? Eine Frau?????? Eine Frau mit den vielen Fragezeichen strich sie wieder durch. Gäbe es sonst noch ein Motiv? Sie grübelte und grübelte und kritzelte dann mit nachdenklicher Miene auf die Tapete *Hat Klas etwas Schlimmes über einen seiner Freunde gewusst und wurde deswegen zum Schweigen gebracht?* Doch was könnte diese schlimme Sache gewesen sein? Ihr Blick wanderte zu den Namen der beiden Mädchen. Etwas, das mit den jungen Frauen zu tun hatte? Und noch eine Person, der sie Fragen stellen musste, fiel ihr ein. Lutz, der Anwalt. Was hatten er und Klas zu besprechen gehabt?

Jetzt fehlte nur noch der vierte Fall, der Mord an Sinja Wrede. Die erste Frage, die sich Louise notierte, war *Erpresserin?* Und dann *Wen hat sie gesehen?*

Zufrieden betrachtete sie ihr Werk. Endlich war etwas Struktur hineingekommen. Ihr Blick blieb wieder bei den Namen der Mädchen hängen. Und wenn es noch mehr Opfer gegeben hat? Wenn nicht nur Chiara vergewaltigt worden war?

Louise war wie elektrisiert. Das war es. Sie musste herausfinden, ob es zu der Zeit, als Thams mit seinen Freunden unterwegs war, also um seinen Geburtstag herum, noch weitere Vergewaltigungsopfer in anderen Städten gegeben hatte. Ob sie Momme Mommsen danach fragen konnte? In den Krimiserien wie *Profilage* war das ganz einfach. Ein paar Worte in die Suchmaschine des Polizeicomputers gegeben, und schon hatte Hippolyte, der Fachmann im Pariser Team für Rechercheangelegenheiten, die passenden Antworten und Personen parat. Nur hatte Mommsen überhaupt als

Inselpolizist Zugriff auf solche Dinge? Und wie sollte sie ihm erklären, wonach sie eigentlich suchte? Und warum? Nein, das würde sie selbst erledigen. Die Auftritte von Jeff Storm, dem Liebling der Schlagerfreunde, waren bestens archiviert auf seiner Homepage zu finden. Sie musste nur noch die Konzertdaten und Orte eingeben, dazu Suchwörter wie junge Frau, Mädchen, Opfer, Vergewaltigung, Überfall. Und wenn sie davon ausging, dass es immer um den Geburtstag von Klas Thams herum geschah, dann war die Suche noch einfacher.

Das Archiv der Konzertauftritte auf der Homepage des Sängers umfasste die letzten zehn Jahre. Das genügte Louise vollkommen. Entweder hatte es in diesen zehn Jahren Übergriffe auf Frauen gegeben, oder sie lag mit ihrer Intuition vollkommen falsch. Sie legte sich einen Zettel zurecht und fing mit dem aktuellen Geburtstag an.

Kein Übergriff, doch Chiaras angeblicher Suizid. Und Chiara war das Opfer vor einem Jahr gewesen. Die Liste der Orte, an denen Thams seine Auftritte zwischen dem neunzehnten und zweiundzwanzigsten Juni gehabt hatte, war lang. Nicht selten war er an drei Tagen hintereinander aufgetreten, dazu kamen Fernsehaufzeichnungen in einem Fernsehgarten, ein Portrait für den Südwestfunk und ein Fernsehauftritt im Rahmen der Sendung *Singen im Norden*. Nach einer halben Stunde hatte Louise die Orte notiert. In diesem Jahr kurz vor seinem Geburtstag hatte es noch einen Auftritt in Münster in Westfalen gegeben. Den hatte sie fast übersehen. Insgesamt waren es vierundzwanzig unterschiedliche Städte, verstreut in ganz Deutschland. Zumindest waren die Orte so groß, dass sie alle eine Tageszeitung auflegten, von der *Münster'schen Zeitung* über das *Hamburger Abendblatt* bis hin zur *Mittelbayerischen Zeitung* mit Sitz in Regensburg und der *tz*, einem Münchner Boulevardblatt.

Louise begann mit der *Mittelbayerischen Zeitung.* Schon nach kurzer Zeit fand sie den Artikel, der sich dem Überfall auf Chiara Petermann widmete. Es stand das drin, was sie von Chiaras Mutter gehört hatte. Ein Mädchen war Opfer einer Vergewaltigung geworden, der Täter konnte nicht ermittelt werden. Ein Jahr davor in Niedersachsen: Volltreffer. Jeff Storm hatte einen Auftritt in Osnabrück, zwei Tage später in der Presse ein Artikel über einen Übergriff auf eine sechzehnjährige Schülerin. Vergewaltigt und gewürgt, aber nicht tot. Vier Jahre davor in Mainz, Phönix-Halle, ein Konzert, ein Vergewaltigungsopfer, Studentin, keine Altersangabe. Louise glühte der Kopf, sie suchte, las und schrieb. Am Ende hatte sie von den vierundzwanzig Orten dreizehn identifiziert, an denen noch am selben Tag oder einen Tag später ein Verbrechen an einer jungen Frau verübt worden war. Alle Übergriffe waren ähnlich abgelaufen: Offensichtlich war keins der Mädchen getötet, aber immer mit K.-o.-Tropfen wehrlos gemacht, dann vergewaltigt und gewürgt worden. Nein, sie waren nicht gestorben. Nicht körperlich. Doch danach war für keine Frauen mehr etwas wie früher. Louise wurde übel.

Nun musste sie nur noch herausfinden, ob Thams immer in Begleitung gereist war. Louise legte sich aufs Bett und schloss die Augen. War Thams der Täter? Heimlich, still und leise, machte er sich nach seinen Auftritten in der Dunkelheit auf den Weg, um seine Opfer zu finden. Oder fielen sie ihm schon während seiner Auftritte auf? Doch warum dann nur an seinem Geburtstag? Hatte er sich damit ein Geschenk machen wollen? Louise lief es eiskalt den Rücken hinunter. Wie pervers wäre das denn? Alternativ kamen einer oder mehrere seiner Freunde in Betracht. Hatten sie Thams begleitet, weil sein Geburtstag ihm und ihnen so wichtig war? Beste Freunde zusammen unterwegs? Louise sprang wie von einer Feder geschnellt aus dem Bett. Ihr wurde schwindelig. Was, wenn Klas Thams mit all dem nichts zu tun hatte? Was, wenn Chiara nur eine Antwort bei ihm gesucht hatte? Eine Antwort auf die Frage, wer ihr das angetan hatte? Und Klas Thams musste am Abend seines Geburtstages erkennen, dass unter seinen Freunden jemand war, der diese abscheuliche Tat begangen hatte? Diese Erkenntnis hatte ihm den Tod gebracht. Natürlich, das war es! Und Sinja Wrede hatte den Täter gesehen, ihn erpresst. Ihr Todesurteil. Und wie passte Inken in das Puzzle? Hier war der Sachverhalt komplett anders. Wahrscheinlich hatte ihr Tod am Ende doch überhaupt nichts mit der Sache zu tun, reiner Zufall. Oder doch nicht? War sie auf der Flucht vor einem Vergewaltiger vielleicht vom Fahrrad gestürzt und gestorben? Nein, Inken passte zwar nicht in das Schema, gehörte aber trotzdem in diese ganze Geschichte hinein. Der Vergewaltiger, falls es tatsächlich eine Person war und nicht mehrere, hatte es auf junge Frauen abgesehen. Inken war damals sechzehn gewesen. Aber nein, Svea hatte gesagt, Inken sei verliebt gewesen, und der Mann habe auch Inken geliebt. Und für ein Verhältnis mit ihr war Thams zu selten auf der Insel. Genau wie Chris. Doch halt, Chris konnte jederzeit nach Pellworm kommen …

Zurück zu Chiara. Hatte sie ihren Peiniger auf der Insel

entdeckt? Sicher war, dass sie auf die Insel gekommen war, um mit Thams zu sprechen. Um ihm zu sagen, er oder einer seiner Freunde, sei ein Vergewaltiger? Wenn Thams es nicht war, hatte er es abgestritten. Doch dann musste er auch die Möglichkeit ins Auge fassen, dass in seinem Pelz eine Dreckslaus saß.

Mon dieu, war das alles kompliziert! Fieberhaft überlegte Louise weiter. Wem von Thams Freunden würde sie solche Taten überhaupt zutrauen? Dazu kannte sie die Männer viel zu wenig. Jan, der Immobilienmakler, ihn hatte sie in Cornilsens Bäckerei kennengelernt – ein Charmeur, aber auch draufgängerisch. Wim, der bald Vater wurde und für Thams gearbeitet hatte. War er glücklich verheiratet? Louise kannte Wims Frau nicht, sie war durch die Schwangerschaft immerzu müde und in jener Nacht deswegen zu Hause geblieben. Raik, der Zahnarzt – und verheiratet mit der Ex-Verlobten von Klas. Er eher schweigsam, sie fröhlich und ausgelassen. Louise hatte sie, wie hieß sie noch? Janne! mit Chris auf der Party scherzen sehen. Eine hübsche Frau, gute Figur, lockiges braunes langes Haar. Und Chris. Chris mit dem offenen Lächeln, dem gebräunten Gesicht, den Lachfältchen, Chris, ein Verführertyp. Jetzt musste sie nur noch herausfinden, wer von der Clique tatsächlich Jahr für Jahr mit Thams unterwegs gewesen war.

Louise widmete sich erneut der Seite von Jeff Storm, öffnete die Bildergalerie. Vielleicht fand sie ja hier einen Anhaltspunkt. Enttäuscht gab sie ein paar Minuten später auf. Es waren nur Fotos von den Auftritten. Jeff Storm auf einem nachgebauten Boot, das auf die Bühne fuhr, Storm in seinem berühmten Outfit an einem Seil hängend wie ein Affe, Storm, der wie wild auf eine riesige Trommel einschlug, Storm inmitten eines Männerchors in gestreiften Hemden, Storm mit einem Ziegenbock auf einem künstlichen Felsen und, und, und. Das Nordlicht in den Bergen, der Kraxler auf dem Boot, der Inselkaiser. Schon wollte Louise genervt die Seite schließen, als ihr eine zündende Idee kam. Derjenige, der die Fotos gemacht hatte, knipste eventuell auch vor und nach den Auftritten von Thams. Wenn sie den Namen des Typen hätte, könnte sie über ihn nach weiteren, aussagekräftigeren Bildern suchen. Und apropos Fotos: Sie musste auch unbedingt mit Hubertus Schulte sprechen. Vielleicht hatte er ja noch mehr gesehen, als nur Tim auf der Weide. Jemanden, der dem jungen Mann die gestohlenen Platten untergeschoben hatte?

Louise klickte auf die Seite mit dem Impressum. Und da hatte sie ihn. Sven Burkhart war der Fotograf, der alle Bilder geschossen hatte. Sie suchte nach dem Künstler im Internet. Er hatte eine eigene Webseite und lebte in Hamburg. Und das Gesicht kannte Louise. Der Mann war offenbar Thams Haus- und Hoffotograf gewesen. Er war auf der Geburtstagsparty dabei gewesen und offensichtlich auch bei allen Konzerten.

Louise fügte den Namen auf ihrem Whiteboard einen weiteren hinzu.

Kapitel 39

Sven Burkhard erinnerte sich nicht nur an Louise, sondern vor allem an den Kartoffelsalat mit Queller. Er zeigte sich etwas erstaunt, als sie ihn anrief, und sehr erstaunt, als sie ihn darum bat, sich die Fotos anschauen zu dürfen, die er bei den Konzerten gemacht hatte. Wieder einmal musste sich Louise eine Story einfallen lassen. Mit Schmeicheleien, wie bei Frau Bayer, das ahnte sie, kam sie allerdings bei dem Fotografen nicht weiter. Die Geschichte, die sie dann zum Besten gab, nahm ihr Burkhard erstaunlicherweise gleich ab. Sie habe in den wenigen Tagen, in denen sie mit Klas intensiv! an den Vorbereitungen zu seiner Geburtstagfeier gesessen hatte, eine echte Freundschaft zu ihm entwickelt. Er habe ihr von seinen spektakulärsten Auftritten erzählt und wie unvergleichlich – jetzt doch eine ordentliche Portion Honig ums Maul – Sven die Konzerte und das Davor und Danach dokumentiert habe. Ob es nicht eine wunderbare Idee sei, aus den besten Fotos ein richtiges Album zu machen, das man nach der Trauerfeier an die Freunde verteilen könnte, die damit ein einzigartiges Andenken an Klas hätten?

Sven fand die Idee großartig. Wann die Trauerfeier sei, wollte er wissen, und ob Louise eine Ahnung habe, ob es Verwandte gäbe, wegen der Bildrechte und so. Nein, von einem Termin habe sie noch nichts gehört, und soweit sie wüsste, existierten keine Verwandten. Und bis ein Testament darüber aufklären würde, wer denn erbe, könne man doch wohl ein paar Fotos, wie gesagt als Erinnerung, zusammenstellen. Burkhard bekräftigte noch einmal, dies sei eine tolle Idee, nur müsse es schnell gehen, übermorgen sei er für ein Fotoshooting für ein namhaftes Modemagazin auf dem Weg nach Teneriffa. Ob sie es heute noch schaffe, nach Hamburg zu kommen? Natürlich, gar kein Problem. Sie könne gegen halb fünf in Hamburg sein. Louise erledigte im Anschluss noch schnell ein zweites Telefonat mit Michel Bastien, einem Freund und Kollegen, der seit ein paar Jahren im Hamburger Sternerestaurant *Pintade aux pois bleus* als Souschef arbeitete. Sie würde sich nach dem Treffen mit Burkhard ein exquisites Menu gönnen, und nach ein, zwei, drei Gläsern Wein konnte sie bei Michel übernachten.

Louise erwischte die Fähre um Viertel vor zwei. Die gebratene Blutwurst musste warten, aber Fine wusste Bescheid. Eine halbe Stunde später war sie auf dem Festland, und knapp zwei Stunden danach stand sie vor einer Art Garage mit Wohnung darüber, in der Sven Burkhard lebte und arbeitete. Sven begrüßte sie wie eine alte Freundin. Schon bei der Geburtstagsfeier war Louise aufgefallen, dass sein Gesicht eine Auffälligkeit aufwies. Jetzt, aus der Nähe, erkannte sie ein Feuermal, das von der linken Schläfe bis hinunter zu seinem Hals reichte. Er hatte versucht, es abzudecken, jedoch nur mit mäßigem Erfolg, das Mal schimmerte dunkel durch den Puder hindurch. Kleine Knötchen unter der Haut betonten die Stelle im Gesicht zusätzlich.

Sven war nicht groß, schlank und drahtig, nahezu asketisch. Louise vermutete, dass der Mann joggte und dabei lange Strecken, vielleicht sogar Marathondistanz, lief.

»Mann, auf der Insel ist ja ganz schön was los. Erst Klas und dann der Mord an seiner Haushälterin, irre. Hat man denn einen Verdächtigen?«

Burkhard führte Louise in eine unaufgeräumte Küche, in der es nach Bratfett roch.

»Nein, bis jetzt noch nicht. Der Sohn der Haushälterin stand unter Verdacht, hat aber ein Alibi. Ich habe sie übrigens gefunden. Kein schöner Anblick. Auf dem Haus muss ein Fluch liegen. Warst du schon öfter da?«

Der Fotograf schüttelte den Kopf. »Nein. Nur zu den Feiern, zweimal. An einer Homestory mit Fotos war Klas nicht interessiert. Schönes Haus. Würde sich garantiert gut in einem Living-and-House-Magazin machen. Die Hütte und der Garten ordentlich in Szene gesetzt, das macht schon was daher.«

»Oder auf einem Gemälde oder einer Zeichnung«, knüpfte Louise geschickt an. »Eine junge Künstlerin hat Klas Haus gezeichnet. Vielleicht kennst du sie?«

Louise zog Chiaras Flyer aus der Tasche und legte ihn auf den Küchentisch, dem der Einsatz eines Wischlappens gut zu Gesicht gestanden hätte. Burkhard warf einen Blick auf das Foto.

»Klasse, sie sieht echt gut aus. Aber nee, kenn ich nicht. Ist sie bekannt?«

Louise steckte den Flyer wieder ein. »Nein. Okay, dann jetzt zu den Fotos.«

»Ja, ich muss auch bald los. Deswegen habe ich schon

alles vorbereitet. Du hast am Telefon gesagt, Fotos von den zurückliegenden zehn Jahren. Ich habe mal ein paar ältere Sachen dazugelegt. Ist doch auch ganz schön zu sehen, wie sich alles so entwickelt hat. Älter geworden sind wir jedenfalls alle. Hier…«, er zeigte auf den Laptop auf dem Küchentisch, »Setz dich doch. Das erste Bild ist geöffnet, du brauchst dann nur noch auf den Pfeil zu drücken, und es geht weiter. Da oben rechts ist die Möglichkeit, ein Foto zu markieren. Es sind jede Menge Bilder, ich würde mich an deiner Stelle auf zehn bis maximal fünfzehn Fotos pro Jahr beschränken. Du kannst dir die Dinger auf einen Stick ziehen und die Fotobücher bestellen. Ich schaff es leider nicht, das selbst zu machen. Ist das okay für dich?«

»Ja, prima. Super, dass es so kurzfristig geklappt hat. Wie geht es dir eigentlich? Der Tod von Klas muss doch ein ganz schöner Schock für dich gewesen sein. Wie lange bist du mit ihm rumgetourt?«

Sven kratzte sich am Kopf. Sein Feuermal glühte geradezu auf. »Vierzehn Jahre war ich mit ihm unterwegs. In der ersten Zeit nur sporadisch, die letzten acht Jahre war ich dann der Einzige, der Fotos machen durfte. Ich kann es immer noch nicht glauben. Alles aus und vorbei.«

»Wird es für dich jetzt nicht sehr schwer werden, so beruflich meine ich?«

»Nein. Ich habe schon immer, wenn es meine Zeit erlaubte, Modefotografie gemacht. Und nach Klas Tod rennen mir die Agenturen die Bude ein. Keine Ahnung, ob ich wirklich so gut bin, oder ob der Glanz von Jeff Storm jetzt ein wenig auf mich abgefärbt hat«, meinte er bescheiden.

»Dann hast du ja das ganze verrückte Leben mitgemacht.

Immer unterwegs. Wim und die anderen Jungs waren wohl nur zu den Geburtstagen dabei?«

Sven fuhr sich mit der Hand unbewusst über das Feuermal und pickte mit dem Fingernagel an einem der Knötchen. »Wim war auch sonst häufig dabei, Klas' Mädchen für alles. Ja, und der Rest der Clique ließ es sich nicht nehmen, jedes Jahr freizumachen, um mit Klas, wenn er nicht auf Pellworm war, überall, wo der Meister gerade weilte, den Geburtstag zu feiern.«

Meister? Warum hatte Sven Meister gesagt? Irgendwie hörte sich das Wort aus seinem Mund nicht sehr nett an. So als sei Klas eine Art Herr und Meister gewesen, der herumkommandiert und seine Leute hatte springen lassen. Louise ließ das Wort unkommentiert. Sie wollte etwas ganz anderes wissen.

»Apropos Mädchen. Ich kann mir schon vorstellen, dass jede Menge Mädchen hinter Klas her waren, er sah ja schon toll aus.«

Sven schnaubte durch die Nase. »Groupies gab es überall. Für die war Wim hauptsächlich zuständig. Also, nicht so, wie es sich anhört, er musste sie Klas vom Leib halten. Für so was hatte er gar keine Zeit.«

»Und in all den Jahren hat sich nie was Ernsthaftes ergeben?«

»Naja, ernsthaft. Wenn ihm eine dann doch mal besonders gut gefallen hat, dann hat er sie schon für eine Nacht abgeschleppt. Er war eben auch nur ein Mann. Aber es blieb immer bei dem einen Mal, soweit ich das beurteilen kann. Der Kerl war sowieso nicht mehr bindungsfähig.«

»Du meinst die Sache mit Janne?«

»Ja, du weißt davon?«

Louise nickte einfach. »Ja, und von Dunja Solonkina. Dieser russischen Operndiva. Eine schmerzhafte Trennung,« fantasierte Louise vor sich hin.

»Na so was«, staunte Sven, »davon hat er dir erzählt? Ja, das hat ihn umgehauen. Sie hat ihn für einen Tänzer des Bolschoi Balletts verlassen. Das hat ganz schön an seinem Ego genagt. Er ist richtig krank geworden. Und seitdem hat er keine mehr an sich rangelassen. Emotional, meine ich. Anders schon.« Sven grinste anzüglich, und Louise fühlte sich unwohl.

»Übrigens, mir fällt gerade auf, du passt genau in Klas' Beuteschema. Die Figur, die Wangenknochen, die lockigen Haare, passt alles. Hat er dich in die Kiste gekriegt?«

Louise verschlug es die Sprache. Wie bitte? Bis jetzt hatte sie diesen Sven noch einigermaßen nett gefunden. Doch was er sich jetzt da rausnahm …

»Ich glaube nicht, dass dich das was angeht«, antwortete sie spitz. Andererseits, sie hatte mit Klas' Frauengeschichten angefangen. »Nun, wir haben uns gut verstanden. Vielleicht hätte mehr daraus werden können. Beantwortet das deine Frage?«, fügte sie in versöhnlichem Ton hinzu.

Sven breitete die Arme aus. »Nichts für ungut. Du siehst halt klasse aus. Und Klas war kein Kostverächter. Wie gesagt, er hat schon die ein oder andere abgeschleppt. Und auf eins hatte er immer Wert gelegt: Sie musste Klasse haben.«

»Klasse und ein gewisses Alter?«

»Wie, gewisses Alter? Also, wenn du meinst, ob er auf junges Gemüse stand, dann hast du dich geschnitten. Ich sagte doch eben schon, du wärst seine Kragenweite gewesen.« Sven sah auf die große Uhr an der Wand, die jedem Bahnhofsvorplatz Ehre gemacht hätte.

»Okay, ich habe noch einiges zu tun. Ich bin nebenan. Wenn noch was ist, einfach rufen. Und Kaffee ist auch noch da. Nimm dir gerne.« Sven zeigte auf eine Kaffeemaschine und verschwand im Nebenzimmer.

Louise setzte sich vor den Bildschirm. Das war ein wirklich aufschlussreiches Gespräch gewesen. Jetzt konzentrierte sie sich auf die Fotos. Schon das erste Bild konnte sie nicht gebrauchen. Jeff Storm bei einem seiner üblichen albernen Sprünge auf die Bühne in seinem nun auch Louise bestens bekanntem Outfit. Bei diesem Auftritt wurde er von zwei leicht bekleideten jungen Frauen, die schillernde Helme mit Federbüschen auf dem Kopf trugen, auf einer Art Surfbrett mit Rollen auf die Bühne gezogen. Der Sänger hielt Zügel in der Hand, die um die Körper der Mädchen geschlungen waren. Nicht nur albern, sondern auch noch geschmacklos, befand Louise.

»Sven, kann ich sehen wo und wann die Bilder gemacht worden sind?«, rief Louise in Richtung Nebenzimmer.

»Ja, natürlich. Meine Kameras verfügen über ein eingebautes GPS-Modul, da kann ich jederzeit nachvollziehen, wo ich gearbeitet habe. Dazu einfach mit der rechten Maustaste die Eigenschaften der Bilddatei anzeigen lassen, da steht alles drin, Zeit und Ort.«

Nach einer Stunde verabschiedete sich der Fotograf. »Wenn du fertig bist, zieh' die Tür einfach hinter dir zu. Falls du nicht das gefunden hast, wonach du gesucht hast, leg mir einen Zettel hin. Ich kümmere mich dann drum. Allerdings ist die Auswahl eigentlich ausreichend für dein Projekt.«

Ja, die Auswahl schien in der Tat ausreichend für ihr Projekt. Und trotzdem fand Louise nichts, was ihr weiterhalf. Sven hatte sich auf die Auftritte konzentriert, hatte Klas beim Autogrammegeben abgelichtet oder wenn er ein auf die Bühne geworfenes Plüschtier herzte. Und natürlich gab es auch Bilder mit seinen Freunden. Aber das wusste Louise ja nun, dass die Freundesclique an den Geburtstagen des Sängers immer in seiner Nähe war. Was hatte sie eigentlich erwartet?, fragte sich Louise enttäuscht. Eine halbe Stunde nachdem Sven verschwunden war, packte sie den Stick ein, den ihr Burkhard zur Verfügung gestellt hatte. Sie goss sich eine Tasse Kaffee ein, der lauwarm und durch das lange Stehen unangenehm kräftig geworden war. Louise stellte die Kaffeemaschine aus und goss den Rest des Getränks in die zerkratzte Spüle, die dank ihres rostigen Abflusssiebs mit darin klebenden Essensresten äußerst unappetitlich aussah. Burkhard war offensichtlich kein begnadeter Hausmann. Allerdings war er sehr hilfsbereit gewesen, und er hatte keinerlei Argwohn gezeigt. Eigentlich auf den ersten Blick ein netter Typ. Aber nett waren Wim, Raik, Jan und Chris auch. Und was hinter einer netten Fassade stecken konnte, das wusste Louise. Hinter der netten Fassade von Thierry versteckte sich beispielsweise eine widerliche Kröte, die sich von der Exgattin herumkommandieren und aushalten ließ. Doch während dieser *conard* der Vergangenheit angehörte, war sie hier einem *monstre* mit ganz anderen Ausmaßen auf der Spur …

Kapitel 40

Der Feierabendverkehr in Hamburg forderte von Louise volle Konzentration. Im Laufe des Nachmittags hatte sich der Himmel immer stärker zugezogen, und von Westen zog ein Regenband heran. Es war mit einem Schlag düster und verhangen, und der Niederschlag, der dann plötzlich und mit voller Wucht einsetzte, veranlasste die Autofahrer zu bremsen. Die dunkle, nasse Straße glänzte vom Widerschein der Ampeln und den weißen und roten Lichtern der Fahrzeuge. Louise versuchte sich zwischen den Autos durchzuquetschen, was ihr mehr als einmal ein bösartiges Hupen der genervten Autofahrer einbrachte.

Durchnässt erreichte sie das Nobelrestaurant *Pintade aux pois bleus* – das blau gepunktete Perlhuhn. Auf einem Blechschild, das wie vor einem englischen Pub an zwei Ketten vor dem anheimelnd von innen mit hohen Kerzenlüstern beleuchteten Lokal baumelte, prangte ein fettes dunkelrotes Perlhuhn, das über und über mit blauen Punkten übersät war. Es gab draußen keinen Hinweis darauf, welche Speisen zu welchen Preisen hier angeboten wurden. Wer im Perlhuhn Gast war, fragte auch nicht danach. Louise fummelte ihr Handy aus der Motoradjacke und rief Michel an. So konnte sie unmöglich hinein. Keine zwei Minuten später war ihr Freund mit einem Handtuch bei ihr.

»*Salut, ma belle.* Wir beide sehen uns in Hamburg wieder, wer hätte das gedacht!« Er umarmte Louise trotz ihrer nassen Jacke, küsste sie auf die Wangen und rubbelte ihr mit dem Handtuch liebevoll über die kurzen Locken, obwohl die dank des Helms trocken geblieben waren.

»Wo ist denn deine Mähne abgeblieben?«

»Es war Zeit für einen neuen Look. Ab und zu ist im Leben eine Abwechslung nötig. Du hast es schon gehört?«

Michel nickte betreten. »Es hat sich rumgesprochen wie ein Lauffeuer. Anatol hat mich informiert. Was hast du jetzt vor? Hier in Hamburg kann man ein Genie am Kochherd jederzeit gebrauchen. Ich habe auch schon meine Kontakte spielen lassen. Wenn du also möchtest, ich hätte ein paar 1a-Adressen für dich.«

Anatol Dubercy war einer ihrer Ausbilder gewesen, bei ihm in Straßburg hatten sich Louise und Michel zur gleichen Zeit als Entremetier und Légumier ihre ersten Sporen verdient. Dann hatten sich ihre Wege getrennt, aber der Kontakt war niemals verloren gegangen.

»Anatol war fuchsteufelswild. Ich glaube, wenn Worms noch einmal bei ihm auftaucht, serviert er ihm verdorbene Austern. Das Problem ist nur, Madame Worms und ihre Zeitung verfügen über die Macht, dich mit einer Zeile zu zerstören und in den Ruin zu treiben. Da hat am Ende niemand den Mumm, dagegen aufzubegehren. Die Haute Cuisine ist wie ein schwankendes Segelboot. Heute segelst du noch der Sonne entgegen, morgen reißt dich ein Orkan in den Abgrund.«

Louise musste über den Vergleich lächeln. Sie schlüpfte aus ihrer nassen Motorradjacke.

»Ich kann so nicht rein. Manchmal bin ich einfach nur dämlich. Ich habe noch nicht mal was Schickes eingepackt. Du musst mir das Essen rausbringen, wie einem herrenlosen Hündchen. Und nein, ich danke dir tausend Mal, aber ich suche keine neue Stelle im Moment. Ich habe von diesem Zirkus die Nase gestrichen voll. Ich weiß noch nicht, was ich in Zukunft tun werde, aber ein Restaurant wie dieses«, sie zeigt mit dem Finger auf das Schild, das von einer starken Windböe geschüttelt wurde, »ist für mich zurzeit keine Alternative.«

Michel lächelte liebevoll. »Alternative zu was, mein kleiner Gossenköter?«

»Ich lebe bei meiner Tante Fine auf Pellworm und helfe dort aus. Das genügt mir vollkommen. Ich sage dir, das Leben auf der Insel ist ganz schön aufregend.«

Durch den sintflutartigen Regen waren die sommerlichen Temperaturen geradezu in den Keller gestürzt. Louise begann in ihrem T-Shirt zu frieren.

»Das kannst du mir später erzählen. Jetzt erstmal rein. Du siehst ja ganz verfroren aus. Allerdings weiß ich wirklich nicht, wie wir dich so an einen unserer Tische setzen sollen. Die ersten Gäste kommen in einer halben Stunde. Vielleicht haben wir bis dahin etwas Brauchbares zum Anziehen gefunden? Ich könnte Sonja fragen, sie arbeitet im Service und hat in etwa die gleiche Figur.« Michel hielt Louise die Tür auf.

»Ganz ehrlich, eigentlich habe ich keine große Lust im Restaurant zu essen. Meinst du, Gregor hat etwas dagegen, wenn ich bei euch in der Küche bleibe? Ich kann mich nützlich machen und sehe zudem, was hier in Hamburg in der

Sterneküche gerade angesagt ist. Ein wenig schnippeln und abschmecken kann ich noch.«

Gregor schloss Louise fest in die Arme und bedauerte ebenfalls, wie man mit ihr umgegangen war. Sie und der Chef de Cuisine hatten sich vor vier Jahren in Paris auf einer Messe kennengelernt. Gregor war ein Bär von einem Mann, Louise reichte ihm noch nicht einmal bis zu den Schultern.

»Louise, du entschuldigst, aber wir sind mittendrin. Keine Zeit für nichts.«

»Kann ich mich nützlich machen?« Louises Stimme klang so verzagt, dass Gregor sie noch einmal an sich drückte.

»Da hängt die Arbeitskleidung, fang an. Du unterstützt Michel. Du hast doch noch ein gültiges Gesundheitszeugnis für den Fall der Fälle?«

Louise nickte.

»Gut. Und weiter geht`s, meine Lieben.« Der Chef de Cuisine klatschte in die Hände.

In der großen Küche herrschte eine Atmosphäre wie Louise sie bevorzugte, kein hektisches Hin und Her, sondern ein hochkonzentriertes Miteinander der Köche und Beiköche. Sechs Frauen und Männer bereiteten die hochambitionierten Köstlichkeiten vor, die bald die Gaumen der Gäste erfreuen sollten. Nach einer Dreiviertelstunde kamen die ersten Bestellungen in die Küche, und die Geschwindigkeit nahm zu.

»Zweimal Zanderfilet an Riesling mit Gemüsemaultäschchen«, schallte es in die Küche.

Die mit Gemüse gefüllten Minimaultaschen wanderten in eine Brühe, fein gewürfelte Schalotten in einen Esslöffel

Butter. Fischfond und Riesling folgten. Auf hoher Flamme waren die Flüssigkeiten in Kürze reduziert, derweil die Zanderfilets auf ihrer Hautseite brutzelten.

»Ohne Speck«, rief jemand in die Küche.

Die Würfel aus magerem Räucherspeck, die den Zander begleiten sollten, wurden in ihrer Pfanne vom Herd gezogen. Louise montierte eiskalte Butter in die Soße, die sämig und glänzend wurde. Noch etwas Salz und Pfeffer, den Zander auf den Teller, die Maultäschchen daneben drapiert, das Ganze mit der köstlich duftenden Rieslingsauce nappiert, und ab gingen die heißen Teller zu den erwartungsvollen Feinschmeckern. Louise hätte noch ein paar Kräuter als Farbkontrast dazugegeben, die Butter weggelassen und stattdessen einen luftigen Rieslingschaum kreiert. Zu den kleinen Maultaschen das gleiche Gemüse in feinste Juliennes geschnitten, frittiert und als Gemüsestroh serviert. Und dazu noch eine Jakobsmuschel mit ihrem zarten Schmelz als Kontrast zum gebratenen Zander. Aber bitte, es war nicht ihre Küche, und wenn die Hamburger zufrieden waren, dann sollte es ihr recht sein.

Um elf schloss die Küche. Louise hatte überhaupt nicht gemerkt, wie die Zeit vergangen war. Um zwölf saß sie bei Michel in dessen Wohnung auf dem Sofa, die Füße lagen auf einem weichen Puff, und der eiskalte Weißwein belebte ihre Sinne. Michel wollte alles wissen, die Einzelheiten zur Trennung von Thierry, mit welchen Anfeindungen von Madame Worms sie sich hatte herumärgern müssen, warum gerade Pellworm zu ihrer Zuflucht geworden war.

»*Alors*, und dann bin ich diesem Mädchen begegnet, Chiara. Und dann war sie tot. Sie soll einfach so ins Wasser gegangen sein. Das glaube ich nicht. Weißt du, es gibt da irgendeine Verbindung zu Klas Thams, dem Sänger. Der ist auch tot.«

»Ja, das habe ich gelesen. Jeff Storm. Mit seiner Musik konntest du mich jagen. Gruselig. Und was hat er mit dem toten Mädchen zu tun?«

Louise schenkte sich nach. »Das weiß ich noch nicht. Aber ich muss es herausfinden. Übrigens war ich es, die seine Geburtstagsparty ausgerichtet hat. Ich war die Köchin, die unter anderem das Krabbengericht zubereitet hat, an dem er starb. Eine allergische Reaktion.«

Michel pfiff durch die Zähne. »Ein anaphylaktischer Schock! Gab es eine Untersuchung?«

Louise schüttelte den Kopf. »Nein, von dieser Allergie wussten er und sein gesamtes Umfeld. Warum er dann gerade Krabben verputzt hat, keine Ahnung. Das heißt, eine Ahnung habe ich schon. Sein Tod ist tatsächlich als tragischer Unfall abgehakt worden. Ich bin mir aber sicher, jemand hat ihm die Dinger so lange in den Mund geschoben, bis er starb. Weißt du, was merkwürdig ist? Valerie, sie ist eine der Servicekräfte gewesen, sagte, das Hinweiskärtchen wäre weg gewesen. Da stand nicht nur in schönster Schrift das Wort Krabbenreisbällchen drauf, da war sogar eine Krabbe draufgemalt. Als ich danach schaute, stand die Karte ganz brav bei der Platte. Und jetzt kommt es. Kurz darauf wird Thams' Haushälterin ermordet. In seinem Haus. Diesmal keine Zweifel, es war Mord. Angeblich ein Raubüberfall. Und ich habe die Ärmste gefunden. Zuerst stand der Sohn unter Verdacht. Den mussten sie wieder laufen lassen, er hat ein Alibi. Jetzt frag ich dich: Siehst du da einen Zusammenhang?«

Michel starrte Louise mit aufgerissenen Augen ungläubig an. »Du hast sie gefunden? Sag mal, du ziehst das Unglück ja an wie ein Magnet. Wie furchtbar ist das denn? Für die arme Frau und für dich.« Tröstend strich er Louise mit zwei Fingern über die Wange. »Aber was deine Frage nach einem Zusammenhang angeht … Ich seh da keinen. Diese Chiara ist also ins Wasser gegangen. Vielleicht war sie ja depressiv oder so.«

Louise nickte. »Ja, war sie.«

»Und Thams hatte diese Allergie, die bekannt war. Weißt du, wie oft das vorkommt, dass jemand an etwas stirbt, obwohl er weiß, wie gefährlich es für ihn sein kann? Denk nur an einen Bienenstich!«

»Ja, aber das ist doch ganz etwas anderes. Thams selbst hat mich eindringlich auf seine Krabbenallergie aufmerksam gemacht, seine Haushälterin hat es mir hundertmal gesagt. Alle gefährlichen Speisen waren klar markiert. Nein, ich glaube nicht an ein Versehen. Da hat jemand nachgeholfen. Und dann gab es noch ein totes Mädchen vor drei Jahren. Sie starb am Abend, an dem Thams mit seinen Freunden seinen Geburtstag feierte. Noch ein Zufall?«

Michel stöhnte auf. »An dir ist eine Miss Marple verlorengegangen. Und welche Schlüsse zieht die Meisterdetektivin nun aus all dem?«

Louise reckte die rechte Faust in die Höhe und begann, mit ihren Fingern ihre ›Fakten‹ aufzuzählen. »Erstens: totes Mädchen, Chiara, Sängerin, hatte einen Auftritt nicht weit von Thams Aufenthaltsort Regensburg. Der war dort mit seinen Freunden zum Feiern seines Geburtstags. Zweitens: totes Mädchen vor drei Jahren im gleichen Zeitraum auf

Pellworm. Drittens: Thams, toter Sänger, stirbt an seinem Geburtstag. Viertens: Sinja Wrede, tote Haushälterin. Sie hat etwas beobachtet, musste deswegen sterben. Fünftens: Thams wusste etwas, musste deswegen sterben.«

»Halt«, unterbrach Michel Louise. »Du glaubst, der Sänger sei für den Tod der beiden Mädchen verantwortlich?«

»Das dachte ich auch, zu Anfang. Aber warum ist er dann jetzt selbst tot? Ich habe herausgefunden, dass vor und nach seinen Auftritten in ganz Deutschland junge Frauen Opfer von Vergewaltigungen wurden. Immer nach dem gleichen Muster: Erst K.-o.-Tropfen, dann Vergewaltigung und immer auch Würgen, ohne dabei aber das Opfer zu töten. Vielleicht hat der Täter sogar noch mehr Frauen Gewalt angetan, ich habe bis jetzt nur den Zeitraum um den zwanzigsten Juni herum untersucht.«

»Wildeste Spekulationen, Louise. Genauso gut kann sich jemand an diesem Thams gerächt haben. Weil er der Täter war.«

»Und genau das alles werde ich herausfinden«, Louise langte nach der Weißweinflasche, doch die war leer.

Michel ließ sich ungläubig in das tiefe Polster des Sofas sinken. »*Ma belle*, das ist ein Fall für die *Flics*.«

Louise lächelte skeptisch. »*Mon cher ami*, das Ganze hört sich sogar in meinen Ohren vollkommen verrückt an. Ich lande eher in der Klapse, als dass die mir Glauben schenken. Nein, ich muss noch mehr Fakten sammeln, bis ich damit zur Polizei gehe. Ich komme immer stärker zu folgender Überzeugung: Klas Thams hat am Abend seines Todes erkannt, dass einer seiner Freunde ein Vergewaltiger ist. Vielleicht hat er ihm gedroht, ihn anzuzeigen. Damit hat er sein

Todesurteil unterschrieben. Sinja Wrede, die Haushälterin, hat die Tat beobachtet und den Mörder erpresst, also hat er auch sie getötet. *Si simple.* So einfach ist es. Jetzt muss ich nur noch herausfinden, wer von den Typen es gewesen ist. Ich werde mir jeden Einzelnen vorknöpfen.«

Jetzt wurde Michel laut. »Louise Dumas. Gar nichts wirst du tun. Denn wenn du recht haben solltest, was ich nicht glaube, sitzt du demnächst mit einem Mörder zusammen, der sich von dir garantiert nicht dazu überreden lässt, sich der Polizei zu stellen. Ich glaube, du überspannst den Bogen. Ich wusste ja um deine unbändige Fantasie, aber bis jetzt hat die sich auf deine genialen Kreationen in der Küche beschränkt. Belass es dabei.«

Doch Louise war nicht zu bremsen. »Ich würde ganz geschickt vorgehen. Er würde gar nicht merken, wie ich es aus ihm herauskitzle. Ich würde eine Falle stellen, wie Fanny Ardant in *Vivement dimanche!*«

Michel hob die flache Hand und hielt sie Louise an den Kopf. »Ganz eindeutig, du hast einen Knall. Deine Stirn ist schon ganz heiß. Du legst dich jetzt ins Bett, schläfst dich aus, und morgen hast du diesen ganzen Krimimist vergessen. Ist das klar? Wozu gibt es denn Ärzte und Ermittler, *hein*? Wenn die sagen, es war ein Selbstmord, ein tragischer Unglücksfall, ein Raubmord, dann ist das so. Da braucht nicht Mademoiselle Dumas auf Pellworm aufzutauchen, um sich dort als Spürnase eine blutige Nase zu holen. Hast du mich verstanden.?«

»Aber …«

»Nichts, aber. Du verwandelst offensichtliche Tatsachen in einen vollkommenen Wirrwarr. Überleg doch mal, wenn du Gott und die Welt beschuldigst, ein Mörder und Vergewaltiger zu sein, dann hast du ganz schnell eine Anzeige wegen Verleumdung am Hals, und du landest, ehe du dich versiehst, in Teufels Küche.«

»Da würde ich mich ganz auf Grillgerichte konzentrieren.« Louise kicherte. Der Weißwein war ihr mittlerweile zu Kopf gestiegen.

Auch Michel konnte sich ein Grinsen nicht verkneifen.

»Ich stell mir dich gerade in einem roten Kostüm mit Hörnern auf dem Kopf vor, wie du an einem riesigen Kochtopf stehst und ein *Pot au feu* vom Feinsten zusammenrührst.« Doch dann setzte er wieder eine strenge Miene auf. »So, Schluss jetzt. Ab ins Bett. Und morgen will ich nichts mehr von dem ganzen Blödsinn hören.«

Gehorsam ließ sich Louise von Michel an den Händen aus den Tiefen des Sofapolsters ziehen und in Richtung Gästezimmer schieben. Zum ersten Mal seit Chiaras Tod fiel Louise in einen tiefen traumlosen Schlaf, aus dem sie am nächsten Morgen erst um elf Uhr frisch und munter erwachte.

Michel hatte ihr einen Zettel auf dem Küchentisch hinterlassen. Er war bereits auf dem Großmarkt gewesen, hatte frische Brötchen und Croissants gebracht und war jetzt auf dem Weg zu einem Zahnarzttermin. Am Ende ermahnte er Louise noch einmal, ihre kriminalistischen Spinnereien sein zu lassen. Versprochen? Nein, versprechen konnte Louise es ihm nicht. Sie hatte einen Fall zu lösen und würde sich nicht davon abbringen lassen.

Kapitel 41

Gerade noch rechtzeitig zum Ablegen der Fähre erreichte Louise Nordstrand. Um Viertel nach drei war sie wieder auf der Insel. Das trübe Regenwetter, das Hamburg am Vortag erreicht hatte, war auf Pellworm angekommen und hatte sich festgesetzt. Louise wich den Pfützen auf der Straße so gut sie konnte aus. Es regnete zwar nicht mehr, aber die Temperaturen waren merklich gefallen, und der Himmel war bleiern grau. Sie hatte Fine Bescheid gegeben, dass sie gegen sieben zu Hause sei. So hatte sie genügend Zeit, ihren Plan in die Realität umzusetzen. Raik war noch in seiner Praxis in Husum, also als Gesprächspartner keine Option. Louise entschloss sich, mit Jan, dem Immobilienmakler, zu beginnen. Schließlich hatte er sie schon zu einem Abendessen überreden wollen, vielleicht würde ja auch eine Tasse Kaffee ausreichen, um ihm auf den Zahn zu fühlen.

Auf der Fähre hatte sich Louise einen Flyer organisiert, auf dem die Öffnungszeiten der Lokale auf Pellworm aufgeführt waren. Auf die blanke Rückseite notierte sie sich einige Gedanken, die sie, soweit sie sich erinnern konnte, gestern auch Michel aufgezählt hatte. Eine Bemerkung ihres Freundes war ihr besonders im Gedächtnis geblieben. Michel hatte nicht unrecht. Was, wenn doch Klas Thams der Widerling war? Der Vergewaltiger, der Mann, der Chiara ins Wasser getrieben hatte? Höchstpersönlich oder im übertragenen Sinne. Dann könnte jemand Thams getötet haben, der ihm das Handwerk legen wollte. Michel hatte mittlerweile zweimal bei Louise angerufen. In seiner Stimme hatte tiefe Sorge mitgeschwungen, Louise könne irgendwelche Dummheiten begehen, wie sie gestern im Suff – im Suff!, wie unverschämt – kundgetan hatte. Louise flötete in ihr Handy, zur Sorge bestehe keinerlei Anlass. Nicht wirklich überzeugt, hatte Michel dann das Thema abgehakt und versprochen, an einem seiner raren freien Tage Louise auf Pellworm zu besuchen.

Sie erreichte das Immobilienbüro, doch die Tür war verschlossen, und kein Licht brannte. Jans Auto stand nicht auf dem Parkplatz, der als reserviert für den Inhaber des Geschäfts gekennzeichnet war. Wahrscheinlich war er mit einem Kunden unterwegs, mutmaßte Louise und betrachtete die Angebote im Schaufenster. Ein weißes reetgedecktes Haus aus dem neunzehnten Jahrhundert direkt am Deich kostete stolze vierhundertneunzigtausend Euro. Es gab aber auch kleine Katen, wie die von Fine, die allerdings ebenfalls das Budget von Louise gesprengt hätten. Beim Blick auf die Angebote schätzte sie, dass das Haus von Klas Thams im Minimum seine siebenhunderttausend Euro bringen würde.

Ein Auto hielt knirschend auf dem Parkplatz. Louise drehte sich um in der Hoffnung, es sei Jan. Aus dem Wagen stieg eine Frau. Sie trug eine Baseballkappe, die ihr Gesicht für einen Moment beschattete. Dann erkannte Louise sie, es war Janne, die Frau von Raik und ehemalige Verlobte von Klas Thams. Was sie wohl hier wollte? Sie kam direkt auf Louise zu.

»Hallo, Louise. Ich darf Sie doch Louise nennen? Sie erinnern sich an mich? Janne, die Frau von Raik, wir sind uns auf der Geburtstagsparty ein paar Mal über den Weg gelaufen. Ich habe Sie hier stehen sehen. Ich wollte Ihnen sagen, wie unglaublich köstlich das alles war, was Sie gezaubert haben.« Janne biss sich auf die Lippen.

Na hoffentlich wollte sie nicht noch hinzufügen ›bis auf die Krabben‹, dachte Louise.

»Einfach furchtbar, was geschehen ist. Niemand kann sich vorstellen, warum Klas die Krabben gegessen hat. Es war doch alles mit diesen netten Kärtchen kenntlich gemacht. Und ich habe ihn auch nochmal darauf hingewiesen. Klas, lass deine Finger von der Mousse und den Reiskugeln. Ein unachtsamer Moment, so wird es wohl gewesen sein. Wir sind alle total erschüttert. Ihnen ist überhaupt kein Vorwurf zu machen, falls Sie darüber nachgedacht haben sollten. Wollen wir zusammen einen Kaffee trinken? Das Inselcafé von Cornilsen ist nicht weit. Und bei dem Schietwetter kann man was Warmes im Bauch vertragen.«

Janne lächelte, und eine Zahnlücke zwischen den oberen Schneidezähnen verlieh ihrem Gesicht etwas Koboldhaftes. Entweder hatte Raik noch keine Zeit gefunden, die Zähne zu richten, oder Janne wollte es nicht. Sehr sympathisch, fuhr es Louise durch den Kopf. Die Lücke und die spontane Einladung.

»Gerne. Eine Kleinigkeit zu essen wäre auch nicht schlecht. Ja, Sie haben …, oder wollen wir vielleicht ›Du‹ sagen?«

Janne nickte und streckte ihre Rechte aus. »Sehr gerne.«

»Sehr schön!«, Louise lächelte, ergriff die ihr dargebotene

Hand und schüttelte sie herzlich. »Du hast vollkommen recht. Ich kann es mir nur so erklären, dass die Kärtchen bei der ganzen Hektik am Buffet vielleicht verschoben worden sind, und Herr Thams versehentlich zugegriffen hat. Als Kind muss er auch schon einmal einen anaphylaktischen Schock erlitten haben, habe ich gehört.«

»Nicht nur als Kind. Als wir noch verlobt waren, hat er aus Jux von meinem Krabbenbrötchen abgebissen. Du glaubst nicht, wie schnell sein Rachen angeschwollen war. Und es waren vielleicht zwei Krabben, die er geschluckt hatte. Es ging noch einmal alles gut. Sein Vater, er war Inhaber der Apotheke, hatte immer was parat. Manchmal war Klas ein echter Idiot.« Tränen schimmerten in ihren Augen, die sie mit einer trotzigen Handbewegung wegwischte.

Louise nahm sie am Arm. »Na denn mal los. Kaffee und Kuchen warten auf uns.«

Das Inselcafé Cornilsen gefiel Louise auf Anhieb. Bisher kannte sie nur die dazugehörige Bäckerei von innen. Der Boden besaß einen mediterranen Touch mit den braunen Fliesen und den eingelegten Mosaiken. Holz dominierte das Interieur. Sofort fiel ihr der Schriftzug Cornilsen auf, der in die Rückenlehnen der Stühle gebrannt war.

Die beiden Frauen ließen sich in einer ruhigen Ecke nieder. Bei der Bedienung, die Louises Begleitung mit einem fröhlichen »Moin, Janne«, begrüßte, bestellten sie zwei Mohnwölkchen und auf Vorschlag von Janne zwei *Tote Tanten.*

»*Tote Tanten*, das ist ja mal ganz was Neues« sagte Louise und musste seltsamerweise sofort an Sinja Wrede denken. Ob sie auch die Tante von irgendjemandem gewesen war?

Janne klärte sie darüber auf, was eine *Tote Tante* war: so

was wie ein *Pharisäer*, nur nicht mit Kaffee, sondern mit einer echten Schokomilch mit Zartbitterschokolade, ordentlich Schlagsahne und einem guten Schuss braunem Rum. »Er erweckt Tote zum Leben«, posaunte Janne, um sofort betreten die Hand vor den Mund zu halten. »Das ist alles ein bisschen viel, findest du nicht? Zuerst die Selbstmörderin. Gut, die hat niemand von uns gekannt, aber trotzdem ganz schlimm. Dann Klas. Und dann Frau Wrede, die arme Seele. Wegen ein paar wertloser Platten erschlagen. Wenn es nicht ihr Sohn war, wer könnte es dann gewesen sein?«

Louise zuckte mit den Schultern. »Ich weiß es nicht. Hatte sie denn Feinde?«

Janne legte die Stirn in Falten. »So gut kannte ich sie nicht.«

Der Kakao und die Mohnwölkchen kamen, jedes einzelne für sich ein Genuss, zusammen eine Köstlichkeit. »Mmh, tut das gut«, Louise schleckte sich mit der Zunge über die Lippen. Schlagsahne klebte in den Mundwinkeln, die sie dezent mit einer Serviette wegtupfte. »Janne, darf ich dich was fragen?«

»Klar, schieß los.«

»Warum habt ihr euch getrennt, du und Klas?«

Janne stellte den Kakaopott, den sie gerade zum Mund führen wollte, hörbar auf den Teller auf dem Holztisch zurück. Der Löffel klirrte auf dem Porzellan. Sie sah ihr Gegenüber eindringlich an.

»Das ist alles schon eine Ewigkeit her. Und ehrlich, ich weiß bis heute nicht wirklich, was zwischen uns schiefgelaufen ist. Ich habe da lediglich eine Ahnung.« Janne schwieg und wurde rot. »Ich weiß auch nicht, warum ich gerade mit dir darüber reden sollte«, fuhr sie dann fort. »Vielleicht, weil du eine Fremde bist. Ist es nicht so, dass man Fremden mehr anvertraut als den eigenen Leuten?«

Fremde. Das hätte Louise nicht erwartet, und sie war erstaunt, wie sehr es sie schmerzte. Aber Janne hatte ja recht. Sie war jetzt gerade mal knapp zwei Wochen auf Pellworm. Ja, sie war eine Fremde. Und ja, Fremden vertraute man vielleicht eher ein Geheimnis an. Ein Fremder verschwand meist auf Nimmerwiedersehen aus deinem Leben, nahm dein Geheimnis mit. Und wie bei einer Beichte, verspürt man Erleichterung, es nicht mehr alleine mit sich herumtragen zu müssen.

»Ja, ich denke schon, kann sein.«

»Klas und ich kennen uns schon seit Kindesbeinen. Ich bin drei Jahre jünger als er. Als er siebzehn war, hat er angefangen, mit mir zu flirten. Berührungen an der Hand, am Rücken, an der Brust, was man halt so macht, wenn man ein Teenager ist. Nichts von Belang, nichts was mich auch nur im Entferntesten gestört hätte. Ich war damals vierzehn. Ein Jahr später ging es schon zur Sache. Du weißt, was ich meine.« Janne löffelte den Rest der Sahne aus ihrem Becher, und Louise nickte. »Ich bin dann nach Flensburg zur Ausbildung. Drei Jahre später war es so weit. Ich war neunzehn, verliebt wie am ersten Tag, Klas zweiundzwanzig. Und dann hat er mich quasi am Altar stehen lassen. Und weißt du, was ich glaube?« Janne wartete die Antwort nicht ab. Sie beugte sich zu Louise über den Tisch und sagte ganz ruhig und mit einem maliziösen Lächeln auf den Lippen: »Ich war ihm zu alt.«

Louise stieß die Luft aus. Sollte das Klas Geheimnis sein?

Er stand auf ganz junge Frauen, Mädchen – Kinder? Sven hate gesagt, Klas habe nichts mit jungem Gemüse am Hut gehabt. Aber konnte der Fotograf sich da wirklich so sicher sein. War Thams tatsächlich der Vergewaltiger? Louise kam die russische Operndiva, die Klas für einen Balletttänzer hatte sitzen lassen, in den Sinn. Wie sollte das zusammenpassen?

»Und was ist mit der Opernsängerin?«

Janne schnalzte verächtlich mit der Zunge. »Fassade. Ablenkungsmanöver.«

»Und du hast nie was gesagt?«

»Was hätte ich denn sagen sollen? Es war nie mehr als ein Verdacht. Und das ist schon zu viel gesagt. Ein Gefühl. Klas ist tot. Ich will nicht schlecht über ihn reden. Es hatte mich damals verletzt. Dann habe ich Fotos gesehen, er mit blutjungen Groupies. Aber nie ist auch nur irgendwas passiert, was an die Öffentlichkeit gedrungen wäre.« Janne verstummte, die Bösartigkeit in ihrer Stimme machte Besorgnis Platz. »Ich weiß auch nicht, warum ich so etwas erzähle. Wir haben Klas viel zu verdanken. Ich habe die wahre Liebe meines Lebens, Raik, geheiratet, und Klas hat Raik finanziell unterstützt, um die Praxis in Husum zu kaufen. Gut, das war vielleicht ein wenig Wiedergutmachung. Bitte vergiss dieses Gespräch ganz einfach. Keine Ahnung, was mit mir los ist. Vielleicht hat Klas Tod mich irgendwie verletzlich gemacht. Du, ich muss jetzt auch los.«

Ohne ein weiteres Wort stand Janne auf, schnappte sich ihre Handtasche und eilte aus dem Café.

Was war das denn jetzt? Es sah ganz danach aus, als bereue Janne zutiefst, was sie Louise anvertraut hatte. Weil sie die Wahrheit einer Fremden anvertraut hatte oder weil sie eine ungeheuerliche Anschuldigung ausgesprochen hatte, an der nichts dran war?

Louise zahlte die Rechnung und ging nachdenklich zurück zu ihrem Motorrad. Im Innern des Immobilienbüros brannte jetzt Licht. Neben ihrem Bike stand ein gelber Smart mit einem Logo auf den Türen, das die Umrisse der Insel Pellworm zeigte, darin mit dunkelroten Buchstaben INSELIMMO. Sehr gut, dann würde sie jetzt mal Jan auf den Zahn fühlen. Besser gesagt, auf seine Riesenzähne.

Kapitel 42

Noch bevor Louise das Maklerbüro betrat, hatte Jan sie bereits erspäht. Er winkte sie herein und bleckte sein Gebiss mit den riesigen weißen Zähnen zu einem Lächeln, das eher an ein Zähnefletschen erinnerte. Sie öffnete die Tür, und eine Glocke erklang.

»Na, wen haben wir denn da? Louise. Sind Sie hier, um mit mir unser Abendessen zu verabreden, oder darf ich Ihnen aus meinem Angebot ein neues Heim offerieren?«

Weder noch, dachte Louise. »Eine Wohnung, ich wollte nach einer kleinen Wohnung schauen. Vielleicht als Kapitalanlage. Lohnt sich das?« Sollte er sie ruhig für naiv halten. Immobilien lohnten sich zurzeit doch immer. Jans Antwort verblüffte sie ein wenig.

»Ich hätte da etwas auf Mallorca, ein kleines Appartement, eine super Investition. Klas hatte Interesse daran, sein Anwalt war deswegen extra angereist. Sie gehört Lutz, und er wollte sie Klas verkaufen. Nun, da wird ja jetzt nichts mehr draus. Wäre das etwas für Sie? Oder doch lieber hier auf Pellworm?«

Louise tat, als ob sie ernsthaft überlegen würde. Das war also das Thema des intensiven Gesprächs zwischen Klas und seinem Anwalt gewesen, der Kauf einer Immobilie. Lutz konnte sie wohl von ihrem Whiteboard entfernen.

»Nein, wenn dann hier. Oder raten Sie mir ab?«

»Nein, ganz und gar nicht. Solange unser Inselchen nicht vollläuft wie eine Badewanne, bleiben die Preise stabil, und eine Investition in Immobilien lohnt sich immer.« Er lachte. »Nein, keine Angst. Das war nicht ernst gemeint. Vor Kurzem sind ganz in der Nähe des Leuchtturms neue Ferienhäuser gebaut worden. Top Qualität. Vielleicht sind sie Ihnen aufgefallen. Viel Holz, alles sehr ökologisch. Niemand würde investieren, wenn Pellworm demnächst absaufen würde.« Wieder nahmen die Zähne die untere Hälfte seines Gesichts ein. Dann wurde er ganz Geschäftsmann, offerierte Louise einige Objekte, die ihr allesamt nicht gefielen.

»Darf es vielleicht ein kleines Haus sein? Ich sehe schon, Wohnungen sind vielleicht nichts für Sie. Wie hoch ist denn ihr Budget?«

Louise nannte eine Zahl, für die es garantiert nichts auf Pellworm gäbe. Und in der Tat setzt Jan eine mitleidige Miene auf.

»Sagen wir, dafür bekommen Sie einen Schafstall auf fünfhundert Quadratmetern. Louise, warum sind Sie wirklich hier?«

Louise hatte den Anstand puterrot zu werden. Jan hatte sie durchschaut. Ihre Idee, über das Interesse an einer Immobilie zum Thema Thams' Haus zu kommen und über dieses zum Geburtstag und zu Thams' Tod, war einfach ein zu kompliziertes Konstrukt gewesen. Als Detektivin musste sie noch einiges dazulernen. Am besten blieb sie einigermaßen bei der Wahrheit.

Louise seufzte theatralisch. »Entschuldigen Sie, Jan.«

Er unterbrach sie. »Waren wir nicht schon längst beim ›Du‹? Dann redet es sich auch bedeutend leichter.«

»Gerne. Also, du kannst dir sicher vorstellen, dass ich über den Tod eures Freundes nicht so einfach hinwegkomme. Schließlich war es mein Krabbengericht, das ihn das Leben gekostet hat.«

»Stopp. Das vergisst du mal ganz schnell. Krabbengerichte gehören auf Pellworm zu einem Partybuffet wie, ja wie Uwe Seeler zum HSV. Und jeder hat die kleinen Karten gesehen, die neben den Schüsseln und Platten standen. Es war ganz einfach ein fürchterliches Versehen. Klas wusste um seine Reaktion auf Krabben. Vielleicht hatte er zu viel getrunken, war unachtsam geworden. Egal, wie es passiert ist, es war ein Unfall. Ein tragisches Unglück. Verstanden?«

Jan hatte es während seiner Rede geschafft, seine Zähne weniger raubtierhaft zu präsentieren. Und sah so erheblich netter und angenehmer aus, befand Louise.

»Und was sagst du zum Tod von Sinja Wrede?«

»Das hat mich glatt umgehauen. Ich hätte jeden Cent darauf verwettet, dass es ihr eigener Sohn war. Aber vielleicht irrt sich der Zeuge ja doch. Und es war Tim, diese kleine Ratte. Zuzutrauen wäre es ihm jedenfalls. Aber, wenn Tim es nicht war …, dann war es jemand anderes«, schloss er lahm.

Louise erkannte, so kam sie hier nicht weiter. Immer um den heißen Brei herumreden, brachte gar nichts. Sie musste ihre Vermutungen und ihr neues Wissen in den Ring werfen, wenn sie ihre Verdächtigen, und Jan gehörte immer noch dazu, aus der Reserve locken wollte. Sie lehnte sich in ihrem Stuhl zurück, der quietschte und dessen Rückenlehne unangenehm weit nachgab. Keine gute Ausgangsposition, so fast in der Waagerechten. Sie schnellte wieder nach vorne, setzte sich aufrecht hin, nahm ihren ganzen Mut zusammen und legte los.

»Jeder, mit dem ich mich unterhalte, sagt, für Klas musste der Verzehr auch nur weniger Krabben tödlich enden, und er wusste es. Ich glaube nicht an ein Versehen. Weißt du, was ich denke? Jemand hat ihn gezwungen, die Porren zu schlucken. Das war sein Ende. Frau Wrede hat das gesehen, und damit war auch ihr Schicksal besiegelt.«

So, jetzt war es raus. Und genau so würde sie sich Chris, Wim und Raik vorknöpfen. Sie kniff die Augen zusammen, damit ihr nicht die kleinste Reaktion ihres Gegenübers entging. Doch statt zusammenzuzucken, ein Geständnis abzulegen oder skeptisch dagegen zu argumentieren, brach Jan in schallendes Gelächter aus. Immer, wenn er sich gerade beruhigt hatte, sah er Louise an, die mit eiskalter Miene auf seinen Zusammenbruch wartete, und legte wieder los. Sein Gesicht bestand nur noch aus Zähnen und tränenden Augen.

»Du bist gut«, japste Jan, als er endlich wieder sprechen konnte. »Wie kommst du nur auf so eine Schnapsidee?«

»Ich weiß aus erster Quelle, dass euer Klas eine Schwäche für junge Mädchen hatte. Vielleicht musste er deswegen sterben?« Gut, das war die neuste und für Louise auch nicht die überzeugendste Version, warum der Sänger das Zeitliche gesegnet hatte. Gespannt verfolgte sie, wie Jan reagieren würde. Mit einem Schlag wurde er ernst.

»Jetzt hör mir mal zu. Das ist das Dümmste, was ich jemals gehört habe. Wer hat dir denn den Mist aufgetischt? Warte.

Ich kann's mir denken. Janne, diese dämliche Kuh. Sie hat es immer noch nicht verwunden, dass er sie hat sitzen lassen. Glaub ihr kein Wort. Mit so was ist sie schon mal hausieren gegangen. Ein Wunder, dass ihr Klas nicht die Freundschaft gekündigt hat. Gott sei Dank hat sie das nicht in der Öffentlichkeit herausposaunt, sondern unter uns als sie einen im Tee hatte. Und jetzt belämmert sie dich damit, unglaublich. Klas stand genauso wenig auf kleine Mädchen wie ich oder Raik oder sonst wer von uns. Und deswegen soll er umgebracht worden sein? Wer soll das denn getan haben? Das ist absolute Scheiße, hast du das verstanden? Bring bloß keine solche Gerüchte in Umlauf.« Mit jedem Wort war Jans Stimme schneidender geworden. Louise sank in ihrem Stuhl zusammen.

Jan entspannte sich wieder. »Sorry, ich wollte dich nicht so anfahren. Aber das ist einfach blanker Unsinn, eine glatte Lüge. Gut, dass du mit mir darüber geredet hast. Wenn du eine solche Geschichte Raik gegenüber erwähnt hättest, der würde seiner Janne was anderes erzählen.« Er schaute auf seine Armbanduhr. »Schade, an dieser Stelle muss ich unser Gespräch beenden. Ich habe um sechs noch einen Besichtigungstermin. Wie sieht's aus? Doch noch irgendwann Lust auf ein Abendessen mit mir? Vielleicht finden wir ein Gesprächsthema, das nicht ganz so emotional ist.«

Louise blieb nichts anderes übrig, als sich zu verabschieden. Das Ganze war ein einziger Reinfall gewesen, geradezu desaströs. Und sie war keinen Schritt weiter. Sie stand auf, beugte sich über Jans Schreibtisch und reichte ihm die Hand. Dabei fiel ihr Blick auf seinen geöffneten Terminkalender. Für das heutige Datum war um achtzehn Uhr kein einziger Termin eingetragen.

Zögernd ging Louise zur Tür, drehte sich noch einmal um.

»Ja? Ist noch was?« Jan hatte bereits einen dunkelblauen Blouson angezogen.

Louise stellte ihren Rucksack ab, bückte sich und zog Chiaras Flyer heraus und hielt ihn Jan entgegen. »Kennst du sie? Das ist das Mädchen, das vor ein paar Tagen Selbstmord begangen hat.«

Jan nahm ihr den Zettel aus der Hand und betrachtete das Foto. »Ein verdammt hübsches Mädchen. Nein, ich kannte sie nicht. Wie kommst du drauf?«

»Sie war eine Kollegin von Klas Thams. Beide hatten etwa zur gleichen Zeit einen Auftritt in Regensburg. Hätte ja sein können, dass ihr euch über den Weg gelaufen seid.«

Jan schüttelte den Kopf und gab den Flyer zurück. »Weißt du, wie groß Regensburg ist? Das wäre ein Riesenzufall gewesen. Hast du sie gekannt? Deswegen dein Interesse an ihr?«

Hörte Louise aus seiner Stimme einen Hauch von Mitleid?

»Ja, ich habe sie gekannt«, war alles, was sie dazu sagte.

Als Louise das Maklerbüro verließ, hatte ein leichter Nieselregen eingesetzt. Hinter den Fenstern der Häuser brannten die Lichter. Es war düster und unwirtlich. Sie startete ihr Motorrad und rollte langsam vom Parkplatz. Von der Straße führte ein landwirtschaftlich genutzter Weg zu gegenüberliegenden Weiden. Louise fuhr langsam in diesen Weg hinein. Hoffentlich blieb sie nicht stecken, er war matschiger, als sie dachte. Nach zwanzig Metern hatte sie ihr Ziel erreicht. Ein windschiefer Schuppen würde ihr Schutz bieten,

Jan würde sie von der Straße aus nicht sehen können, egal ob er nach links oder nach rechts fuhr. Und da kam er auch schon aus seinem Büro und stieg in den gelben Smart. Er fuhr nach rechts. Louise wusste, dass es in dieser Richtung zum Kaydeich ging, eine Straße, die direkt zum Deich in der Nähe des Leuchtturms führte. Bei ihren Inselerkundungen war sie dort schon entlanggefahren. Sie erinnerte sich an einen Abenteuerspielplatz, und dort war auch die Ferienanlage, von der der Makler gesprochen hatte.

Vorsichtig startete sie ihr Motorrad. Ein wenig Schlamm spritzte auf, doch war der Weg für ihre Maschine kein Problem. Die Schafe, die vorhin noch neugierig ihre langen Köpfe zu ihr gedreht hatten, grasten nun unverdrossen weiter.

Louise erkannte schon von Weitem den gelben Smart. Er stand vor einem Haus, das, wie auch die benachbarten Gebäude, tiefer lag als die Straße. Vier Treppenstufen führten zur Haustür. Sie parkte ihre Maschine fünfzig Meter weiter und kehrte zu Fuß zurück. Wie an vielen Häusern auf der Insel tat auch hier ein buntes Schild kund, wer dort wohnte. Louise stand vor dem Heim von Wim Fedder und Sabine Schmiedinger. Von wegen, einem Kunden eine Immobilie zeigen. Sie hatte es doch gewusst. Jans Weg hatte ihn direkt zu seinem Kumpel Wim geführt. Steckten die beiden etwa unter einer Decke?

Bien sur!, flüsterte Louise. Das war es. Es waren mehrere, die Klas zur Strecke gebracht hatten. *Le Crime de l'Orient-Express.* Wie sollte es auch einer alleine schaffen, dem Sänger die Krabben aufzuzwingen? Jan war hier, um Wim zu warnen. Vor ihr zu warnen. Aber jetzt war sie Jan einen Schritt voraus. Morgen würde sie sich Wim vorknöpfen. Wim, das Faktotum von Klas. Wenn Klas jemandem vertraut hat, dann Wim. Wie niederträchtig konnte ein Mensch nur sein!

Hundegebell ertönte, und die Haustür öffnete sich einen Spalt. Louise konnte gerade noch ein paar Meter zurückweichen, als eine offenkundig schwangere Frau in einer Regenjacke von einem kleinen wuscheligen Hund aus dem Haus gezerrt wurde. Sabine, Wims Frau, die bald ihr erstes Kind bekam und es vorgezogen hatte, der Party fernzubleiben. Warum eigentlich? Auf Louise machte die junge Frau einen munteren und stabilen Eindruck. Gemächlich ging sie zu ihrem Motorrad, ließ Sabine samt Hund an sich vorbeieilen. Wims Frau grüßte mit dem inseltypischen ›Moin‹ und hetzte hinter dem Fellknäuel auf vier Beinen her. Louise nahm die Verfolgung Sabines auf, die sich zügig dem Deich näherte. Dort war es verboten, die Hunde ohne Leine laufen zu lassen. Und ein Hund war ein ausgesprochen dankbares Gesprächsthema.

Kapitel 43

Trotzig stapfte Sabine Schmiedinger gegen den immer stärker werdenden Regen an. Die Tropfen vermischten sich mit den Tränen, die ihr über das Gesicht liefen. Little Joe störte der Regen überhaupt nicht. Er schüttelte sich ab und zu, zerrte weiter an der Leine, hob sein Bein und tippelte weiter.

Der Anblick von Jan bereitete Sabine geradezu körperliche Schmerzen. Diese riesigen Zähne und sein ganzes Gehabe widerten sie an. Sabine hasste die ganze Freundesclique von Wim. Jetzt war es einer weniger. Doch sie hatte den Eindruck, dass der Tod von Klas die Männer nur noch enger zusammengeschweißt hatte. Kein Tag verging, an dem nicht einer von ihnen anrief oder auftauchte.

Als sie vor fünf Jahren ihren Urlaub auf Pellworm verbrachte, hatte die Großstadtpflanze Sabine Wim kennengelernt. Es war im Februar gewesen, und sie hatte Pellworm wegen des Biikenbrennens ausgewählt. Sabine hatte Volkskunde in Frankfurt studiert und schrieb an einer Masterarbeit zu den Bräuchen, den Winter auszutreiben. Die Arbeit war immer noch nicht fertig und würde es auch nie werden. Sie war auf Pellworm kleben geblieben. Mit Wim hatte sie, so glaubte sie immer noch, das große Los gezogen. Wim war charmant, sah nicht übel aus, konnte anpacken, war zuverlässig. Nur war Wim Klas Thams ergeben gewesen wie ein Sklave seinem Herrn. Gut, Klas hatte ihn fürstlich bezahlt, und Sabine würde es wundern, wenn der Sänger seinen Sklaven nicht auch im Testament bedacht hätte. Dennoch.

Dieser verdammte Klas. Jeff Storm. Sie sagte den Namen laut vor sich hin und lachte gehässig auf. Ein alberner Gockel war er gewesen. Sonst nichts. Wim hatte versucht, sie zu überreden, ihn zur Geburtstagsparty zu begleiten. Auf keinen Fall, da würden sich die Thams'schen Hofschranzen ein Stelldichein geben. Vielen Dank!

Vor zwei Jahren hatte sie versucht, Wim endlich aus der Clique herauszulösen. Professor Eggersheim hatte ihr eine Stelle angeboten, mit der Möglichkeit nach ihrer Masterarbeit zu promovieren. Doch dazu hätten sie nach Frankfurt am Main ziehen müssen. Für Wim keine Option. Mit Engelszungen hatte sie es versucht. Doch Wim war ein Insulaner durch und durch. Insgeheim musste Sabine einsehen, dass er in dieser Großstadt eingegangen wäre wie eine Primel. Auch Drohungen hatten nichts genutzt, Wim hatte an seiner Clique festgehalten.

»Ich sorge dafür, dass meine Mutter nach Pellworm zieht.« Schlimmer hätte eine Drohung für Wim nicht sein können. Doch auch diese überstand er, da Sabines Mutter vierzehn Tage später an einem plötzlichen Herzinfarkt verstorben war. Und so war ihr nichts anderes übrig geblieben, als die Männerfreundschaft weiter zu erdulden.

Sie hatte es wirklich versucht. Sich mit Wims Freunden zu arrangieren. Wim zuliebe. An jenem Abend hatte sie es sich sogar noch mal anders überlegt und war kurz bei Klas' Party aufgetaucht. Niemand hatte sie bemerkt. Das

Gelächter und laute Gerede waren ihr sofort auf die Nerven gegangen, und von den Essensdüften aus der Küche war ihr übel geworden. Sie hatte befürchtet, sich übergeben zu müssen, doch die Gästetoilette war besetzt. Also musste sie nach oben. Das Haus von Klas war wunderschön, und ihre Füße waren in dem weichen Teppichboden im Flur des Obergeschosses versunken. Doch all der Reichtum, das wunderbare Haus, nutzten Klas Thams jetzt nichts mehr. Er war tot.

Zu Anfang ihrer Beziehung hatte Wim noch versucht, sie zu einer Freundschaft mit Janne zu ermuntern. »Ihr könntet doch beste Freundinnen sein«, leierte er immer wieder herunter. Doch Janne war ihr genauso ein Dorn im Auge. Janne hatte sie immer wie ein Eindringling behandelt. Sie war das Huhn im Korb, darin hatte kein anderes weibliches Wesen Platz. Doch sie, Sabine, hatte jetzt einen Trumpf im Ärmel, beziehungsweise im Bauch. Wenn das Baby erst da wäre, würde auch Wim sich hoffentlich allmählich von seiner Männerclique distanzieren.

Little Joe fing an zu kläffen. Er war abrupt stehen geblieben und hatte sich umgedreht. Eine einzelne Person ging in dieselbe Richtung wie Sabine. Ein Urlauber, ein Spaziergänger, der, trotz des Schmuddelwetters, dem Deich zustrebte. Sie zog den Hund weiter, und ihre Gedanken wanderten wieder zu Wim. Warum war Jan schon wieder aufgetaucht? Für Wim war Klas' Tod ein Schock, Klas war sein Arbeitgeber gewesen. Wo würde er jetzt unterkommen? Aber das war Sabine egal. Hauptsache, weg von diesem beschissenen Sänger. Wim hatte ihr heute Morgen gesagt, er hoffe, er würde das Haus erben. Dann hätten sie mehr Platz, wenn das Kind da wäre. Ihr jetziges Haus könne man dann an Feriengäste vermieten, das brächte ganz schön was ein. Vielleicht war Jan deswegen gekommen. Er vermittelte auch Ferienhäuser und Wohnungen an Urlauber.

Das Baby boxte. Es wurde ihm allmählich zu eng. Sie lächelte und strich zärtlich über ihren Bauch. Allmählich ließ der Regen nach, doch der Himmel blieb grau. Kein Wetter, bei dem sich viele Menschen draußen aufhielten. Sie stieg die Stufen zum Deich hoch. Hier weideten im Moment keine Schafe, doch sie hielt Little Joe an der kurzen Leine. Das Wasser war dabei zurückzukehren, und der graue Himmel verschmolz am Horizont mit der See. Das Ende der Welt. Und endlich war sie frei. Sie ließ die Leine los, breitete die Arme aus und stieß einen gellenden Schrei aus, den der Wind davontrug.

Immer war Wim wie verwandelt von den Geburtstagsfeiern seines Chefs zurückgekehrt. Sie hatte nie verstanden, warum Klas auch in der Ferne mit seinen Freunden feiern musste. Sie hatte es immer vorgezogen, zu Hause zu bleiben. Und wenn Wim wiederkam, war er mürrisch, kurz angebunden, ihr gegenüber manchmal richtiggehend feindselig. Dieser Zustand hatte meist eine Woche angehalten, dann war er wieder der Alte. Das war jetzt vorbei. Klas Thams war tot, der Mann feierte keinen Geburtstag mehr. Noch einmal brüllte sie die Freude über ihre endlich gewonnene Freiheit hinaus.

Kapitel 44

»Kann ich Ihnen helfen? Geht es Ihnen nicht gut?«

Louise hatte sich der Frau genähert, die sich erschrocken umdrehte. Der kleine Hund knurrte, doch Louise bückte sich, ließ ihn an ihrer Hand schnuppern. Der kleine Kerl beruhigte sich nicht nur, sondern leckte ihr auch noch vertrauensvoll über die Finger.

»Ich habe Sie schreien hören. Und da Sie schwanger sind…«, Louise zeigte auf Sabines Bauch. Dann streckte sie ihre Hand aus. »Moin, ich bin übrigens Louise Dumas.«

Es schien ihr, als würde ein Zeichen des Erkennens über das Gesicht von Wims Frau huschen, die jetzt ebenfalls die Hand ausstreckte.

»Moin. Nein alles in Ordnung. Ich hatte einfach nur das Bedürfnis, mal laut zu schreien. Ein wenig den Alltagsstress abbauen. Sie sind die Köchin aus Frankreich, nicht wahr? Stimmt es, dass man Sie exklusiv aus Frankreich eingeflogen hat, damit sie bei Klas kochen?«

Louise lachte laut. Wims Frau schien sich am normalen Alltagsleben auf Pellworm und des damit verbundenen Austauschs von Neuigkeiten nicht zu beteiligen. Sonst hätte sie gewusst, dass Louise bei ihrer Patentante wohnte und ganz zufällig an den Auftrag für das Geburtstagsessen gekommen war. Warum Wim eine solche Geschichte erzählt hatte, erschloss sich Louise allerdings nicht. Aber je mehr Ruhm sein Freund und Chef Klas Thams auf sich vereinigen konnte, desto mehr strahlte von diesem Glanz vermutlich auch auf seine Freunde und vor allem auf Wim ab.

»Nein. Ich lebe zurzeit auf Pellworm. Ja, ich bin eine Köchin aus Frankreich, aber nicht wegen Herrn Thams' Geburtstag auf die Insel gekommen.«

»Sie sprechen Deutsch als wären Sie eine Deutsche.«

»Meine Mutter ist Deutsche, mein Vater Franzose. Ich habe das große Glück, beide Sprachen zu sprechen …« Louise bemerkte, wie Wims Frau plötzlich zitterte. Der Regen hatte aufgehört, doch sie war, wie Louise, ordentlich nass geworden. »Ich glaube es ist besser, wir bewegen uns. Nicht dass Ihnen kalt wird …«, Louise überlegte. Wie hieß Wims Frau noch mal? Es stand doch auf dem Keramikschild am Haus. »Sie sind Sabine, nicht wahr? Die Frau von Herrn Thams' engstem Mitarbeiter. Und das ist …?«, Louise zeigte auf den kleinen Hund, der selbstvergessen an einem Haufen Schafskot schnüffelte und mit sich rang, einen Happen davon zu sich zu nehmen.

»Little Joe. Wag es ja nicht!«

Louise lachte laut. »So einen Gourmet haben meine Eltern auch. Er bevorzugt die Hinterlassenschaften von Pferden. Wollen wir?«

»Eigentlich habe ich noch gar keine Lust nach Hause zu gehen. Aber Sie haben recht. Das hätte mir noch gefehlt, wenn ich mich jetzt erkälte. Die kleine Motte würde es mir wahrscheinlich übel nehmen. Schließlich möchte sie gesund und munter in vier Wochen zur Welt kommen.«

»Wissen Sie, was es wird?«

»Nein. Wir lassen uns überraschen. Los jetzt, Little Joe.« Der Hund gab mit einem beleidigten Gesicht seine Bemühungen um einen Happen auf und trottete mit seinem Frauchen die Treppe vom Deich wieder hinunter. »Und Sie, Louise, Sie fühlen sich wohl auf Pellworm? Was hat Sie eigentlich auf dieses Eiland verschlagen?«

Louise entschloss sich, einigermaßen bei der Wahrheit zu bleiben. So von Frau zu Frau. »Eine unglückliche Liebe. Der Mann, in den ich mich verliebt hatte, hat sich entschlossen, zu seiner Ex-Frau zurückzukehren. Nicht, dass ich schuld an seinen Eheproblemen gewesen wäre. Ich kam erst dazu, als die beiden bereits geschieden waren. Aber seine Frau sitzt, wie sagt man?, am längeren Hebel. Geld regiert die Welt, und von dieser Erkenntnis konnte sich der Mann nicht lösen.«

»Oh je, so schlimm. Das tut mir leid. Ja, Männer sind schon eine ganz eigene Spezies. Und so ist es leider, Geld regiert die Welt.«

»Und Sie, Sie sind auch wegen der Liebe hier gelandet, wie ich vermute? Allerdings wegen einer glücklichen Liebe.«

Sabine nickte. »Ja, wegen Wim. Sie haben ihn ja sicher kennengelernt bei der Geburtstagsparty. Was für ein Chaos. Zuerst stirbt Klas wegen einer Krabbe, und dann wird auch noch Frau Wrede wegen ein paar dämlicher Platten eines minderbegabten Sängers ermordet. Wim sagte mir, die Dinger wären nichts wert.«

Minderbegabter Sänger. *Oh là là*. Da konnte aber jemand mit Jeff Storm und seiner Musik nicht viel anfangen.

»War wohl nicht so Ihr Geschmack?«

»Wie meinen Sie das? Die Musik oder der Mann?«

»Eigentlich beides. Wissen Sie, ich bin der größte Fan von Georges Moustaki. Dessen Musik und die von Jeff Storm liegen meilenweit auseinander. Insofern, meine Musik war es auf keinen Fall.«

Louise breitete die Arme aus, um den Unterschied zwischen Storm und Moustaki zu unterstreichen.

»Nee, meine auch nicht. Moustaki ist zwar auch nicht so meins, aber er ist wenigstens ein ehrlicher Sänger gewesen. Ich stehe mehr auf Hard Rock. Von Black Sabbath über Whitesnake bis Buckcherry. Je wilder desto besser. Wenn ich an das elende Rumgehüpfe von Klas in seinem dämlichen Anzug nur denke. Gruselig, ganz gruselig.« Sabine schüttelte sich.

So langsam musste Louise zur Sache kommen. Bis zu Sabines Haus waren es nur noch dreihundert Meter, und sie konnte nicht riskieren, dass Jan sie in der Nähe von Wims Haus sah.

»Und so als Mensch? Wie ist Wim mit ihm klargekommen? Frau Wrede hat mir erzählt, er habe seine Freunde an den Geburtstagen immer im Schlepptau gehabt. Das nenne ich mal eine enge und treue Freundschaft. Eigentlich eine schöne Sache. Oder?«

Sabine verlangsamte ihren Schritt, blieb dann stehen. Argwohn klang in ihrer Stimme mit. »Louise, was wollen Sie eigentlich von mir? Wollen Sie das, was ich sage, an die Presse weitergeben? Ist es so? Versprechen Sie sich Geld dafür, wenn ich Intimes ausplaudere, das Sie verkaufen können?«

Hoppla. Hatte sie einen wunden Punkt erwischt? Jetzt musste sie am Ball bleiben. Louise hob abwehrend die

Hände. »Was? Wie kommen Sie nur auf so eine absurde Idee? Nein, es fasziniert mich einfach, eine Männerfreundschaft, die seit der Kindheit besteht, Männer, die zusammen durch dick und dünn gehen und in der Lage sind, über Streitigkeiten hinwegzusehen. Wo findet man so etwas noch? Und jetzt fehlt dieser Dreh- und Angelpunkt, Klas Thams ist tot. Die Freundschaft wird jetzt wahrscheinlich noch enger werden.«

Sabine beruhigte sich wieder. »Entschuldigung, ich wollte Ihnen nicht zu nahetreten. Aber wie Sie sich vorstellen können, hat uns die Presse in den letzten Tagen dauernd aufgelauert. Da wird man etwas dünnhäutig.« Sie zeigte auf den gelben Smart, neben den sich ein weiterer Wagen gesellt hatte. »So viel zum Thema, die Freundschaft wird noch enger. Jan ist angerückt, und Raik ist mittlerweile auch schon eingetrudelt. Fehlt nur noch Chris. Morgen ist Testamentsverlesung. Sie wollen sich heute Abend wappnen, wie Jan sagte. Egal, wer was und wie viel erbt, die Freundschaft darf darüber nicht zerbrechen. Darauf schwören sie sich heute ein. Ich kann sie alle nicht ab, um ehrlich zu sein. Wenn einer von ihnen mit dem Finger schnippt, springt Wim. Chris ist da noch der Harmloseste. Ihn kenne ich allerdings auch am wenigsten. Und diese Geburtstagstouren, die Sie eben angesprochen haben, sind ja nun beendet. Gott sei Dank. Sie haben Wim nicht gutgetan. Ich vermute, die Jungs haben sich jeden Abend volllaufen lassen, und weiß der Teufel, was sie sonst noch eingeworfen haben.« Sabines Gesicht glühte rot vor Zorn. »Auf jeden Fall ist es zu Ende. Und um Ihre Frage von vorhin zu beantworten: Klas war kein Mann nach meinem Geschmack. Aber über

Geschmack lässt sich ja angeblich trefflich streiten. Fragen Sie doch mal Janne, diese dämliche Pute. So, und jetzt muss ich rein in den Affenkäfig. Am besten schleiche ich mich gleich ins Bett, dann brauche ich keins der dämlichen Gesichter mehr zu sehen.«

Ohne ein weiteres Wort stapfte Sabine die Stufen zur Haustür hinunter, vor der Little Joe, den sie von Halsband und Leine befreit hatte, schon wartend saß.

Die Tür fiel mit einem lauten Knall ins Schloss, und Louise wurde klar, dass Sabine gerade ein Motiv par Excellence preisgegeben hatte.

Kapitel 45

Janne warf sich unruhig im Bett hin und her. Es war so still im Haus. Fritz übernachtete bei einem Kindergartenfreund, Raik war direkt nach Anlegen der Fähre zu Wim gefahren und immer noch nicht zu Hause. Es war schon nach Mitternacht. Morgen um elf war der Termin bei Doktor Butenschön, dem Notar in Husum, der den letzten Willen von Klas verlesen würde. Hätte er sie geheiratet, wäre sie jetzt Alleinerbin eines Millionenvermögens. Sie hatte sich mit Raik darüber unterhalten, wie viel wohl für jeden von ihnen herausspringen würde. Raik hatte gemeint, so wie er Klas einschätzt, würde es in seinem Testament gerecht zugehen, das heißt ein paar Kleinigkeiten für Frau Wrede, die jetzt an Tim fallen würden, ein ordentlicher Batzen an den Verein für Naturschutz und Landschaftspflege Mittleres Nordfriesland, den Klas schon immer unterstützt hatte und der Rest an ihn, Chris, Wim und Jan. Auf jeden Fall wäre es ein ganz schöne Stange Geld für jeden.

Die Haustür wurde geöffnet. Janne hörte, wie Schuhe mit Gepolter auf dem Holzboden landeten. »Raik, ich bin noch wach. Bringst du mir bitte ein Glas Wasser?«

Wasser lief aus dem Wasserhahn in der Küche in ein Glas. Eine Minute später stand Raik im Schlafzimmer. Er roch nach Alkohol.

»Ihr habt ja ganz schön getankt. Und sonst?«

Raiks Stimme war erstaunlich klar und fest. »Nix, und sonst. Wir sind uns einig darüber, dass es morgen, egal wie das Testament von Klas aussieht, keinen Streit zwischen uns geben wird.«

»Was es wohl mit dem Anruf letzte Woche bei Butenschön auf sich hat? Meinst du, er wollte etwas an seinem Testament ändern? Was sagen denn die anderen dazu?« Janne setzte sich im Bett auf, trank das Wasser und bekam einen Schluckauf.

Raik nahm schweigend das Glas und füllte es im Badezimmer erneut. »Hier, trink, fünfzehn kleine Schlückchen direkt hintereinander ohne zu atmen. Dann ist er weg.«

Janne tat wie ihr geheißen, und tatsächlich war das lästige Hicks erledigt.

»Vielleicht ging es bei dem Anruf ja gar nicht um das Testament. Vielleicht wollte Klas eine Wohnung kaufen oder so. Da brauchst du auch einen Notar.«

»Ja, aber da wüsste doch wohl Jan was davon«, warf Janne ein.

Raik zuckte mit den Schultern. »Deine Cousine Marieke hat ja auch nicht gesagt, es gehe um das Testament, sondern dass er mit Butenschön sprechen wollte. Das heißt noch lange nicht, dass er seinen Nachlass ändern wollte. Die einzige Person, die in Panik geraten ist, wir könnten leer ausgehen, warst du. Die Jungs und ich, wir wissen, dass wir uns auf Klas verlassen können.«

»Ihr seid euch wirklich sicher? Keiner hat Zweifel?«

»Keiner. Und wenn, dann hat er es nicht gesagt. Ich bin jetzt müde, können wir endlich schlafen?«

Raik ging ins Bad, putzte die Zähne und zog seinen blaurot gestreiften Schlafanzug an, den sie einfach nur abscheulich fand, und schlüpfte unter die Decke. Doch Janne war nun richtig munter.

»Ich war heute mit dieser Louise, du weißt schon, die Köchin von Klas' Geburtstag, einen Kaffee trinken. Sie ist ganz schön neugierig.«

»Hm? Warum? Was wollte Sie denn?« Raik gähnte demonstrativ und knipste seine Nachttischlampe aus.

»Sie wollte wissen, warum Klas sich von mir getrennt hat.«

»Ja, und? Was hast du gesagt?«, brummte Raik.

Die Antwort von Janne kam kleinlaut. »Ich sei ihm zu alt gewesen, weil er auf ganz junge Dinger stand«, piepste sie.

Mit einem Schlag war Raik hellwach. Er setzte sich auf, schaltete das Licht an.

»Du hast was?«

Seine Stimme war ein erstauntes, heiseres Flüstern. Wenn er doch nur gebrüllt hätte. Damit hätte sie umgehen können. Wahrscheinlich hätte sie zurückgebrüllt. Aber dieses Flüstern …

»Sag das noch einmal.« Nun war Raiks Stimme um einige Nuancen lauter, und ein gefährlicher Ton hatte sich hineingeschlichen.

Janne antwortete nicht. Auch sie hatte sich aufgerichtet und zog nun die Bettdecke bis unter das Kinn.

»Du bist wohl von allen guten Geistern verlassen! Wie kommst du dazu, einer Wildfremden so etwas zu erzählen? Was geht das diese Frau überhaupt an? Und was ist, wenn diese Köchin es herumtratscht? Weißt du, was dann passiert? Du kennst doch die Leute. Und ob was an solchen Geschichten dran ist oder nicht, es bleibt was hängen, ein Zweifel, ein Verdacht. Sie werden Klas' Lieder nie mehr im Radio spielen. Seine Musik wird nicht mehr verkauft werden. Abgesehen von dem finanziellen Ruin, der damit einhergeht, ist sein Ansehen im Arsch. Und nur weil du dein dummes Maul nicht halten konntest.«

»Jetzt wirst du vulgär«, begehrte Janne auf.

»Ich bin vulgär? Du bist doch die, die schmutzige Wäsche vor anderen wäscht! Was glaubst du, wie Wim, Jan und Chris reagieren, wenn die hören, was meine Frau zum Besten gegeben hat? Sie werden dich meiden wie die Pest.«

»Mich meiden? Und was ist mit dir?«

»Habe *ich* denn so ein Zeug rumerzählt?«

»Du würdest es zulassen, dass deine Freunde mich meiden, und du würdest trotzdem weiterhin die Freundschaft mit ihnen aufrechterhalten? Was bist du doch für ein beschissener Ehemann und Waschlappen!«

»Und was bist du für eine selten dämliche Ehefrau. Ich hoffe nur, diese Köchin behält dein dummes Geschwätz für sich und hakt es als Rache einer sitzen gelassenen Verlobten ab. Wenn nicht, geraten wir noch alle in Teufels Küche. Was glaubst du denn, wie die Presse sich auf uns stürzt? Auf die Freunde des allseits beliebten Stars, der, wenn sie diesem Blödsinn Glauben schenken, bei Weitem nicht die weiße Weste besaß, wie alle dachten?«

Raiks Stimme zitterte jetzt vor Wut. Er sprang aus dem Bett, stürzte aus dem Schlafzimmer. Die Tür knallte zu, der Schlüssel sprang heraus und rutschte über den Boden. Zaghaft kroch Janne aus dem Bett. Was hatte sie da nur angerichtet. Sie verstand sich selbst nicht. Sie öffnete die Tür einen Spalt und lauschte. Eiswürfel klirrten im Glas. Raik würde sich jetzt einen doppelten oder dreifachen Whisky einschenken. Dann hörte sie Raiks Stimme dumpf aus dem Wohnzimmer.

»Wim? Hör zu. Wir müssen reden.«

Leise zog Janne die Tür wieder zu und schlüpfte ins Bett. Als Raik nach einer Stunde wieder ins Zimmer kam, stellte sie sich schlafend. Sie hatte keine Lust, sich erneut der Wut ihres Ehemannes auszusetzen. Denn dass diese noch nicht verraucht war, konnte sie sich lebhaft vorstellen. Nach dem Gespräch mit Wim hatte Raik noch eine ganze Stunde telefoniert. Wahrscheinlich waren Jan und Chris die nächsten gewesen, die er über die Ungeheuerlichkeit seiner Frau informiert hatte. Janne hatte nicht verstanden, was er gesagt hatte, sie wollte es auch nicht wissen, doch Raiks Stimme war voller Anspannung gewesen.

Kapitel 46

Mit einem Ruck riss Louise ihr Whiteboard von der Wand. Nachdem sie am Vorabend Janne und Sabine eingefügt hatte, die ebenso für den Mord an Klas infrage kamen wie der Fotograf und der gesamte Freundeskreis und, wenn sie es genau betrachtete, eigentlich jeder, der auf der Party gewesen war, einschließlich Frau Wrede und Valerie, war das Tapetenstück nur noch ein einziger Wirrwarr aus bunten Strichen, Punkten, Pfeilen und Fragezeichen. Das größte Fragezeichen hatte sie hinter Sabine gezeichnet. Sie hatte keinen Hehl daraus gemacht, wie wenig sie Klas und die Clique leiden konnte, doch sie war offiziell nicht auf dem Fest gewesen. Sicher? Hätte sie sich bei dem ganzen Trubel nicht unbemerkt – schließlich stand die Haustür immer offen – hineinschleichen können, um Thams zu töten? Doch wie wäre sie an die Reisbällchen rangekommen? Und wäre eine schwangere Frau in der Lage, einen Mann wie Klas Thams zu überwältigen und ihm Essen in den Hals zu stopfen? Bei Janne konnte es sich Louise durchaus vorstellen. Die Frau war athletisch und groß gewachsen. Hatte nicht jemand auf der Party erwähnt, sie hätte im letzten Jahr den Trifun auf Pellworm gewonnen? Rennen, Schwimmen, Radfahren in Bestzeit, kein Sport für Weicheier.

Louises Augen waren über die Wand geglitten, und doch

erschien ihr eine Lösung ihrer Fälle so weit entfernt wie nie. Sie zerknüllte das Papier zu einem riesigen Ball und stopfte ihn in den Papierkorb. Was hatte ihre ganze Fragerei bis jetzt gebracht? Zwei Verdächtige mehr und jede Menge Personen, die sich wahrscheinlich Gedanken darüber machten, warum Louise so hartnäckig nachbohrte. Mit Sven, dem Fotografen, und Jan hatte sie persönlich gesprochen, Wim und Raik würden von ihren Frauen oder Jan erfahren, dass sie merkwürdige Fragen zum Tod von Klas Thams stellte. Und was war mit Chris? Sie durfte ihn nicht aus dem Kreis der Verdächtigen ausschließen, auch wenn es ihr schwerfiel. Was den Tod Chiaras anging, war sie auch nicht weitergekommen. Jan hatte klipp und klar gesagt, er habe Chiara nicht gekannt. Ob das stimmte oder nicht, stand aber natürlich in den Sternen. Wim und Raik zu befragen, dazu hatte sie noch keine Gelegenheit gehabt. Doch wenn Klas Chiara gekannt hatte, und das war so klar wie Kloßbrühe, dann wussten auch die anderen, wer das Mädchen, das auf Pellworm den Tod gefunden hatte, gewesen war. Louise biss sich auf die Lippen und grübelte. Vielleicht musste sie weiter zurück in die Vergangenheit und dort nachgraben. Wie eine Archäologin, die sich von Schicht zu Schicht arbeitet, nur nicht von oben nach unten, sondern von unten nach oben. Sie musste wieder bei Inken beginnen, deren Tod für Louise noch immer jede Menge Fragen aufwarf. Sie musste zu Momme Mommsen. Inken war die Person, die alle gekannt hatten, die Männerclique und ihre Frauen. War einer dieser Männer Inkens Geliebter gewesen? Also, noch einmal alles auf Anfang. Wenn sie Glück hatte, traf sie Momme in seiner Dienststelle im Amtshaus an, wenn nicht, konnte er auch nicht weit sein. Sie würde den Inselpolizisten schon finden.

»Fine, brauchst du mich? Wenn nicht, nehme ich das Rad und fahre nach Tammensiel. Soll ich von dort was mitbringen?« Die hintere Küchentür zum Garten stand offen. Fine stand vor dem Gartentisch, der über und über mit Zeitungsblättern belegt war, und topfte bunte Petunien in größere Gefäße um. Der Wind hatte im Laufe der Nacht nachgelassen und sich in ein zahmes Lüftchen verwandelt. Über Pellworm herrschte wieder ein blauer Himmel, über den die Wolken, einer Herde wolliger Schafe gleich, zogen. Es sah aus, als spiegelten sich eine Weide und die grasenden Vierbeiner am Himmel, nur dass aus dem satten Grün ein betörendes Blau geworden war. Louise fühlte sich an ein Gemälde Renoirs erinnert, das sie als Druck in ihrer Jugend im Zimmer hängen hatte. Ein Bild vom Pont Neuf in Paris, über der Brücke wolkenbetupftes Blau.

»Die Butter ist alle, und Geschirrspülmittel brauchen wir auch«, rief Fine. »Kaffee ist schon fertig, Brote musst du selbst schmieren.« Sie hielt ihre erdverkrusteten Hände hoch und grinste.

»Das bekomme ich schon hin, bin ja schon groß.«

Louise winkte Fine zu. Ein schneller Kaffee im Stehen reichte ihr jedoch heute Morgen.

Sie hatte Glück. Mommsens Wagen stand auf dem Parkplatz vor dem Amtshaus. Nach kurzem Zögern fuhr sie weiter. Wie sie Momme Mommsen einschätzte, wäre der einem zweiten Frühstück um diese Uhrzeit bestimmt nicht abgeneigt. Hoffentlich fuhr er ihr nicht gerade davon, wenn sie in der Bäckerei ein paar Schokocroissants besorgte.

Im Eiltempo radelte sie wieder zurück. Der Wagen war noch da, und zwei Minuten später klopfte Louise an Mommsens Tür.

»Herein«, brummte es, und als sie das Büro betrat, schien Momme Mommsen nicht im Mindesten erstaunt.

»Na, denn ist mal gut, dass ich einen Kaffee gekocht habe, Mademoiselle Dumas.«

Mademoiselle legte die schokoduftenden Croissants in ihrer Papiertüte auf den Tisch. »Moin, Herr Mommsen. Haben Sie mich etwa erwartet?«

»Na, das nicht gerade, aber es wundert mich auch nicht, Sie hier zu sehen.«

Mommsen stand behäbig auf, füllte zwei Becher mit Kaffee, legte zwei Papierservietten auf seinen Schreibtisch und die beiden Croissants fein säuberlich darauf. Beide schwiegen, verzehrten die süßen Hörnchen, schlürften den heißen Kaffee, und warteten ab, wer wohl als Erster das Wort ergriff.

Louise hielt es nicht länger aus und machte den Anfang. »Wie ist die Lage?«

Momme Mommsen stippte mit dem Zeigefinger, den er zuvor mit der Zunge angefeuchtet hatte, die letzten Krümel von der Serviette. »Sie sind ja ganz schön neugierig. Ich will denn mal nicht so sein. Die Eltern von Chiara Petermann reisen heute wieder aus Husum ab. Ihr Kind ist eingeäschert worden.«

Louise zuckte zusammen. Mommsens Worte taten ihr weh, und auch der Inselpolizist konnte sein Bedauern in den Worten nicht verbergen.

»Es war ein Selbstmord. Der Fall, ein Fall der keiner war,

ist abgeschlossen. Zu Klas Thams. Sie haben auch mir eine schlaflose Nacht bereitet, Mademoiselle Dumas. Ich habe nochmals beim Doktor nachgehakt. Kein Zweifel. Schock aufgrund der Krabben, keine Zeichen einer Gewaltanwendung. Ein Unglück, kein Fall. Zu dem einzigen echten Mordfall, den wir haben, Sinja Wrede, kann ich nichts sagen. Die Ermittlungen laufen noch. Ihr Sohn ist auf freiem Fuß, das wissen Sie ja sicher. Und der wahre Täter ist wahrscheinlich längst von der Insel verschwunden. Er hat keine Spuren hinterlassen.«

»Und was ist mit den Schallplatten? Wer hat sie versteckt? Warum? Und warum gerade auf dem Ponyhof?«

»Wenn wir das wüssten, wären die Kollegen aus Flensburg ein Stück weiter. Die Videoüberwachung auf der Fähre ist ausgewertet. Doch ob es uns weiterbringt …, wie gesagt, der Fall Wrede ist nicht abgeschlossen. Und die Schallplatten auf dem Hof sollten wohl Tim Wrede belasten.«

»Herr Mommsen …«

»Momme, sagen Sie doch einfach Momme.«

»Dann aber auch bitte Louise. Und ›Du‹.«

»Gerne, obwohl ich das Wort Mademoiselle so gerne sage, Louise«, Momme Mommsen schmunzelte. »Allein das Wort ist für mich, wie eine Reise nach Frankreich. Mademoiselle.« Er sprach langsam, genüsslich, betonte das letzte ›L‹ und verschluckte gekonnte das ›E‹ am Ende.

»Momme, wenn jemand Tim belasten wollte, muss derjenige aber doch um die verwandtschaftlichen Verhältnisse gewusst haben. Also doch jemand von hier?«

Der Polizist machte ein ratloses Gesicht. »Wir wissen es nicht und ermitteln in alle Richtungen. Bis auf das leidige

Geld gibt es kein Motiv. Sinja Wrede hat niemandem etwas zuleide getan, sie war eine fleißige, loyale und harmlose Person.« Hilflos hob er die Hände.

Fleißig und loyal ganz sicher, aber harmlos? Louise verzichtete darauf, Momme an ihren Zweifeln teilhaben zu lassen.

»Ich hätte da noch ein paar Fragen zum Tod von Inken Jensen vor drei Jahren. Wie war das damals?«

Der Polizist lehnte sich in seinem Stuhl zurück und sah Louise aufmerksam an. *Worauf willst du denn jetzt hinaus?*, schien sein Blick zu sagen. Dann lehnte er sich nach vorne, stützte seine Ellbogen auf dem Schreibtisch auf und legte die Hände zu Fäusten geballt unter das Kinn. »Nun, eine schlimme Geschichte, die bis heute ihre Nachwirkungen hat. Du hast Sören schon mal gesehen? Er wird nie darüber hinwegkommen. Sein Herz ist gebrochen, und seine Seele ist, wie soll ich sagen, irgendwie gefangen. Martina ist seitdem in Flensburg in einer psychiatrischen Einrichtung. Inken war mit Freundinnen beim Leuchtturm am Feiern, ist dann mit einer Freundin losgefahren, als die Feier beendet war. Die Wege der Mädchen hatten sich getrennt, Inken fuhr alleine weiter. Und dann ist es zu dem Unfall gekommen. Sie erlitt dabei schwere Kopfverletzungen, an deren Folge sie gestorben ist, noch bevor man sie gefunden hat. Sie ist ohne Licht gefahren, und sie hatte etwas getrunken. Es war einfach ein schlimmes Unglück, verursacht in irgendeiner Weise von einem Auto. Vielleicht hat der Fahrer gehupt, aufgeblendet, sie leicht touchiert. Allerdings hat er sich schuldig gemacht, denn er ist einfach weitergefahren, ohne zu helfen. Am Fahrrad gab es keine Spuren, kein

Autolack, keinen abgebrochenen Spiegel. Nichts. Lediglich ein paar Meter weiter eine Bremsspur. Der Fahrer hatte scharf gebremst und ist dann weiter. Vielleicht ist er sogar ausgestiegen, ist in Panik geraten und dann geflüchtet.«

»Unfassbar. Wusstest du, dass Inken zuvor eigentlich auf der Geburtstagsparty von Klas Thams servieren wollte?«

Mommsen nickte. »Ja. Natürlich.«

»Aber du wusstest nicht, dass Inken einen Geliebten hatte, einen Mann, der wohl um einiges älter war als sie, und sie die Party ziemlich aufgelöst verlassen hat?«

Momme stieß einen Pfiff aus und setzte sich aufrecht hin. »Nein, das wusste ich nicht. Doch was hat das mit Inkens Unfall zu tun? Und wer war dieser Mann?«

»Das weiß ich nicht. Sie wollte sich allerdings nach dem Mädelsabend mit ihm treffen. Deswegen haben Svea und sie sich getrennt.«

»Svea? Ich hatte doch mit ihr geredet. Davon hat sie nichts gesagt.«

»Für Svea war das, was ihr Inken anvertraute, wie ein Beichtgeheimnis, an das sie sich auch nach Inkens Tod gebunden gefühlt hat. Ich glaube, sie ist sich der ganzen Tragweite dessen, was passiert ist, erst im Gespräch mit mir bewusst geworden. Nämlich, dass Inkens Unfall und ihre Liaison vielleicht zusammenhängen könnten.«

»Und dir hat sie es erzählt? Wann?«

»Vor ein paar Tagen, ich war zufällig in Bremen und habe mich mit ihr getroffen.«

»Aha, zufällig.« Momme Mommsen warf Louise einen skeptischen Blick zu. »Und weiter?«

»Nun, ich sagte ja schon. Svea und Inken haben sich getrennt, einige Zeit später war Inken tot. Entweder, sie war auf dem Weg zu *ihm* gewesen, und jemand hat sie angefahren, oder sie hatte sich mit *ihm* getroffen, und danach hat sie irgendjemand angefahren, oder aber …«

»… es war nicht irgendjemand, sondern *er* hat sie angefahren. Mit Absicht. Weil er sie loswerden und sie sich nicht auf eine Trennung einlassen wollte, meinst du? Und du vermutest, der Typ war Gast auf Klas' Party?«

Louise nickte. »Sag mal, war Inken vielleicht schwanger?«

Mommes gesunde Gesichtsfarbe war mittlerweile einer ungesunden Blässe gewichen.

»Nicht, dass ich wüsste. Aber sie ist nicht gerichtsmedizinisch untersucht worden. Es war auch nicht nötig. Ich war für die Untersuchung des Unfalls zuständig. Ich habe getan, was ich konnte, aber es gab ja keine Spuren, keine Hinweise, keine Zeugen. Hätte Svea nur damals den Mund aufgemacht, die dumme Deern.«

»Vielleicht ist Sörens Seele ja deswegen gefangen oder will nicht heilen, weil er im tiefsten Innern spürt, dass es kein gewöhnlicher Unfall war? Er wartet auf Erlösung.« Louises Stimme war voller Mitgefühl.

Momme stand auf und ging zu seiner Kaffeemaschine. Louise schüttelte den Kopf, als er auf ihren Becher zeigte. Er drehte ihr den Rücken zu, als im selben Moment Louises Handy vibrierte.

»Ich geh mal eben ran«, flüsterte sie. Doch Momme hörte sie nicht, als er geräuschvoll mit dem Löffel den Zucker in seinem Becher umrührte. Es war Chris. Mit ihm wollte sich Louise sowieso noch unterhalten. »Kann gerade nicht, ich rufe später an«, nuschelte sie ins Telefon.

»Glaubst du tatsächlich, Inkens Liebhaber gehört zum Freundeskreis von Klas, oder Klas selbst war es? Hat jemand von denen ihren Tod verschuldet?« Mommes Stimme war laut und voller nachdenklicher Empörung.

Louise drückte schnell auf den kleinen roten Hörer und ließ ihr Handy in ihren Rucksack gleiten. »Ich weiß es nicht. Es ist einfach nur so eine Ahnung, ein Bauchgefühl. Aber das wird man nun nicht mehr ermitteln können, befürchte ich.«

Momme schüttelte traurig den Kopf. »Ich wüsste nicht wie. Es ist als Unfall zu den Akten gelegt. Wo sollte ich jetzt nachhaken oder anfangen? Ich kann doch nicht drei Jahre später jeden einzelnen von Klas Freunden hierherbitten und fragen, warst du der Geliebte von Inken und hast sie absichtlich angefahren? Und wenn es sonst wer von der Insel war? Oder ein Tourist? Nein, da kommt nichts bei rum, glaub mir. Ich werde selbst noch mal mit Svea reden, aber ich sehe da keine Chance.«

Louise gab sich noch nicht geschlagen. »Was ist mit Inkens Handy? Hast du nach einem Tagebuch oder so gesucht? Nach Briefen? Irgendwas, was im Nachhinein noch Aufschluss geben könnte über diese geheim gehaltene Liebe?«

»Das Handy gab gar nichts her. Familie, Freunde im Telefonspeicher, WhatsApp-Gruppen, Musik, Fotos, absolut alles belanglos. Ein ganz normales Telefon eben. Vielleicht hatte sie ja ein zweites? Aber dann ist es nie aufgetaucht. Und nein, warum sollte ich nach einem Tagebuch suchen, in ihrem Zimmer herumschnüffeln? Ich hatte keinen Grund dazu. Und ich weiß auch nicht, ob ich Sören und Beeke zumuten kann, jetzt damit anzufangen. Ich bräuchte handfeste Beweise.«

»Die vielleicht in einem Tagebuch oder Brief zu finden sind.« Louise ließ nicht locker.

Momme kratzte sich am Kinn. »Mademoiselle, du kannst ganz schön hartnäckig sein. Gut, ich werde mit Beeke reden. Vielleicht hat sie ja zufällig eine Idee, ob es ein Tagebuch oder Briefe geben könnte. Ich kümmere mich darum.«

»Versprochen?«

»Versprochen. Auf Momme Mommsen ist Verlass.«

Louise hatte einen nachdenklichen, und irgendwie hilflos wirkenden Inselpolzisten in seinem Büro zurückgelassen. Kurz vor zwölf stürmte sie in den Supermarkt, warf Butter und Geschirrspülmittel auf das Kassenband. Sie verstaute die wenigen Einkäufe in ihrem Rucksack und machte sich auf den Heimweg. Im Haus war es ruhig. Vielleicht hatte Fine sich ein wenig hingelegt. Sie rief leise nach ihr, doch niemand antwortete. Die Butter landete im Kühlschrank und der Reiniger hinter dem Vorhang unter der Spüle.

Vorsichtig, um das Knarzen der alten Holzstufen zu vermeiden, schlich Louise in ihr Zimmer und zog ihr Handy aus dem Rucksack. Kein weiterer Anruf. Was Chris wohl von ihr gewollt hatte? Sie drückte die Rückruftaste, doch niemand meldete sich. Louise hinterließ auf der Mailbox die Nachricht, sie würde sich gerne mit ihm, wenn er Zeit und Lust habe, für heute Abend zum Essen verabreden. Vielleicht im Restaurant bei der Alten Kirche und ein anschließender Verdauungsspaziergang würde auch nichts schaden. Während dem sie ihm auf den Zahn fühlen würde. Bei diesem Gedanken fühlte sich Louise augenblicklich schlecht. Hoffentlich konnte sie danach Chris aus dem Kreis ihrer Verdächtigen streichen. Und wie ging es überhaupt weiter?

Momme würde sich um Inken kümmern. Und sie … ja, was würde dann nach dem Gespräch mit Chris der nächste Schritt sein? Sie brauchte einen Plan. Louise legte sich aufs Bett um nachzudenken und war binnen Sekunden eingeschlafen. Sie hörte nicht ihr Handy zirpen, verschlief die Botschaft von Chris, er erwarte sie um acht an der Alten Kirche und er habe einen Tisch bestellt. Sie hörte auch nicht, dass Fine ein Glas zu Boden fiel, das klirrend zersprang. Und die Graugänse, die mit lautem, heiserem Geschrei über das Haus flogen, störten nicht im Mindesten ihren Schlaf.

Um halb drei klopfte es an der Tür, und Fine streckte den Kopf ins Zimmer. Louise war mit einem Schlag hellwach. »Was? Schon halb drei? Ich habe geratzt wie ein Murmeltier, und das am helllichten Tag. Ich kann's nicht glauben. Was gibt's denn?«

»Ich war vor einer Stunde schon mal in deinem Zimmer, aber du hast fest geschlafen. Nun, Heike kommt gleich vorbei. Es gibt Neuigkeiten aus Husum, Klas' Testament ist eröffnet worden. Ich dachte, das wird dich interessieren.«

Louise sprang aus dem Bett. Das Zimmer drehte sich um sie herum, ihr war ganz schwindlig.

»Wann hast du das letzte Mal etwas gegessen?«, fragte Fine streng.

»Heute Morgen, ein Croissant«, gab Louise kleinlaut zu.

Fine schüttelte missbilligend den Kopf. »Zuerst isst du mal was Ordentliches.«

Louise folgte Fine in die Küche und schnitt sich zwei Scheiben dunkles Roggenbrot ab, schmierte Butter darauf, belegte sie dick mit Mettwurst, die sie unter einem Teelöffel Senf vergrub. Schon nach dem ersten Bissen fühlte sie sich gewappnet für die Top-Pellworm-News.

»Fine, aus welcher Quelle stammen Heikes Neuigkeiten? Sichere Quelle oder Gefahr von Fake News?«

Fine schmunzelte. »Also hör mal. Heike kommt vorbei und nicht Donald. Nein, alles ganz sicher. Sie weiß es von Mariekes Mutter. Marieke arbeitet als Notargehilfin bei Dr. Butenschön.«

»Hallo, ich bin's, Heike. Jemand zu Hause?«

Mit geröteten Wangen marschierte Pellworms Whistleblowerin in die Küche. Sie setzte sich schnaufend und schüttelte ungläubig den Kopf über das, was sie gleich berichten würde.

»Das glaubt ihr nicht. Ich schätze, die ganze Insel weiß es mittlerweile. Heute Vormittag war die Testamentseröffnung von Klas.« Bedeutsam hob sie den Blick, gewappnet, dem Fragenansturm, der jetzt folgen würde, standzuhalten.

»Ach.« Mehr sagte Fine nicht, zu neugierig wollte sie nun doch nicht erscheinen. Auch wenn es sie offensichtlich brennend interessierte, was es mit dem Testament auf sich hatte.

Louise war weniger vornehm-zimperlich. »Und? Weiß man auch was drinsteht im Testament?«

Heike machte es spannend. Sie faltete die Hände und nickte langsam. »Wenn das rauskommt, ist Marieke ihren Job los. Das wisst ihr.«

»Und warum kommst du dann hierher gerannt, um es

uns brühwarm zu erzählen? Und außerdem dachte ich, die ganze Insel wüsste es sowieso schon.« Fines Stimme klang jetzt verärgert.

»Ja, weil der Hauptererbe es selbst schon ausgeplaudert hat. Zumindest in der Familie. Ja, da guckt ihr. Es gibt *einen* Haupterben. Und ihr ratet im Leben nicht, wer es ist.«

»Der Tierschutzverein in Husum«, gab Fine trocken zur Antwort. »Oder die Kirche. Oder sonst was Wohltätiges. Vielleicht die DGzRS?«

»Nix da. Ihr kommt nicht drauf. Sinja Wrede hätte was geerbt, sie ist aber tot. Dann bekommt es wohl ihr Sohn. Ist aber nicht viel. Wim bekommt das Haus, Raik und Jan nicht so viel, wie sie wohl dachten. Irgendjemand meinte, wahrscheinlich gerade so viel, damit sie keine Schulden mehr haben. Eine Hütte in den Alpen hatte Klas auch noch, und das Haus in Bayern. Die sollen verkauft werden, und das Geld geht an eine Naturschutzorganisation für das Wattenmeer. Und den Hauptbatzen bekommt ...«

Louise ahnte es bereits. Aus Thams Freundeskreis blieb ja sonst keiner mehr übrig. Offensichtlich wartete Heike auf einen Trommelwirbel. Als der ausblieb, raunte sie mit Grabesstimme:

»Chris. Der bekommt den Hauptanteil. Aber das muss jetzt alles erstmal unter uns bleiben. Auch wenn Chris die ganze Geschichte schon seiner Cousine Karla anvertraut hat. Der Junge sei fix und fertig, sagt man, weil er den Großteil von Klas' Vermögen erbt.«

»Und Janne, Klas' ehemalige Verlobte? Bekommt sie keine Wiedergutmachung für die Trennung?«

Heike zuckte mit den Achseln. »Davon habe ich nichts

gehört. Sie bekommt ja was durch Raik. Was allerdings auch die Runde macht, für diese Neuigkeit gebe ich jedoch keine Gewähr, ist das Gerücht, Klas habe ein paar Tage vor seinem Tod bei Butenschön angerufen hat, um in seinem Testament eine Änderung vorzunehmen. Wen sie betroffen hätte, und um welche Summe es ging, ist noch nicht durchgesickert.«

»*Oh la vache.* Das glaub ich jetzt nicht.« Ungläubig starrte Louise an die Decke. Das eröffnete ganz neue Perspektiven. Was hatte Thams ändern wollen? Das Geld anders verteilen? Jemanden rausstreichen? Jemanden hinzufügen? Wenn ja, wen? Chiara Petermann? Als Wiedergutmachung für sein Verbrechen? Das Verbrechen anderer? Hatte Chris gewusst, dass er der Haupterbe war? Hatte er befürchtet, er könne gestrichen werden? Warum hatte Klas ihn zum Haupterben gemacht? Wiedergutmachung wegen dieser Ballade vom Inselkönig, der Thams so viel zu verdanken hatte? Wim bekam ein Haus, das mindestens dreimal so viel wert war, wie sein eigenes. Hatte Sabine es geahnt? Puh, so viele Fragen. Sie brauchte ein neues Whiteboard. Heute Abend würde sie alles ganz neu überdenken. Und der Punkt, dem gegenüber sich Louise die ganze Zeit über verschlossen hatte, rückte jetzt gnadenlos in den Fokus: Welche Rolle spielte Chris? Nach dem derzeitigen Sachverhalt hatte kaum jemand ein stärkeres Motiv, Klas Thams die Krabben in den Rachen zu stopfen, als sein Freund und Haupterbe Chris, falls, ja falls Klas sein Testament zu dessen Ungunsten hätte ändern wollen.

Louise hatte die beiden Damen sich selbst überlassen. Sie brauchte Zeit zum Nachdenken. Sie striegelte Sture, mistete den Hühnerstall aus, rupfte Unkraut und nagelte ein loses Brett an der Rückwand des kleinen Futterschuppens neben dem Hühnerstall fest. Kurz nach sechs machte sich Louise mit gemischten Gefühlen zu Fuß auf den Weg zur Alten Kirche. Chris' Stimme auf ihrer Mailbox hatte aufgekratzt geklungen.

Sie wählte denselben Weg wie bei ihrem allerersten Spaziergang. Es kam ihr vor, als seien Wochen seitdem vergangen, dabei waren es nur Tage. Aus den Autos mit dem Kennzeichen NR für Nordfriesland heraus wurde sie mit einem freundlichen Winken gegrüßt, und die Radfahrer, Wanderer und Traktorfahrer ließen ebenfalls ein fröhliches ›Moin‹ erschallen. Es war nicht ganz so heiß wie am ersten Tag, und der Wind machte den Spaziergang zu einer erfrischenden kleinen Wanderung. Wie schnell hatte sie sich doch an das flache Land mit seinen wolligen vierbeinigen Bewohnern gewöhnt. Sie wusste nun, die Bäche zwischen den Feldern und Weiden hießen Siele und dienten der Entwässerung des Landes, es gab die Kuhlen, und die kleinen runden Seen, die durch den Deichbau entstanden waren, wurden Pütten genannt.

Immer wieder hielt Louise an und ließ ihre Blicke schweifen. Der Himmel war so blau, dass es fast schmerzte. Ein glücklicher und zufriedener Schmerz, wie sie gleich darauf feststellte. Und der Kontrast zum Grün der Wiesen und dem Gelb der wogenden Ähren war so klar, als hätte jemand eine Linie zwischen den Farben gezogen. Klar und atemberaubend schön. Nein, Pellworm war keine Insel, von der aus man freiwillig aus dem Leben schied.

Bald sah sie den alten Kirchturm vor sich. Noch vorbei am *Rosencafé*, und ihr Ziel war erreicht. Sie war zwanzig Minuten zu früh am Restaurant und spazierte noch ein wenig um die Kirche herum. Raben krächzten aus dem oberen Stumpf der Ruine, wo sie sich niedergelassen hatten. Ihre heiseren Laute hörten sich an wie ein Rufen, krah, krah, eine Aufforderung, näher an den Turm heranzutreten. Doch hier herrschte Lebensgefahr. Eine Tafel wies mahnend auf das Verbot hin, hinter die Absperrung zu treten. Leicht konnte man durch herabfallende Steine schwer verletzt werden. Louise legte den Kopf in den Nacken und sah zu den Raben im Turm auf. Wie viele dort wohl lebten und ihre Kinder großzogen?

»Ach, was für ein Zufall. Louise. Statten Sie der Kirche einen Besuch ab? Ein wunderschönes Motiv, die dunkle Turmruine, und diese Weide unterhalb, beides wie ein Schattenriss vor dem blauen Himmel, ein tolles Farbenspiel.«

Hubertus Schulte trat hinter dem großen grauen Stein mit dem eingehauenen Wikingerschiff hervor. Selbstbewusst und ohne sich um das Verbot zu kümmern, marschierte Schulte über den Friedhof, kletterte über die Absperrung und reichte Louise die Hand.

»Wie geht es Ihnen? Haben Sie ein Glück, hier leben zu dürfen. Unsere Urlaubszeit schmilzt rasend schnell dahin. Meine Frau sitzt da drüben am Deich. Haben Sie Lust mitzukommen und noch ein wenig mit uns zu spazieren?«

Louise begrüßte Hubertus und überlegte kurz, ob sie ihn darauf hinweisen sollte, dass er verbotenes Terrain betreten hatte. Aber der Mann war alt genug, um solche Gefahren einzuschätzen und Verbotsschilder zu lesen.

»Das ist nett, aber ich habe mich hier mit einem Freund

zum Essen verabredet. Grüßen Sie Ihre Frau doch bitte von mir.«

»Ja, gerne. Ich muss auch weiter. Wenn ich wie immer auf meine tausend Fotos kommen will, muss ich noch ein wenig mehr von der Insel sehen. Es ist jedes Jahr etwas Neues dabei. Wissen Sie, ich liebe es, in einem ganz besonderen Moment abzudrücken. Oder habe ich Ihnen das schon gesagt?«

»Ich erinnere mich.« Louise lächelte. »Ich beim Messerwetzen, die Möwen beim Fischfang. Wie wäre es mit dem Raben, der gerade auf der Kette hier landet.«

»Wunderbar, warten Sie.« Doch als Schulte die Kamera in der Hand hielt, war der Vogel bereits wieder weg. »Da sehen Sie mal, wie schwierig das ist. Heute war ich allerdings ausnahmsweise auf der Suche nach einem ganz bestimmten Motiv. Kennen Sie die Geschichte der beiden Polizistinnen, die vor Jahrzehnten tot angespült worden waren? Aus Hamburg. Sie sind anonym begraben worden. Nur zwei Platten mit dem Datum 4.7.31 erinnern an sie.«

Louise nickte. »Ja, ich habe davon gehört. Soweit ich weiß, ist der Fall bis heute ungeklärt und wird es wohl auch bleiben.«

»Huuuuubeeeertuuuuus.« Die durchdringende Stimme von Frau Schulte drängte vom Deich über eine Weide bis zum Friedhof. Der Gerufene seufzte. »Na, dann will ich mal wieder los. Vielleicht führt uns das Schicksal ja noch einmal zusammen. Adieu, Louise.« Schulte schulterte das schwere Stativ, hängte sich die Kamera um, winkte Louise zu und wandte sich zum Deich.

Louise verharrte vor der Absperrung. Zwei tote Polizistinnen, ein ungeklärtes Verbrechen, war es eigentlich ein Verbrechen gewesen im Jahr 1931? Oder doch ein Doppelselbstmord? Hatten die Ermittler damals versagt, oder hatte es keine Untersuchung gegeben? Und warum waren die beiden Frauen, von denen man doch wusste, wer sie waren, die also nicht namenlos waren, hier beerdigt und nicht in Hamburg, und dann auch noch anonym?

Louise schaute nach links und rechts. Niemand zu sehen. An einer Stelle war immer noch einer der Pfosten, zwischen denen die Kette befestigt war, aus dem Boden gehebelt, und die Kette hing schlaff und niedrig. Louise sprang darüber. Sie musste ja nicht so nahe an den Turm heran, aber neugierig war sie jetzt schon auf die letzte Ruhestätte der beiden Frauen. Wie oft hatte sie die Inschrift auf dem braunen Erinnerungsstein schon gelesen? Heimat für Heimatlose. Errichtet 1895. *Das Meer gab die Toten die darinnen waren.* Ein Satz aus der Offenbarung des Johannes im Neuen Testament. Das Meer hatte auch Chiara wiedergegeben.

Die Augen auf den Boden gerichtet, suchte Louise die Grasfläche nach den beiden Steinplatten ab. Sie waren alle in den Rasen eingetieft und hatten das gleiche Format. Manche der eingemeißelten Zahlen waren stark verwittert und nicht mehr lesbar. Louise bückte sich. Das sah doch aus wie eine 31. Suchend schaute sie sich um. Ein kleines Stöckchen lag in der Nähe, und Louise versuchte im Gras kniend, die Zahlen von Schmutz und Moos zu befreien.

Sie hatte ihn nicht gehört, hatte ihn nicht gesehen, nur seine Anwesenheit gespürt. Ihr Körper spannte sich an, doch es gelang ihr nicht mehr, sich aufzurichten, sich umzudrehen, ihrem Angreifer in die Augen zu sehen, sich zu verteidigen. Mit großer Wucht traf der Täter ihren Kopf, und Louise sank blutüberströmt zwischen den Erinnerungsplatten für Therese und Maria in das weiche Gras. Den heiseren Schrei, der sie irgendwo aus der Ferne erreichte, nahm sie noch als ein Rauschen in den Ohren wahr. Dann umgab Louise eine Schwärze, schwärzer als die tiefste Tiefe des Ozeans nicht sein konnte.

Kapitel 47

Gnadenlos tobt der Sturm. Immer wieder peitscht der Tosende, der Tobende auf seine Rösser ein, die das Wasser durchpflügen und unerbittlich jeden, der ihnen zu nahekommt, mit ihren Hufen in die Tiefe treten. Immer und immer wieder, bis die Kräfte der Unglücklichen erlahmen, sie herabsinken, um als Schaumkronen wiedergeboren zu werden. Louise war eine von diesen Schaumkronen, eine von Abertausenden, die dem Tosenden, dem Tobenden ausgeliefert waren, zu seinen Geschöpfen wurden.

»Louise, dein Platz ist nicht unter den anderen Schaumgeborenen, dein Platz ist bei den Namenlosen.«

»Aber ich habe doch einen Namen. Ich heiße Louise«, versuchte sie sich zur Wehr zu setzen. Doch der Tosende, der Tobende kannte keine Gnade. Unermüdlich peitschte er sie über das Wasser, ans Land, wo sie aufgab und erschöpft liegen blieb. Louise war auf der Insel der Heimatlosen angelangt. Jetzt schien die Sonne unerbittlich von einem eiskaltblauen Himmel. Sie fühlte, wie sich der Schaum zersetzte, bis nur noch ein winziges Häufchen Salz übrig war. *Der Schaum der Tage*. Sie hatte dieses Buch von Boris Vian so geliebt. Chloe, deren Lunge von einer Wasserlilie durchdrungen ist. Hätte sie eine Wasserlilie in der Lunge, sie würde sie einfach weghusten. Louise hustete.

»Louise. Sie ist wieder bei uns.« Ein Wispern. Sie horchte angestrengt. Eine unbekannte Stimme erklärte, sie habe lange geschlafen. *Peuh*, geschlafen. Sie hatte einen Kampf ausgefochten. Einen Kampf auf Leben und Tod.

»Louise, wie schön, Sie sind wieder bei uns.« Das Wispern hatte sich in eine kräftige Stimme verwandelt. Direkt neben ihrem Ohr. Wer war das? Sie versuchte zu sehen, doch ihre Augen wollten nicht sehen. Das Salz muss sie verkrustet haben. Wie nach einem langen Schlaf. Also hatte sie doch geschlafen. Sie versuchte es noch einmal. Ein Blinzeln. Louise zwang sich, die Augen weiter zu öffnen. Ein Segel bauschte sich im Wind. Ein Segel vor weißer Wand. Genau, es war eine Wand. Und das Segel war ein schwerer Vorhang. Sie war in einem Zimmer.

»Louise, mien Deern.«

Diese Stimme kannte sie. Louise wollte etwas sagen, doch kein Ton kam aus ihrem Mund. Eine plötzliche Erinnerung durchzuckte ihr Gehirn. Der Friedhof der Namenlosen. Sie hatte nach jemandem gesucht. Nach zwei Frauen, zwei Polizistinnen. Hatten sie Selbstmord begangen? Hatte Chiara sich das Leben genommen? Wer war Chiara? Sie musste es wissen. Sie war Louise, das wusste sie, doch wer war Chiara? Und wo war sie, Louise? Sie versuchte zu sprechen. Doch die Laute, die sie von sich gab, waren die eines Rabenvogels. Ein Vogel auf der alten Turmruine sprach aus ihr. Sie kicherte. Doch die Stimmen, denen sie sich mitteilen wollte, hatte verstanden.

»Sie sind im Krankenhaus, im Universitätsklinikum in Kiel. Ich bin Doktor Brandner. Und neben Ihnen sitzt Ihre Tante.«

Fine, ihre Tante hieß Fine. Sie streckte ihre Hand aus. Eine warme weiche Hand ergriff sie, streichelte sie. Es tat gut. Eine große Müdigkeit durchströmte Louise. Und ein Gefühl der Sicherheit. Alles wird gut.

Die Worte des Mannes drangen nun undeutlich und zäh an ihr Ohr. Kein Wortraffer, der Mann war ein Wortverlängerer.

»Sie sind über den Berg. Gleich werden Sie wieder tief und fest schlaaaaaafen.« Der Mann irrt sich, fuhr es Louise durch den Kopf, bevor sie wieder in einen heilenden Schlaf fiel. Sie war nicht über dem Berg, sie war aus dem Wasser.

Kapitel 48

Ihre Eltern waren wieder abgereist, und die heißen Tage des Sommers hatten Pellworm erreicht. Fine und Louises Mutter waren ihr in den ersten Wochen nach dem Überfall nicht von der Seite gewichen. Ihr Vater war zurück in Frankreich, die Hochsaison hatte Ende Juni begonnen, und die Pension füllte sich mit Gästen. In der nächsten Zeit würde sie bei wechselhaftem Wetter unter Kopfschmerzen zu leiden haben, doch schlimmere Nachwirkungen seien nicht zu befürchten, so die Ärzte.

Im Krankenhaus erreichten sie in den ersten Tagen Genesungskarten, die dann weniger wurden, wie auch die Pralinenschachteln und die bunten Sträuße, die Farbe in das etwas triste Zimmer der Klinik brachten. Von einem besonderen Strauß trennte sich Louise in Rekordzeit. Kaum hatte sie den blassblauen kleinen Brief entfaltet, der in einem üppigen Bouquet aus rosa Rosen steckte, flog der Strauß in den Mülleimer auf dem Flur, aus dem ihn eine etwas ratlose Assistenzärztin wieder herausfischte und auf Bitten Louises dann im Schwesternzimmer deponierte.

Cherie, wie geht es dir? Für immer dein. Thierry.

Drecksack. Wie konnte er es wagen!

Zu Louises fleißigsten Besuchern gehörte Chris. Er hatte auch darauf bestanden, sie von der Klinik abzuholen. Während der Fahrt zur Fähre unterhielt er Louise mit den neusten Neuigkeiten von der Insel. Wims und Sabines Baby war da, eine Scheune war abgebrannt, Jugendliche hatten hinter dem Friedhof bei der Neuen Kirche auf einem Feld Cannabis angepflanzt, das Bauer Claasen abgemäht hatte, und Momme Mommsens Nachfolgerin hatte die ersten Schritte auf Pellworm gewagt, von allen Insulanern äußerst kritisch beäugt. Man müsse abwarten, wie sie sich so benimmt, war der allgemeine Tenor. Und, ob sie auf die Insel passt. Louise lächelte bei der Vorstellung. Für sie war es einfach gewesen, dank Tante Fine im Rücken. Für die neue Inselpolizistin würde es nicht so ein Spaziergang werden.

Nachdem Chris seinen Wagen auf die Fähre gesteuert hatte, blieben sie noch einen Moment sitzen.

»Ich weiß, dass du deine Zeit brauchst, über alles zu reden. Aber wenn du so weit bist, bin ich da. Die ganzen Zeitungsartikel sind bei Fine, falls du sie lesen willst. Es ist auch einiges an Unsinn geschrieben worden. In einem Blatt hat man Jan fünfzig Vergewaltigungen und sieben versuchte Morde nachgesagt. Momme sagt, offiziell sind es dreizehn Vergewaltigungen gewesen, die angezeigt worden waren, und nie hat man den Täter geschnappt. Ob ihm wirklich Tötungsabsichten nachzuweisen sind, das wird sich zeigen.«

»Nur dreizehn statt fünfzig.« Louise setzte das »nur« in Anführungszeichen. »Darauf kommt es doch nicht an«, fügte sie leise hinzu. Sie ergriff Chris' Hände. »Habe ich mich überhaupt schon richtig bei dir bedankt?«

»Hm, da muss ich doch glatt überlegen. Wenn du mit richtig meinst, dass du artig danke gesagt hast, und mich dabei süß angelächelt hast, ja, dann hast du dich wohl richtig bedankt. Oder schwebt dir da etwas anderes vor?« Er lächelte verschmitzt.

»Ich lasse mir was einfallen. Versprochen. Und auch für Hubertus, das heißt, für seine Frau. Wenn sie nicht gesehen hätte, wie Jan mir einen Stein auf den Schädel geschlagen hat, dann wäre ich wohl kaum noch am Leben. Hubertus muss gerannt sein wie ein Weltmeister. Und wenn ich mir vorstelle, wie er versucht hat, Jan das Stativ um die Ohren zu schlagen, und der ihn gewürgt hat, bis der arme Hubertus fast ohnmächtig war. Aber dann bist du ja Gott sei Dank gekommen.«

Spontan beugte sich Louise zu Chris hinüber und drückte ihm einen festen Kuss auf die Wangen. In ihren Augen schimmerten Tränen. Sie wischte sie weg. »Komm, steigen wir aus. Es ist eine Schande, bei dem herrlichen Wetter im Auto zu hocken.«

An Deck erwartete sie das eintönige Tuckern des Schiffsmotors, gepaart mit den freudigen Ausrufen der Pellwormurlauber, als sie die Hallig Südfall zu ihrer Linken entdeckten. Es herrschte entspannte Ferienstimmung auf der Fähre, die das Zweigespann blauer Himmel und strahlende Sonne untermalten.

Louise setzte ihre Sonnenbrille auf und starrte in die durch den Schiffskörper aufgewühlten Wellen im ansonsten ruhigen Fahrwasser. »Weißt du, was mich ehrlich erschüttert? Dass niemand erkannt hat, was für ein elendes Dreckstück Jan ist. Ich kann es immer noch nicht glauben. Jedes Jahr an Thams' Geburtstag ist er in dessen Gefolgschaft unterwegs und nutzt die Zeit, sein abartiges Verlangen zu befriedigen. Meinst du, seine Geständnisse werden ihm was nutzen?«

Chris zuckte mit den Achseln. »Für Wim, Raik und mich ist es noch unfassbarer. Wir kennen uns seit unserer Kindheit. Jan war immer der, der sich die hübschesten Mädchen geangelt hat. Er hat nichts anbrennen lassen. Während der Ferienzeit jede Woche ein neuer Flirt. Aber niemals wäre ich auf die Idee gekommen, Jan könnte jemand sein, der junge Mädchen, fast noch Kinder, missbraucht. Insofern tut es mir sogar leid, wenn seine Geständnisse sich auch noch positiv auf das Urteil auswirken werden. Allein die Tatsache, den Frauen den Auftritt vor Gericht zu ersparen, hat etwas Gutes. Und dann die Morde an Klas und Sinja Wrede. Jan muss vollkommen durchgedreht sein, als Klas ihm gedroht hat, ihn bei der Polizei anzuzeigen, wenn er sich nicht selbst stellt und die Vergewaltigungen zugibt.«

Louise nickte. Die einzige Person, mit der sie in den letzten Wochen über alles geredet hatte, war Momme gewesen. Er hatte ihr erzählt, Jan habe am Abend des Geburtstages gegenüber Klas eine Bemerkung über Chiara fallen lassen. Was er genau gesagt hatte, wusste Jan selbst nicht mehr, er habe zu dem Zeitpunkt schon einiges getrunken gehabt. Klas sei daraufhin vollkommen durchgedreht. Louise konnte sich daran erinnern, wie wütend der Sänger in die Küche gestürmt war. Sein Freund Jan, ein Vergewaltiger, der Mann, der Chiara Petermann im Jahr zuvor missbraucht hatte. Und dann hatte Klas Jan unter Druck gesetzt, ihm gedroht, er würde ihn, falls er sich nicht selbst stellt, der Polizei ausliefern. Und Jan hatte gehandelt.

»Chiara«, flüsterte Louise. »Chiara war tatsächlich der Auslöser.«

Chris nickte. »Ja, sie war eines von Jans Opfern gewesen. Er hat sie mit Klas im letzten Jahr in Regensburg kennengelernt. Ich war nicht dabei gewesen. Doch warum hat sie so lange gewartet?«

»Chiara konnte sich an nichts erinnern, wie die anderen Mädchen auch. Doch bei Chiara kam ein Teil der Erinnerung zurück. Zumindest die an Klas Thams. Vielleicht hat sie sein Foto in einer Zeitschrift gesehen oder ihn im Fernsehen. Sie hat ihn auf Pellworm ausfindig gemacht, wusste jedoch immer noch nicht, wer ihr Vergewaltiger war. Sie wusste nur, der Täter war Klas oder gehörte in seinen Dunstkreis. Sie hat ihm das wahrscheinlich auf den Kopf zugesagt, doch Klas wollte nichts davon wissen. Bis zum Abend der Party.« Louises Augen füllten sich wieder mit Tränen. »Momme geht auch davon aus, dass es so gewesen ist. Was das arme Mädchen durchgemacht haben muss!«

Louise schniefte, und Chris zog ein zerknittertes Taschentuch aus der Hosentasche, das sie dankbar annahm.

Beide schwiegen, dann griff Chris den Faden wieder auf. »Ich weiß noch nicht einmal, ob Klas seine Drohung, Jan der Polizei zu melden, wirklich wahrgemacht hätte. Wahrscheinlich hätte er befürchtet, selbst mit reingezogen zu werden. Doch alleine Jans Angst, er könnte es tun, hat ihn das Leben gekostet. Deswegen gab es auch keine Abwehrspuren oder Gewaltanwendung. Klas hat an nichts Böses gedacht, als Jan auftauchte. Es war ein Leichtes für ihn, Klas, der stockbesoffen war, die Krabben aufzuzwingen. Er musste nur noch abwarten. Und Sinja Wrede hat ihn aus dem Bad kommen sehen. Warum um Himmels willen hat die Frau versucht, ihn zu erpressen? Jan hat einmal gemordet. Warum kein zweites Mal? Er ließ es wie Raubmord aussehen. Wrede Junior ist schon so ein Früchtchen, aber ich habe von Anfang an nicht daran geglaubt, dass er seine Mutter getötet hat.«

Louise schlang sich, trotz der sommerlichen Temperaturen, fröstelnd die Arme um den Körper. In ein paar Minuten würden sie anlegen.

»Glaubst du, Jan könnte doch etwas mit Chiaras Tod zu tun haben?« Chris Stimme war nachdenklich.

»Ermordet mit seinen eigenen Händen? Ich weiß es nicht. Er sagt, nein. Doch für mich hat er Chiara trotzdem auf dem Gewissen. Jan hat sie vergewaltigt und wie einen Haufen Müll liegen lassen. Und Klas trug ebenfalls Schuld an ihrem Tod. Ob er sie angerührt hat, in der Nacht, in der sie starb, oder nicht. Er wird es uns nicht mehr sagen können.«

»So viele Fragen, so viele zerstörte Träume, so viele kaputte Seelen. Was Jan jedoch vollkommen abstreitet, ist, etwas mit Inkens Tod zu tun gehabt zu haben.«

»Ich weiß. Darüber habe ich auch mit Momme gesprochen. Inkens Tod bleibt wahrscheinlich weiterhin als Unfall in den Akten. Jan war geständig was die Morde an Klas und Sinja angeht, er gibt die Vergewaltigungen zu. Inken habe er aber nur vom Sehen gekannt, sagt er. Ihr Tod wird wohl ungesühnt bleiben.«

Louise stieß einen tiefen Seufzer aus. »Und fast hätte man ihn für drei Morde anklagen können.« Sie fuhr sich unbewusst über den Hinterkopf. Dort, wo man ihre Haare abrasiert hatte, wuchsen ihre Locken etwas heller nach.

»Ich kann es mir nicht verzeihen, dass ich Jan von unserer Verabredung erzählt habe. Natürlich hatte ich nicht den leisesten Verdacht, dass mit Jan etwas nicht stimmt. Er muss vollkommen durchgedreht sein, dich am helllichten Tag anzufallen und töten zu wollen. Wahrscheinlich plädieren seine Anwälte auch noch auf Unzurechnungsfähigkeit.«

Chris fuhr sich mit dem Handrücken über seinen Dreitagebart.

»Du kannst doch überhaupt nichts dafür.« Louise wechselte das Thema. »Was wirst du jetzt machen, als reicher Mann?«

Chris sah Louise liebevoll an. »Ich habe da so eine Idee. Ich werde einmal rund um die Erde reisen. In einem Bus, der groß genug ist für zwei.«

Louise setzte ihre Sonnenbrille wieder auf und schüttelte den Kopf. »Ich werde nicht mitkommen, Chris. Mein Zuhause ist vorläufig hier, auf Pellworm, bei Fine. Ich brauche Ruhe, einfach Ruhe. Wie lange wird so eine Reise wohl dauern? Ich werde bestimmt noch auf der Insel sein, wenn du wiederkommst. Aber ich brauche im Moment keine weiteren Abenteuer. Wenn ich wieder ganz auf dem Damm …,« sie lächelte, »… entschuldige, auf dem Deich bin, mache ich das, was ich Frauke versprochen habe: Ich helfe ihr in ihrem Café. Und vielleicht schreibe ich ein Kochbuch. Diese Idee schwirrt mir schon die ganze Zeit im Kopf herum.«

Chris nickte verständnisvoll. Natürlich war er enttäuscht, aber er hatte damit gerechnet.

»Und wie gestaltet sich die Idee zu deiner Stiftung?«, fragte Louise, um ihn wieder aufzumuntern.

»Das war einfach eine geniale Idee von dir. Ich wünschte,

ich wäre auch alleine draufgekommen. Musik- und Gesangsunterricht für junge Talente, die es sich nicht leisten können. Und Wim hat auch eine Aufgabe. Er kann die Stiftung von hier aus betreuen, und der kleine Niklas wird in dieser wunderbaren Umgebung groß. Ich kann das alles noch immer nicht fassen. Wollen wir schnell noch einen Kaffee trinken? Ich lade dich auch ein, jetzt wo ich ein reicher Mann bin.« Chris grinste schelmisch.

Louise musste lachen. »Nein, lass uns hier oben bleiben. Es gibt für mich keinen schöneren Moment, als Pellworm auf mich zukommen zu sehen. Ich weiß noch, als ich es zum ersten Mal so richtig bewusst erlebt habe. Wie lange ist das her? Keine vier Monate. Gut, als Kind und Jugendliche war ich auch schon auf der Insel, aber das Gefühl, das sich jetzt in mir ausbreitet, ist ein ganz anderes. Wenn es vorher die Aufregung auf Ferien bei Tante Fine waren, ist es jetzt wie eine Heimkehr. Ist das nicht wunderbar, zwei Heimaten zu haben?«

»Heimaten? Sagt man so? Wie würdest du im französischen sagen?« Chris sah sie zärtlich an.

»Keine Ahnung, ob man so sagt, das müsstest du besser wissen. Wahrscheinlich gibt es bei euch keinen Plural, weil man nur eine Heimat hat. Offiziell würde ich sagen, *mon pays*, mein Land. Aber das ist ja nicht eben klein. Vielleicht *mon refuge*, meine Zuflucht. Ja, das passt doch. Und wenn ich Marie Antoinette wäre, hieße Fines kleines Haus *Sanssoucis*, ohne Sorgen.«

Louise lächelte versonnen. Chris legte einen Arm um Louises Schulter, und gemeinsam gingen sie zu seinem Wagen.

»Was ist das denn?«

Louise staunte nicht schlecht, als sie fünfzehn Minuten später vor Fines Haus hielten. Eine riesige Blumengirlande hing über der Haustür mit der Aufschrift HERZLICH WILLKOMMEN. Und schon trat das Empfangskomitee mit Fine, Beeke und Frauke aus der Kate. Louise ließ ihren Tränen freien Lauf. Sie war zu Hause angekommen.

Kapitel 49

Die letzten Besucher waren gegangen. Frauke hatte noch mit Fine aufgeräumt, den übrig gebliebenen Kuchen verstaut und sich dann ebenfalls verabschiedet. Jetzt saßen Fine und Louise im Wohnzimmer in den tiefen Sesseln. Fine hatte den restlichen Rotwein in zwei Gläser gegossen. Louise nippte daran und gähnte.

»Ich glaube, es wird Zeit fürs Bett. Hoffentlich war es nicht zu viel für dich. Ich hatte wirklich nicht geahnt, dass die halbe Insel dich willkommen heißen würde.« Besorgt sah Fine zu Louise.

»Das ist schon in Ordnung. Ich hatte in Kiel Zeit genug, mich einigermaßen zu erholen. Aber du hast schon recht, ich bin echt müde. Noch den kleinen Schluck, und dann gehe ich zu Bett.«

Es klingelte an der Haustür, die Fine heute ausnahmsweise einmal abgesperrt hatte, um zu vermeiden, dass auch jetzt noch jemand einfach ins Haus spazierte. Sie stand auf und ging in den Flur. Ein Laut der Freude drang an Louises Ohr.

»Sie wird sich so freuen. Louise sieh nur, wer da ist!«

Louise drehte sich neugierig um. Dann sprang sie aus dem Sessel und umarmte Hubertus Schulte, der etwas verlegen in der Tür stand.

»Ich war schon vorm Haus, aber wollte, solange hier Trubel herrschte, nicht stören. Ihre Tante hatte mich angerufen, und mir gesagt, wann Sie wieder zu Hause erwartet werden. Ich habe noch einen Abendspaziergang gemacht und bin rein zufällig wieder hier vorbeigekommen.« Hubertus grinste schief. Er zog eine Umhängetasche von der Schulter und entnahm ihr ein Buch, das er Louise hinhielt. »Ich habe Ihnen ein kleines Geschenk mitgebracht. Es sind meine spektakulärsten Fotos von Pellworm der letzten fünf Jahre. Ich habe lange nach einem Verlag gesucht, der ein richtiges Buch daraus machen würde, vielleicht mit ein wenig Text. Aber das ist gar nicht so einfach, also einen Verlag zu finden. Daher habe ich selbst ein Fotobuch gestaltet. Ich hoffe, es gefällt Ihnen. So können Sie die Insel noch ein wenig besser kennenlernen. Das heißt, vielleicht nicht besser, aber aus einem anderen Blickwinkel.«

Schüchtern verstummte Hubertus Schulte. Noch einmal drückte Louise ihn an sich. »Wie wunderbar. Zwar nicht zu vergleichen mit dem unglaublichen Geschenk, mir das Leben gerettet zu haben, aber Ihre persönliche Sicht auf die Insel bereitet mit eine Riesenfreude. Wollen wir uns setzen und zusammen ein wenig darin blättern?«

Louises Müdigkeit war wie weggeblasen. Fine entkorkte eine weitere Flasche Wein, stellte ein drittes Glas auf den Tisch und verschwand in der Küche, um dem neuen Gast ein Stück von Fraukes Stachelbeertorte zu bringen.

»Hm, Torte vom *Warft Café*. Und dazu ein Glas Wein. Wie im Märchen. Rotkäppchen. Kuchen und Wein. Diese Märchen kennen Sie in Frankreich auch?«

Louise klatschte wie ein Kind in die Hände. »Aber natürlich. *Le Petit Chaperon rouge*. Von Charles Perrault.«

Erstaunt sah Hubertus Schulte Louise an. »Das ist von den Gebrüdern Grimm.«

»Ja, es ist eines der Grimm'schen Märchen. Aber es ist tatsächlich ursprünglich von einem Franzosen geschrieben, und die Grimms haben es von ihm übernommen.«

»Erstaunlich, erstaunlich.« Schulte rieb sich über das Kinn. Dann schob er seine Gabel unter die Torte, die er in Nullkommanix verputzte. Mit einem Schluck Rotwein spülte er nach.

»Wollen wir?«

Einladend klopfte Louise auf das Fotobuch, das vor ihnen auf dem Couchtisch lag.

Sie stieß auf jeder Seite ein begeistertes ›Ah‹ und ›Oh‹ aus. Die Bilder waren einfach großartig. Eine Möwe, die ein silbernes Fischchen aus dem Wasser zog, das in Regenbogenfarben aufspritzte, eine Fußspur im Watt, die im Nichts endete, dort wo das Wasser sie verschluckt hatte, eine taufeuchte Rose, in die ein Insekt flog. Die Jahreszeiten wechselten sich ab, der Tag ging in den Abend über, dieser in die Nacht, die irgendwann dem Morgen wich. Besonders die Aufnahmen, die Hubertus in fast vollkommener Dunkelheit gemacht hatte, sprachen Louise an.

Schafe auf dem Deich, im Hintergrund die zu erahnende Morgenröte, und doch noch alles in Dunkelheit getaucht, der Leuchtturm, der seine Feuerstrahlen über das Wasser sandte, Flammenfunken am Nachthimmel während des Biikenbrennens, ein Nachtfalter im Schein einer Fahrradlampe, ein Wagen, dessen eigene Scheinwerfer ihn in eine Art Gloriole hüllten.

Etwas verlegen hob Hubertus Schulte sein Glas, nickte

Fine zu. »Liebe Frau Dierksen. Ich bin Hubertus. Und ich würde Ihnen beiden gerne das ›Du‹ anbieten, es würde mich sehr freuen.«

Fine und Louise nahmen das Angebot gerne an. Nachdem das Duzritual vollzogen war, blätterte Louise noch einmal zurück zu dem Wagen, der über eine Pellwormer Landstraße fuhr und in ein unwirkliches Licht getaucht war. Wie hatte Hubertus das nur so hinbekommen? Das war echte Kunst.

»Sieh mal Fine, die Person sitzt da drin, als hätte sie einen Heiligenschein auf. Alles strahlt. Die Frau, der Wagen, die Umgebung. Als würde das Auto gleich abheben und sich ins Weltall begeben. Ein Sphärenwagen.«

»Wie kommst du darauf, es könnte eine Frau sein?« Fine zog das Fotobuch zu sich heran, setzte ihre Lesebrille auf und inspizierte das Bild genau.

»Nun, ich finde, es sieht aus, als säße eine Frau hinter dem Steuer. Was sagst du dazu, Hubertus, du hast das Foto gemacht?«

»Darf ich deine Brille haben, Fine?« Er setzte sich die Lesegläser auf und betrachtete das Bild genau. »Also, ich kann mich nicht erinnern, es ist mir in dem Moment, in dem ich auf den Auslöser drücke, auch egal. Mir kam es auf die Schweinwerfer und das Zusammenspiel mit dem von vorne rechts einfallenden Licht des Hauses an. Als würden sich die Lichter zu einem Geisterwesen verbinden.«

»Wo ist da ein Haus?« Jetzt war es wieder Louise, die ihren Blick über das Foto gleiten ließ. »Ach, tatsächlich. Es liegt so zurück und geduckt, dass man sich fragt, wie dieses Licht es überhaupt auf die Straße schafft. Oder ist das ein Trick?«

Hubertus wurde ein wenig rot. »Nun ja, ich bearbeite die

Fotos im Nachhinein ein wenig, aber wirklich nur ein ganz klein wenig. Um solche Effekte zu verstärken. Nicht um sie hervorzurufen, sondern wirklich nur, um sie zu unterstreichen. Der Wagen fuhr rasant, und je schneller das Auto fährt, umso beeindruckender ist das Spiel des Scheinwerferlichts.«

Er setzte die Brille, die er eben an Fine zurückreichen wollte, wieder auf und hielt das Buch zuerst direkt vor seine Nase, dann wieder eine Armlänge von sich. »Das habe ich vor drei Jahren gemacht. Es war der längste Tag des Jahres. Und wenn mich nicht alles täuscht, habe ich das Foto etwa dreihundert Meter von deinem Haus entfernt gemacht, kurz vor der Kreuzung wo es zur Alten Kirche geht. Ja, sieh nur Fine. Du hast doch diese Außenlaterne im Vorgarten, und auch die gibt ihre Lichtstrahlen ab.«

Nun war es wieder Fine, die sich mit der Brille auf der Nase über das Buch beugte. »Du hast recht, das da hinten könnte mein Haus sein.«

Louise war plötzlich ganz still geworden. Ihre Gedanken purzelten durcheinander. Dieses Foto, gemacht vor drei Jahren in der Nacht der Sommersonnenwende, ein paar hundert Meter entfernt von Fines Haus. Und damit keinen Kilometer von der Stelle, an der Inken starb. Getötet durch ein Fahrzeug, das vielleicht mit zu hoher Geschwindigkeit an ihr vorbeifuhr, sie zu Fall brachte. Absichtlich?

»Hubertus, kannst du nachschauen, wann genau du das Foto gemacht hast?«

»Kein Problem.« Er zog seine Kamera und eine kleine Mappe aus der Tasche. »Hier sind alle gespeichert. Auf dieser Karte. Oder auf der da.« Hubertus hielt zwei Speicherkarten hoch, die er aus der kleinen Mappe genommen hatte. »Hast du einen Laptop da?«

Mit einem Satz war Louise in ihrem Zimmer und kehrte keine halbe Minute später mit ihrem Laptop zurück. Gespannt beugten sich Hubertus und Louise über den Bildschirm.

»Was suchst du denn eigentlich genau? Ob es wirklich mein Haus ist?«, fragte Fine und lehnte sich zurück. Für drei Augenpaare war nicht Platz genug.

»So, hier ist die ganze Reihe, die ich geschossen habe. Also, du siehst, unbearbeitet nicht ganz so spektakulär, aber doch schon aufregend. Und hier ist das Auto. Ich stand etwa hier«, Hubertus zeigte auf einen Punkt der in Fines Wohnzimmer die linke Ecke des geblümten Sofas ausmachte. »Natürlich draußen. So konnte ich das Auto schräg von vorne erwischen und die Illumination des Hauses noch dazu.«

»Hubertus, kannst du den Ausschnitt mit dem Fahrer vergrößern?«

Hubertus erfüllte Louises Wunsch. »Das Foto ist vom 21. Juni vor drei Jahren, abgedrückt habe ich genau um dreizehn Minuten nach eins. Und hier hast du den Fahrer. Du hast recht, es ist eine Frau. Etwas unscharf, aber eindeutig.«

»Und jetzt bitte so scharf wie möglich.«

Hubertus drückte auf ein paar Tasten herum. Dann drehte er den Bildschirm, und Louise konnte die Fahrerin genau in Augenschein nehmen. »Kennst du sie?«

Louise pfiff durch die Zähne. »*Mon dieu.* Das ist die Frau, die Inken auf dem Gewissen hat.«

Kapitel 50

»Momme, mach auf. Es ist wichtig«, rief Fine, während Louise an die Tür klopfte.

»Was wollt ihr denn mitten in der Nacht?«, drang von drinnen Mommes brummige Stimme.

»Lass uns erst mal rein«, forderte Fine und schob Momme resolut zur Seite, nachdem dieser die klemmende Haustür aufgeschoben hatte. Sie marschierte schnurstracks durch den Flur bis in Mommes Küche. Fine kannte sich hier aus! Besser, als Louise es erwartet hatte …

Louise, ihr Laptop vor die Brust geklemmt, und Hubertus Schulte mit vor Aufregung hochrotem Kopf folgten ihr. Wie selbstverständlich setzte Fine den Wasserkessel, ein altmodisches Ding mit einem Deckel der pfiff, wenn das Wasser kochte, auf den Herd und schüttete reichlich Teeblätter in eine emaillierte Kanne. Sie wies einem vollkommen perplexen Momme Mommsen einen Stuhl zu.

»Jetzt macht es mal nicht so spannend, was ist los? Warum überfallt ihr mich mitten in der Nacht?«

Argwöhnisch sah Mommsen in alle Richtungen. Nur bei Fine ruhten seine Augen kurz, und seine Miene wurde ein wenig weicher. Wie sie da so stand, an seinem Herd und herumfuhrwerkte.

»Warte. Der Tee ist gleich fertig. Du wirst ihn brauchen.«

Louise war erstaunt Mommes Blicken gefolgt. Fine und Momme Mommsen? Ihre Patentante stellte die dampfende Kanne und vier Becher auf den Tisch. Sie goss den Tee über ein kleines Sieb ein und nickte Louise zu.

»Du kannst loslegen.«

Louise öffnete ihren Laptop und war nach wenigen Klicks auf dem Foto, das am aussagekräftigsten war. Die Person hinter dem Steuer war unverkennbar. Sie drehte den handlichen Computer zu Momme.

»Hier, Hubertus hat das Foto in der Nacht gemacht. Und zwar genau am 21. Juni vor drei Jahren. Sogar die Uhrzeit ist genau zu bestimmen. Es war exakt dreizehn nach eins. Und wie du wahrscheinlich erkennst, wurde die Aufnahme nicht weit von Fines Haus gemacht und damit auch nahe der Unfallstelle, an der Inken gefunden worden ist.«

Ungläubig starrte der Polizist auf das Bild. Dann schnaufte er und stütze seinen Kopf in die linke Handfläche. »Mann o Mann. Ich glaub' s nicht. Das bedeutet ja …«

»Genau, das bedeutet, die Fahrerin dieses Wagens hat höchstwahrscheinlich den Tod von Inken zu verantworten.«

»Mein Gott, warum hat sie sich denn nicht gestellt? Ich meine, es ist schlimm, sehr schlimm. Aber wenn es doch ein Unfall war. Sie wäre mit einer relativ geringen Strafe davongekommen.«

Louise zupfte ein Teeblättchen, das an ihrer Unterlippe hing, ab. »Ja, *wenn* es ein Unfall war. Und wenn nicht? Wenn sie Inken mit Absicht totgefahren hat?«

»Nein, niemals. Das glaube ich nicht.« Momme war kreidebleich. »So was habe ich während meiner ganzen Dienstzeit noch nicht gehabt. Ein Selbstmord plus zwei Morde, begangen von einem Einheimischen! Und jetzt das noch. Ja, sind denn alle auf Pellworm verrückt geworden?«

Fine legte ihre Hand auf Mommes. »Momme, das kann schon Absicht gewesen sein. Denk mal nach. Wir alle wissen, wie eifersüchtig sie ist. Letztes Jahr beim Biikenbrennen hat sie eine Touristin so an den Haaren gezogen, bis sie ein ganzes Büschel davon in der Hand hielt. Und das nur, weil Raik der Frau ein Bier ausgegeben hat.«

»Ja, ich weiß das. Zu Jannes Glück hatte die Frau keine Anzeige erstattet. Doch an den Haaren ziehen und jemandem mit Absicht mit seinem Auto töten, da liegen Welten dazwischen. Was sollte Inken denn angestellt haben, dass Janne so unfassbar brutal reagierte?«

»Momme«, Fines Stimme klang sanft. »Was wohl? Janne muss geglaubt haben, Raik hätte was mit Inken. Sicher ist, Inken hatte ein Verhältnis mit einem älteren Mann. Und wenn der nun Raik gewesen ist?«

»Himmel hilf.« Momme war so fassungslos, dass Fine flink wie ein Reh zum Kühlschrank flitzte und eine Flasche Köm auf den Tisch stellte. Die vier Gläschen waren in einem Zug geleert, und Mommes Gesicht bekam wieder etwas Farbe. »Was ist denn mit den Männern hier los? Alle hinter den jungen Mädchen her.« Er schüttelte den Kopf und stand auf. »Dann werde ich ein letztes Mal meine Uniform anziehen und Janne und Raik einen Besuch abstatten. Noch bin ich zwei Stunden der Ordnungshüter auf Pellworm. Vorher werde ich aber vorsichtshalber die Kollegen auf dem Festland informieren.«

Mit schweren Schritten verließ Momme Mommsen sein

Haus, gefolgt von seinen nicht weniger niedergeschlagenen abendlichen Besuchern.

Am nächsten Morgen hatte es sich wie ein Lauffeuer herumgesprochen. Als Sören Jensen erfuhr, wer für den Tod seiner Tochter Inken verantwortlich war, brach er zusammen. Wie oft war Janne grüßend und winkend an ihm vorbeigefahren, hatte versucht, ihn durch ein gutes Wort aufzumuntern. Die Schlange der Falschheit war auf Pellworm zur menschlichen Gestalt geworden, sagte Beeke, Inkens Tante.

Als Momme Mommsen in seiner Uniform offiziell an Raiks Haustür klingelte, saß Janne im Wohnzimmer, als habe sie ihn schon seit Langem erwartet. Momme erzählte später, er habe den Eindruck gehabt, eine große Last sei von ihr abgefallen. Denn irgendwann hatte Janne erkennen müssen, dass Raik nicht der Geliebte von Inken gewesen war. Die Verbitterung und die Schmach, als Klas sie damals hatte sitzen lassen, waren so groß gewesen und die Liebe zu Raik so übermächtig, dass sie es nie und nimmer geduldet hätte, wenn sich eine andere Frau zwischen sie und Raik gestellt hätte. Nur war nicht Raik der heimliche Geliebte gewesen, sondern Harm Behrens, ein verheirateter Hufschmied aus Husum.

»Und wie bist du darauf gekommen, dass dieser Harm Inkens Geliebter gewesen war?«, hatte Momme von Janne wissen wollen.

Das war purer Zufall gewesen. Die Weihnachtsfeier der Praxis vor eineinhalb Jahren. Da hatte sie es erfahren. Sie waren zum Essen im *Blauen Affen* in Husum gewesen. Zufällig war auch Harm Behrens mit seiner Frau dort gewesen. Birte, eine Mitarbeiterin von Raik, kannte Harm aus der Praxis. Und ganz beiläufig hatte Birte erwähnt, Harm habe vor seiner Hochzeit mal was mit Inken gehabt.

»Inken, du meinst Inken Jensen?«, hatte sie gefragt.

»Ja, wen sonst?« Sie habe die beiden aus einem Hotel in Husum kommen sehen. Sie habe fast der Schlag getroffen, immerhin sei Harm mindestens zwanzig Jahre älter als Inken gewesen.

Janne war schlecht geworden. Sie hatte krank vor Eifersucht einen Menschen getötet.

Harm hatte das Verhältnis vor drei Jahren mit Inken bestätigt. Sie wollten sich in der Nacht ihres Todes treffen. Der Schmied hatte an diesem Tag einiges auf der Insel zu tun gehabt und wollte am nächsten Morgen die erste Fähre aufs Festland nehmen. Er habe gewartet, aber Inken sei nicht aufgetaucht, und als er hörte, sie sei wohl überfahren worden, habe er Schiss bekommen und geschwiegen.

»Und warum hatte Janne überhaupt den Verdacht, Raik gehe fremd, und Inken sei seine Geliebte?«

Momme konnte nur den Kopf schütteln. »Nachdem Janne schwanger geworden war und immer runder wurde, hat er wohl Abstand gehalten, also sexuell.« Der Polizist wurde rot. »Er hat sie kaum noch angerührt. Und nachdem Fritz auf der Welt war, ging das so weiter. Damals ist dieser idiotische Verdacht aufgekommen. Sie hat ihren Mann beobachtet, aber nichts, kein einziger Anhaltspunkt, wer die vermeintliche Geliebte sein könnte. Und dann kam dieser Abend vor drei Jahren an Klas' Geburtstag. Inken traf ein, wollte ihre Arbeit machen, und Raik, der bereits ordentlich alkoholisiert war, hat sie angemacht, sie an der Brust und am

Hintern berührt. Janne hatte den Kleinen im Gästezimmer gestillt, und als sie in den Garten kam, hatte sie es gesehen. Für sie war klar, Inken war das Mädchen, das ihr Raik ausspannen wollte. Und als Inken dann wie ein Blitz von der Party verschwunden war, hat sie das mit ihrem plötzlichen Erscheinen in Verbindung gebracht, so nach dem Motto, Inken habe aus Wut, dass Raik mit Janne zusammen bei der Party erschienen war, alles, im wahrsten Sinne des Wortes, hingeschmissen. Janne hatte dann den Kleinen zu ihrer Mutter gebracht und im Auto auf eine günstige Gelegenheit gewartet, es Inken heimzuzahlen. Tja, das ist die ganze traurige Geschichte.«

»Und was glaubst du, warum hat Janne den Eindruck erwecken wollen, Klas stehe auf junge Mädchen?« Louise hatte Momme von ihrem Gespräch mit Raiks Frau im Café berichtet.

»Da ist nix dahinter. Es war für sie wahrscheinlich die einzige plausible Erklärung, warum Klas sie hat sitzen lassen. Und nachdem Klas tot war, wollte sie ihm einfach aus Rache nachträglich noch eins auswischen. Janne war schon immer ein überspanntes Mädchen, aber dass sie so weit gehen würde …«

Momme saß mit Chris, Fine und Louise im Garten. Die Rosen waren voll erblüht, das Summen der gestreiften kleinen Gartenbewohner und ein klagendes Iah von Sture, dem langweilig war, waren die einzigen Geräusche, die die Mittagsruhe durchbrachen. Am späten Nachmittag würden ihnen die Erntefahrzeuge auf den Feldern Konkurrenz machen. Das heisere Schnattern der Gänse, die am Himmel entlangzogen, mischte sich dazu. Es war Chris' letzter Tag auf der Insel. Morgen würde er seine Weltreise beginnen. Er hatte nichts vorbereitet, ließ alles auf sich zukommen. Kein Problem mit so viel Geld in den Taschen, hatte er lachend gesagt, als Fine nach seinem Plan fragte. Von Bremerhaven ging es auf direktem Weg nach Lima. Dort würde er sich einen Wagen mieten und sich treiben lassen.

Fine hatte zum Abschied eine Flasche Sekt kaltgestellt, der in den schlichten Kristallgläsern perlte, die Fine nur ›für gut‹ aus dem Schrank nahm. Sie prosteten einander zu. Wie auf Bestellung flog ein Vogelschwarm über die Köpfe der vier hinweg. Zugvögel, die sich über Tausende von Kilometern auf ihre gefährliche Reise in wärmere Gefilde machten, wo sie, ausgehungert und geschwächt, hoffentlich einen reich gedeckten Tisch vorfinden würden.

Louise dachte an Inken und Chiara. Inkens Tod war aufgeklärt, die Täterin würde eine gerechte Strafe erhalten. Doch das Rätsel um Chiaras Tod blieb. Noch immer konnte sie nicht ganz glauben, dass Chiara freiwillig den Tod gesucht hatte.

Sie hob ihr Glas. Auf die Toten und die Lebenden, auf eine glückliche Heimkehr und auf unbekümmerte Tage auf Pellworm.

Louise Dumas' Rezepte

Krabbenquintett

In allen Gerichten werden bevorzugt Nordseekrabben verarbeitet (auf Pellworm Porren genannt). Alternativ können auch kleine Garnelen/Shrimps Verwendung finden.

Alle Rezepte sind für vier Personen

Fingerfood

Krabbenreisbällchen

(20–30 Stück)

350 g Rundkornreis (Milchreis oder Risottoreis)

50 g geriebener Gruyère (oder ein anderer herzhafter Hartkäse)

1 EL gesalzene Butter

3 Eier

150 g Nordseekrabben

1 Handvoll glatte Petersilie

Salz, schwarzer Pfeffer, Piment d'Espelette

3 EL Mehl

100 g Semmelbrösel

2 EL Olivenöl

Pflanzenöl zum Frittieren

▶ In einem Topf das Olivenöl leicht erhitzen, im Anschluss den Reis anschwitzen und mit 600 ml Wasser zum Kochen bringen. Bei niedriger Temperatur ausquellen lassen, bis der Reis eine klebrige Konsistenz hat. Den Gruyère unter den Reis rühren, etwas abkühlen lassen, dann die Butter und 1 Ei untermischen. Die Krabben und die Petersilie fein hacken und unter den Reis mischen. Mit Salz, Pfeffer und Piment d'Espelette abschmecken.

▶ Die abgekühlte Reiskrabbenmasse zu kleinen Bällchen formen.

▶ Restliche Eier verquirlen. Anschließend die Bällchen im Mehl wenden, durch das Ei ziehen und mit Semmelbröseln panieren.

▶ Portionsweise in heißem Öl 3–4 Minuten goldbraun frittieren.

Kleine Vorspeise

Krabbenrillettes

Rillettes ist ein Brotaufstrich aus Frankreich, meist aus Schweine-, Enten- oder Gänsefleisch, das im eigenen Fett eingekocht und püriert wird. Aber auch Wild oder Fisch wird zu Rillettes verarbeitet. Hier eine besondere Variante mit Nordseekrabben ohne Kochen.

250 g Nordseekrabben
1 Avocado
50 g Queller (alternativ eine Handvoll Schnittlauch)
1 Tomate

½ Biozitrone
eine kleine Schalotte
Pfeffer, Piment d'Espelette
200 g Crème fraîche
1 TL Dijonsenf
1 TL Honig

▶ Die Schalotte und die Avocado in sehr kleine Würfel schneiden. Die Tomate häuten und das weiche Innere entfernen, ebenfalls sehr klein würfeln. Den Queller ebenfalls in winzige Stücke schneiden. Alles vermengen, mit dem Saft der Biozitrone, Pfeffer und Piment d'Espelette abschmecken.

▶ Die Crème fraîche mit dem Senf und dem Honig mischen, die Avocadomasse darunterheben. Dazu Scheiben von knusprigem Baguette

Vorspeise (8 P.) oder mit einem bunten Salat ein sommerliches Hauptgericht (4 P.)

Sauerrahm-Krabbenmousse mit Sauce vierge

Für die Mousse
5 Blatt weiße Gelatine
1 Bund Dill
300 g saure Sahne
3 TL Dijonsenf
3 TL Honig
200 g Sahne
250 g Nordseekrabben

1 Biozitrone
Salz, Pfeffer

▶ Die Gelatine einweichen, den Dill fein hacken.

▶ Die saure Sahne mit dem Senf und dem Honig verrühren. Die Gelatine ausdrücken und in einem Topf erwärmen und auflösen, ein wenig von der sauren Sahne dazugeben, vermengen und das Ganze in die restliche saure Sahne einrühren.

▶ Die Schlagsahne steif schlagen und unter die Saure-Sahne-Mischung heben. Die Krabben und den Dill untermengen, mit Salz und Pfeffer abschmecken.

▶ Eine Kastenform (1 Liter Fassungsvermögen) mit Klarsichtfolie auskleiden und die Masse hineinfüllen. Mit Folie abdecken und über Nacht im Kühlschrank fest werden lassen.

▶ Auf eine Platte stürzen und die Mousse mit dünnen Scheiben der Biozitrone garnieren.

Für die Sauce vierge
2 Tomaten
1 Schalotte
1 Zehe Knoblauch
6 schwarze Oliven, entsteint
1 Handvoll Basilikumblätter
Saft und abgeriebene Schale einer Biozitrone
bestes Olivenöl

▶ Tomaten häuten, vom weichen Innern befreien und sehr klein würfeln. Die Schalotte, die Knoblauchzehe und die

Oliven hacken, Basilikum in feine Streifen schneiden. Alle Zutaten mit Olivenöl, Zitronensaft und Zitronenabrieb mischen. Mit Salz und Pfeffer abschmecken.

▶ Diese Sauce zur Sauerrahm-Krabbenmousse separat servieren

Hauptgericht

Surf et Turf au Pellworm

1 kg Pellkartoffeln, fest kochend
200 g Nordseekrabben
200 g Lammhackfleisch aus der Keule oder Schulter
1 Ei
1 EL Semmelbrösel
Thymian, frisch oder getrocknet
200 ml Crème fraîche
50 ml Weißwein
Reichlich bestes Olivenöl
1 Handvoll schwarze oder grüne Oliven, entsteint und halbiert
1 Biozitrone
Salz, Pfeffer, Piment d'Espelette

▶ Die Kartoffeln kochen, pellen und in Scheiben schneiden. Menge halbieren (eine Hälfte für die Bratkartoffeln, eine Hälfte für das mediterrane Püree, diese warm halten).

▶ Das Lammhackfleisch, Ei, Semmelbrösel, Salz, Pfeffer und Piment d'Espelette vermengen und zu vier Frikadellen formen. Diese ca. 20 Minuten braten. Gleichzeitig die Hälfte der Pellkartoffeln zu Bratkartoffeln verarbeiten.

▶ Für das mediterrane Püree die andere Hälfte der Kartoffeln pürieren und mit Olivenöl, Saft einer Biozitrone, den Oliven, Pfeffer, Salz, Thymian mischen.

▶ Die Krabben in einer Pfanne erhitzen, den Wein und die Crème fraîche dazugeben. Nicht mehr kochen, die Soße sollte cremig sein.

▶ Auf einem flachen Teller die Bratkartoffeln und das Püree in je einem Halbkreis anrichten, in die Mitte die Frikadelle, mit den Krabben überziehen. Wer es nicht so bunt mag, Frikadelle und Krabben nebeneinander anrichten.

Einfache, köstliche Abendmahlzeit

Rührei mit Krabben und Queller auf dunklem Brot

8 Eier

2 EL neutrales Pflanzenöl

150 ml Sahne oder Vollmilch

200 g Nordseekrabben

50 g Queller (sprossenartige Salzwiesenpflanze. In Fisch- und Feinkostläden erhältlich. Knackig und salzig im Geschmack)

Pfeffer

4 Scheiben Vollkornbrot

Butter

▶ Die Eier verquirlen, Sahne oder Milch hinzugeben, pfeffern. Den Queller in kleine Stücke schneiden und unterrühren. Das Öl in einer Pfanne erhitzen, die Eier hinzugeben und sehr langsam stocken lassen. Die Masse darf auf keinen Fall zu trocken werden.

▶ Das Brot buttern und mit dem Rührei belegen. Darauf die frischen Krabben.

▶ Alternativ können die Krabben bereits im Rührei mit erhitzt werden. Auch das Brot kann vorab im Backofen angeröstet werden. Dann nach dem Abkühlen buttern.

Bon appétit!